이 소설 총서는
초판 간행 이후 시간의 벽을 넘어 끊임없이
독자와 평자들의 애호와 평가를 끌어 열고 있는
말의 바른 의미에서의 '스테디 셀러'들을
충실한 원본 검증을 거쳐 다시 찍어낸,
새로운 감각의 판형과 새로운 깊이의 해설로
그 의미를 더욱 풍요롭게 만든,
우리 시대 명작 소설들이 펼치는
문학적 축제의 자리입니다.

# 비명을 찾아서

## 복거일

문학과지성사

1998

문학과지성 소설 명작선 13

**비명을 찾아서 ⑬**

초판　1쇄 발행＿1987년 4월 4일
초판 29쇄 발행＿1993년 9월 20일
재판　1쇄 발행＿1993년 11월 10일
재판　8쇄 발행＿1997년 5월 21일
　3판　1쇄 발행＿1998년 1월 20일
　3판 26쇄 발행＿2024년 8월 9일

지 은 이＿복거일
펴 낸 이＿이광호
펴 낸 곳＿㈜문학과지성사

등록번호＿제1993-000098호
주　　　소＿04034 서울 마포구 잔다리로7길 18(서교동 377-20)
전　　　화＿02)338-7224
팩　　　스＿02)323-4180(편집)　02)338-7221(영업)
전자우편＿moonji@moonji.com
홈페이지＿www.moonji.com

ⓒ 복거일, 1998. Printed in Seoul, Korea

ISBN 89-320-0980-5 03810
ISBN 89-320-0978-3 (세트)

# 비명을 찾아서

⑨상

비명을 찾아서

# 이 책을 내면서

　우리는 신인 발굴에 노력해온 계간 『문학과지성』의 연장선 위에서, 복거일씨의 전작 장편소설 『비명을 찾아서: 경성, 쇼우와 62년』을 출판함으로써 새로운 소설가를 우리 문단에 자랑스럽게 내보낸다.

　우리나라가 여전히 일본의 식민지 통치를 받고 있다는 가상(假想)의 역사(작가 자신은 이를 대체 역사 *alternative history*라고 부르고 있다) 속에서 우리말과 역사가 송두리째 말살된 상황 속에서, 한 기업체의 과장이며 시인인 ‘반도인’ 주인공이 자신의 민족과 뿌리를 어렵게 찾아내고 그 때문에 가해진, 그리고 가해질 핍박을 벗어나기 위해 상해 임시 정부를 찾아 망명을 떠난다는 줄거리를 갖고 있는 이 소설의 의미는, 자아와 그것을 정직하게 표현할 수 있는 언어를 탐구하려는 정신적 모험의 고귀함과, 오늘의 우리 현실에 대한 비판적 성찰과 풍자적 날카로움에서 우선 발견될 수 있다. 완벽한 소설적 형상력에, 원고지 3천 장의 긴 작품을 단숨에 읽게 하는 고급하면서도 긴장된 재미가 어울려 있는 이 장편소설에는 전반적으로 스위프트적인 기지와 조지 오웰적인 암울한 분위기가 감돌고 있지만, 그러는 가운데 작가의 진지한 내성과 끝까지 역사에 대한 희망과 정직하게 살려는 의지를 포기하지 않는 완강함이 커다란 미덕으로 우리를 감동케 한다. 의표를 찌른 기발한 착상에도 불구하고 매우 사실적이며, 섬세하고 아름답고 튼튼한 이 소설의 출현은 앞으로의 우리 장편 문학이 나아갈 길 한 가지를 암시해주고 있다고 우리는 믿는다. 그와 동시에 우리는 이 소설이 80년대에 비교적 침체해 있었던 우리 소설 문학 분야에서 가장 뛰어난 중요한 성과의 하나로 꼽힐 것으로 확신한다.

작가 자신의 자기 소개에 따르면, 1946년 충남 아산에서 출생한 저자 복거일(卜鉅一)씨는 서울대 상대를 졸업한 뒤 은행과 제조 회사·무역 회사 등에 근무했고 기업체 근무중에 노동조합 운동에도 참여한 바 있으며 『현대문학』에 시를 1회 추천받은 바 있으나, 오랫동안 희망해온 문학에 전념키 위해 1983년 직장 생활을 그만두고 4년 동안 이 소설의 집필에만 몰두해왔다. 그는 예이츠의 시들에 대해 절망적인 사랑을 느끼고 있으며 공상과학소설에 심취해 이 방면에 많은 독서를 해왔다고 하는데 이 독창적인 소설 『비명을 찾아서』는 그 자신의 이러한 이력과 그의 문학적 취향이 탁월한 상상력 속에 부드럽게 용해되어 창의적으로 이루어진 것으로 보인다.

신인 작가들의 투고작을 출판사의 편집위원이 열독하고 검토하여 책으로 발행하는 문화 선진국의 관행을 바람직하게 따르게 된 이 장편소설의 간행이 우리 문단과 출판 풍토에 중요한 전례가 되기를 바라면서, 이 작품에 대한 독자들의 평가와, 이 작가의 앞으로의 새로운 창작 활동에 대한 독자들의 격려를 이제 우리는 기대한다. 여기 뛰어난 재능이 나타났다! 라고.

1987. 3.

문학과지성 편집 동인

김병익·김주연·김치수·김현·오생근

# 고마움의 말

'자격증주의'라고 부를 만한 풍조가 유난히도 드센 세상에서 이름 없는 작가의 작품을 읽어주셨을 분들에게 커다란 고마움을 미리 느낀다. 묘하게도, 머리글만을 읽고 책을 책방의 서가에 도로 꽂아둘 분들에게도 고마움을 느낀다. 이 작품이 책으로 나올 수 있도록 도와주신 분들에게 향하는 고마움이 넘쳐서 그런지도 모른다.

먼저 바쁘신 가운데서도 원고를 읽어주시고 추천하여주신 김현 선생님께 고마움의 말씀을 드린다. 선생님의 추천이 없었다면, 나는 아직도 원고 뭉치를 들고 낯선 출판사의 편집실을 찾고 있을 것이다. 여느 때는 인사도 없다가, 얼굴 잊을 만하면 불쑥 나타나서 원고 뭉치를 내미는 나의 당돌함을 받아주신 너그러움에 대해 말씀드릴 기회가 생겨서 정말 반갑다.

선뜻 출판을 맡아주신 김병익 선생님께는 어떻게 고마움의 말씀을 드려야 할지 머뭇거려진다. 문학적 평가 밖에도 기업적 판단이 따르는 어려운 결심이었음을 어렴풋이나마 짐작하기 때문에 더욱 그렇다. 더구나 나는 작품이 인쇄되기 전에 훌륭한 비평가의 의견을 듣는 큰 행운을 안았으니, 선생님의 명쾌한 지적과 자상한 조언이 없었다면, 이 작품은 체계가 훨씬 덜 잡히고 훨씬 느슨한 작품으로 남았을 것이다.

좀 새삼스럽기도 하지만, 무언의 성원을 보내준 가족들에게도 고맙다는 말을 해야 하리라. 그것은 정말로 무언의 성원이었다. 어느 날 문득 직장을 그만두고 방안에 박힌 나에게 그들은 "어떻게 된 일이냐"든가 "생계는 어떻게 하느냐" 하는 말을 네 해 동안 한번도 하지 않았다. 심지어 그들은 "무슨 책을 쓰느냐"고 묻지도 않았다. 이제 돌이켜보면서, 연로하신 부모님을 모신 다섯 남매의 맏이로서 그리고 처자를 거느린 가장으로서 나는 그들에게 고마움을 느끼기에 앞서 경탄하는 마음을 품게 된다. 안타깝기야 부모님이요, 괴롭기야 안식구였겠지만, 의료 보험에 들지 못한 아빠의 마음을 아는 듯 병원 출입이 거의 없이 세 돌을 넘긴 은조에게 제일 큰 공을 돌린다.

복 거 일

차 례

# 소설로 들어가기 전에

　문학 작품의 앞뒤에 작가가 말을 덧붙이는 것에 대해 나는 다소 회의적이다. 그러나 좀 낯선 소재라서 머리글을 쓰는 게 좋겠다는 실제적인 지적이 있었다. 작품의 시공적 위치에 대해 약술한다. 작품과 직접 대면하고 싶은 분들은 이 머리글을 건너뛰고 읽어도 될 것이다.

## 전　제

　이 작품은 일본 추밀원 의장 이또우 히로부미(伊藤博文) 공작이 1909년 10월 26일 합이빈(哈爾濱)에서 있었던 안중근 의사의 암살 기도에서 부상만을 입었다는 가정 아래에서 씌어진 이른바 '대체 역사(代替歷史)*alternative history*'이다. 이또우 히로부미는 '메이지 유신(明治維新)'의 주역들 가운데 한 사람으로, 그의 정치적 식견과 능력은 근대 일본 역사의 전개 과정에서 중요한 변수로 작용했다. 그는 쪼우슈우번(長州藩) 출신의 무인이면서도, 야마가따 아리또모(山縣有朋) 공작을 중심으로 하는 쪼우슈우벌(長州閥)의 육군 강경파들과는 달리 매사에 있어서 온건하고 점진적인 접근을 주장한 정치가였다. '정한론(征韓論)'의 반대, '대일본 제국 헌법'의 제정, 입헌제정당(入憲帝政黨)의 결성 등에서 그의 그러한 면모가 드러난다. 자연히 그는 일본 정계에 있어서 온건파의 구심점이었고, 그의 존재는 일본에 언제나 팽배했던 군국주의적 세력을 억제하는 데 큰 역할을 했다.

　이 작품의 전제가 된 대체 역사에서는 그가 합이빈에서 저격당한 뒤에도 열여섯 해를 더 살았다. 그 사실은 자연히 다이쇼우(大正) 시대의 일본 정국과 동북아시아의 형세에 영향을 미쳤고, 이러한 형세의 변화는 필연적으로 전세계 역사의 전개 과정에 영향을 미쳤다.

　대체 역사는 과거에 있었던 어떤 중요한 사건의 결말이 현재의 역사와 다르게 났다는 가정을 하고 그뒤의 역사를 재구성하여 작품의 배경으로 삼는 기법으로, 주로 '과학소설 science fiction'에서 쓰이고 있다. 미국의 남북 전쟁에서 남부가 이겼다는 사실이 역사에 미친 영향을 다룬 무어 Ward Moore의 『희년을 선포하라 Bring the Jubilee』 (1953)가 고전으로 꼽힌다. 그 밖에 루즈벨트 F. D. Roosevelt가 암살되고 미국이 제2차 세계 대전에서 패배하여 독일과 일본에게 점령되었다는 가정 아래에서 1960년대의 미국 사회를 그린 딕 Philip K. Dick의 『높은 성 속의 사람 The Man in the High Castle』(1962), 엘리자베드 I세 Elizabeth I가 암살되고 서반아의 무적 함대 Armada가 영국을 정복하였다는 가정 아래에서 1960년대의 영국 사회를 그린 로버츠 Keith Roberts의 『파반춤 Pavane』(1966), 그리고 워싱턴 George Washington이 전사하고 미국 혁명이 일어나지 않은 세계를 그린 해리슨 Harry Harrison의 『대서양 횡단 터널, 만세! A Transatlantic Tunnel, Hurrah!』(1972)가 이름이 있다.


　시 대 상

　1910년 조선을 병합한 일본은 조선에 대한 통치를 강화하여 1920년대 초반까지는 조선을 대륙 진출의 확실한 전진 기지로 만들었다. 1920년대 후반과 1930년대 초반에는 내각과 군부 사이의 협조 속에서 국제적 여론을 무마해가면서 중국의 동북 지구를, 즉 만주를 잠식하여 세력권 안에 넣었다. 이어 1940년대 초반에는 미국으로부터 '만주국 문제'에 대한 양해를 얻는 데 성공하여, 동북아시아에서 지도적 위치를 구축하였고, 제2차 세계 대전에서는 미국과 영국에 우호적인 중립 노선을 지켜 큰 번영을 누렸다. 그리하여 가라후또(樺太) 남부와 찌시마(千島) 열도를 포함하는 일본 본토를 중심으로, 식민지인 조선과 대만, '국제연맹'으로부터 통치를 위임받은 마샬 군도 등 서태평양의 섬들, 조차지인 요동 반도의 관동주와 산동성의 교주만을 영유하며, 방대한 만주국을 실질적인 식민지로 경영하는 일본은 모든 면에서 미국과 노서아에 이어 세계에서 세번째로 강대한 나라였다.

반면에 국내적으로는 어두운 면들도 많았다. 정부의 통제가 심화되어, 사회 생활의 모든 부면에서 국민들의 자유는 극도로 제한되어 있었다. 오랫동안 군부가 정치의 주역이 됨으로써 일어난 문제점들이 사회를 불안하게 하고 있었고, 특히 1950년대와 1960년대에 장기 집권했던 도우조우 히데끼(東條英機) 정권이 남긴 부정적 유산들이 사회 발전을 막고 있었다.

세계는 미국과 노서아를 각각 그 중심으로 하는 두 개의 세력권으로 나뉘어 있었다. 그러나 전에 강대국이었던 영국과 프랑스는 아직 식민 제국의 면모를 유지하고 있어서 국제적으로 큰 영향력을 갖고 있었다. 독일은 점령국인 미국의 도움으로 패전의 폐허에서 다시 일어나 강대국으로 발돋움하고 있었으나, 미국과 노서아가 분할 점령했던 파란은 끝내 동서로 분열되어버렸다. 중국은 황하를 경계로 하여 중화민국과 중화인민공화국이 대치하고 있어서 민족의 역량이 내전에 소모되고 있었다. 그러나 중화민국·중화인민공화국, 그리고 만주국의 세 나라로 분단된 상황을 극복하여야 한다는 민족적 각성이 점차 적극적 행동으로 나타나고 있었다.

이또우 히로부미 초대 총독에 의해 강력히 추진된 '조선의 내지화 정책'이 역대 총독들에 의해 충실히 계승되어, 조선은 일본에 완전히 동화되었다. 조선총독부에 의해 강력하게 추진된 '국어 상용 운동'으로 조선어는 1940년대말까지는 조선 반도에서 완전히 사라졌다. 아울러 꾸준히 추진된 조선 역사 왜곡 작업에 의해, 특히 '비(非)국어 서적 폐기 정책'에 힘입어 조선의 역사도 완전히 말살되고 왜곡되었다. 1980년대의 조선인들은 대부분 충량한 '황국 신민'들이 되었고, 자신들이 내지인들로부터 받는 압제와 모멸에도 불구하고 조선이 일본의 식민지라는 사실조차 모르고 있었다.

# 일러두기

각 절의 인용문들 가운데, 끝에 * 표시가 된 것들은 작가가 지어 낸 것들이다. 다만 『1984년』과 『동물 농장』에서 인용한 것들은 오웰 George Orwell 대신 본명인 블레어 Eric Arthur Blair를 썼다.

등장인물들은 모두 허구적 인물들이다. 그러나 배경이 된 인물들 가운데 중심 인물인 이또우 히로부미(伊藤博文) 말고도 여럿이 실재 했던 사람들이다. 대략 나오는 순서대로 적으면, 야마모또 이소로꾸(山本五十六), 미나미 지로우(南次郎), 도우조우 히데끼(東條英機), 고이소 구니아끼(小磯國昭), 노다 헤이지로우(野田平治郎), 소네 아라스께(曾禰荒助), 다께꼬시 요사부로우(竹越與三郎), 시라까와 요시노리(白川義則), 사이또우 마꼬또(齋藤實), 아라끼 사다오(荒木貞夫), 우가끼 가즈시게(宇垣一城), 고노에 후미마로(近衛文麿), 하다께나까 겐지(畑中健二), 이와자끼 야따로우(岩崎彌太郎), 히라누마 기이찌로우(平沼騏一郎), 오오시마 요시사깡(大島義昌), 오까모또 미노루(岡本實), 도히하라 겐지(土肥原賢二), 가야마 미쯔로우(香山光郎), 도우야마 분징(東山文仁), 마쯔무라 고우이찌(松村紘一), 안도우 기상(安藤輝三) 등이 그들이다.

거센 의분이 그의 가슴을 더 이상 찢지 않는 곳……
　　　——조나단 스위프트, 자작 비명에서


그를 본받으시오 감히 그럴 수 있다면,
세속에 젖은 나그네여: 그는
섬겼느니, 인간의 자유를.
　　　——윌리엄 버틀러 예이츠, 라틴어로 씌어진
　　　　　위의 스위프트의 비명을 풀어 쓴 시에서


나의 조국이 세상의 나라들 사이에 자리잡을 때, 그때,
그리고 그전에는 안 되느니, 내 비명이 씌어지도록 하
라.
　　　——로버트 에메트, 1803년의 더블린 봉기를
　　　　　주도한 죄로 영국 법정에서 사형을 언도
　　　　　받은 뒤에 한 연설에서


나는 경험의 실재를 백만번째 만나 내 넋의 대장간에
서 내 민족의 창조되지 않은 양심을 만들어내려고 떠
난다.
　　　——제임스 조이스, 『젊은 예술가의 초상』에서

# 일 월

## 1

참새 한 마리가 떨어지는 것도 섭리라고 한다. 그럴지도 모른다. 상징적 의미에서가 아니라 실제로 그럴지 모른다는 얘기다.

만일 사람의 눈에 뜨이는 길바닥에 떨어지게 된 참새 한 마리가 풀숲에 떨어지게 된다면, 이 세상은 어떻게 될까? 당신은 말할 것인가——"까짓것 때문에 무슨 일이 일어나겠소?"라고? 만일 참새 한 마리가 딴 곳에 떨어지는 문제가 아니고, 국왕의 목을 겨눈 자객의 칼날이 한 자 옆으로 비끼어 떨어지는 문제라면?

어떤 이들은 말한다——"그것은 역사의 강물에 던져진 한 개 돌멩이일 뿐이다. 그러한 조그만 변이가 일으킨 파문들은 역사의 큰 흐름 속으로 곧 흡수되어 아무 일도 없었던 것으로 된다"라고. 다른 이들은 말한다——"만일 그런 일이 일어난다면, 사건의 연쇄 반응은 걷잡을 수 없이 퍼져나갈 것이다. 이 세상의 피륙은 그 힘을 견디지 못하고 문득 날카로운 비명을 내며 찢어져서, 어느 먼 곳에 전혀 다른 세상이 생길 것이다"라고.

——다까노 다쯔끼찌(高野達吉), 『도우꾜우(東京),
쇼우와(昭和) 61년의 겨울』에서*

물에 헹군 면도날을 다시 넣고 면도기를 잠근 기노시다 히데요(木下英世)는 세면기에 물을 받아 턱과 볼에 묻은 거품을 씻었다. '서른아홉. 이제 서른아홉이라.' 그는 거울에 비친 자신의 얼굴을 바라보며 좀 무거운 마음으로 생각했다. 서른아홉은 어쩐지 특별한 뜻이 있는 것처럼 느껴지는 나이였다. 하긴 청년 시절이 끝나고 불혹(不惑)의 중년으로 접어드는 길목이었다. 이미 정해진 자신의 분수를 철학적 자세로 받아들이고 이룰 수 있는 것을 목표로 삼아 흔들리지 않고 나아가기 위해 옷깃을 여미는 나이였다.

이마를 덮은 머리칼을 쓸어올리고 얼굴의 물기를 손으로 씻고서, 그는 자신의 익숙한 얼굴을 찬찬히 뜯어보았다. 이마의 주름들이 깊어지긴 했지만, 아직 그렇게 나이가 들어 보이지는 않았다. 살이 붙은 얼굴은 아니었지만, 살갗에는 탄력이 있었고 숱이 많은 머리에는 윤기가 있었다. 재작년까지만 해도 그는 자신의 용모에 대해 그리 신경을 쓰지 않았었다. '내가 나이를 느끼게 되고 용모에 신경을 쓰게 된 것이 도끼에가 온 다음이지, 아마?' 그는 좀 쓸쓸한 웃음을 얼굴에 띠면서, 시마즈 도끼에(島津時枝)의 모습을 눈앞에 떠올렸다. '젊은 여자에게 반하게 되면, 남자는 어쩔 수 없이 나이를 의식하게 되는 것일까? 그러고 보니, 도끼에도 이젠 스물여섯이구나.'

그는 속옷을 벗고, 거울에 비친 자신의 몸매를 만족스러운 마음으로 바라보았다. 우람한 체격은 아니었지만, 군살은 한 점도 없는 단단한 몸매였다. 그는 간단히 씻고서, 욕조 안으로 들어갔다. 뜨거운 물에 몸을 담그고 고개를 젖혀 욕조 가장자리에 기댄 다음, 눈을 감았다. 어젯밤 늦게까지 마신 술기운이 몸에서 천천히 빠져나가기 시작했다.

자신도 모르게 콧노래가 나왔다. 몇 소절을 부르다가 가만히 생각해보니, 「남해(南海)의 해당화」였다. 근 스무 해 전 가가와 사유리(香川小百合)가 불러 크게 유행했던 노래로, 한때는 가고시마(鹿兒

島)에서 만주리(滿洲里)까지 황군(皇軍)이 있는 곳이면 어디서고 들
리던 노래였다. 지금도 술집에선 가끔 들을 수 있었다. 그는 나직한
목소리로 그 추억어린 노래를 부르기 시작했다.

　　　고비 사막 넘어온 차가운 바람
　　　열하성(熱河省) 벌판 위로 몰려오는 밤,
　　　북두칠성 빛나는 북국(北國)의 하늘
　　　그 아래 진중에서 외로운 초병,
　　　가슴속 아련하게 그리운 것은
　　　내 고향 바닷가의 빨간 해당화.

　그가 만주리에서 근무할 때, 술자리에서는 으레 그 노래가 한번은
불렸었다. 황량한 북만(北滿)의 겨울밤 페트로비치라는 백계 노서아
인이 하던 단골 카페 '바가봉'으로 가는 길에 술집들이 들어찬 데니
킨가(街)의 어둑한 골목길에서 듣던 「내 고향 바닷가의 빨간 해당화」
는 그의 가슴을 향수로 저릿하게 했었다.
　'만일 그냥 군대에 남았었다면, 지금쯤 어떻게 됐을까?' 그는 눈
을 뜨고 자신에게 물어보았다. '큰 사고를 내지 않고 지냈다면, 중좌
(中佐)쯤 됐겠지. 운이 좋았다면, 심심찮게 일어나는 흑룡강(黑龍江)
지구의 전투에서 공을 세워 마악 대좌(大佐)로 진급했을 테고. 그 동
안 쭉 칠사단에서 근무했을 리는 없으니, 어쩌면 찰합이성(察哈爾省)
전투에 참가했을 가능성도 있지. 죽지만 않았다면, 대좌는 틀림없이
땄을 텐데.' 조선인이라는 약점이 그래도 덜 작용하는 곳이 군대였
다. 육군 사관학교를 나온 것이 아니고 갑종 간부 후보생 출신이라
는 것을 감안한다고 하더라도, 자신의 능력으로 보아 대좌까지는 진
급할 수 있었을 것 같았다. 죽지 않았다면이라는 단서가 붙어지지
만.
　물이 좀 식은 것 같아서, 그는 더운물을 조금 틀었다. '장군까지

바라본다면, 과욕이라고 하겠지만, 대좌까지야…… 요즘 세상에서
대좌까지만 해도, 조선인으로서는 괜찮은 셈이지. 복무할 때의 대우
도 대우려니와, 예편된 뒤에도 어디 자그마한 회사의 간부 한 자리
는 당연히 차례가 올 텐데. 지금 당장도 중좌 봉급이 '한도우 경금속
주식회사(半島輕金屬株式會社)'의 과장 봉급보다 많으면 많았지, 적
지는 않을걸? 명목상으로는 어떨지 모르지만, 직업 군인들은 알게
모르게 받는 특혜들이 많으니까.' 언젠가 세쯔꼬(節子)가 한 얘기가
생각났다. "리에는요 생활비가 우리 반도 안 든대요. 영내 매점에서
사는 물건들은 전부 면세 아녜요? 그게 얼만데요? 요즘처럼 세금 때
문에 못 살겠다고 모두 비명을 지르는 세상에서? 거기다가 의료 보
험 혜택 있지, 아이들 교육비 싸게 들지, 주택 수당 나오지, 교통비
할인되지. 차량 유지비라는 것도 나온대요." 아오끼 리에(靑木李枝)
는 그녀의 학교 후배로 남편이 소좌라고 했다.

"죽으면, 묘지까지 제공하지." 그는 덧붙이고서, 입가에 씁쓰레한
웃음을 띠었다. 그는 잠시 그런 혜택들이 현금으로 환산하면 얼마나
될까 짐작해보았다. 그가 제대한 뒤에도 군인을, 특히 직업 군인을
위한 특혜는 꾸준히 늘어났으니, 모르긴 해도 직업 군인의 실질 소
득은 명목 소득의 배는 착실히 될 것 같았다. '어머니께서 그때 편찮
으시지만 않으셨어도, 그냥 군대에 남아 있었을지도 모르는데……
지금 내가 무슨 생각을 하고 있는 거야? 정말로 군대에 남아 있었기
를 바란다는 얘기야?'

'그런 건 아니고, 다만…… 그저 그렇다는 거지.' 그는 욕조에서
나와, 머리에 비누질을 하기 시작했다. '어쨌든 다 지나간 일이고.
오늘이 새해 첫날인데, 아직 한 해의 계획도 안 세웠으니 먼저 그것
부터 세워야 되겠다.' 머리를 물에 헹구고 몸에 비누질을 하면서, 그
는 새해의 계획을 생각하기 시작했다.

벌써 마사오까 시끼(正岡子規)가 죽은 나이에서 세 살을 더 먹은
나이였다. 그런데도 그가 지금까지 해놓은 것이라고는 백오십여 편

의 시를 쓴 것뿐이었다. 그나마 반 정도는 다시 손을 보아야 될 것들이었다. 결핵에 걸린 몸으로 근대 하이꾸(徘句)에 신선한 바람을 불어넣은 그 위대한 시인을 생각하면, 자신은 너무 게으르게 살아온 셈이었다. 재능만의 문제는 아닌 것 같았다.

'올해엔 몇 편을 목표로 할까? 작년에는 한 달에 한 편을 목표로 했었는데, 근 서른 편을 썼지. 다 도끼에 덕분이지.' 그는 문득 흐뭇한 마음이 되었다. '내 곁에 도끼에가 있는 한 시상이 마를 염려는 없으니, 올해도 작년만큼은 쓸 수 있겠지? 한 달에 두 편 정도? 그러면 스물네 편인데…… 목표를 너무 높게 잡아도 부담이 되어 역효가 날 수 있지. 한 달에 두 편으로 하자.'

그는 비누를 씻고, 수건으로 물기를 닦기 시작했다. '한 해의 목표가 시 스물네 편을 쓰는 것이라…… 하긴 좀 어설픈 느낌도 들긴 든다. 좀더 현실적인 목표를 세울 수도 있겠지. 회사에선 승진할 때가 되었으니, 부장으로 승진도 하고. 뭐 기발한 착상으로 돈도 좀 벌어서 나쁠 것은 없고. 좋은 시절이 다 가기 전에 인생을 좀 즐기고……' 도끼에의 갸름한 얼굴이 눈앞에 떠오르면서, 한 줄기 물기 어린 감정이 풋풋한 그늘로 그의 가슴을 스쳤다. '도끼에와의 관계도 좀더 실체가 있는 것으로 발전시키고.'

'발전?' 그는 자신에게 날카롭게 반문했다. '발전'이라는 관료적인 냄새가 물씬 나는 낱말을 도끼에와의 관계에 자연스럽게 쓴 자신을 발견하자, 입맛이 썼다. '내가 날마다 회사에서 공문서나 만지고 관리들을 상대하다보니…… 이러고도 시를 쓰겠다니…… 그건 그렇고, 발전시킨다면, 어떻게 발전시킨다는 얘긴가?' 물론 답변은 없었다.

'어쨌든 내가 나 자신을 시인으로 규정한 이상, 그런 것들은 모두 부차적인 것들이지…… 직장에서의 승진이야, 남들보다 너무 늦어서 처신하기 곤란하지 않을 정도면 되고. 돈이야 원래 인연이 없다고 사주에도 나왔다니까, 논외로 치고. 도끼에는……' 그녀는 달랐다. 그녀가 없는 세상을 충분히 생각할 수 있었지만, 그것은 너무 허전하고 살맛이 없는 세상이어서 생각하고 싶지 않았다. 한편으로는 그녀를 사랑함으로써 마흔이 다 된 나이에 애틋한 사랑을 노래하는 풀빛 서정시를 쓸 수 있다는 사실이 그녀를 더욱 소중하게 만든 점도 있었다. '도끼에와 시를 저울에 달면, 역시 시 쪽으로 기우는구나. 시라는 게 뭔지.'

　욕의를 걸치면서, 그는 마흔 살을 바라보는 자신의 대차대조표를 만들어보았다. '먼저 자산 쪽으로는…… 덩치는 크지만 적자를 내는 회사의 과장이라는 자리. 곧 부장으로 승진하리라는 할증금도 붙어 있고…… 게이조우(京城)에서는 가장 낫다고들 하는 괜찮은 아파트 한 채. 시가로 십오만 원은 넘을 것이고…… 저축한 것이, 이것저것 합치면, 한 삼만 원은 될 것이고…… 그리고 백오십여 편의 시들. 곧 시집이 나올 테니, 그것으로 스무 해 동안의 시업(詩業)을 일단 결산하고. 올해엔 내지 시단에 진출할 궁리도 해보자. 대변 항목은…… 대학 교육을 받은 것과 아파트를 살 때 아버지께서 주신 만 원, 결혼할 때 세쯔꼬가 갖고 온 오만 원, 그것들이 자본인 셈이고…… 빚진 것 없고, 달리 신세를 크게 진 사람 없고. 통행 금지 한번 어겨본 적 없이 조심스럽게 살아온 덕분에, 몸 성하고 앞으로의 사회 생활에 장애가 될 경력 없고. 그러니 부채는 없는 셈이지. 아니지, 조선인이라는 커다란 부채가 있지…… 하지만 그거야 어쩔 수 없는 것 아닌가? 오천만 조선 사람들 모두에게 해당되는 것이니. 따지고 보면, 제법 충실한 대차대조표인가?'

　그는 얼굴과 팔에 로션을 바르면서, 욕실에서 나왔다. 세쯔꼬와 게이꼬(惠子)는 아직 자고 있었다. 거실의 벽시계가 다섯시 오십분을 가리키고 있었다. "마침내 쇼우와 육십이 년이 시작되었구나." 다른 사람들보다 먼저 일어나 하루를 시작할 준비를 마친 사람이 갖는 우월감 섞인 만족감이 피로가 가신 몸을 채우는 것을 느끼면서, 그는 중얼거렸다.

## 2

그 자체로는 대수롭지 않으나 한 사람의 삶에 큰 영향을 미치는 사건들이 있다. 젊을 때부터 격동기를 살아오면서 죽음을 여러 번 대면했던 사람에게 두 발의 권총 탄환에 어깨를 다친 것은 그리 큰 사건은 아니었다. 그러나 그날 합이빈(哈爾濱) 역두에서의 피습은 사건 자체의 비중만으로써는 설명하기 어려운 충격을 나에게 주었다. 넉 달 뒤 병상에서 일어난 나에겐 세상이 좀 달라진 것처럼 느껴졌다.
　　──이또우 히로부미(伊藤博文), 『북정(北征)』에서*


히데요가 체조를 마치고 옥상에서 내려오니, 세쯔꼬와 게이꼬가 외출 준비를 하느라 부산을 피우고 있었다. 그들은 아사우라(麻浦) 오오꾸라마찌(大倉町)의 본가로 가서, 세배하고 아침 식사를 하도록 되어 있었다. 크게 서두를 까닭은 없었지만, 오늘은 택시를 잡기가 어려울 터였다. 간남마찌(漢南町)에서 오오꾸라마찌까지는 직접 가는 버스도 없어서, 게이조우역(京城驛)에서 갈아타야 했다.

그는 어항의 물을 떠서, 거실 창가에 놓인 화분들에 주었다. 수도에서 받아 묵힌 물로 다시 어항을 채운 다음, 멸치 대가리를 부수어 넣었다. 엄지손가락만한 새끼 붕어들이 위로 떠올라서 열심히 먹기 시작했다. 어미 붕어 세 마리는 으젓하게 밑에 머무르고 있었다. 말풀이 자라 물 위에 휘어진 어항에는 붕어·징거미, 그리고 바닥의 모래 속에 숨어 수관(水管) 두 개만 뼈끔 내민 말조개밖에 없었지만, 그는 아침마다 어항을 돌보는 일이 즐거웠다. 물을 그냥 화초에 주는 대신 일단 어항에 넣었다가 주면, 어항의 물도 깨끗하게 유지할 수 있었고 화초에 거름도 되었다. 쓰레기로 나가 세상을 더럽히는 데 한몫을 할 멸치 대가리들이 고기들을 키우고 화초들의 거름이 되는 유기적 과정이 그에겐 언제나 흐뭇했다. 어항은 꽤나 자생적인

'닫힌 체계'여서 밖으로부터 공급받아야 하는 것은 멸치 대가리와 물뿐이었다. 말풀과 어항에 낀 이끼가 물에 산소를 공급해주기 때문에 산소 공급기를 달 필요가 없었고, 속이 보이라고 가끔 앞면을 닦아주는 것밖엔 따로 청소를 할 필요도 없었다. 전구와 산소 공급기를 단 어항에서 돈 주고 산 먹이로 조선에서 나지 않는 열대어를 키우는 것은 너무 인공적으로 보여 그의 입맛에 맞지 않았다. 욕실의 동이에 물을 채워놓고, 그는 규칙적인 아침 일과를 순서대로 마친 사람의 느긋한 마음으로 옷을 갈아입었다.

그들이 문을 나서자, 맞은편 18동에서 젊은 부부가 나왔다. 아직 서른이 되지 않았을 남자가 육중하게 생긴 암청색 니싼(日産) '가루라꾸시'에 타더니, 앞문을 열었다. 흰 밍크 외투를 걸친 여자가 맵시 있게 차에 올라탔다. 다른 때는 자가용 차의 필요성을 그다지 느끼지 못했지만, 명절 때는 차가 있었으면 하는 생각이 들기도 했다. 요사이는 남 보기에도 좀 뭣했다. 세쯔꼬의 얘기로는 17동에서 차를 갖지 않은 집은 단 세 집뿐이었다.

"자가용이 한 대 있으면, 이럴 때……" 게이꼬가 말을 꺼내다가 문득 입을 다물더니, 그를 돌아다보며 미안한 웃음을 지었다. 그의 아내는 애써 표정을 없앤 얼굴로 앞만 바라보며 걷고 있었다.

그는 아파트 마당을 메운 차들을 둘러다보았다. '갓 결혼한 사람도 '가루라꾸시'를 타는 세상인데. 내 처지에서 '가루라꾸시'는 고사하고 '국민차'를 굴리려고 해도, 한 십 년은 부지런히 모아야 되겠지? 혹시 모르지, 내 시집이 뜻밖의 성공을 거두게 된다면. 저번에 이이 분지로우(井伊文治郎)의 시집이 삼십만 부가 나갔다니까. 내지 얘기긴 하지만…… 하기야 내 시집이 내지에 소개될 가능성이 전혀 없는 것도 아니지. 히라야마 시즈오(平山靜雄) 선생은 이미 내지 문단에서도 대가로 대접해주는 판이고. 소설이긴 하지만, 가야마 미쯔로우(香山光郎)나 도우야마 분징(東山文仁)의 역사소설들은 꽤 많이 나가는 모양이던데.' 문득 가슴이 가벼워서, 그는 앞서 가는 딸을 향해 말했다, "혹시 아냐? 우리도 자가용 타고 다닐 날이 올지?"

그의 아내가 피씩 웃었다.

"허어, 당신도 나를 우습게 여기는구먼."

"그럼 희망을 가져도 돼요?" 그녀가 웃음을 띠고 그를 돌아다보았다. 게이꼬가 깔깔댔다.

갑자기 경적이 울렸다. 그냥 귀에 닿는 소리가 아니라, 가슴을 뒤흔드는 묵직한 입체 음향이었다.

"어머, 깜짝이야." 세쯔꼬가 그에게로 달라붙으면서 중얼거렸다.

고개를 돌리니, 육중한 차가 그들을 향해 굴러오고 있었다. 앞자리에는 우월감을 간신히 누른 굳은 얼굴로 젊은 여자가 그들을 내다보고 있었다. 그의 속에서 뜨거운 것이 치밀어올랐다. '망할 것들. 사람을 놀라게 하고 있어.' 그는 아내를 안고 비켜서서, 화난 얼굴로 차에 탄 사람들을 노려보았다. '이백 원도 채 못 되는 월급을 받는 여공들이 수두룩한 세상에서 새파란 것들이 오만 원이 넘는다는 차를 몰고 다녀? 아무리 세상이……'

무게 있게 구르는 차는 아파트 모퉁이를 돌아 사라졌다. '난 안 탄다. 내 시집이 삼십만 부가 나가서 돈이 다발로 굴러 들어와도, 난 저런 차는 안 탄다.' 무력한 분노가 개운치 않은 뒷맛을 앙금처럼 남기고 사그라들기 시작했다.


아침 식사가 끝나자, 식구들은 곧바로 진자(神社) 참배에 나섰다. 모든 국민들은 정초에 진자에 참배하도록 '황국 신민 의례 규칙'에 정해져 있었다. 그의 아버지는 그런 것을 지키는 데는 철저한 사람이어서, 정월 초하루에는 어김없이 가족들을 이끌고 진자를 찾았다. 쭈우쇼우난도우(忠淸南道)에 근무할 때는 으레 후요(扶餘)의 징고우(神宮)를 찾았고, 게이조우로 올라온 다음엔 야스꾸니 진자(靖國神社)를 찾았다. 그는 정부에서 강요하는 그런 의식을 탐탁하게 여기지 않았지만, 아버지를 섭섭하게 할 수 없어서 언제나 말없이 따라

나섰다.

그의 아버지는 택시 두 대를 예약해두었었다. 한 대엔 동생 에이지(英治)의 가족이 탔고, 다른 한 대엔 아버지와 그의 가족이 탔다. 그가 제대한 다음 한도우 경금속에 들어가 교우낭(興南) 공장에서 근무하게 되자, 자연히 분가가 되었다. 이어 어머니가 돌아가시고, ‘조선금융조합(朝鮮金融組合)’ 에이도우라(永登浦) 지점에 다니던 에이지가 결혼하자, 자연스럽게 에이지가 아버지를 모시게 된 것이었다. 성격이 무던한 계수가 좀 까다로운 편인 아버지 뜻을 잘 받들고 있어서 다행이었지만, 그래도 그에게는 동생이 아버지를 모시고 있다는 것이 부담이 되었다.

집에서 나와 고우한도우(江畔道)를 달리며 내다보는 설경이 괜찮았다.

“야아, 멋있다.” 게이꼬가 탄성을 내었다. “할아버지, 멋있죠?”

“그래.”

그도 속으로 고개를 끄덕이며, 강가와(漢川)를 바라다보았다. ‘비록 고기들이 살지 못하는 죽은 강이긴 하지만, 이렇게 얼고 눈에 덮이니…… 총독부에서 조금만 관심을 쏟고 투자를 하면, 회생할 수도 있을 텐데. 아라까와(荒川)는 깨끗하다고 자랑하면서, 조선에서는 경제 발전을 생각해야지 공해 문제를 거론할 때가 아니라고 하니. 게이조우는 도우꾜우의 사분지 일밖에 안 되니, 총독부에서 조금만 관심을 가지면 되는데. 공해 산업은 모조리 조선 땅으로 들여오는 판이니……’

강가와 인도교를 건너자, 도우자꾸마찌(銅雀町)로 들어가는 길이 진자 참배객들로 붐볐다. 인도에서 넘친 사람들로 차가 지나가기 어려울 지경이었다. 그들은 진자 앞의 주차장에서 내렸다. 그의 아버지가 권하자, 처음엔 머뭇거리던 두 택시 운전사들도 따라 들어왔다. 그런 아버지를 보고, 그는 새삼 존경심이 우러나왔다. 남들은 어떻게 볼지 몰라도, 대쪽같이 꼿꼿하게 살아와 정년 퇴직을 눈앞에 둔 소학교 교장 선생님을 아버지로 가진 것이 자랑스러웠다.

저만큼 웅장한 정문이 나타났다. 기이(紀伊)의 공고우뽀우지(金剛峰寺) 건물을 본떴다는 문 위엔 '게이조우 야스꾸니 진자(京城靖國神社)'라고 씌어진 현판이 걸려 있었다. 홋께슈우(法華宗)의 종정이었던 에넨(惠然) 스님의 글씨라고 전에 그의 아버지가 설명해주었는데, 필치가 웅건했다.

중학교 사학년 때 아버지를 따라 이세(伊勢)의 다이징고우(大神宮)에 참배했었던 일이 생각났다. 묵은 나무 조각 하나, 이끼 앉은 돌 하나에도 역사의 입김이 스며 있는 듯한 다이징고우의 뜰에 섰을 때의 감격은 스무 해가 넘은 지금도 아주 바래지 않은 채 가슴 한구석에 남아 있었다. 그는 흘긋 게이꼬를 쳐다보았다. 중학교 삼학년이니까, 바로 그때의 그만한 나이였다. 그러나 에이지의 막내아들인 이끼사부로우(秋三郎)의 손을 잡고 걷는 녀석의 얼굴엔 그런 경건한 빛은 없었다. '세대차'라는 말이 자연스럽게 떠올랐다. 하긴 사람들이 너무 많아서 그런 경건한 마음을 가질 여유가 없는지도 몰랐다. 끝없이 밀려오는 참배객들에게 밀려, 그들은 본전으로 들어갔다.

분향이 끝난 뒤 다른 식구들이 경내를 둘러보는 동안, 그는 혼자 고대관(古代館) 앞에 서서 둘레를 살펴보았다. 다른 곳보다 이곳이 좀 덜 북적거렸다. 이세의 다이징고우에 비길 바는 아니었지만, 그래도 지은 지 거진 예순 해가 된 진자엔 세월의 자취가 두껍게 앉아 있었다. 넓은 터 위에 자리잡은 웅장한 건물들은 옛날의 양식과 오늘의 기술이 조화를 이루어 독특한 아름다움을 지니고 있었다.

시상이 떠오를 듯하면서도 좀처럼 떠오르지 않았다. 진자에 관한 시는 자칫하면 낡고 지루한 국수주의적 송가가 되기 십상이었다. 그가 찾고 있는 것은 앨런 테이트의 「남군 전몰자를 위한 송가」나 로버트 로우얼의 「북군 전몰자를 위하여」와 같은 목청을 지닌 작품이었다. 다른 시대에 다른 이념들을 갖고 살았던 사람들에 대한 따뜻한 이해가 밑바닥에 깔려 있으면서 전쟁의 불모성과 전몰자들을 기리는

기념비들의 공허한 몸짓이 그 위에 짙은 그늘로 드리운 작품을 찾고
있었다.

　　그들의 기념비는 생선 가시처럼 걸린다
　　도시의 목에.
　　대령은 말랐다.
　　나침반의 바늘처럼.


　아까부터 자꾸 「북군 전몰자를 위하여」의 한 구절이 마음에 걸려
서 마음을 산란하게 하고 있었다, 생선 가시처럼.
　그는 고개를 들어, 본전 지붕 너머로 펼쳐진 하늘을 우러렀다. 가
슴 깊은 곳에서 맑은 그리움과 슬픔을 불러내는 파란 하늘 한쪽에
흰구름 한 무더기가 흘러가고 있었다. 문득 한 구절이 떠올랐다.

　　세월은 스스로의 무게로 쌓여
　　벚나무 이끼 두른 껍질로 앉고
　　하늘은 나름의 뜻으로 비어가는데
　　그들은 얼굴도 말도 없다.


　멀리 눈 덮인 강가꾸상(冠岳山) 등성이를 바라보면서, 그는 한참
동안 그 시상을 마음속으로 굴려보았다.

　　뻗쳐내리던 강가꾸(冠岳)의 뿌리가
　　강가와(漢川)의 기슭으로 문득 고개 든 곳,
　　사람들은 몰려온다 저마다 가득한 가슴으로.


　잘 풀리지가 않았다. 무엇을 어떤 목청으로 풀어내야 할지 알고
있었지만, 떠오르는 구절마다 진부하고 추상적인 것들뿐이었다.  시

인에겐 이럴 때가 가장 안타까웠다. '안 되겠는데. 진자의 분위기가
남군 전몰자 묘지나 북군 기념비의 그것과는 전혀 다르니까, 자꾸
그 시들을 생각해봐도 도움이 될 것은 없지. 혹시 로우얼처럼 특정
한 사람에게 초점을 맞추면…… 그러면 시가 훨씬 구체적이 되고,
내가 얻고자 하는 회의적인 목청도 나올 수 있을지 모르지……'
"아빠, 이제 가요." 게이꼬가 사람들 사이로 뛰어오면서 외쳤다.
저만큼 식구들이 정문 쪽으로 나가고 있었다.


3


의사들이 마침내 사람들을 만나도 좋다고 허락했을 때, 나
는 그 자객을 불러달라고 했다. 나를 죽이려고 한 그 조선
청년이 내 침대 옆에 섰을 때, 나는 그를 어디서 본 것만 같
은 느낌을 받았다. 한참 생각하다가 나는 문득 깨달았다. 두
손을 뒤로 묶이고 초라한 죄수복을 걸쳤지만, 당당한 자세로
서서 태연한 얼굴로 나를 내려다보는 그 청년에게서 나는 마
흔 해 전의 내 모습을 본 것이었다.
　　　　──이또우 히로부미, 『북정 (北征)』에서*


그 이튿날 오후 히데요는 야나기자와 다다오(柳澤忠雄) 선생 댁에
세배하러 갔다. 야나기자와는 조선 문단의 두드러진 시인들 가운데
한 사람으로, '일본 시인 협회' 조선 지회의 간사였고 '조선 시인 연
맹'의 부위원장이었다. 그는 내지인이었지만, 그의 아버지가 조선
총독부의 정무총감을 지낸 이래 쭉 조선에 머물면서 활동하고 있었
다.
　미기요마찌 (三淸町) 에 있는 야나기자와 세네도미(柳澤實美) 남작의
저택은 으리으리했다. 검은 벽돌로 쌓은 높다란 담장 너머로 오래
된 정원수들이 솟아 있었다. 문밖 널찍한 골목길엔 차들이 여럿 늘

어서 있었는데, 대부분이 검은 관용차들이었다.

그가 초인종을 누르자, 이내 문이 열리고 담황색 제복을 입은 하녀가 공손히 인사했다.

"야나기자와 다다오 선생님을 뵈러 왔는데요."

"아, 그러세요? 들어오세요." 하녀가 상냥하게 웃으면서 비껴섰다. "저쪽으로 가시면 됩니다." 그가 문 안으로 들어서자, 그녀가 왼쪽을 가리켰다.

"예. 고맙습니다."

넓은 터에 화옥(和屋)과 양옥을 절충하여 지은 우아한 집 두 채가 서 있었다. 앞에 보이는 집이 남작이 거처하는 본채였고, 왼쪽의 좀 작은 집이 아들 다다오가 사는 곳이었다. 그는 이곳에 서너 번 왔었기 때문에 익숙했다.

별채의 계단엔 신발들이 어지럽게 널려 있었다. 열 켤레는 넘을 것 같았다. 야나기자와 다다오는 정무총감과 내무대신을 지낸 자기 아버지의 힘과 돈으로 많은 문인들에게 도움을 주어서 중망이 높았고, 그의 집엔 문인들의 발길이 끊어지지 않았다.

그는 한쪽에 신을 벗어놓고 대청으로 올라섰다. 누가 미닫이를 열고 안방에서 나왔다. 게이조우 마이니찌 신문(京城每日新聞)의 문화부장인 가네다 다께오(金田武夫)가 한 손으로 문을 닫으며, 술로 벌개진 눈으로 그를 바라보았다.

"부장님, 안녕하십니까? 새해 복 많이 받으십시오."

가네다 부장은 신문 기자답게 이내 그를 알아보았다. "아, 기노시다 히데요씨, 어서 오쇼. 들어가쇼." 가네다 부장은 마치 자기가 집 주인인 것처럼 팔을 들어 호기롭게 안방을 가리키더니 건넌방으로 들어갔다. 그쪽엔 화투판이 벌어진 모양으로, '홍단'이니 '광'이니 하는 소리가 들려왔다.

그는 미닫이를 열고 안방으로 들어갔다. 야나기자와는 사람들과 함께 술을 마시고 있었다. "선생님, 새해 복 많이 받으십시오." 그는 공손히 허리 굽혀 인사했다.

"아, 기노시다군. 어서 오게." 야나기자와는 일어나서 반갑게 손을 내밀었다.

모인 사람들은 대부분 그와 안면이 있었다. 인사를 마치고 자리에 앉자, 『겐따이시(現代詩)』의 편집장인 미야모도 야스사다(宮本安貞)가 술잔을 내밀었다. "한잔 받으쇼. 오래간만입니다."

"고맙습니다." 그는 잔을 이내 비우고 되돌렸다. 따끈하게 데워진 마사무네(正宗)가 속을 기분 좋게 훑었다. 어묵 한 쪽을 씹으면서 그는 야나기자와의 말에 귀를 기울였다.

"……큰일입니다. 여러분들도 잘 아시다시피, 가나(假名)는 동양에서는 가장 오래 되고 가장 합리적인 음표 문자예요. 표의 문자인 한자와 쌍벽을 이루어왔죠. 이 훌륭한 우리의 문자를 놔두고 요사이는 나마(羅馬) 문자를 작품에 섞어 쓰는 것이 유행하고 있어요. 요사이 '테레비종'이라고 쓰는 사람 봤어요? 모두 나마 문자로 '티부이'라고 써야 직성이 풀리는 모양예요."

여럿이 동조하는 소리를 냈다. 그도 고개를 끄덕였다. 평소에 느끼던 점이었다.

"한편 고무적인 현상이 없는 것도 아녜요." 야나기자와는 술로 목을 축이고 말을 이었다. 전작이 많았는지 얼굴이 불콰했다. "젊은 시인들 가운데 철없이 외래 풍조에 휩쓸리지 않고 우리 것을 찾아 발전시키려는 노력을 하는 사람들이 눈에 뜨이는데, 아주 반가운 일입니다. 지금 막 온 기노시다군만 하더라도, 이번에 시집을 내는 데 서문을 부탁하길래 쭈욱 읽어보았더니, 전통적인 것에 대해 깊은 애착을 가지고 쓴 작품들이 많아서 흐뭇했어요. 「단노우라(壇浦) 회고」는 원래 내가 추천한 것이긴 하지만, 어디에 내놓아도 빠지지 않을 작품이거든."

뜻밖의 칭찬에 그는 얼굴이 붉어지는 것을 느꼈다. 미야모도가 그의 등을 두드리면서 귀엣말을 했다. "기노시다씨, 이따가 이차 사쇼.”

그는 미야모도를 돌아보고 싱긋 웃었다. 마음이 흡족했다. 야나기 자와의 말엔 문단의 모든 사람들이 귀를 기울이는 처지였다. ‘어쩌 면 이번 시집으로 문학상 하나 정도 얻어낼 수도 있겠다.’ 그는 가슴 이 뿌듯해지는 것을 느끼며, 야나기자와의 말에 귀를 기울였다.

“……요사이는 국학(國學)에 관한 연구가 많아지고 일반의 관심도 부쩍 높아지고 있는데…… 하여튼 전통적 정서를 현대에 맞게 풀어 내는 일을 시작(詩作)의 목표로 삼는 시인이라면 우선 우리 전통의 뿌리를 캐는 일부터 시작해야 될 겁니다. 미야모도군.”

“예.”

“가서, 술 좀 더 가지고 오게.”

“예.” 미야모도가 냉큼 일어나서 밖으로 나갔다.

“그렇다고 그것이 꼭 국수적일 필요는 없다고 난 생각합니다. 일본 적인 것만이 아니라 시야를 넓혀 동양적인 것까지 우리 것으로 삼을 때가 됐거든요. 지나(支那)가 쇠퇴 일로를 걷고 있는 지금, 동양 문 화를 부흥시킬 나라는 우리 일본밖에 더 있습니까? 지금 우리 일본 문인들은 큰 책임을 지고 있는 셈입니다.”

어느 사이에 목청이 높아졌던 야나기자와가 목소리를 좀 낮추어 말을 이었다. “난 요사이 새롭게 한시(漢詩)를 공부하고 있어요. 특 히 분까분세이끼(文化文政期)의 한시를 좀 깊게 공부하고 있는데, 얻 는 것이 많아요. 분까분세이끼엔 훌륭한 시인들이 여럿 나왔잖습니 까? 사장(茶山) 관 신스이(管晉帥), 상요우(山陽) 라이 노보루(賴襄), 랑께이(蘭溪) 니시자마 쪼우송(西島長孫), 단소우(淡窓) 히로세 껭 (廣瀬建) ——이런 분들의 시를 읽어보면 서양 세력이 우리 땅에 들 어오기 직전의 순수한 동양적 정서를 대할 수 있거든요.”

그는 자신도 모르게 고개가 끄덕여짐을 느꼈다. 일본적인 것만이 아니라 동양적인 것에까지 시야를 넓혀 우리 것으로 만들어야 한다 는 얘기는 달관한 사람의 안목이었다.

세배객들은 아홉시가 넘어서야 자리에서 일어났다. 술이 거나했지만 비탈길을 내려오면서 그는 가슴이 뿌듯했다. 야나기자와의 칭찬을 들은 것도 기뻤지만, 야나기자와의 얘기에서 깨달은 바가 많은 것도 흐뭇했다. 내지의 문화적 중심지에서 멀고 문학적 유산에 친숙해질 기회가 적은 조선인의 약점을 언제나 느껴온 그에게 시야를 넓혀 동양적인 것까지도 우리 것으로 삼아야 할 때가 되었다는 얘기는 그가 앞으로 나갈 길을 가리켜주는 듯했다.


4


정치인으로서의 자신이 걸어온 길을 돌아다볼 때 나의 눈을 끄는 것은 내가 언제나 극단적인 주장들을 완화시키는 역할을 했다는 점이다. 정부가 위기에 처했거나 어려운 선택을 해야만 되었을 때, 나는 언제나 급진적 해결보다는 점진적 접근을, 무력에 의한 해결보다는 협상을 통한 타협을 주장했었다. 그것은 무력에 의한 막부(幕府)의 전복을 외치면서 정치적 생애를 시작했던 쪼우슈우(長州)의 젊은이에겐 역설적인 역할이었다.

——이또우 히로부미, 『북정』에서*


버스가 슘뽀주우(春畝通)로 접어들자, 눈발이 날리기 시작했다. 이번 겨울엔 눈이 많이 내렸다. 그는 창에 부딪히는 눈송이들을 보며, 비나 눈이 오면 으레 술 생각이 난다는 다나까 슈우지(田中修二) 부장의 말을 생각하고 웃음을 지었다. 기획부의 직원들은 오늘 다나까 부장 집에 모이기로 되어 있어서, 지금 그리로 가는 길이었다.

다나까 부장은 아사히마찌(旭町)에 살고 있었다. 주로 내지인들이 사는 고급 주택가라 조용하고 깨끗했다. 모두 터를 넓게 잡아 잘 지은 집들이었다. 담장 너머 잎 진 정원수들 위에 눈이 덮이고 있었다.

우람한 가죽나무 가지에서 까치 한 마리가 푸드덕 날아올랐다. 이어서 다른 놈이 그 뒤를 따랐다.

'지금 도끼에와 함께 이 길을 걷는다면 얼마나 좋을까? 혼자 즐기기엔 아까운 풍경인데.' 겨우 사흘 동안 보지 못했는데도 그녀를 보고 싶은 마음은 배고픔과 같은 생리적 욕구로서 그를 보채고 있었다. '만나서 어쩌자는 것도 아닌데……' 그는 허전한 마음을 달래면서 비탈진 골목을 올라갔다.

부장 집은 골목이 끝나는 곳에 있었다. 그는 대문 앞에 멈춰서서 잠시 집을 바라보았다. 새로 지은 이층 양옥이었는데, 겉에 대리석 조각을 대거나 하는 따위의 구접스런 장식은 하나도 없이 맵시 있게 지은 집이었다. 회사에서 사람들이 하는 얘기를 얼핏 들은 적이 있었는데, 적어도 오십만 원은 나갈 것이라고 했다. 십오만 원짜리 아파트 한 채를 가진 것을 내심 흐뭇하게 여긴 자신이 문득 초라하게 느껴졌다.

그가 문 안으로 들어서자, 부장이 뜰로 내려와서 그를 맞았다.
"어서 오쇼, 기노시다 과장."
"부장님 새해 복 많이 받으십시오."
"새해 복 많이 받으십시오."
그들은 악수하고서 안으로 들어갔다. 부장은 우아하게 만든 암청색 나가끼(長着)를 입고 있었다. 요사이는 많은 사람들이 집에서는 화복(和服)을 입고 있었지만, 화복은 역시 내지인이 입어야 어울리는 것 같았다. 조선인에게는 어쩐지 양복이 더 어울렸다.

벌써 거실에는 석유 난로를 벌겋게 달궈놓고서 화투판이 벌어져 있었다. 그가 맨 나중에 온 모양으로, 직원들은 다 모인 것 같았다. 도끼에의 모습을 찾았으나 그녀는 없었다. 혹시 그녀가 왔을지도 모른다고 은근히 기대했던 터라, 꽤나 실망이 되었다. 찡까이(鎭海)에 살고 있는 해군 소좌인 오빠 집에 내려간 것을 알고 있었지만, 일찍 올라왔을지도 모른다는 생각을 했던 것이었다.

"과장님, 어서 들어오십시오. 저 혼자 예산관리과 사람들한테 공격을 받아 애 먹고 있습니다." 그의 과원인 이시다 겐지(石田顯治)가 그를 보자 반갑게 소리쳤다. 그러고 보니 예산관리과는 야마시다 쇼우따로우(山下曾太郎) 과장과 과원 셋이 모두 와 있었다.

인사가 끝나자, 그는 외투를 벗고 화투판으로 끼여들었다. "그럼 반격을 해야지." 그러나 내심으로는 자신이 있는 것은 아니었다. 화투라면 야마시다가 단연 잘했다.

저녁상이 나와서 판을 걸을 때까지는 야마시다가 판돈을 거진 거두어들이고 있었다. 그도 근 오십 원을 잃었다. '한 달 용돈의 사분지 일을 한자리에서 잃었구나.' 그는 쑵쓸하게 입맛을 다시면서 일어섰다.

식사 때의 화제는 차기 오림뼷꾸 개최지로 게이조우가 유력하다는 신문 기사였다.

"우리 회사에도 도움이 되겠죠?" 데라우찌 게이고(寺內奎吾)가 야마시다에게 물었다.

"되고 말고. 오림뼷꾸 대회를 치르려면 굉장한 운동 경기 시설이 필요할 텐데, 지금 시설이라곤 없잖아? 숙박 시설, 관광 시설도 필요할 테고. 모두 건축 자재를 필요로 하는 사업이니, 우리 회사로서야 반가운 일이지."

"그럼 '유사라무'와의 합작 투자에도 좋은 영향을 미치겠네요?" 이시다가 그에게 물었다. '유사라무'와의 합작 투자 업무는 그의 기획조정과 소관이었다.

"그렇겠지. 회사의 수익 전망이 좋아지면, 그만큼 협상하는 데 유리할 테니까……"

"부장님, 게이조우에서 개최되는 것으로 확정이 되면 정치적인 영향도 미치겠죠?" 그의 말이 채 끝나기도 전에 야마시다가 부장에게 물었다.

'흠. 화제가 합작 투자로 번지기만 하면, 기를 쓰고 막는구나.' 그는 속으로 웃으면서 허리띠를 한 구멍 늦췄다. 다나까 부장 부인의 음식 솜씨는 정평이 있었다.

"미치겠지. 아직 오 년 후의 일이니까, 지금 당장 큰 영향을 미친다고야 할 수 없겠지만. 다만 이번의 유치 작업은 도우고우 총독이 적극 지원했던 만큼, 유치에 성공한다면 총독에게 상당히 유리하게 되겠지. 다음번 총리 대신 자리를 굳히는 계기가 될 수도 있을걸."

부장은 가고시마(鹿兒島)가 고향이었다. 자연히 해군 쪽으로 기울었고, 특히 현역 해군 대장인 도우고우 노부오(東鄕信夫) 총독과는 먼 인척이기도 해서 총독을 열렬히 지지하고 있었다. 아직도 쪼우슈우 사람들이 유력한 조선에서 사쯔마(薩摩) 사람들은 똘똘 뭉친다는 얘기가 있었다. 하긴 원래 비서로 뽑았던 도끼에를 요직이라고 할 수 있는 기획부로 불러들인 것도 부장이었다. 그녀에게 합작 투자 업무를 맡기기로 그가 결정했을 때도 부장이 적극 도와주었었다. 여자가 그런 중요하고 대외 활동이 많은 업무를 맡은 것에 대해 한동안 말들이 많았었다.

"도우고우 총독께서 다음번에 집권하실 가능성이 높은가요?" 부장이 정계 소식에 밝다는 것을 생각하며, 그는 조심스럽게 물었다.

"내가 보기엔 그런 것 같아요. 세 번이나 육군에서 내각을 조직했으니, 다음번엔 해군이나 공군인데, 공군에선 아직 조각할 기반이 없거든. 천상 해군이라는 얘기가 되죠. 지금과 같은 난국에선 신망이 높고 강력한 영도력을 가진 지도자가 필요한데, 아베 하루노리(阿部治憲) 수상은 역시 수상감으론 좀 부족하다는 게 세평이잖습니까? 그리고 해군에서 조각한다면, 역시 도우고우 총독이 먼저 눈에 뜨이거든요. 경력으로 보나, 인품으로 보나."

"그래도 육군이 쉽게 정권을 내놓을까요? 요새는 전에 비해 육군의 세력이 강해졌거든요." 야마시다가 고개를 갸웃했다. 야마시다는 히로시마(廣島) 출신이었다. 모르긴 해도, 지리적으로, 보면 쪼우슈우 쪽으로 기울 법도 했다.

“맞는 얘기야. 그렇지만 찰합이성에서 일이 벌어진 지금은 상황이 많이 달라졌어. 기노시다 과장, 술 좀 들어요.” 그의 잔이 빈 것을 보고 부장이 술 주전자를 들었다.

“예. 많이 들었습니다.”

“일은 관동군이 저질렀는데,” 부장은 그의 잔에 술을 채우고 나서 말을 이었다, “뒷수습은 결국 내각이 해야만 되게 생겼거든. 지금 내각으로서는 진퇴양난이야. 밀고 나가자니 출혈만 크고 승산이 없지, 빠져나오자니 패전 책임을 져야 되지. 영광스러운 전쟁이라고 그렇게 떠들어댔으니, 얻은 것 없이 피만 잔뜩 흘리고 물러나면 여론이 가만히 있겠어? 아무리 통제된 사회라고 해도 여론을 아주 무시할 순 없거든. 그래서 찰합이성 작전을 처음부터 반대했던 해군의 입장이 크게 강화되었고, 내각 안에선 온건파, 특히 이또우 도모요시(伊藤知義) 외상의 발언권이 강해졌다는 얘기가 있거든. 지금 상황은 아베 수상을 궁지에 몰아넣고 있어. 찰합이성 작전이 준비된 게 아베 수상이 관동군 사령관이었을 때였다고 하던데. 지금 도우꾜우에선 의외로 빨리 아베 수상이 물러나게 될지도 모른다는 얘기가 있어요.”


“부장님,” 저녁 식사가 끝나자, 야마시다가 다나까 부장에게 말했다, “제가 오늘 돈을 조금 땄거든요. 정초부터 노름판에서 딴 돈을 그냥 집에 가지고 들어가면, 복이 달아날까 걱정이 됩니다. 그래서 제가 이차를 살까 하는데요…… 사모님께서 부장님 외출을 허락하실지가…… 요새 우리 부내에 부장님께서 엄처시하라는 얘기가 돌아서 그럽니다.”

좌중에 웃음이 터졌다.

“그런 얘기가 있나? 그건 정말 낭설인데.” 부장이 빙그레 웃으면서 말했다. “누가 그런 얘기를 발설한 거야?”

금슬이 좋다고 회사에서 소문이 난 부장을 보며, 그는 자신의 삭

막한 결혼 생활을 생각했다. 아까 대문 앞에서 잘 지은 집을 보았을 때 느꼈던 부러움과는 비교가 되지 않는 짙은 부러움이 그의 가슴 속에 고이고 있었다.


5


군대가 지속적으로 정치에 관여할 때 발생하는 문제들은 일반적으로 잘 알려져 있다. 그러나 자세히 관찰해보면 그것들은 대부분 정치 분야에서 발생하는 문제들이다. 군대 자체에서 발생하는 문제들은 거의 알려져 있지 않다. 후자 가운데 가장 두드러진 것은, 나의 견해로는, 정치적 야심을 가진 젊은이들이 군대를 자신들의 야심을 이루는 수단으로 삼게 된다는 점이다. 우리나라의 경우, 도우꾜우 데이고꾸 대학교(東京帝國大學校)나 교우또우 데이고꾸 대학교(京都帝國大學校)의 법학부나 정치학부에 지망했어야 좋았을 젊은이들이 데이고꾸 육군 사관학교(帝國陸軍士官學校)나 데이고꾸 해군 병학교(帝國海軍兵學校)로 간다는 사실을 말한다. 이와 같은 현상이 황군(皇軍)의 자질을 높이는 데 도움이 되지 못함은 명백하다.
　　——야마모또 이소로꾸(山本五十六), 『해풍(海風)』에서*


'게이떼이(藝亭)'는 미나미 공원(南公園) 바로 아래 호젓한 산기슭에 자리잡은 조촐한 술집이었다. 조선 음식이 깔끔하게 나와서, 다나까 부장이 즐겨 찾았고 기획부의 어지간한 손님 접대는 다 이곳에서 했다.

요시무라 마스지로우(吉村益次郎)가 그냥 돌아갔기 때문에 일행은 여섯이었다. 요시무라는 중학교만 나와 아직 나이가 어렸기 때문에, 부장이 참석하는 술자리를 사양한 것이었다. 자리를 잡자, 기생들이 들어와서 더운 물수건으로 얼굴과 손을 씻어주었다.

"기노시다 과장님," 야마시다가 히데요를 건너다보고 싱긋 웃으면서 말했다, "'운떼이'에 왔으니 공부를 좀 해야죠."

좌중에 웃음이 터졌다. 기생들은 어리둥절해서 쳐다보고만 있었다.

"어려운 말씀이라 모르겠네요. 설명 좀 해주시겠어요?" 다까미야 가즈오(高宮和夫) 옆에 앉은 기생이 물었다.

"무슨 얘기냐 하면, 옛날에……" 다까미야가 설명을 시작했다.

야마시다의 얘기는 시까자와 쪼우에이(鹿澤長英) 이사의 말을 두고 한 것이었다. 작년 망년회 때 시까자와 이사를 모시고 이곳에 왔었는데, 이사는 술집 이름을 보자, 마시기도 전에 술이 깬다고 했었다. 술집에서는 '게이떼이'를 약자로 '芸亭'이라고 써놓았다. 그런데 '芸'자는 원래 향초를 뜻하는 '운'자여서 '芸亭'을 제대로 읽으면 '운떼이'가 되는데, 그것은 헤이안 시대(平安時代)에 이소노가미노 야까쯔구(石上宅嗣)가 세운 도서관의 이름이라는 것이었다.

"아, 그러세요? 그런데 저희 집엔 보실 만한 책이 없으니 어떡하죠?" 그 기생이 짐짓 걱정스러운 얼굴을 지으며 말했다.

"아니, 그림책도 없어?" 야마시다의 말에 웃음이 터졌다.

"네에. 이렇게 머리가 안 돌아서야……" 그녀가 웃으면서 일어났다. "곧 가져오겠습니다."

이어 화투판이 벌어졌다. 야마시다하고 기생 셋이 판을 차렸다. 편을 짜고 치는데, 기생들하고 치는 화투판에선 야마시다도 힘이 부치는 모양이었다. 이러다간 술값을 다 날리겠다고 술상을 재촉했다.

드디어 술상이 나왔다. 역시 정초라 음식거리가 마땅치 않아서 그런지 술상이 좀 허술했다. 저녁 식사를 하고 나온지라 술을 마시는 속도가 느렸다.

"명절이라 술집에 아가씨들이 없을 줄 알았는데." 그는 옆에 앉은 기생에게 잔을 권했다. "한잔 들어요."

"감사합니다. 영업하는 집인데 아주 비울 수는 없잖아요? 오늘도 선생님들 같은 분들이 오시니까요.” 그녀가 잔을 냉큼 비우고 다나까 부장에게 잔을 내밀었다. “부장님, 잔 받으시겠어요?”

“이렇게 열심히 근무하면 주인에게 상여금이라도 두둑이 내놓으라고 해야 되겠네?”

“웬걸요. 이렇게라도 해야 빚을 갚죠.” 그녀가 좀 쓸쓸한 웃음을 지으며, 고기 한 점을 집어 그에게 권했다.

“빚을 많이 지면 데이신다이(挺身隊)로 가는 수가 있다던데, 정말 그런가?” 건너편에 앉은 데라우찌 게이고가 얘기에 끼여들었다.

“그렇다나봐요.” 그녀가 말을 끊으려는 듯 짤막하게 대답하고서, 숟가락으로 수정과 국물을 떴다.

그로서는 처음 듣는 얘기였다. “데이신다이? 그게 뭔데?”

“군대 위안부 말예요.”

“그런 게 다 있었나? 요새 군대는 여러 가지로 좋구나.”

“만주로 간다나봐요.” 그의 왼쪽에 앉은 이시다겐지(石田顯治)의 기생이 끼여들었다. “제 친구 하나도 빚을 많이 져서 주인이 군대에 팔아넘겼어요.”

“별일이 다 있군. 요새 세상에도 그런 일이 다 있나?”

“기노시다 과장님 아직 모르셨어요?” 데라우찌가 벌개진 얼굴을 앞으로 내밀면서 말했다. “작년 봄부터 모집하기 시작했다고 하던데요. 찰합이성에는 여자들이 귀하기 때문에, 군대의 사기를 높인다고 여자들을 뽑아서 보낸답니다. 조선 여자들이 인기가 높다는 얘기던데요.” 데라우찌가 혼자 껄껄대고 웃었다.

“요새 그쪽의 사정이 아주 좋지 않은 모양이죠?” 야마시다가 부장을 바라보며 물었다.

“그런 모양야…… 지공군(支共軍)이 유격전을 잘하기 때문에 우리 군대가 의외로 애를 먹는 모양야.” 부장이 옆에 앉은 기생의 무릎을 쓰다듬으면서 대답했다. “원래 유격 전술이라는 것은 지공군이 지나 국부군에게 써먹었던 건데, 우리 일본군이 거기에 당한다는 것은 말도 안 돼."

"이번 지공과의 전쟁은 어떻게 결말이 날까요?" 그는 궁금해서라기보다 화제를 이어가려고 물었다. 기생이 그에게 슬쩍 기대왔다. 그의 머릿속 한구석에서 희미한 욕정의 불이 깜박거렸다.

"결국 노서아가 문젠데…… 지금 노서아·몽고·지공 세 나라가 연합해서 일본과 만주국에 대항하고 있잖아요? 우리가 몽고나 지공 쪽에서 작전을 개시하면, 노서아가 으레 국경에서 말썽을 일으켜 우리 군대가 몽고나 지공 쪽으로 빠질 수가 없도록 한답니다. 그러니 전황이 호전될 수가 있어야지."

여러 사람들이 고개를 끄덕였다.

"이것은 비밀이라 신문에도 나지 않는 얘기니, 여러분들도 여기서 듣고 끝내세요." 부장이 목소리를 낮추어 말했다.

모든 사람들의 이목이 부장에게로 쏠렸다. 기생의 치마 속으로 손을 넣었던 데라우찌도 손을 빼고서 근엄한 얼굴로 부장을 쳐다보았다.

"지금 문제는 찰합이성이 아닙니다. 불똥은 이미 만주국 국경 안으로 튀어 들어왔어요. 지공군은 지금 전선 후방 열하성(熱河省)에서 출몰하고 있어요. 그것만이 아닙니다. 이젠 만주국이 일본에 예속된 괴뢰 정권이라고 만주국 국민들을 대대적으로 선동하고 있답니다. 지금 만주국은 전국적으로 치안이 불안한 상태랍니다. 지난달에도 지나 청년 하나가 봉천(奉天)의 만주국 경찰서에 폭탄을 던져서 경찰관들이 죽었다고 합디다."

"그 정도로 심각합니까?" 야마시다가 물었다.

부장이 굳은 얼굴로 고개를 끄덕였다. "신문에 나지 않아서 그렇지, 지금 만주국에선 지하 조직이 무섭게 뻗어나간다고 하더군. 대학생들은 거의 모두가 사상이 불온한 모양야. 철저하게 좌경화되어서 교수들도 손을 쓸 수가 없는 지경이라는데. 특히 신경대학교(新京大學校)는 좌경 학생 세력의 본산인 모양이야. 국부·지공·만주의

셋으로 분단된 지나가 하나로 통일되어야 지나 민족이 살 수 있다고 선동한다나봐. 그래서 만주국에서는 내년까지 경찰을 배로 증원시키기로 하고, 관동군에게 예산을 요청한 모양야. 큰일이지. 빨리 찰합이성에서 나와 문단속을 해야 되는데, 그게 어디 쉬워야지. 전쟁에 승산이 없으면, 더 출혈을 보기 전에 협상을 통해서 매듭을 져야 하는 게 상식인데…… 문제는 누가 그 얘기를 끄집어내느냐 하는 것이거든. 지금 지공군과 협상해서 끝내자고 나오는 사람은 제 명에 못죽는다고. 이번 전쟁은 꼭 필요하고 또 승산이 있다고 하도 요란하게 선전을 해놔서. 여론을 조작하는 일이 쉽지만 한편으로는 매우 위험한 짓이거든. 언젠가 국민들에게 사실을 알려야 할 때는 아주 난처하게 되는 법인데, 그걸 모르고…… 지금 이 얘기 밖에 새어나가서 좋을 것 없어요. 여러분들 여기서 듣고 잊으세요. 아가씨들도."

모두 고개를 끄덕였다. "그러문요. 저희들 딴것은 몰라도 입 하나는 무겁답니다. 아래가 좀 가벼워서 탈이지." 마담의 얘기에 웃음판이 되었다. "부장님 잔 받으세요." 그녀는 천연덕스러운 얼굴로 부장에게 잔을 내밀었다.

"이번 일에 있어서는 관동군이 큰 잘못을 저질렀어요. 사전에 육군 대신하고도 상의가 없었다는 얘기가 있던데요. 중앙 정부에서 좀더 강력히 통제해야 되는데. 바보들같이." 야마시다가 화가 치미는 듯 말을 내뱉았다.

"육군 대신은 고사하고 참모 본부도 질질 끌려간 모양야. 참 큰일야…… 문제는 육군측에서 나온 수상들 가운데 관동군 사령관 안 한 사람이 없다는 점이야. 관동군 사령관 노릇을 할 때 내각의 명령에 고분고분 따른 사람이 누가 있어? 일을 저질러놓으면 결국 참모 본부와 내각에서 인정해주니, 우선 저질러놓고 보자는 풍조가 점점 강해지지. 결과가 좋지 않아도, 다 같은 우물 안에서 큰 개구리들인데 처벌하겠어? 누가 처벌해?"

"그래서 민간 주도 내각이 성립되어야 하는데…… 인재가 있어야죠. 군인 출신밖엔 총리 대신 재목이 없는 실정 아닙니까?"

부장은 어두운 얼굴로 술잔을 비웠다. "인재야 많지." 부장은 혼잣말처럼 말하고 나서 잔을 히데요 옆에 앉은 기생에게 내밀었다. "자네 잔 받게. 얼굴이 복스럽구먼. 고향이 어딘가?"

"보꾸우라(木浦)예요."

부장은 고개를 끄덕였다. "좋은 곳이지. 생선 좋아하는 사람에겐 술맛나는 곳이지." 술을 따르고 난 부장은 다까미야를 보면서 말을 이었다. "인재야 많지. 이 넓은 대일본 제국에 인재가 없겠어? 다만 총리 대신이 되기 전에 쌓아야 될 경력을 쌓을 기회가 주어지지 않아서 큰 재목으로 크지 못하는 것뿐이지. 수상 다음으로 서열이 높고 중요한 자리는 조선 총독이지. 조선 총독 자리를 거쳐야 비로소 정치적 역량이 시험되었다고 보는 것 아냐? 그런데 그 자리는 현역 장군이 아니면 못 하게 되어 있거든. 그 다음으로 중요한 자리는 대만 총독과 관동청(關東廳) 장관인데, 그 두 자리도 역시 현역 또는 예비역 장군이 하게 되어 있잖아? 그래서 내 지론이 그거야. 그 세 자리에 민간인이 앉을 수 있도록 하는 일이 민간 주도 내각을 구성하는 기초 작업이 된다고. 그렇지 않고서는 일본에서 문민 정치를 바라보기 힘들지. 자네 말대로 인물이 없어서도 민간인 내각을 구성할 수 없지."

"어쩔 수 없는 일 아닙니까? 조선이 그래도 요만큼이나 통치가 되는 것도 따지고 보면 모두 현역 장군이 줏대 있고 과감하게 다스리는 덕분이죠." 야마시다가 말했다. "그렇지 않으면 지금……"

"내 얘기가 바로 그거야. 조선은 일본이 진 십자가라고. 조선을 다스리는 데는 어쩔 수 없이 군인이 필요하고, 그러니 자연 문민 정치를 이루는 데 장애가 생기고. 그렇다고 골치 아프니까 조선을 떼어내어 팽개칠 수도 없잖아? 한 나란데."

그는 기분이 좀 떨떠름했다. 다나까 부장은 그가 높이 평가하고 있는 사람이었다. 도우다이(東大) 사회학부 출신으로 식견이 높고 능력이 있어서, 그와 동갑이었는데도 벌써 이사 물망에 오르고 있었다. 조선인에 대한 태도도 다른 내지인들과는 달리 공정하고 편견이 적은 편이었다. 그래서 ‘조선은 일본이 진 십자가’라는 말을 부장의 입에서 들은 것은 뜻밖이었다. ‘다나까 부장도 역시…… 내지인에겐 조선인에 대한 편견은 어떻게 할 도리가 없는 것인가? 조선은 일본이 진 십자가라고? 십자가라면 그것은 즐겁게 진 십자가지. 결코 내려놓지 않을 즐거운 십자가. 한 나라 안에서 같은 민족끼리 그렇게까지 할 필요가 없는데……’

“기노시다 과장, 뭘 그렇게 골똘하게 생각하쇼? 험한 표정을 지으면서? 술 좀 드쇼. 어이, 아가씨, 보꾸우라 아가씨, 뭘 해? 손님께 술 좀 권하지 않고?”

부장의 말에 그는 정신을 차리고 황급히 빈잔을 집어들었다. “많이 들었습니다.” 옆에 앉은 기생이 술을 따랐다.

“하여튼 답답해요. 이대로 가면 점점 더 군인들만 득세할 테고. 그렇다고 신통한 방책도 없고…… 요새는 도우다이보다 육사를 더 알아주잖습니까?” 야마시다가 울분에 찬 목소리로 말하고 술을 들이켰다.

부장이 껄껄 웃었다. “말 마시오. 안식구는 우리 도라따로우(寅太郎)는 무슨 일이 있어도 육사에 보낸다는 거야. 결혼할 때 자기는 아까몽(赤門)을 나온 인재에게로 시집간다고 친구들한테 뽐냈었는데, 군인한테 시집갔다고 어깨를 펴지 못하던 친구들이 지금은 큰소릴 친다나? 할 말이 있어야지. 그래서 타협했지. 가고시마(鹿兒島) 출신이니까, 육군 사관학교 대신 에다시마(江田島)에 넣기로.” 에다시마에는 해군병학교가 있었다.

그는 술잔을 천천히 기울였다. ‘조선인에겐 군인들이 득세하는 것이 문제가 아니다. 나라고 해서 지금처럼 군부가 권력을 독점하는 것이 걱정이 되고 분하지 않겠냐만, 그것보다도 조선 사람들이 이등 신민(臣民) 취급을 받는 것이 내겐 훨씬 더 심각한 문제다…… 조선인들이 내지인들보다 못한 것은 사실이다. 내가 조선인이라고 해서 그런 엄연한 사실을 인정하는 데 인색하지는 않다. 하지만 그것은 조선이 일본 제국의 변두리에 자리잡은 데 근본적 원인이 있는 것이다. 사회 구조가 모든 면에서 중심지인 내지 위주로 되어 있고, 모든 제도가 내지인에게 편리하고 유리하도록 되어 있으니, 원체 특출하지 않으면 조선인이 이 사회에서는 클 수가 없는 것이다. 내가 어렸을 때, 조선에 나온 사람들은 대부분 우리 집안보다 못살았다. 지금은 어떤가? 모두 떵떵거리며 살고 있지 않은가? 그것이 모두 그들의 훌륭한 능력 때문인가?' 그는 눈을 감고 아랫배로부터 치밀어 올라오는 뜨거운 기운을 잠시 즐겼다. 그 기운이 다시 사그라들면서 익숙한 체념이 그 위를 덮기 시작했다. 그는 눈을 뜨고서 잔을 부장에게 내밀었다. "잔 받으십시오. 아드님이 나중에 훌륭한 제독이 되기를 기원하면서 드리는 잔입니다." 아주 빈말은 아니었다. 다나까 슈우지(田中修二)의 아들이라면 다른 내지인의 아들보다야 나을 터였다.

## 6

'미쯔비시(三菱)'는 단순히 회사의 이름인 것이 아닙니다.
일본 제국에 이로운 것은 '미쯔비시'에게도 이롭고, '미쯔비시'에게 이로운 것은 일본 제국에게도 이롭습니다.
──이나바 유끼오(稻葉行雄) 미쯔비시 쇼우지 주식회사
(三菱商事株式會社) 사장, 쇼우와(昭和) 24년 4월 19일
중의원(衆議院) 재무분과위원회에서의 증언에서*

게이조우역(京城驛) 앞에서 멈춘 통근 버스는 좀처럼 움직이지 않았다. 교통 순사가 호루라기를 불며 이리저리 뛰고 있었다. 차창 밖으로 보이는 버스마다 초만원이었다. 출퇴근 시간엔 버스 타기가 어

려웠고 도로 사정이 점점 나빠지는데도, 버스는 별로 늘지 않고 승용차만 늘고 있었다. 그것도 서민들과는 거리가 먼 고급 승용차들만. 언제나 자동차 회사들만 좋도록 교통 정책이 마련되고 있었지만, 누가 그것을 지적한 적은 없었다. 신문에는 고작해야 '바스 사비스 개선 절실'이나 '다꾸시 합승 횡포 여전' 따위의 기사들이나 나오고 있었다.

히데요는 그런 사정에 대한 울분 속으로 자신이 큰 회사에 다녀 통근 버스를 타고 편하게 출퇴근한다는 우월감 섞인 안도감이 배어 있는 것을 발견하고 쓸쓸한 웃음을 지었다. 자신이 노구찌(野口) 그룹의 일원이라는 자부심을 그가 아직 지니고 있는 것은 사실이었다. 처음 회사에 들어왔을 때에 비하면 많이 바래기는 했지만.

그리고 오늘 아침은 출근할 직장이 있다는 것이 그렇게도 다행스럽게 여겨졌다. 사흘 동안 집에서 쉬자니, 따지고 보면 집에서 쉰 것만은 아니었지만, 마음만 답답한 것이 아니라 몸까지 뿌적지근했다. '월급쟁이는 그래서 평생 월급쟁이로 끝나나보다.' 그는 느긋한 마음으로 생각했다. '그리고 곧 도끼에를 볼 것이고……'

생각이 도끼에에게 미치면서, 그의 입가에 남아 있던 쓸쓸한 웃음의 흔적이 부드러워지고 깊어졌다. 사흘 동안, 아니 나흘 동안——그녀는 하루 전에 찡까이(鎭海)로 내려갔다——그녀를 보지 못하고 나니, 그녀를 보고 싶은 마음이 거의 생리적 욕구로 된 듯 속에 묵직하게 들어 있었다. 그녀와 무슨 육체적 관계를 갖고 싶어서는 아니었다. 물론 그녀는 여자로서 매력이 있었고 어쩌다 단둘이 있게 되면 욕정이 거세게 솟아오르기도 했지만, 그녀에 대한 그의 생각들은 대부분 정숙한 것들이었다. 더욱이 자신을 믿고 따르는 아랫사람을 여자로서 대한다는 사실이 그의 마음 한구석에 그림자를 드리우고 있었다. 그녀의 환심을 살 만한 일을 골라서 하는 자신을 발견할 때마다, 그는 자신이 그녀의 신뢰를 배반한 것처럼 초라하게 느껴지곤 했다.

그리고 이상하게도 그녀에 대한 사랑이 깊어질수록 그녀에 대한
거친 욕정은 사그라들었다. 대신 그녀를 훌륭한 '비즈니스 우먼'으
로 키우고 싶은 욕심이 점점 커졌다. 사무실 분위기를 부드럽게 하
는 소위 '화초'가 아니라 뚜렷한 일을 맡은 어엿한 중견 사원으로 변
신해가는 그녀를 보면서, 그는 단순한 남자로서의 사랑만이 아니고
훌륭하게 커가는 자식을 바라보는 부모의 자랑스러움을 아울러 느끼
고 있었다.
　때로는 자신의 깊이를 모를 사랑에 두려워지기도 했다. 뭐라고 꼭
집어내기 어려운, 막연한 파멸의 예감이 그의 넋의 먼 지평 위에 검
은 구름으로 걸려 있었다.


　　암초의 포옹으로
　　낡은 배를 불러들이는
　　요염한 등대,
　　야릇한 미소로 제단을 굽어보는
　　어린 여신,


　　내 뼈가 타는 불길에
　　수줍게 모습을 드러내는
　　검은 달이여,
　　고혹(蠱惑)의 살이여,
　　내 넋의 잔인한 딸이여.


　어느 날 말할 수 없이 천진스러운 눈길로 그를 바라보는 그녀를
보고 있다가 그녀가 일본에서 제일 훌륭한 여자 대학교를 나온 재원
임을 상기하고, '내가 지금 저 아이에게 홀린 것은 아닌가?' 하는 의
구심이 왈칵 들어 몸이 떨린 적이 있었다. 그날 밤 그녀를 찾아가다
가 바다에 빠져 죽는 꿈을 꾸고 깨어나 지은 시였다.

“내 넋의 잔인한 딸이여.” 그는 나직이 뇌었다. 어느덧 버스는 미쓰꼬시(三越) 백화점 삼거리를 지나고 있었다. 저만큼 노구찌 빌딩이 보였다.

“과장님, 결재받을 서륜데요.” 도끼에가 책상 위에 서류들을 조심스럽게 내려놓고는 한걸음 뒤로 물러섰다.

“음.” 그는 뒤적거리던 법전을 옆으로 밀어놓고, 서류들을 앞으로 당겨놓았다.

맨 위의 서류는 알루미늄 압연(壓延) 제품에 관한 시장 조사 결과를 ‘유사라무’에 통보하는 편지였다. 그는 쭉 훑어보았다. 내지·조선·만주의 시장 조사 보고서를 동봉하는 편지라 조사 결과에 대해 간략하게 평가를 해야 하므로 꽤 까다로운 편지였는데, 무난하게 써 온 셈이었다. 좀 손대고 싶은 곳들이 서너 군데 있었지만, 그냥 보내도 될 것 같았다.

‘누가 보면, 내가 썼다고 하겠구나.’ 그는 흡족한 마음으로 다시 천천히 읽기 시작했다. 편지에는 그의 필적이 뚜렷하게 나타나 있었다. 처음 그녀가 기획조정과에 왔을 때, 그녀는 영문학을 공부한지라 영어는 꽤 할 줄 알았지만 상업 편지를 쓸 줄은 몰랐었다. 경영이나 사무에 관해서는 제대로 아는 것이 하나도 없었다. 두 해가 지난 지금, 그녀는 혼자서 온갖 상업 서류들을 제법 구색을 갖춰 꾸며내고 있었다. 그리고 그 서류들에는 그 두 해 동안 그가 가르친 흔적들이, 그만이 아는 손때들이, 뚜렷이 드러나 있었다. 서류를 구성하는 양식에서부터 논리의 전개, 낱말과 문맥의 선택에 이르기까지 자신의 체취가 그녀를 통해서 배어나온 서류를 볼 때면, 그는 거의 관능적인 감동을 느끼곤 했다. 그것은 어린 게이꼬에게서 자신의 모습을 발견하고 느꼈던 감동과 비슷했다. 그럴 때면 그는 그녀가 대견스럽고 사랑스러워서 그냥 있기가 어려울 지경이었다.

“잘 되었군.” 그는 고개를 끄덕이면서 서명한 다음 결재판을 닫았다.

"찡까이에서는 어제 올라왔나?" 그는 지나가는 말로 물으며, 고개를 들어 그녀를 쳐다보았다. 주홍빛 스웨터 위로 나온 셔츠의 흰 칼라가 산뜻했다. 두 손을 모으고 다소곳이 선 그녀는 꽃봉오리가 마악 벌어지는 한 포기 군자란이었다.

"아뇨. 그저께 올라왔어요."

그 말을 듣는 순간 섭섭한 생각이 그의 가슴을 시리게 스쳤다. '일찍 올라왔으면, 전화라도 하지 않고. 난 제 생각을 얼마나 했는데. 찡까이로 전화를 걸 구실이라도 생겼으면, 하고 바라기까지 했었는데.' 그러나 돌이켜 생각하면, 그것은 무리한 얘기였다. 여직원이 정초에 과장 집에 전화하는 것은 있기 어려운 일이었다. "별일 없었지?" 그는 부드러운 목소리로 물었다. 얼굴이 좀 핼쑥한 것도 같았다.

"없었어요." 눈길이 마주쳤다. 그녀의 얼굴에 가벼운 웃음이 밝은 햇살처럼 앉았다. 다음 서류는 '유사라무'에서 온 전문이었다.

수신: 슈우지 다나까, 히데요 기노시다 제씨. 당사 협상 실무자인 에릭 앤더슨씨가 1월 9일 게이조우에 도착할 예정임. 비행번호 제이엘 702. 예정 도착 시각 1330. 계약서 초안을 지참. 한도우(半島)호텔 예약 부탁. 신년 인사를 드림. 에드워드 실버벅.

전문 뒤엔 서무과에 낼 '회의실 사용 신청서'가 첨부되어 있었다. 1월 9일부터 31일까지 소회의실을 사용하겠다는 내용이었다.

그는 서명한 다음 그녀를 올려다보았다. "호텔?"

"예약했습니다."

그의 가슴속을 채운 웃음이 얼굴로 뿜어나왔다. 그녀의 얼굴에 남아 있던 웃음이 수줍게 짙어졌다. 언젠가 야마시다 과장이 무심결에

부러운 어조로 말한 것처럼, '기노시다—시마즈팀은 이심전심으로'
움직이고 있었다.


7


　　현재 일본은 대국으로 존립하는 데 필요한 요건들을 모두
갖추고 있다. 특히 본토의 고급 인력과 충실한 자본, 조선에
존재하는 양질의 노동력, 그리고 만주국 영내의 풍부한 천연
자원이 이상적으로 결합된 것은 아우타르키 체제로 재편성되
기 시작한 지금의 세계 경제에서는 큰 강점이다.
　　　　　——『상해공론(上海公論)』, 1984년 2월호, 「일본의
　　　　　해부: 경제편」에서*


"고맙습니다." 히데요는 앤더슨이 건네준 서류들을 받아 탁자 한
쪽에 놓았다. 꽤 많았다.
"세 질(帙)입니다." 앤더슨이 서류가 들었던 가방의 지퍼를 잠그며
말했다.
"알겠습니다." 그는 계약 서류 한 질을 앞으로 당겨놓았다. 서류는
다섯 권이 한 질이었다. 그는 중요한 부분들만 대충 훑어보기 시작
했다.
　맨 위의 것이 '합작 투자 계약서'였다. 합작 투자 계획의 골격은
'한도우 경금속(半島輕金屬)'의 순자산만큼 '유사라무'가 투자해서
두 회사의 지분이 50 대 50인 '도우아 경금속(東亞輕金屬)'이란 새
회사를 만든다는 것이었다. 이것을 기술한 서류가 '합작 투자 계약
서'로 기본 계약서를 이루고 있었다.
　도우아 경금속이 필요로 할 원료·기술·경영 기법·해외 판매 조
직 등은 자연히 유사무라측에서 제공하도록 되어 있었다. 나머지 네
계약서들이 이것에 관한 사항들을 기술한 '장기 원료 공급 계약서'

'기술 이전 계약서' '경영 자문 계약서' 그리고 '해외 판매 지원 계약서'였다. 이들 가운데 '장기 원료 공급 계약서'를 제외한 세 계약서는 '합작 투자 계약서'의 부속 서류들로 되어 있었다. '장기 원료 공급 계약서'는, 합작 투자와는 별도로, 빠르면 내년부터 알루미늄 생산의 주원료인 알루미나를 유사라무의 자회사인 '서호주 알루미나'로부터 공급받도록 규정해놓고 있었다.

그는 '장기 원료 공급 계약서'를 훑어보고 나서 고개를 들어 창밖을 내다보았다. 멀리 게이호꾸상(京北山)의 눈 덮인 봉우리들이 기우는 햇살을 받고 아름답게 빛나고 있었다. 그 위에 잔잔히 고인 겨울 하늘이 깊었다. 영하 십칠 도에 바람이 센 날씨였지만, 쾌적한 호텔의 방안에서 바라보는 풍경은 그저 아름답기만 했다.

그는 한숨을 길게 내쉬었다. 가계약을 체결할 때 이미 유사라무의 변호사인 에드워드 실버벅으로부터 계약서의 구성에 대해서 자세한 애기를 들었었지만, 막상 계약서를 대하니 간결 명료한 구성에 탄성이 절로 나왔다. 게다가 타산이 밝은 다국적 기업의 면모가 드러나 있었다. '장기 원료 공급 계약서'를 '합작 투자 계약서'와 별개로 만들어서, 합작 투자 협상이 오래 끌거나 깨어지더라도 알루미나를 팔아서 결코 빈손으로 물러서지는 않겠다는 계산이었다. 거기에 비하면 자신의 회사는 준비가 너무 부족했다. 유사라무에선 처음부터 각 부문의 전문가들을 모아 협상단을 만들어 보냈다. 한도우 경금속에서는 다나까 부장과 그가 그 전문가들을 상대하면서 모든 일을 처리하고 있었다.

'자본도 달리고, 기술도 달리고, 협상 솜씨마저 달리고…… 과연 얼마나 좋은 조건으로 합작 투자를 이룰 수 있을까? 그리고 이루어지고 나면 과연 얼마나 버틸 수 있을까, 유사라무의 거대한 세력에 대해?' 그는 고개를 흔들어 그 어두운 생각을 머릿속에서 몰아내었다. 그래도 다섯 해째 적자를 내서 뿌리째 흔들리는 회사를 살리는 길은 합작 투자뿐이었다. 유라사무와 같은 국제적 회사와 합작 투자를 하는 것만이 원료를 비교적 좋은 가격으로 확보해서 안전 조업을 하고, 공장을 최소한도의 경제적 규모까지 확장시키고, 새로운 기술을 도입해서, 채산을 맞출 수 있는 길이었다. 지금처럼 나가다가는 몇 해 못 가서 그냥 쓰러진다는 결론이 나왔다.

'이 길뿐인데…… 그것도 하루바삐 성사시켜야지, 지금 적자가 원체 커서…… 시간까지 우리 편이 아니니…… 유사라무에서 그걸 우리보다 잘 알고 있으니, 무슨 수로 협상을 제대로 하나?'

가계약이 조인된 날 시까자와(鹿澤) 이사가 그에게 한 말이 생각났다. "이제 우리 회사의 장래에 대해 자네가 큰 책임을 지게 되었네. 저쪽은 이런 일에 경험이 많은 다국적 기업야. 유사라무에 비하면 우린 망치로 뚝딱거리는 철공소야. 돈이 있나? 기술이 있나? 우리가 아쉬워서 하는 것이니, 애초부터 좋은 조건을 바라기가 힘든 처지지. 게다가 협상에 대한 경험마저 없거든. 저쪽한테 당하기 딱 알맞아. 우리 구루뿌가 덩치는 크지만, 지금 우리가 본부로부터 지원을 기대할 형편이 못 돼. 저번에 전자 쪽에서 기술 도입을 했는데, 단단히 바가지를 썼다는 얘기가 있어. 이번에 유사라무가 고용한 변호사가 누군지 아나? 야마시다 히데이에(山下秀家)야. 일본에서 세금을 제일 많이 내는 변호사야. 우리 구루뿌 고문 변호사도 괜찮은 사람이긴 하지만, 전적으로 우리 일에 매달릴 수가 없는 형편이거든. 우리는 일본 국내법에서도 저쪽에게 지고 들어가는 판이야. 그러니 자네가 한껏 막아줘야 하네. 그렇지 않으면 막을 사람이 없어. 우리는 이차 저지선이 없는 형편이네. 알겠나?" 그 말을 듣고, 그는 가슴이 뭉클했었다.

그는 깨끗하게 장정이 된 계약서를 내려다보았다. 투지와 비슷한 감정이 가슴 한구석에서 파란 싹을 내미는 것을 느끼고, 그는 몸을 부르르 떨었다. 그는 고개를 들어 이번 협상에서의 자신의 적수를 건너다보았다.

앤더슨은 체구가 컸다. 서양인치고도 큰 편이었다. 금발에 푸른 눈을 한 전형적인 북구인의 모습이었는데, 얼굴에 악의가 없어 호감이 갔다. 서른이 갓 넘은 듯했다.

'지금 저 친구는 날 어떻게 보고 있을까?' 그는 얼굴에 가벼운 웃음을 띠고 입을 열었다, "앤더슨씨, 저는 지금 좀 서글픈 느낌이 듭니다."

"뭐라구요? 서글프다구요?" 앤더슨이 놀라서 몸을 앞으로 내밀었다.

그는 탁자 위의 서류들을 가리켰다. "이 계약서들을 보십시오. 이것들은 정말 잘 꾸며졌습니다. 가계약이 체결된 지 채 한 달이 되지 않았는데, 이런 작품이 나온 것은 감탄할 만한 일입니다. 그런 회사를 상대로 이제부터 협상을 벌여야 하는데, 솔직히 말해서, 저로서는 도움을 기대할 만한 곳이 없습니다. 이런 처지에서 좀 서글퍼지는 것은 자연스러운 일이 아닐까요?"

"아, 알겠습니다." 앤더슨은 무엇이라고 덧붙여야 좋을지 몰라 좀 당황하는 눈치였다.

"이 서류들을 검토하려면 적어도…… 사흘은 걸릴 텐데, 그 동안 어떻게 하시겠습니까?" 그는 화제를 돌렸다.

앤더슨이 고개를 끄덕였다. "그래서 실은 몇 군데를 찾아보고 싶습니다, 기노시다씨. 가능하다면, 교우낭(興南)에 가서 공장을 보고 항구의 시설도 둘러보고 싶습니다. 그리고 시간이 있으면, 발전소들도 둘러보았으면 합니다."

"발전소들요? 고가와(虛川) 발전소와 나가즈(長津) 발전소를 말하는 것입니까?"

알루미늄 제련은 알루미나를 전기 분해하는 것이라서, 생산비에서 전력비가 차지하는 비중이 무거웠다. 한도우 경금속의 경우 대략 이십 퍼센트를 차지하고 있었다. 앤더슨이 발전소를 구경하고 싶어하는 것을 이해할 수 있었다.

"예, 맞습니다. 주선해주실 수 있겠습니까?"

그는 잠시 생각했다. "어려운 일은 아니라고 생각합니다. 하지만 아무래도 시간이 걸릴 테니, 내일은 어려울 테고…… 모레쯤 출발하시는 것이 어떨까요? 여행으로 피곤하시기도 할 테고."

"좋습니다. 고맙습니다, 기노시다씨." 앤더슨이 활짝 웃으면서 말했다.

초면이었지만 구김살이 없는 앤더슨에게 그는 호감을 느꼈다. 그리고 그것이 반가웠다. 그의 경험으로는 협상에 있어서 상대방에게 호감을 갖게 되면 일이 잘 되었다. 아마도 상대방도 그것을 느끼게 되기 때문인 것 같았다. 협상의 당사자들이 서로 호감을 갖게 되어 친근하게 되면, 자연히 솔직하게 자신들의 견해를 털어놓게 되어, 의견들이 비교적 쉽게 접근되었다. 더욱이 상대방이 나중에 자기 윗사람들을 설득하는 데 도움이 될 것들을 갖고 돌아갈 수 있도록 배려해줄 여유가 있어서, 계약이 성사되는 확률이 높았다. 협상을 하는 사람에게는 협상 결과에 대해 자기 편 사람들을 설득하는 일이 언제나 가장 어려운 일이었다.

"천만에요." 그는 따라 웃으면서 시계를 들여다보았다. "벌써 저녁 식사 시간이 가까워졌군요. 앤더슨씨, 선약이 없으시면, 제가 저녁 식사에 초대하겠습니다."

8

원숙한 문명은 그 중심지보다 변두리에서 더 사랑받는다.
영국에서 교육받은 인도인보다 더 영국적인 사람이 있는가?
——더글라스 로렌스, 『식민지』에서*

"시마즈양, 당신의 고향은 이곳 조선입니까?" 식사 주문이 끝나자, 앤더슨이 도끼에에게 물었다.

"아녜요. 저는 규우슈우(九州)에서 태어났습니다."

"아, 그렇습니까?" 앤더슨이 고개를 끄덕였다. "남쪽에서 오셨군요."

"네."

히데요는 그것만으로는 설명이 충분하지 못하다고 생각했다. "앤더슨씨, 시마즈양은 가고시마의 시마즈 가문 출신입니다. 큰아버지께서 시마즈 공작이십니다. 시마즈씨는 처음부터 규우슈우에 자리잡은 전통적 영주 가문입니다. 아마 황족을 빼놓고는 일본에서 가장 훌륭한 가문일 겁니다. 이미 십세기초에 커다란 무사단(武士團)을 거느린 유력한 정치 세력이었고, 그뒤로 줄곧 규우슈우에서 가장 강력한 영주였습니다."

"아, 그렇습니까?" 앤더슨이 열심히 고개를 끄덕였다.

"근대에 와서도, 시마즈씨가 거느린 가고시마를 중심으로 한 사쯔마번(薩摩藩)은 일본에서도 가장 강력한 세력이었습니다. 번은 미국의 주(州)와 비슷했습니다. 무엇보다도 우리나라가 개국하게 되었을 때는 시마즈 나리아끼라(島津齊彬), 시마즈 히사미쯔(島津久光) 같은 시마즈양의 직계 선조들이 정국을 이끌었습니다." 시마즈 나리아끼라는 도끼에의 직계 선조가 아니라는 사실이 그의 마음에 조그만 가시로 걸렸다. 나리아끼라는 후손이 없어서 동생인 히사미쯔의 아들 다다요시(忠義)를 후사(後嗣)로 삼았던 것이다. 그러나 그런 것까지 설명하면 너무 장황해질 터였다.

그는 그 느낌을 누르고, 말을 이었다, "또 그때 일본의 지도자들 가운데 많은 사람들이 사쯔마번에서 나왔습니다. 사이고우 다까모리(西鄕隆盛), 사이고우 쯔구미찌(西鄕從道), 오오꾸보 도시미찌(大久保利通), 구로다 기요다까(黑田淸隆), 오오야마 이와오(大山巖), 모리 아리노리(森有禮) 등 이루 다 헤아리기 힘들 정도로 많은 지사들이 사쯔마번에서 나왔습니다. 사쯔마번과 사쯔마번의 영주였던 시마즈씨를 빼놓고는 일본 근대사를 얘기할 수 없습니다." 그는 '사쯔마' 라는 이름이 일본 사람들의 가슴에 불러일으키는 감회를 제대로 설명할 수 없는 것이 사뭇 안타까웠다. 웅번(雄藩) 사쯔마에 대해 알지 못하면, 시마즈가에 대해서도 제대로 알 수 없는 것이었다.

언젠가 도끼에의 비망록에서 오래 된 사진을 본 적이 있었다. 한눈에도 무샤(武者)임을 알아볼 수 있는 근엄한 노인이 고색 창연한 가레산스이(枯山水) 앞에 귀엽게 생긴 계집아이를 데리고 선 사진이었다. 그 노인은 그녀의 할아버지 시마즈 공작이었다. 대여섯 살밖엔 되지 않은 그 계집아이의 얼굴에는 벌써 도끼에의 얼굴 모습이 어리고 있었다. 도끼에가 태어나고 자란 집안의 진수가 담겨져 있는 듯한 그 사진을 들여다보면서, 그는 무엇이라고 말하기 힘든 감동을 맛보았었다.

“아이, 과장님 또…… 그런 말씀 하시면 싫어요.” 도끼에가 그를 바라보고 웃으면서, 일본말로 나무랐다. “저번에 그런 말씀 하지 않겠다고 하셨잖아요?”

“그랬었나?” 그는 껄껄 웃었다.

앤더슨이 빙그레 웃고서 고개를 가볍게 숙였다. “그처럼 훌륭한 가문에서 태어난 분을 뵙게 되어서 영광입니다. 우리 할머니께선 언제나 말씀하셨죠, ‘피는 못 속이느니라’라고. 그분께선 자신이 왕족의 피를 받으신 것을 무척 자랑스럽게 여기셨거든요. 지금 시마즈양을 뵙고 나니, 우리 할머니 말씀이 옳다는 것을 새삼 깨닫게 됩니다.”

도끼에의 얼굴이 붉어졌다. “칭찬해주셔서 고맙습니다.” 그녀는 가볍게 고개를 숙여 인사했다.

‘우아한 칭찬인데…… 데리고 나오길 잘했지.’ 그는 도끼에를 바라보면서 흡족한 마음으로 생각했다. 그녀가 사양했지만, 앞으로 같이 일하게 될 사람이니 일찍 사귀어두는 것이 좋다고 그가 우겨서 같이 나온 것이었다. 맞는 얘기였지만, 그보다도 그녀와 같이 있고 싶은 생각에서 우긴 것이었다. “내가 보기엔 앤더슨씨 할머니 말씀

56

이 두 분에게 다 적용되는 것 같습니다."

"칭찬해주셔서 고맙습니다." 앤더슨이 그에게 고개를 숙였다. 그의 재치 있는 대답에 웃음판이 되었다.

"앤더슨씨, 당신은 할머니 얘기를 하셨는데, 할머니께서는 어느 왕가에서 나오셨나요?" 웃음이 가라앉자, 그는 진지한 얼굴로 물었다.

"서전(瑞典) 왕가죠. 홀시타인―고토프가라고 하는데, 십팔세기에서 십구세기초까지 서전을 통치했죠. 저는 바이킹의 후예입니다." 앤더슨이 싱긋 웃었다. "제 할아버지 때 미국으로 건너왔습니다. 전 위스콘신에서 태어났습니다…… 기노시다씨, 당신은 어디서 태어나셨습니까?"

"저는 이곳이 고향입니다. 게이조우에서 남쪽으로 약 백 킬로미터 떨어진 곳에서 태어났습니다." 준비해두었던 답변이긴 했지만 좀 떨떠름한 맛이 혀끝에 남았다. 외국 사람에게 자신이 조선인이라는 것을 알릴 때마다 어쩔 수 없이 맛보는 감정이었다. 상대방에겐 아무 관심이 없는 일이고 혼자 느끼는 열등감이라고 아무리 자신에게 일러도, 어쩔 수가 없었다.

"아, 그렇습니까? 저로서는 이번이 초행이지만, 조선은 살기 좋은 곳인 것 같습니다. 기후가 좋고……" 앤더슨이 조심스럽게 말을 골랐다.

'일본에 대해 공부를 하고 나왔을 터이니, 조선에 대한 것도 알겠지.' 그는 씁쓸하게 생각했다.

마침 수프가 나왔다. '조그만 고비를 하나 넘긴 셈이구나.' 그는 가만히 한숨을 내쉬었다.

# 9

공산주의 세력의 점증하는 위협에 대해 힘을 합쳐 자유 세
계를 지킨다는 큰 목표를 위해서, 미국과 일본은 사소한 이
해의 상충을 슬기롭게 극복해야 합니다.
　　――도우조우 히데끼 일본 수상, 1953년 11월 3일 미국
　　　　의회에서의 연설에서*

양국의 교섭이 시작된 이래 일본과 미국은 언제나 충실한
친구였습니다. 그리고 이 우정은 '평화스러운 바다(太平洋)'
라고 불려온 바다를 실제로 평화스럽게 지켜준 울타리였습니
다.
　　――존 피츠제럴드 케네디 미국 대통령, 1970년 5월 12일
　　　　일본 의회에서의 연설에서*

"감사님, 결재받을 서류를 가지고 왔습니다."

소파에 기대앉아 신문을 읽던 하세가와 이찌로우(長谷川一郎) 감사
가 천천히 고개를 들었다. "으음, 기노시다 과장. 어서 오게."

히데요는 서류를 탁자 위에 조심스럽게 펴놓고, 옆 소파에 앉았
다. "이번에 유사라무에서 보내온 '합작 투자 계약서' 초안입니다."

"으음. 유사라무에서 온 건가?"

"예. 이번에 나온 앤더슨이라는 사람이 가지고 나왔습니다. 내용은
저번 가계약에 나온 사항들을 구체화시킨 것입니다. 중요한 사항들
을 뽑아서 요약표를 만들었습니다."

감사는 고개를 끄덕이고서 요약표를 훑어보기 시작했다. "이것은
무슨 말인가?"

"아, 그것 말씀입니까? 그것은 새 회사의 사장이 우리측에서 나오
게 되면 유사라무측에서 수석 부사장을 내고, 우리측에서 수석 부사
장이 나오면 유사라무측에서 사장을 낸다는 말입니다. 그리고 감사

는 수석 부사장을 낸 측에서 아울러 낸다는 것입니다."

감사는 생각에 잠겨 맞은편 벽을 한참 동안 응시했다. 완강한 느낌을 주는 얼굴이었으나, 짧게 깎은 머리는 잿빛으로 세어 있었다. 그는 예비역 육군 중장으로 작년 가을에 감사로 들어왔다. 작년 봄에 그가 지휘하는 사단이 찰합이성(察哈爾省)에서 지공군(支共軍)의 기습을 받아 연대장이 전사하는 큰 피해를 입는 바람에, 갑자기 군복을 벗었다고 했다.

"자네 생각엔 우리측에서 사장이 나올 것 같은가, 수석 부사장이 나올 것 같은가?" 감사가 생각에서 깨어나, 그를 찬찬히 살펴보면서 가라앉은 목소리로 물었다.

"글쎄요…… 윗분들이 결정하실 일이라 제가 말씀드리기는 어려운 사항인데요. 다만…… 합작 투자 회사에서 이렇게 권한을 나누는 것은 상당히 보편적인데, 우리 일본 사람들은 대개 사장을 택하는 경향이 있습니다. 외국 사람한테 사장을 줄 수야 있느냐, 하는 논리죠. 우리 회사의 경우도 그럴 것 같은 생각이 듭니다. 사장님께서 하루 아침에 직함이 수석 부사장으로 되는 것은 좀 생각하기 어렵잖겠습니까?"

감사가 천천히 고개를 끄덕였다.

"문제는 수석 부사장의 권한이 사장보다 적은 것이 아닌 데다가 사장의 통제력이 부족하면 실권을 장악할 수 있는 위치에 있다는 점입니다. 따라서 어떻게 보면, 수석 부사장의 비중이 더 크다고 할 수 있죠."

"거기다가 감사까지 그쪽에서 나오면, 저울이 그쪽으로 기우는 것이 아닌가?"

"예. 바로 그 점입니다. 실권을 쥐게 될 수석 부사장을 견제한다는 뜻에서도 감사는 사장을 내는 쪽에서 나오는 것이 합리적이죠. 회사에서 방침을 정하면, 저쪽과 협상을 해볼 생각입니다."

"그렇지. 좋은 생각야." 감사는 고개를 끄덕였다. "자네 같은 에리

또 사원이 일을 잘 해야 회사가 사네."

그로서는 좀 뜻밖의 칭찬이었다. 원래 하세가와 감사는 회사 일에 그리 관심을 보이는 사람이 아니었다. 한참 무운이 뻗어 전방의 사단장을 하다가 하루아침에 기세가 꺾이어 조그만 회사의 감사 노릇을 하자니, 신명이 나기 어려울 것은 당연했다. 그는 감사가 별로 대면할 기회가 없었던 자신의 이름을 기억하고 있었다는 것에도 조금 놀랐었다. 하긴 유사라무와의 가계약이 체결된 뒤로는 사람들이 그를 대하는 태도가 많이 달라진 것이 사실이었다. 유사라무와의 합작 투자가 이루어지면 자본·경영·기술의 모든 면에서 우월한 유사라무 쪽으로 회사 경영의 주도권이 넘어가게 될 것이고, 합작 투자 협상에 나서서 그쪽 사람들과 친분을 맺은 사람들이 일본인 직원들 가운데서는 그래도 힘이 있으리라는 계산은 누구나 할 수 있었다. 전에는 은근히 그를 좀 낮추어보던 내지인 부장들까지 그를 술자리에 초청하는 일이 많아진 터였다.

"알겠습니다. 감사님께서 지적하신 사항이니, 감사님 의견을 부전(附箋)으로 개진하시면 어떨까요? 감사님께서 거론하시면, 회사에서 공식적으로 논의가 되어 의견이 빨리 모아질 텐데요."

"그럴까?"

그는 재빨리 일어나서 감사 책상 위에 있는 부전지를 들고 왔다.

"뭐라고 써야 하나?" 감사가 볼펜을 잡으면서, 그를 바라보았다.

그는 바삐 생각했다. 감사로서 합작 투자 회사의 감사에 대하여 거론한다는 것이 좀 뭣하기도 했다. "이렇게 하면 어떻겠습니까? '이사회의 구성에서 양측의 형평이 유지되도록 배려해야 할 것임. 특히 사장·수석 부사장·감사 사이의 관계는 신중하게 고려해야 한다고 생각함.' 그렇게 해두면 감사의 직능에 대한 얘기가 자연스럽게 나올 것 같습니다."

"그래, 그게 좋겠구먼." 감사는 서명을 한 다음, 그 위에 아스테리크 표시를 하고 부전지에 그가 부르는 대로 받아썼다.

"그리고 이것은 계약서 초안을 복사한 것입니다. 번역은 저희 과에서 하고 있습니다. 되는 대로 올리겠습니다."

"그래? 열심히 하게. 자네 임무가 아주 중요해. 시까자와(鹿澤) 이사가 자네 얘기를 많이 하더구먼."

"예. 알겠습니다."

그는 흡족한 마음으로 감사실에서 나왔다. 감사에게 칭찬을 받은 것은 기분이 좋은 일이었다. 칭찬 자체가 중요하다기보다, 자신이 회사에서의 위치가 확고함을 느낄 수 있어서 반가웠다. 그리고 하세가와 감사가 합작 투자 업무에 적극적으로 참여하도록 하는 계기가 마련된 것이 반가웠다. 가계약의 조인을 계기로 유사라무와의 합작 투자 추진이 회사의 공식 정책으로 되었지만, 아직도 회사에는 합작 투자를 바라지 않는 사람들이 많았다. 단순히 변화를 싫어하는 사람의 상정으로 돌릴 일이 아니었다. 지금 체제 아래서 재미를 보고 있다고 생각하는 사람들은, 특히 경리부 사람들은, 아직도 공개적으로 합작 투자의 타당성에 회의를 표시하고 있는 형편이었다. 거기에다가 합작 투자가 이루어진 뒤의 새로운 환경에 적응할 자신이 없는 사람들은, 특히 나이가 들고 영어에 자신이 없는 사람들은, 합작 투자 협상이 깨어지길 은근히 바라는 눈치였다. 다나까 부장의 얘기로는 이사회에서도 하시모도 도모미(橋本具視) 사장과 시까자와 이사만 합작 투자에 적극적이고, 나머지는 소극적이거나 반대하고 있었다. 감사가 협상에 관심을 보여준다면, 그러한 분위기가 상당히 바뀔 가능성도 있었다. 그로선 이사회에서 하세가와 감사가 차지하는 비중이 어떤지 알 수 없었지만, 사단장을 지냈고 조선군 참모장이 육사 동기생인 예비역 육군 중장의 의견이 무게가 없을 것 같지는 않았다.

## 10

위의 표에서 보는 바와 같이, 축첩을 한 사람의 83퍼센트
가 내지인이고 그들의 첩이 된 여성의 96퍼센트가 조선인이
다. 비록 게이조우와 가마야마(釜山)의 표본 조사에서 나온
것이긴 하지만, 위의 수치는 전조선에 걸쳐 상당한 타당성을
지닌 것으로 보인다.
　　　── 다나베 스즈꼬(田邊鈴子), 일본 여권운동협의회
　　　　(日本女權運動協議會) 편, 『일본 여성 연감(日本女
　　　　性年鑑), 쇼우와(昭和) 60년』에서*

히데요는 볼펜을 놓고, 벌겋게 자국이 난 손가락을 문지르면서 앞
자리의 도끼에를 바라보았다. 단정하게 다듬은 머리 아래로 흰 목덜
미가 살짝 드러난 것이 눈에 들어보면서 자줏빛 충동이 그의 살 속
으로 짜릿하게 흘렀다. 그는 자신을 가볍게 꾸짖고, 이내 그 충동을
눌러서 속으로 집어넣었다. 사무실 창엔 눈 덮인 게이난산(京南山)과
그 위의 구름 덮인 하늘이 한 폭 세한도(歲寒圖)로 걸려 있었다. 제
법 날리던 눈발이 좀 멎은 모양인지, 하늘 한쪽이 부우연히 트이고
있었다. 을씨년스러운 날씨가 두 사람만이 있는 썰렁한 사무실을 오
히려 오붓하게 만들고 있었다.

그와 도끼에는 앤더슨이 가지고 온 계약서 초안을 번역하기 위해
일요일인데도 사무실에 나온 것이었다. 도끼에는 어떤지 몰라도, 그
로선 그녀와 함께 보내는 휴일이 즐거울 수밖에 없었다. 더구나 일
때문에 사무실에서 만났다는 사실이 마음을 편하게 했으므로, 그 즐
거움은 온전했다.

그는 자리에서 일어나 그녀 옆으로 가서 전기난로에 손을 쬐었다.
옆방에서 무거운 것을 끄는 소리가 났다. 결산 작업 때문에 회계과
사람들은 연일 야근을 하고 있었다.

"과장님, 이건 무슨 뜻인가요?" 도끼에가 번역하던 초안을 그가 선 쪽으로 옮겨놓으면서 물었다.

"뭔데?" 그는 그녀 곁으로 한걸음 다가서서 허리를 굽혔다. 그녀의 체취가 실린 향수 냄새가 그의 마음의 호수 위에 푸른 산 그림자로 앉았다. 문득 물결이 흔들렸다. '이러다간……' 그는 두 손으로 책상을 짚고 마음을 다잡으면서 생각했다. '이러다간 내가 실수하지.'

"이 문장이 무슨 뜻인지 잘 모르겠어요." 그녀가 손가락으로 가리켰다. "문맥은 대강 알 것도 같은데……"

문장 대신 서늘한 느낌을 주는 그녀의 긴 손가락이 눈에 들어왔다. 그는 억지로 눈길을 돌려 그녀가 가리킨 문장을 읽어보았다. 합작 투자 계약이 발효하여 한도우 경금속의 자산을 평가하게 될 때, 회계 장부를 마감하는 절차에 관한 것이었다.

"이것은 회계 장부의 마감 절차에 관한 것인데…… 이것을 제대로 이해하려면, 부기와 회계에 대한 기본 지식이 있어야 할 텐데…… 시마즈양, 부기나 회계학을 배운 적 없지?"

"없는데요." 그녀가 엷은 웃음을 띠면서, 그를 올려다보았다.

"그럼, 시마즈양, 이왕 나온 문제고 어차피 앞으로 일하려면 회계 지식이 필요할 테니까, 이번에 좀 배워두지. 내가 기초부터 간단하게 설명해줄게. 종이 좀 내놔봐."

그는 우선 부기와 회계학의 기본 개념들부터 설명하기 시작했다. 그는 무엇을 남에게 설명할 때는 언제나 가장 근본적인 가정들과 가장 기본적인 개념들로부터 시작해야 직성이 풀렸다. 군대에서건, 회사에서건, 자신이 가르치는 휘하 사람들에겐 더욱 그랬다. 힘이 들고 시간이 걸렸지만, 길게 보면 그것이 경제적이라고 믿었다. 그녀가 단 두 해 동안에 회사의 업무를 그런대로 조감할 수 있게 된 것도, 따지고 보면, 그의 그러한 교육 방법에 적지 않은 힘을 입은 것이었다.

"……대강 그런 얘기야. 이젠 그 문장 좀 이해가 가나?" 그는 설명을 끝내고 허리를 펴면서 물었다.

"예. 가르쳐주신 것 다는 몰라도 조금은 알 것 같은데요. 그리고 재미있네요. 전 부기라면 그저 딱딱하고 골치 아픈 것인 줄로만 알았는데……"

"이 세상엔 애석하게도 복식 부기(複式簿記)의 아름다움을 모른 채 평생을 보내는 사람들이 너무 많다는 게 내 지론야. 그리고 복식 부기는 인류 역사상 무척 중요한 발명들 가운데 하나야. 복식 부기에 의한 정확한 계산 없이 큰 사업체, 특히 국제 무역에 종사하는 회사를 운영할 수는 없었을 거야. 그리고 그러한 회사들이 없었으면 지금 세상이 어떨까 한번 생각해봐. 내 생각엔 복식 부기의 발명은 내연 기관의 발명과 맞먹는 중요한 사건이야."

"복식 부기는 누가 발명했나요?"

"애석하게도 그것은 알려지지 않았어. 내 생각엔…… 역사상 중요한 발명들처럼 복식 부기도 여러 사람들이 오랫동안 조금씩 다듬어낸 것 같아. 의자나, 책상이나, 가위나, 바지처럼 정말 중요한 발명들은 그런 게 많잖아?" 그는 웃으면서 시계를 보았다. 꽤 오래 설명한 느낌을 가졌는데, 채 반시간이 걸리지 않았다. "내가 언제나 말하는 바지만, 기획부에서 일하려면 회사 업무의 모든 부면에 대해 조금씩은 알아야 해. 앞으로 합작 투자 업무가 있으니까, 회계 지식은 꼭 필요해. 그리고 회계에 관한 영어 어휘를 아는 것은 당장 필요하고. 참." 그는 자기 자리로 가서 책상 서랍에서 폴 새뮤얼슨의 『경제학』을 꺼냈다. "시마즈양, 이 책은 경제학 교과선데, 여기에 기본적 회계학 지식을 요약한 게 있어. 어디더라?" 그는 색인을 뒤져서 원하는 부분을 찾아냈다. "여긴데…… 봐. 쭈욱 나와 있지. 이걸 복사해가지고 읽어봐. 도움이 될 거야."

"예. 고맙습니다."

"그 책 참 훌륭한 책이야. 내가 오 판으로 공부했는데, 그것은 십일 판이거든. 대단한 책이지. 시간만 있으면, 그 책 전부를 읽으면 좋을 텐데……” 그는 그녀의 얼굴을 살폈다. 사실 그는 전부터 그 책을 그녀에게 권하고 싶었지만, 부담이 클까봐서 망설이던 참이었다.

“제가 읽을 수 있을까요?”

“그렇게 어렵지는 않아. 입문서니까. 그리고 경제학을 전공하는 것이 아닌 독자들을 위해, 서문에 건너뛰고 읽어도 되는 장들을 제시해놓았어. 시마즈양 같으면 그리 어렵지 않을걸?”

“그럼 한번 용기를 내서 시작해볼까요?” 그녀가 화안한 웃음을 지으며, 그가 설명하느라 쓴 종이들을 간추려서 스테이플러로 묶었다.

‘장기 원료 공급 계약서’의 번역을 마치고 볼펜을 놓으면서, 그는 한숨을 길게 내쉬었다. ‘이제 한숨 돌린 셈이구나. 오늘 일과는 이것으로 마감하고……’ 그는 가뿐한 마음으로 서류를 챙기기 시작했다.

원료 계약은 이번 협상의 일부였지만 어느 정도까지는 합작 투자와 별도로 협의될 수 있었으므로, 그는 그것을 먼저 추진할 생각이었다. 합작 투자처럼 협상이 어렵지도 않고 시간이 오래 걸리지도 않을 것이며 정부의 허가를 얻어야 발효되는 것도 아니므로, 비교적 쉽게 성사될 수 있을 것 같았다. 그의 생각엔 쉬운 것부터 이루어가면서 두 회사 사이에 신뢰의 다리를 놓는 것이 좋을 것 같았다. 또 나중에 합작 투자 협상이 깨어지더라도, 완전히 빈손을 털고 물러나는 것이 아니니 두 회사 사이의 관계가 덜 서먹할 것이었다. 유사라무와 같은 커다란 다국적 기업과 관계를 돈독하게 유지하는 것은 한도우 경금속처럼 조그만 회사로선 국제적 과점(寡占)이 형성된 알루미늄 업계에서 살아 남는 데 필수적이었다. 그리고 그렇게 하는 것이 협상 실무자의 체면에도 나쁘지 않으리라는 계산도 깔려 있었다.

도끼에는 여전히 열심히 일하고 있었다. 그녀의 모습에서 그는 그녀가 즐겁게 일하고 있다는 것을 느낄 수 있었다. ‘문학을 전공한 아가씨가 장사에 재미를 붙이다니……’ 그는 흐뭇해서 속으로 웃으며,

고개를 돌려 밖을 내다보았다. 구름장들 사이로 파란 하늘이 보였다. '이런 날엔 함께 밖에 나가서 거리라도 걸었으면……' 그는 다시 그녀의 뒷모습을 바라본 다음 시계를 들여다보았다. 네시 사십분이 되어가고 있었다. '시간이 얼마 없는데……' 그는 마음이 조급해지는 것을 느끼고, 그녀에게 말을 하려다가 멈칫했다. '만약 도끼에가 거절한다면……' 그는 그녀가 조금이라도 자신을 멀리하는 내색을 하면 자신은 그녀에게 친근한 정을 나타낼 용기를 영영 잃으리라고 느끼고 있었다. 그는 그리움과 두려움으로 아프게 죄어드는 가슴으로 그녀의 뒷모습을 한참 동안 바라보았다.

그녀가 만년필을 놓고 허리를 펴더니, 깍지낀 두 손을 뒷머리에 대고 목을 움직였다.

"시마즈양, 피곤하지? 우리 일 끝내고 밖에 나갈까?" 목소리가 떨려 나왔다.

"네?" 그녀가 몸을 돌렸다.

그는 큰 소리로 말했다, "일은 할 만큼 했고. 눈도 내렸고. 밖에 나가 거닐어볼 만도 하잖아? 어디 좋은 영화하는 데 없나?"

"영화요?" 그녀가 잠시 생각했다. "과장님, 「사랑의 계절」 보셨어요?"

"아니. 무슨 영환데?"

"실제 있었던 일을 영화로 만든 것이라는데요, 요새 인기가 대단해요."

"그래? 어디서 하지?"

"오우곤자(黃金座)에서 하죠, 아마. 알아볼까요?"

"그래." 그는 달떠오르는 마음을 누르고서, 그녀 옆으로 가서 전기난로의 선을 뽑았다. "이것은 회계과에 반납하고……"


일요일이라 차들이 드문 데다가 눈에 덮여 제법 정취가 나는 거리를 도끼에와 함께 걷는 것은 즐거웠다.

"설경이 좋은데요, 과장님." 고이소쭈우(小磯通)를 건너는 육교의
계단을 오르고 나자, 그녀가 아래쪽 거리를 내려다보며 말했다.
"그런데. 한시(漢詩)라도 한 수 읊을 만하다면 좀 과장일 테고, 유
행가 한마디는 나올 만하군."
"과장님께서도 유행가 아세요?" 그녀가 그를 올려다보며 물었다.
"하아, 시마즈양이 나를 우습게 보는구먼. 이래뵈도, 내가 북만(北
滿)에 있었을 땐 술집에서 알아주는 명창이었다구."
그녀가 클클 웃고 나서 걸음을 옮겼다.
"그곳의 겨울은 대단했지. 겨울은 역시 북쪽에서 보내야 제맛이 나
지."
"저도 그런 델 한번 가봤으면 좋겠어요."
"기회가 생기면 내가 데리고 가지." 그는 불쑥 뱉아놓고서, 아차
싶어 그녀를 흘긋 살폈다. 눈길이 마주쳤다. 두 사람은 황급히 눈길
을 돌렸다. 그의 가슴이 한 번 거르고 뛰었다. 무심히 넘길 수도 있
는 말이었지만, 그는 자신의 속마음을 드러낸 것만 같아 얼굴이 달
아올랐다. 그들은 말없이 육교의 계단을 내려갔다.


# 11


서양 문명의 충격으로 동양인의 의식 속에 자리잡은 인종
적 열등감은 일본에서 가장 깊었던 것 같다. 일본이 다른 민
족의 지배를 받은 적이 없었기 때문이었는지도 모른다. 하여
튼 서양의 문물을 열심히 배우기 시작했던 1870년대엔 일본
인을 인종적으로 개량하기 위해 구주인과 잡혼(雜婚)시켜야
한다는 주장까지 나왔었다. 이것은 결코 실없는 사람의 망발
이 아니었다. 개화 초기에 일본을 사상적으로 이끌었고, 뒤
에 도우꾜우 데이고꾸 대학교의 총장을 지낸 선각자의 주장
이었다.

정신 깊숙한 곳에 여러 가지 형태로 자리잡은 인종적 열등
감을 찾아내어 극복하는 일은 동양인에겐 무척 중요한 일이
다. 서양적인 것들이 물질적 면에서만이 아니라 감성의 영역
에서도 동양적인 것들을 몰아내고 있는 지금——세안장미
(細眼長眉)가 동양에서는 미남의 요건이었다는 것을 들으면,
서양 영화를 보면서 큰 눈이 매력적이라고 배운 요즘의 젊은
이들은 무엇이라고 할까?——이것은 생존에 직결되는 문제
다. 네안데르탈인이 멸종된 것은 현생 인류에 대한 열등감
때문이었다는 어느 소설가의 견해는, 그것의 과학적 타당성
을 떠나, 우리가 음미해볼 만한 탁견이다.
　　　——사노 히사이찌(佐野壽一), 『독사수필(讀史隨筆)』에서*


휴게실 확성기에서 곧 영화가 시작된다는 안내 방송이 나왔다. 사
람들이 부산하게 입구 쪽으로 몰리기 시작했다. 히데요는 천천히 한
모금 빨고 나서 담배를 재떨이에 비벼 끈 다음, 외투를 벗었다. "외
투를 벗고 들어가지."
"네."
그는 도끼에의 뒤로 돌아가서, 그녀가 외투를 벗는 것을 도와주었
다. 무슨 짐승의 털로 만든 외투였는데, 손끝에 닿는 감촉이 보드라
웠다. 그 외투를 입은 것이 다른 사람이었다면, 젊은 여자가 너무 사
치스럽게 차려입었다고 욕을 했을 터였지만, 도끼에가 입은 것은 어
쩐지 자연스러웠다. 다른 때는 옷을 검소하게 입는 그녀가 오늘 화
사하게 차리고 나온 것이 흐뭇하기만 했다.
'세쯔꼬에겐 이런 외투가 없지.' 마음속 외진 구석에서 조그만 목
소리가 말했다. 그는 그 반갑지 않은 소리를 이내 눌러 속으로 집어
넣었다. "감촉이 좋은데." 그는 외투를 쓰다듬으면서 그녀에게 내밀
었다.
그녀가 수줍게 웃으면서 외투를 받아들었다. "조선은 겨울이 춥다
는데 어떡하느냐고 엄마가 걱정을 하도 해서, 큰언니가 준 거예요."

"그래? 이쪽으로 들어가지."

암표를 산 덕분에 자리는 괜찮았다. 그들이 자리를 찾아 앉자, 광고 영화가 끝났다.

"국가가 연주되겠습니다. 일동 기립." 확성기에서 힘찬 남자 목소리가 나왔다. 사람들이 황급히 일어섰다.

이어서 불이 꺼지고 화면에 빨간 풍선들이 네 귀를 끌어올리는 커다란 닛쇼우끼(日章旗)가 나왔다. 그와 함께 「기미가요」의 곡조가 우렁차게 울려나오기 시작했다. 국기가 하늘 속으로 떠가자, 황궁(皇宮)의 모습이 나왔다. 높은 곳에서 조감한 황궁 전체의 모습, 여러 궁전들, 꽃이 활짝 핀 벚나무들, 오리들이 노니는 푸른 연못, 무성한 숲의 나뭇잎들 사이로 비치는 햇살——언제 보아도 황궁의 모습은 장엄했다. 이어서 눈을 인 머리에 아침 햇살을 받은 후지상(富士山)과 동양에서 제일 높은 건물이라는 미쯔이(三井)무역회관을 중심으로 한 도우꾜우 시내의 모습이 나왔다.

그는 여느 때는 국가가 연주되는 시간이 좀 길다고 느꼈었다. 오늘은 그렇지 않았다. 도끼에와 함께 서서 화면을 응시하며 듣는 국가에서 그는 제대한 뒤론 느끼지 못했던 감동을 맛보았다.

국가가 끝나자, '제국 소식'이 나왔다. 작년에 만들어진 영화라 소식치곤 좀 묵은 것들이었다. 첫머리에 아베 하루노리(阿部治憲) 수상의 동정에 관한 것들이 나왔는데, 작년 십일월에 일본을 찾아왔던 서반아(西班牙) 부총통을 만난 것이 가장 두드러진 일이었다.

다음에는 이즈 제도(伊豆諸島) 오오시마(大島)의 미하라상(三原山)이 분화(噴火)하는 광경이 나왔다. 요사이 내지에서는 지진도 갑자기 많이 일어나고 있어서 다이쇼우 십이년의 간또우 대지진(關東大地震)과 같은 큰 지진이 일어날지도 모른다고 모두 불안해하고 있었다.

이어서 '조선 소식'이 나왔다. 이번에는 도우고우 노부오(東鄉信夫) 총독의 근황이 자세하게 소개되었다. 총독이 오히려 수상보다 바쁜 것 같았다. 데라우찌 우메따로우(寺內梅太郎) 관동군 사령관과 만나 만주와 조선 사이의 경제 협력을 더욱 긴밀하게 하는 방안을 협의했고, 게이모또선(京元線) 사차선 완공식에 참석했다. 1986년도 노벨 문학상을 받은 미시마 유끼오(三島由紀夫)를 위해 만찬을 베풀었고, '총독배 쟁탈 전선(全鮮) 빙상 대회'에서 입상한 선수들을 지신다이(慈信臺)로 불러 같이 식사하면서 격려했다.

'도우고우 총독이 아베 수상보다 여러모로 나은데…… 다나까 부장 얘기대로 도우고우 총독은 역시 큰 재목이다. 수상감이란 말이 나올 만하다.'

총독 얘기가 끝나자, 총독 부인의 근황이 소개되었다. 남편보다 낫다는 평이 있을 만큼 정치적 식견이 높은 여자라, 하는 일들이 그럴듯했다. 거동이 좀 딱딱한 총독보다 화면에 훨씬 자연스럽게 나와서, 선전 영화를 본다는 느낌이 덜했다.

"시마즈양," 그는 도끼에에게로 몸을 기울이고 속삭였다, "난 각하보다는 영부인이 훨씬 맘에 들어. 하는 일마다 시원스러운 데가 있어. 시마즈양 생각엔 어때?"

"그러세요? 하긴 사에꼬(佐衛子) 언니는 어릴 때부터 활달했었대요." 그녀가 그의 귀에 속삭였다.

"사에꼬 언니라구?"

"네. 제 큰언니하고 친구예요. 전에는 우리집에 자주 놀러 왔었어요."

"그래?" 그는 고개를 돌려 그녀를 살펴보았다. '총독 부인보고 '사에꼬 언니'라고 부르는 여자. 그런 소리를 하고도 태연한 여자.' 그는 그녀의 옆모습을 보면서, 그녀에 대한 사랑이 더욱 깊어짐을, 그리고 그 사랑이 더욱 절망적임을 느꼈다. 그녀는 여전히 앞만 바라보고 있었다.

본 영화는 소식 영화 말고도 예고편 셋이 나오고서야 시작되었다. 줄거리가 꼭 통속소설의 그것이었다――게이조우의 명문 대학에 다니는 내지인 학생 후지와라 사이가꾸(藤原西鶴)와 조선인 여학생 가네다 하쯔요(金田初代)는 서로 사랑하는 처지였다. 커다란 운수 회사를 경영하던 후지와라의 아버지가 파산하는 바람에 후지와라는 대학에 다니기 어렵게 되었다; 가네다는 부유한 지주의 아들에게 시집가라는 집안의 압력을 뿌리치고 집을 뛰쳐나와 취직해서, 후지와라의 학비를 댔다; 후지와라는 고등 문관(高等文官) 시험에 합격해서 관리가 되어, 도우꾜우로 갔다; 거기서 그는 재벌의 딸과 결혼하고, 그 덕으로 출세하게 되었다; 그 동안 조선에 남아 아들을 홀로 키우던 가네다는 아들을 데리고 소식이 끊어진 후지와라를 찾아 내지로 건너갔다; 후지와라의 부인은 아이를 낳지 못하는 여자로 판명되었는데, 그녀는 가네다의 아들이 내지에서 커서 명문인 후지와라 가문의 대를 잇는 것이 그 아이에게 좋을 것이라고 가네다를 설득했다; 가네다는 마침내 아들의 장래를 위해 네 살 난 아들을 내지에 남겨놓고 혼자 돌아왔다; 그녀는 곧 출가하여 공고우상(金鋼山)으로 들어갔다. 영화는 여승이 된 가네다 하쯔요가 어느 가을날 법당에서 문득 자신의 과거를 회상하는 형식을 취하고 있었다.

지나치게 감상적으로 처리한 점이 좀 거슬렸지만, 눈시울이 아려 오는 장면들도 여럿 있었다. 여주인공이 배신한 애인의 집에 어린 아들을 남겨놓고 나올 때는, 극장 안이 온통 훌쩍이는 소리로 가득했다. 청초한 아름다움을 지닌 가네다 하쯔요의 긴 머리채가 늙은 스님의 가위에 잘려지는 장면에서 여자 관객들은 드러내놓고 울었다. 도끼에도 연신 손수건으로 눈물을 닦았다.

극장에서 나오자, 그들은 다시 회사 근처로 가서 저녁 식사를 하기로 했다. 그들은 말없이 눈 덮인 거리를 걸었다.

영화를 보고 나면 대개 마음이 밝아지는 법인데, 오늘은 그렇지가 못했다. 세쯔꼬가 전에 내지인을 사랑했었다는 것이 생생한 사건으로 느껴진 때문이었다.

결혼한 다음 처가에 일이 있어 갔을 때, 부인네들이 세쯔꼬에 관해 수군거리는 소리를 들은 적이 있었다. 그녀가 중학교 교사였을 때 같은 학교에 근무하던 내지인 교사를 좋아했었는데, 그 남자가 그녀를 버리고 돌아가자 그를 찾아서 내지까지 갔다 왔다는 것이었다. 그 몇 해 뒤 다시 처가를 찾았을 때였다. 어느 나이 많은 부인이 네 살인가 다섯 살 난 게이꼬를 보더니, "아이구, 예쁘기도 해라. 이런 딸을 낳을 팔자였는데, 내지인 아니면 시집을 안 간다고 했으니" 하고 게이꼬를 껴안는 광경을 먼발치에서 본 적이 있었다. 그때 느꼈던 모멸감이 되살아나서 그의 마음속 풍경을 기괴한 빛으로 물들이고 있었다.

하기야 세쯔꼬만 탓할 것은 없었다. 조선인 여자치고 내지인 남자와 결혼하고 싶어하지 않는 사람은 없을 터였다. 여자뿐이 아니었다. 조선인 남자에게 내지인 여자는 성공의 기념비였다. '나도 내지인 여자를, 그것도 화족(華族)의 무남독녀를 얻기를 얼마나 간절하게 꿈꾸었었나? 만일 내지 명문의 딸이 아니었다면, 내가 도끼에를 이렇게까지 사랑하게 되었을까?' 대답은 나오지 않았다.

"시마즈양," 그는 자꾸 어두워지는 마음을 바꾸기 위해 도끼에에게 물었다, "실제로 있었던 얘기라고 했는데, 그 여자가 정말 절로 들어갔나?"

"아니라고 하죠, 아마. 내지에 아들을 두고 나온 것까지는 같은데요, 실제로는 그 여자가 돌아오다가 연락선에서 뛰어내려 자살했다고 하죠? 참 가슴 아픈 일예요."


# 12

일본은 영국과 여러 가지 면에서 비슷해서 흔히 '동양의 영국'이라고 불려왔다. 지리적으로 섬나라고 본토에 비하여 방대한 식민지를 가진 점, 정치적으로 입헌 군주제를 택한 점, 경제적으로 각기 서양과 동양에서 가장 먼저 산업 혁명을 이룬 점, 사회적으로 오랫동안 안정을 누려온 점 들이 그

러한 표현을 정당화시켜주었다. 그러나 근년에는 달갑지 않
은 영국과의 유사점들이 사람들의 주의를 끌게 되었다. 비슷
한 환경 속의 비슷한 체제는 비슷한 약점을 갖게 마련이어
서, 흔히 '영국병'이라고 불리는 구조적 노후화 현상이 1960
년대부터 일본 사회의 각 부면에서 나타나기 시작했다. 이
현상은 특히 경제 분야에서 두드러졌으니, 낡은 생산 시설,
정체된 기술 혁신, 비효율적인 금융 제도와 유통 체계, 보수
적인 경영 방식, 문제들에 대한 창조적 접근을 억제하는 사
회적 관습이 일본 경제의 활력을 고갈시켰다. 제이차 세계
대전에서 패망하여 폐허로부터 출발한 독일의 경제가 오늘날
놀랄 만한 활력을 보여주는 것과 대비하면, 이 점은 더욱 뚜
렷해진다.
　　──『상해공론』, 1984년 2월호, 「일본의 해부: 경제편」
　　에서*

"시작할까요?" 인사가 끝나고 책상을 사이에 두고 마주앉자, 히데
요는 앤더슨을 건너다보며 말했다.

"예. 그럽시다." 앤더슨이 앞머리를 쓸어넘기면서 활기찬 목소리로
대답했다. 고가와(虛川) 발전소에까지 다녀왔으니 꽤 힘든 여행이었
을 텐데, 그는 조금도 피곤한 기색이 없었다. 서양 사람들과 상대하
다보면, 그들의 정력에 질리게 되는 경우가 있었다.

"앤더슨씨, 제가 제안을 하나 하겠습니다." 그는 앤더슨의 혈색 좋
은 얼굴을 옅은 부러움으로 바라보면서 말했다. "장기 원료 공급 계
약은 다른 계약들과는 성질이 좀 다르다고 할 수 있습니다. 그것은
합작 투자를 전제로 한 계약은 아니니까요. 적어도 형식상으로는 그
렇죠. 또 그것은 합의점을 찾기가 비교적 수월한 계약입니다. 상품
을 팔고 사는 계약이니까요. 그래서 저는 그것을 먼저 다루는 것이
좋으리라고 생각합니다. 어떻게 생각하십니까?"

"좋은 생각입니다. 매우 좋은 생각입니다, 기노시다씨. 저는 당신
의 제안에 전적으로 동의합니다." 앤더슨이 얼굴에 웃음을 띠었다.

"우리가 첫 의제에 대해 이렇게 쉽사리 합의에 도달한 것은 앞으로의 협상을 위해서 좋은 징조인 것 같습니다."

두 사람은 유쾌하게 웃었다. 가나자와 하나꼬(金澤花子)가 차 쟁반을 들고 들어왔다. 짙은 자줏빛 옷이 그녀의 몸매와 잘 어울렸다.

"하나꼬."

"네?"

"옷이 고운데. 얼마짜린가?"

"또 과장님은……" 그녀가 살짝 눈을 흘겼다. "이 옷 싼 거예요."

"그래? 보기 좋은데. 잘 어울려. 이따가 시까자와(鹿澤) 이사님께서 시간이 나시면, 연락 좀 해줘. 앤더슨씨가 출장 다녀왔다고 인사 좀 하겠대."

"네."

그는 인삼차를 한 모금 마시고 나서 앤더슨을 건너다보았다. "앤더슨씨, 어저께까지 저와 우리 회사의 구매과장이 이 계약서 초안을 검토했습니다. 우리로서는 최선을 다했습니다만, 솔직히 얘기하면, 우리는 이 초안을 제대로 검토할 능력이 없습니다. 따라서 우리는 당신들이 이것을 선의로 작성하여 계약 조건들이 양쪽에 공평하게 되어 있다고 믿을 수밖엔 없습니다."

"내가 아는 한, 계약 조건들은 모두 한도우(半島)와 서호주(西濠洲) 양쪽에 공평하게 되어 있습니다."

"우리는 이 계약서 초안을 수락합니다. 한 가지 점만 빼놓고는." 그는 차를 마저 마시고, 계약서를 넘겼다. "사조 이항을 보십시오." 그는 그 조항을 읽기 시작했다, "만일 어떤 계약 기간 동안에 한도우가 자신이 본 계약에 따라 구매하도록 되어 있는 양만큼 알루미나를 인수하지 않을 경우, 한도우는 자신이 구매하도록 된 양과 실제로 구매한 양 사이의 차이만큼의 알루미나에 대해 서호주에게 대금을 지불해야 한다. 그리고 한도우는 상기 규정에 따라 대금을 지불한 알루미나를 인수할 권리를 상실한다." 그는 읽기를 마치고 앤더슨을

74

바라보았다.

앤더슨은 초안을 골똘히 들여다보고 있었다. 한참 만에 앤더슨이 고개를 들었다.

"이 조항은 서호주측에서는 합리적이라고 할지 모르겠습니다. 그러나 돈을 내고도 물건을 받지 못한다는 규정은 우리로서는 지나치게 편파적이라고 생각합니다."

앤더슨이 심각한 얼굴로 고개를 끄덕이고서, 담배를 빼어 물었다.

"앤더슨씨," 그는 앤더슨을 불러놓고서 잠시 뜸을 들인 다음 말을 이었다, "서호주나 유사라무에서 이 조항의 타당성에 대해 저를 설득할 수 있을지는 모릅니다. 그러나 저는 제가 우리 사람들을 설득할 수 있으리라고는 생각지 않습니다."

"기노시다씨, 당신의 말에 일리가 있다는 것을 인정합니다." 앤더슨이 담배를 몇 모금 빨더니 비벼 껐다. "당신은 이 조항을 어떻게 바꾸고 싶습니까?"

그는 천천히 담배를 빼어 물면서 생각했다. 이런 일은 헛발을 내딛지 않도록 여유를 갖고 대하는 것이 중요함을 그는 경험을 통해서 알고 있었다. 더구나 처음으로 앤더슨과 협상하는 판이었다. "일견 무리하게 보이는 이와 같은 조항을 넣었을 때는, 서호주측에서도 무슨 생각이 있었을 것입니다. 제 생각엔 이 계약서가 서호주의 표준 계약서인 것 같군요. 맞습니까?"

"예. 이것은 서호주에서 만들어 보낸 계약서입니다."

"그렇다면 저로서는 대안을 내놓기 전에 우선 서호주측의 설명을 듣고 싶습니다."

"좋은 생각입니다." 앤더슨이 고개를 끄덕이며 비망록에 적기 시작했다.

"그리고, 앤더슨씨," 그는 앤더슨이 쓰기를 마치자 말을 이었다, "오조 삼항에 보면, 가격은 삼십 퍼센트가 호주의 도매 물가, 삼십 퍼센트가 호주의 임금, 십오 퍼센트가 연료용 유류 가격에 연계되고, 나머지 이십오 퍼센트가 고정되어 있습니다. 이것의 기초가 된 자료를 보고 싶습니다. 가격 연동제 자체는 장기 계약이니까 좋습니다만, 원가 구성 비율에 대한 설명이 필요하다고 생각합니다."

"알겠습니다." 앤더슨이 다시 비망록에 적었다. "그 밖에 또 있습니까?"

"아닙니다. 기초 가격이 톤당 서부 호주 항구 본선 인도(本船引渡) 백사 불인데, 우리는 그 가격이 타당한지 판단할 자료들을 수집하고 있습니다. 하지만 그것은 서호주나 유사라무와 협상하기 위한 준비라기보다 계약하기 전에 당연히 수행되어야 할 절차의 성격을 띤 것입니다. 만일 서호주측에서 그 가격의 타당성을 뒷받침하는 자료를 제공해준다면 우리에게 도움이 될 것입니다."

"알겠습니다." 앤더슨이 다시 비망록에 적고 있는데, 하나꼬가 문을 열고 들어왔다.

"과장님."

"응?"

"시까자와 이사님께서 지금 시간이 계시대요." 그녀가 차 쟁반을 집어들면서 말했다.


# 13


정주 협정(鄭州協定)

1956년 7월 6일 하남성(河南省) 정주(鄭州)에서 중국 국민군을 대표한 이종인(李宗仁)과 중국 공산군을 대표한 팽덕회(澎德懷) 사이에 체결된 휴전 협정으로, 정식 명칭은 '중화민국 국민군 총사령관을 일방으로 하고, 중화인민공화국 인민군 최고사령원을 다른 일방으로 한 휴전 협정'이다.

1931년에 시작된 제1차 국공 전쟁(國共戰爭)은 1935년의 연안(延安) 전투에서 공산군의 마지막 부대가 우세한 국민군에게 포위되어 궤멸됨으로써 끝났다. 더욱이 이 전투에서 모택동(毛澤東)·주은래(周恩來)·주덕(朱德) 등 대부분의 지도자들이 전사함으로써, 공산당은 와해되었다.

그러나 국민당 정권의 실정과 일본의 침략 행위에 대한 굴욕적 외교 노선은 '내정의 개혁과 외교의 자주 회복'을 약속한 공산주의 운동을 도와주어, 1940년대초에 유소기(劉少奇)를 중심으로 공산당이 재건되었다. 제2차 세계 대전이 종결되자, 노서아는 공산당을 적극적으로 지원하기 시작하였고, 이에 힘입어 1950년 11월에는 신강성(新疆省) 객십갈이(喀什喝爾)에 '신강 소비에트'가 수립되었다. 그뒤 공산당은 노서아에 가까운 북서부 변경 지대에 세력을 확장하여, 1952년에는 신강성의 태반과 감숙성(甘肅省) 북부를 차지하게 되었다.

1953년 4월 국민당 정부는 마침내 내란 상태를 선포하고 토벌군을 일으켜, 제2차 국공 전쟁이 일어났다. 처음에는 국민군이 우세하였으나, 곧 민심의 이탈을 이용한 공산군이 전세를 반전시켰다. 특히 1954년 2월의 '토지 개혁 선언'은 농민들로 하여금 공산당을 적극적으로 지지하도록 하여 전쟁의 분기점이 되었다. 1956년 2월 공산군은 별다른 저항을 받지 않고 북경(北京)과 천진(天津)을 점령하였고, 이어 3월에는 '중화인민공화국'이 수립되었다.

한편 강대국들 사이에서는 협상을 통해 전쟁을 종식시키려는 외교적 노력이 일찍부터 있었고, 전세가 국민군에게 불리하게 전개되자 그러한 노력은 활발하게 되었다. 이어 1956년 2월 "전쟁이 황하(黃河) 남쪽으로 미치면, 산동성(山東省)에 있는 일본 제국의 권익을 보호하기 위해 출병이 불가피하다"는 일본의 선언〔소위 도우조우 선언(東條宣言)〕은 공산군을 협상에 응하도록 하는 계기가 되었다.

이 협정으로 양측은 대략 황하를 경계로 삼게 되어, 신강·감숙·청해(淸海)·영하(寧河)·수원(綏遠)·섬서(陝西)·산서(山西)·찰합이(察哈爾)·하북(河北)의 9개 성(省)은 정식으로 중화인민공화국의 영토가 되었다.

──── 상해 자유시(上海自由市) 동양사학회(東洋史學會)
편, 『동양사사전(東洋史事典)』에서*

"오래 걸릴 것입니다. 아시겠지만, 정부의 허가 절차는 무척 복잡합니다. 우선 조선총독부의 허가가 나와야 합니다. 주무 부처는 대외협력국(對外協力局)인데, 다른 관련 부처들과의 협의를 거쳐 백이십 일 안에 허가 여부를 결정하도록 되어 있습니다. 그 다음에는 내각의 허가가 필요합니다. 그래서 총독부의 허가를 얻은 뒤 삼십 일 안에 경제기획원에 신청하도록 되어 있습니다. 경제기획원은 역시 백이십 일 안에 허가 여부를 결정하도록 되어 있습니다. 그러니까 조선총독부에 신청한 뒤에도 일단 이백사십 일은 걸린다고 봐야겠죠." 히데요는 말을 마치고, 흘긋 시계를 보았다. 5시 26분이었다. 그와 앤더슨은 일을 끝내고 시까자와 이사가 초대한 저녁 식사를 위해 소회의실에서 기다리는 참이었다.

"이백사십 일이면…… 팔개월인데. 좀 길군요. 시일을 좀 단축할 방도가 없을까요? 지금 한도우(半島)는 계속 큰 적자를 내고 있으므로, 합작 투자는 빠를수록 성공적일 가능성이 높습니다." 앤더슨이 가벼운 말로 아픈 곳을 찔렀다.

"압니다. 신청서를 낸 다음엔 한껏 노력해봐야죠. 이백사십 일이란 기간은 당국에서 처리하는 시한을 뜻하는 것이니까, 노력하면 상당히 단축시킬 수 있을 것입니다. 관료들이란 원래 관료적 아닙니까?"

웃음이 그치자, 앤더슨이 물었다, "국가보안처(國家保安處)라는 기구가 무엇을 하는 곳입니까?"

"국가보안처요?" 그는 뜻밖의 질문에 앤더슨을 쳐다보았다.

"작년말에 국가보안처의 차장이 주일 미국 대사관의 상무관과 유사라무의 도우꾜우 지사장을 식사에 초대했답니다. 그 자리에서 그는 한도우와 유사라무 사이의 합작 투자는 미국과 일본 두 나라에 모두 유익한 사업이니 적극적으로 도와주겠다고 했답니다."

그는 말없이 고개만 끄덕였다. 보안처에서 관여하지 않는 일이 드물다는 것을 알고 있었지만, 이런 일에까지 관여한다는 것은 좀 뜻밖이었다. 더구나 차장이면 보안처에서 둘째가는 자리였는데, 그런 높은 자리에 있는 사람이 조그만 민간 회사의 합작 투자 업무에 관해 직접 나섰다는 것은 정말 뜻밖이었다.

"국가보안처는 수상 직속의 기구로 매우 강력한 곳입니다." 그는 떨떠름한 마음으로 대답했다. 외국인, 그것도 자유를 한껏 누리는 미국인 앞에서 '비밀 경찰'이란 말을 입에 올리기도 뭣했지만, 보안처는 '비밀 경찰'이란 말로 설명되기 어려운 방대한 기관이었다. 미국의 연방수사국과 중앙정보부를 합친 기관이라고 설명을 하려 했지만, 사실과 많이 다를 뿐 아니라, 어떻게 그런 기관에서 민간 회사의 합작 투자 업무에까지 관여하느냐고 앤더슨이 되물으면 대답이 궁할 터였다.

"원래 국가의 기밀을 보호하는 것을 목적으로 설립된 기구인데, 기구가 비대해져 요사이는 여러 가지 일에 관여하는 것 같습니다. 아마 그곳의 사람들이 우리의 합작 투자가 외교적인 측면에서도 중요한 뜻을 지닌다고 판단한 모양입니다." 자신의 설명이 어쩐지 어설프게 들려, 그는 이내 덧붙였다, "지금 일본은 만주국 서부에서 지나 공산군과 싸우고 있습니다. 그리고 북쪽에는 노서아가 있습니다. 따라서 지금 일본은 미국의 지원이 절대적으로 필요합니다. 그래서 보안처에서 이번 일에 관심을 갖게 된 것 같습니다. 신문을 보면, 일본은 미국 · 일본 그리고 지나 국민당 정권이 연합하여 강력한 방공(防共) 체제를 수립하는 일을 추진하는 모양입니다."

앤더슨이 고개를 끄덕이더니, 가방에서 신문을 꺼냈다. "기노시다 씨, 여기를 보십시오."

그는 앤더슨이 가리킨 곳을 보았다. 어느새 날이 어두워져 있었다. "잠깐 기다리십시오." 그는 일어나서 창의 차일을 내리고 전등을

켰다. "봅시다."

앤더슨이 가리킨 기사는 『도우꾜우 타임즈』의 사설이었다.


일중 정상 회담에 거는 우리의 기대

그 동안 여러 번 거론되었으나 실현되지 않았던 일중 정상 회담이 마침내 실현 단계에 있다는 소식에 접하고, 우리는 크게 기뻐하며 그 결과에 대해 기대를 거는 바다. 아울러 우리는 과감하게 결단을 내려 회담 추진을 선언한 장세빈(張世斌) 중화민국 총통과 남경(南京)까지 가서라도 현안 문제들을 허심탄회하게 의론하겠다고 국제 정치가다운 면모를 보인 아베 하루노리(阿部治憲) 수상에게 경의를 표하는 바다.

두말할 나위도 없이, 일본 제국과 중화민국은 동아(東亞)의 두 주역이다. 인구·영토·경제력·군사력·문화 수준 등 모든 면에서 두 나라가 차지하는 비중은 거의 절대적이라 할 수 있다. 따라서 두 나라가 공존 공영을 모색하는 일은 비단 두 나라만이 아니라 전체 동아에 중요한 것이다. 특히 두 나라의 북방에는 세계 적화(赤化)를 공언하고 있는 노서아와 그 괴뢰인 지나 공산당 정권이 있다는 사실을 두 나라의 국민들은 잠시도 잊어서는 안 된다.

주지하는 바와 같이, 두 나라 사이의 관계를 소원하게 한 것은 소위 '만주국 문제'였다. 중화민국이 만주국을 승인하지 않는 한 두 나라 사이의 관계는 가까워질 수 없었다. 중화민국 정부가 마침내 만주국의 존재를 인정하게 된 것은 만시지탄의 감이 있지만 다행스러운 일이다.

만주국은 만주족이 중심이 된 나라로, 원래 그 본거지인 만주를 그 영토로 하는 역사적 정통성을 지닌 나라다. 청조(淸朝)의 전신인 후금(後金) 제국이 성립된 것이 1616년, 명조(明朝)를 멸하고 북경에 입성한 것이 1644년, 중화민국에 의해 청조가 망한 것이 1912년이니, 만주족은 근 삼백 년 동안 중국 대륙의 주인이었다.

그 마지막 황제인 선통제(宣統帝)가 고토(故土)에 돌아와 새로운 나라를 세운 것은 부조(父祖)의 유산을 되찾은 것이며, 이제 제2대 황제 후강희제(後康熙帝)가 유업을 계승하여 만주국 왕조는 그 영속성을 과시하고 있다. 더욱이 지난 반세기 동안 '오족 협화(五族協和)'와 '왕도 낙토(王道樂土)'를 국시로 하여 선정을 편 결과, 안으로는 일익 부강해지고 밖으로는 국제 사회에서 어엿한 주권 국가로 인정받게 되었다. 1933년 건국 이래 독일·교황청·이탈리아·미국 등 53개국으로부터 승인을 받은 것이 저간의 사정을 말해주는 것이다.

아무쪼록 다음달에 남경에서 열릴 두 나라의 정상 회담이 소기의 성과를 거두어 동아 번영의 기초가 되기를 기원하는 바다. 아울러 편견에 사로잡혀 만주국의 엄연한 존재를 굳이 외면해온 나라들도 이제는 현실을 정확하게 인식하여 만주국을 승인함으로써 동아의 국제 질서가 탄탄하게 자리잡도록 도와야 할 것이다.


히데요는 고개를 들어 앤더슨을 바라보았다. "우리는 보통 중화민국을 '지나 국민당 정권'이라고 부릅니다. 그런데 여기에선 '중화민국'이라고 정식 명칭을 썼군요. 흥미있는 일입니다."

"그러면 일본 정부에서 우리의 합작 투자를 호의적으로 보는 것은 확실한 셈입니까?"

"그런 것 같습니다."

"과장님, 이사님께서 나오셨어요." 하나꼬(花子)가 문을 열고 말했다.

"다나까 부장님은?"

"부장님도요."

앤더슨을 먼저 내보낸 뒤 사무실 안을 대충 정리하고 나오면서, 그는 보안처 차장이 했다는 말의 뜻을 곰곰 생각했다. 보안처에서 밀어준다면 합작 투자 허가는 쉽사리 나올 터였다. 그러나 협상 자

체는 어려워질 수밖에 없었다. 유사라무측에서 더욱 고자세로 나올
가능성이 있었다. 그리고 중요한 것은 합작 투자 자체가 아니었다.
새 회사가 잘 되도록 합작 투자 계약의 내용을 알차게 만드는 일이
중요했다. 그에게는 외교적 고려와 같은 개념은 어쩐지 허황된 느낌
을 주었다. 미국 회사 하나가 더 일본에 들어오면 미국과 일본의 유
대가 그만큼 강화된다는 논리엔 아무래도 속이 빈 울림이 있었다.
보고서 위에선 그럴듯하게 들릴지 모르겠지만, 실제로는 그럴 것 같
지 않았다.

'그렇지 않아도 발가벗고 협상에 나간 판인데, 쓸데없이 나서긴.
정 나서려면, 먼저 우리한테 와서 사정 얘기를 들어야지…… 너희
같은 미천한 백성들하고 어떻게 상대하겠느냐, 이거겠지.' 평소의
뜨악한 감정까지 곁들인 터라, 그는 승강기를 타고 내려오면서 속으
로 투덜댔다.


# 14

> 얼마 전에 나 장주(莊周)는 꿈에 나비가 되어 나비처럼 기
> 뻐했다. 스스로 즐거워 마음에 들어 주(周)인 줄 알지 못했
> 다. 문득 꿈이 깨니 놀랍게도 주였다. 나는 주가 나비가 된
> 꿈을 꾸었는지 나비가 주가 된 꿈을 꾸고 있는지, 알지 못한
> 다.
> —— 장주(莊周), 『장자서(莊子書)』에서


"기노시다 과장, 술 좀 드쇼." 불콰해진 얼굴로 다나까 부장이 히
데요의 술잔을 가리켰다.
"예. 많이 마셨습니다." 그는 대답하고서, 달아오르기 시작한 얼굴
을 손으로 쓰다듬었다. "벌써 오르는데요."
다나까 부장은 고개를 끄덕이고서, 흡족한 얼굴로 좌중을 둘러다

보았다. 막 좌석의 분위기가 오르는 참이었다. 부장은 지난주에 숙부상을 당하여 가고시마에 들어갔다가 그저께 나왔는데, 자기가 없는 동안에 수고들 했다는 뜻에서 기획부 직원들을 집으로 초청한 것이었다.

"부장님, 가고시마에서 오실 때, 차편이 어떻게 되나요? 배를 타셨나요?" 다까미야 가즈오(高宮和夫)가 물었다.

"배? 아냐. 후꾸오까(福岡)까지 나와 비행기를 타지. 후꾸오까에서는 가마야마(釜山)나 게이조우로 오는 비행기 편이 많아. 난 이번엔 구루뿌 본부에 들르느라고 도우꾜우를 거쳐 왔어."

히데요는 작년말에 그룹 조정실에서 다나까 부장에게 오라고 권유했었다는 얘기가 생각났다. 그때 부장은 한도우 경금속에서 좀더 일하고 싶다고 완곡히 사양했었다는 것이었다. 유사라무와의 합작 투자를 성공적으로 마무리지으면 경력에 좋은 항목 하나가 붙게 되니, 언제라도 본부로 들어갈 수 있을 부장으로선 그럴 만도 했다.

부장이 일어나서 부엌으로 나가더니, 고기 쟁반을 들고 들어왔다. "안식구가 손이 커서, 이번에도 음식을 많이 장만한 모양인데. 남으면 곤란하니, 천천히 많이들 드쇼."

사람들이 많이 먹었다고 제각기 한마디씩 했다.

"오랜만에 도우꾜우에 들어갔더니, 완전히 시골 사람 노릇을 하게 되더구만. 조선에 나와 있으니 무엇보다도 귀가 어두워져서 큰일야."

"정말 그렇습니다." 야마시다 과장이 거들었다. "어쩌다 내지에 들어가면, 사람들 얘기에 낄 수가 없어요."

"이번에 도우다이(東大)에서 강의하는 친구를 만났는데, 그 친구가 묘한 책을 하나 주더군. 소설인데, 출판사에서 나온 것이 아니고 타자한 원고를 그냥 복사한 것이야. 내용이 아주 희한해. 이또우 히로부미 공작이 다이쇼우 십사년에 죽은 것이 아니고 메이지(明治) 사십이년에 암살당했다는 가정을 하고서, 지금 세상이 어떨까 상상해서 쓴 소설야. 이또우 공작이 십육 년 빨리 죽었으면 세상은 많이 달라졌을 것 아니냐, 하는 얘기야. 지금 도우꾜우의 대학가에선 그 책이 굉장한 인기라는 거야. 사실인지 아닌지는 모르지만, 도우다이 앞의 복사점에서는 매상이 평상시의 배로 올랐다는 얘기가 있다나. 하여튼 희한한 책이야."

"그것 참 기발한 착상인데요." 야마시다가 말했다. "재미있겠는데요."

"읽을 만해. 어이, 시마즈양, 심부름 그만하고 식사 좀 해. 손님이 그러면 곤란한데." 부장이 음식 그릇을 들고 들어온 도끼에에게 말했다.

"네. 많이 들었어요." 그녀가 음식 그릇을 놓고 다시 밖으로 나갔다.

"그런데 이 책이 또 묘한 게 저자의 이름이 다까노 다쯔끼찌(高野達吉)거든. 지금 일본에 그런 이름을 가진 작가가 없다는 거야. 재미있는 것은 다까노 다쯔끼찌라는 이름이 다까노 후사따로우(高野房太郎)의 씨와 미노베 다쯔끼찌(美濃部達吉)의 이름을 따서 지은 필명이라는 해석이 있다는 거지. 다까노 후사따로우는 우리나라에서 처음으로 노동조합 운동을 일으킨 사람이고, 미노베 다쯔끼찌는 '천황기관설(天皇機關說)'이라는 과격한 주장을 해서 감옥에까지 갔다 온 도우다이의 교수였거든. 그러니 그 소설을 쓴 사람이 어떤 사람인지 짐작할 만하지. 하여튼 저자의 정체에 대해 설들이 많은데, 도우다이의 대학원생이라는 설이 가장 유력하다는 거야."

'아, 그런 소설 기법도 있구나.' 히데요는 속으로 탄성을 내었다. '가능성이 많은 기법이겠구나…… 틀은 그렇게 짜고, 묘사는 사실주의에 입각해서 충실하게 한다면, 뜻밖의 효과가 나올 수도……' 그는 속에서 올라오는 흥분의 물살을 누르고서 물었다, "부장님, 그 소설의 제목은 무엇인가요?"

"아, 제목. 제목이……『도우꾜우, 쇼우와(昭和) 육십일년의 겨울』

이지, 아마. 제목도 희한해요."

"『도우꾜우, 쇼우와 육십일년의 겨울』요? 그럴듯한데요."

"희한한 책도 다 있네요. 그렇게 책을 내면 걸리지 않나요?" 다까미야가 물었다.

"그게 묘하단 말야." 부장이 얼굴에 웃음을 띠었다. "타자한 원고를 복사한 것인 데다 돈 받고 파는 것이 아니고 그냥 아는 사람끼리 빌려주고 다시 복사해서 갖는 것이라, 법률상 출판의 요건이 성립되지 않는다고 하더군. 요새 그 책 때문에 도우다이 법학부에서는 논의가 분분하대, 교수·학생 할 것 없이. 현재의 출판 관계 법령으로는 누구도 손쉽게 복사해서 책을 만들어 배포할 수 있는 현실을 따라갈 수 없다는 거야. 왜 그런 얘기가 있잖아, '구텐베루히의 인쇄기는 모든 사람을 독자로 만들었고, 제로꾸스 복사기는 모든 사람을 출판업자로 만들었다'고."

"부장님께서도 한 부 복사하셨나요?" 히데요는 흥분을 애써 누르면서 슬쩍 물었다.

"물실호기 아뇨? 한 부 복사해 가지고 왔죠. 오면서 읽어봤는데, 내용도 희한해. 일본이 제이차 세계 대전에서 미국과 싸워 대패했다는 거야. 미국이 독일의 두레스덴과 부레멘에 원자탄을 떨어뜨린 것이 아니고, 일본의 가고시마와 나가사끼(長崎)에 떨어뜨렸다는 거야. 그런데 일본 사람들은 미국 군대가 와서 민주 정부를 구성해주는 바람에 오히려 더 잘살게 되었다는 얘기야. 군부에서 펄쩍 뛸 얘기지. 저자가 누군지 밝혀지면, 보안처나 특무사(特務司)에 가서 물 좀 단단히 먹어야 될걸."

좌중의 화제는 저자가 당국에 붙잡힐까, 하는 것으로 옮아갔다. 국가보안처나 황군특무사령부에서 마음만 먹으면 이내 저자를 잡아들일 수 있다는 주장과 저자가 용의주도하게 필명을 쓰고 원고를 타자해서 필적을 남기지 않았다는 점을 들어 쉽사리 잡혀들지 않으리라는 주장이 맞섰다.

“과장님, 안 하시겠습니까?” 소파에 앉은 그를 보고 다까미야가 물었다. 저녁상을 물리자마자, 사람들은 다시 화투판을 차리고 있었다.

“아까 내 평생 처음으로 화투판에서 돈을 땄어. 이대로 있으면서 기록을 깨뜨리지 않는 게 상책일 것 같아.”

좌중에 웃음이 터지고, 야마시다를 중심으로 화투판이 벌어졌다.

그는 슬그머니 일어나서 부장을 찾았다. 부장이 서재에서 양주병을 들고 나왔다.

“부장님, 아까 말씀하신 그 소설 좀 볼 수 없을까요?”

“아, 그거? 물론. 잠깐 기다리쇼.” 부장은 술병을 화투판 옆에다 놓았다. “자아, 술병이 새로 나왔습니다. 많이들 드쇼. 노름판에선 결국엔 술 마신 게 남는 거니까.” 부장은 웃음판을 뒤로하고 다시 서재로 들어갔다.

“과장님, 돈 좀 갖고 계십니까?” 이시다 겐지(石田顯治)가 조심스럽게 물었다. 이시다는 아까 판에서 돈을 좀 잃은 것 같았었다.

“응. 얼마나 필요해?”

“한 십 원쯤 있으면 해서요. 자본이 달리니까 영……”

“하긴 장사나 노름이나 밑천이 달랑달랑하면 잘 안 되지.” 그는 지갑에서 이십 원을 꺼내어 이시다에게 내밀었다.

“고맙습니다, 과장님.” 이시다가 활기차게 다시 판에 끼여들었다.

“이거요, 기노시다 과장.” 부장이 그에게 서류철을 내밀었다. “기노시다 과장은 문학하는 사람이니깐 더욱 흥미있겠구면.”

“고맙습니다.” 그는 책을 받아들고 소파 한구석으로 가서 앉았다.

“자아, 아가씨들, 이리 와요.” 부장이 한쪽에 앉은 도끼에와 후꾸다 스즈꼬(福田鈴子)를 불렀다. “나랑 같이 셋이서 판을 새로 차리지. 내가 가르쳐줄게.”

‘역시 부장이 다르구나. 아가씨들에게까지 신경을 쓰고……’ 그는 마음속으로 고개를 끄덕이고서, 야릇한 홍분을 느끼면서 표지를 넘겼다.

『도우꾜우, 쇼우와 61년의 겨울』이란 제목 아래에 '이름만 바꾸면 그 애기는 당신에 관한 것이다. ——쿠인타스 호레이샤스 푸레카스' 라는 명구(銘句)가 있었다.

"흐음." 그는 마음에 가벼운 충격을 느끼고, 신음처럼 중얼거렸다. 그는 천천히 다음 장을 넘겼다.

　서 장

　메이지 42년 10월 26일 추밀원(樞密院) 의장 이또우 히로부미 공작은 조선인 자객 안주우공(安重根)이 쏜 부라우닝 권총 탄환 세 발을 가슴에 맞고 만주 합이빈(哈爾濱) 역두에서 69세를 일기로 운명하였다……


무엇에 머리를 맞은 듯 정신이 머릿속에서 물결처럼 넘실거렸다. 제제합이(齊齊哈爾)의 술집에서 섣불리 싸움을 말리다가, 머리에 받혀 쓰러지던 때의 기분과 비슷했다. 울렁이던 정신이 천천히 가라앉기 시작했다. 그는 몸을 부르르 떨었다. 서른아홉 해 동안 마음속 가장 깊숙한 곳에 꾹꾹 눌러두었던 내지인들에 대한 증오심이 한 순간 폭발하는 검은 안개처럼 자제력의 쇠뚜껑을 밀치고 올라왔던 것이었다.

　그는 길게 한숨을 내쉬면서 거실을 둘러보았다. 모두 화투에 정신이 팔려서, 그에게 관심을 가진 사람은 없었다. 부장과 도끼에와 스즈꼬가 차린 판도 제법 어우러지고 있었다. 스즈꼬가 뜻밖에도 잘 하는 모양이었다.

　그는 손수건으로 이마에 밴 땀을 훔치고 나서, 다시 처음부터 읽기 시작했다.


　……어떻게 보면, 이 사건은 추밀원 의장이라는 비교적 한가한 직책을 가진 한 원로 정치인의 죽음에 지나지 않았다. 그러나 이또우 공작은 왕정 복고와 메이지 유신 이래 일본을 이끈 가장 탁

월한 지도자들 가운데 한 사람이었고, 원숙한 나이에 갑자기 찾아
온 그의 죽음은 일본에게는 큰 손실이었다. 그리고 그의 죽음은
훌륭한 정치 지도자 한 사람이 일본의 정치 무대에서 사라졌다는
의미 외에도 또 하나의 중요한 의미를 가졌다.

원래 이또우 공작은 매사를 순리로써 대하려고 애쓴 사람이었
다. 그는 도꾸가와 막부(德川幕府)에 대한 무력 투쟁으로 정치의
첫발을 내디딘 사람답지 않게, 일을 무리하게 힘으로 추진하는 것
을 즐겨하지 않았다. 메이지 정부에서 실권을 쥐었던 '겐로우(元
老)'들 가운데서는 맨 먼저 정당 정치의 장래를 예견하고 '입헌제
정당(立憲帝政黨)'을 설립한 것, 거의 혼자 힘으로 제국 헌법을 제
정한 것, 해외 출병에 언제나 신중했던 것 등에서 알 수 있는 바
와 같이 그는 언제나 소위 온건파에 속했다.

그가 갑작스럽게 죽자, 그를 중심으로 한 온건파는 그 구심점을
잃었고 정부에서는 야마가따 아리또모(山縣有朋) 공작을 중심으로
하는 강경파가 득세하기 시작했다. 야마가따 공작은 육군의 창설
에 지대한 공로가 있는 제국 육군의 대부(代父)였고, 그의 지도
아래 군부, 특히 육군은 내각에 대항하는 독자적 세력으로 변모하
게 되었다……


"기노시다 과장."
"예." 그는 책을 놓고서, 부장에게로 갔다.
"이거 안 되겠는데." 부장이 웃으면서 그를 올려다보았다. "내가
화투 가르쳐주고 돈 잃게 생겼어요. 두 아가씨들이 어떻게 잘하는
지. 임무 교대합시다."
"그러죠." 그는 도끼에와 함께 있게 된 것이 반가워서 선뜻 자리에
앉았다. "어디 아가씨들이 얼마나 잘하는가 볼까?"

# 15

1940년 경진(庚辰)

1월 독일과 노서아: '상호 불가침 조약' 체결.

2월 영국: 클레먼트 리처드 애틀리 내각 붕괴되고, 아더 네빌 체임벌린 내각 출범. 중국과 일본: 미국의 중재로 휴전 성립. 국제연맹: 이든 위원회 '상해 자유시(上海自由市) 안' 제의.

3월 영국: 인도의 회교도 다수 지역을 분리시켜 별도의 자치제를 구성할 계획 발표, 힌두교도들 폭동을 일으킴. 일본: 히라누마 기이찌로우(平沼騏一郞) 내각 붕괴되고, 고노에 후미마로(近衛文麿) 거국 일치 내각 출범.

4월 서반아: 반란군 마드리드 함락.

5월 일본: 찰합이성(察哈爾省)에서 철군 완료.

6월 미국과 일본: 통상 조약 연장에 합의.

7월 불란서: 레옹 블룸 내각 붕괴되고, 에두아르 달라디에 내각 출범. 이태리: 이디오피어에 침입. 미국: 국제연맹에 가입, 찰리 채플린「위대한 독재자」 발표.

8월 일본: 국제연맹에 재가입. 서반아: 반란군 바르셀로나 점령, 인민전선(人民戰線) 정부 노서아로 망명, 내란 종식.

9월 멕시코: 레온 트로츠키 피살. 국제연맹: 이태리를 '침략자'로 규정, 만주국의 국제연맹 가입안 부결. 미국: 웬델 윌키 공화당 후보 대통령에 당선.

10월 이태리: 국제연맹에서 탈퇴.

11월 독일: 오지리(澳地利) 병합을 선언. 미국: 에드윈 매티슨 먹밀런이 넵튜니엄 발견. 영국: 그레이엄 그린『권력과 영광』 발표.

12월 미국: 10년 안에 비율빈(比律賓)에서 부분적 자치제 실시 용의 천명. 중국: 유소기(劉小奇) 노서아에서 귀국, 중국 공산당 재건.

──상해 자유시 동양사학회(東洋史學會) 편, 『동양사
사전(東洋史事典)』의 연표에서*

히데요는 책을 덮고 눈을 감았다. 세상의 한 모서리가 무너져나가
문득 드러난 허공 앞에 선 느낌이었다. 스산한 가슴속의 들판을 소
슬한 늦가을 바람이 쓸고 있었다. 지금까지 대지처럼 단단하고 확실
하게 보였던 관념들이 그 바람 앞에 나뭇잎들처럼 흔들렸다. 누른빛
이 도는 그 나뭇잎들을 보면서, 그는 야릇한 쾌감이 살 속에 고이는
것을 느꼈다. 그는 진저리를 치고는 눈을 떴다. 벗어놓은 손목시계
가 두시 십분을 가리키고 있었다.

"벌써……" 그는 나지막하게 중얼거렸다. 한시쯤 됐으려니 생각하
고 있었던 것이었다. 그는 책을 다시 열어 「서장(序章)」을 펴놓고,
물끄러미 내려다보았다. 다나까 부장에게서 빌린 책을 회사에서 다
시 복사한 것이었다.

『도우꾜우, 쇼우와 61년의 겨울』의 줄거리는 간단했다. 도우꾜우
에 있는 어느 사립 대학교의 역사학 교수가 '역사에 있어서의 인과
(因果)'라는 주제로 닛꼬오(日光)에서 열린 역사철학 세미나에 참석
했다가 도우꾜우로 돌아오는 동안에 일어난 일들을 '의식의 흐름'
기법을 통해 기술한 것이었다. 주인공이 역사철학을 전공한 까닭에
형이상학적 쟁점들이 많이 나와서 결코 쉬운 책은 아니었지만, 배경
이 된 사회가 실제와 다른 것이어서 흥미롭고 신선한 느낌을 주었
다. 천황이 정치적으로 아무런 실권이 없는 상징적 존재로 된 것, 결
코 다른 나라에 대해 무력을 사용하지 않을 것임을 헌법에 명시한
점, 현재 세계에서 세번째로 강한 황군(皇軍)이 십만 명도 못 되는
'일본 자위군(日本自衛軍)'으로 된 것, 수상의 야스구니진자(靖國神
社) 참배가 새로운 군국주의적 행동이라고 야당인 일본 공산당의 비
난을 받은 것 따위는 좀 믿기 어려운 상황 설정이었지만, 그런대로
논리가 있어서 너무 거슬리지는 않았다.

그러나 그런 것들은 모두 지엽적인 것들이었다. 그의 고정관념들을 부수어 마음을 송두리째 흔들어놓은 것은 일본이 미국과 노서아에 의해 완전히 정복되어, 만주와 조선을 잃고, 노서아에게 가라후또(樺太)와 홋까이도우(北海道)를 할양해주었다는 대목이었다. 처음 다나까 부장 집에서 책을 펴들고 조선인 자객이 이또우 히로부미 공작을 암살했다는 구절을 읽었을 때의 충격은 거세었지만 순간적이었었다. 그러나 주인공이 조선역사학회(朝鮮歷史學會)의 주관으로 게이조우에서 열린 학술 대회에 참가했던 일을 회상하는 대목을 읽으면서, 그는 정말로 큰 충격을 받았었다.

그는 「서장」에 기록된 연대들을 다시 훑어보았다. 붉은 색연필로 밑줄을 그어놓아서, 눈에 이내 들어왔다.

쇼우와 9년에는 만주국이 성립되었다……
쇼우와 17년에는 제2차 세계 대전이 일어났다……
쇼우와 19년 일본은 미국과 싸우기로 결정하고……
쇼우와 22년 미국은 가고시마와 나가사끼에 원자폭탄을 투하……
쇼우와 24년 강화 조약에 따라 일본의 영토는 일본 열도 가운데 혼슈우(本州), 시고꾸(四國), 규우슈우(九州)의 삼 개 도서로 국한되었다. 만주국의 영토와 대만은 중화민국에 통합되고, 남가라후또(南樺太), 찌시마 열도(千島列島), 홋까이도우는 노서아에 할양되었고, 오끼나와(沖繩)와 태평양의 제도(諸島)들은 미국에 할양되었다. 조선은 국제연맹의 신탁 통치에 맡겨졌다……
쇼우와 26년 조선에서는 국제연맹의 주관 아래 총선거가 실시되어, 독립 정부가 출현하였다……

그는 아픈 눈을 감고 손등으로 눈두덩을 지그시 눌렀다. "쇼우와 이십육년 조선에서는 국제연맹의 주관 아래 총선거가 실시되어, 독립 정부가 출현하였다." 나직이 뇌어보았다. 문득 가슴속에서 분노의 불길이 다시 거세게 치밀어 올라왔다. '차라리 그렇게 되면 나을지도 모르지. 지금 조선은 내지인의 식민지나 다름없잖은가. 한나라, 한민족이면서도, 조선인은 이동 신민(臣民) 노릇을 하구.' 독한 연기가 머리를 어찔하게 했다. "차라리 독립하는 게 나을지도 모르지." 그는 분김에 엄청난 말을 입 밖으로 내뱉았다.


**16**

> 현재 지배적인 견해는 예측 가능한 장래에 조선이 일본의 지배를 벗어나 독립을 얻을 가망은 없다는 것이다. 필자도 그렇게 생각한다. 역사를 잃고, 말과 글을 잃고, 심지어 조상으로부터 물려받은 이름까지 잃은 사람들을 어떻게 민족이라고 부를 수 있는가? 그리고 자신의 민족적 실체에 대한 각성 없이 어떻게 독립을 이룰 수 있는가?
> ──더글라스 로렌스, 『식민지』에서*

"이사님, 이제는 유사라무측에서 제시한 조건들에 대해 우리측의 의견이 나올 때가 되었습니다. 협상이 진전되려면, 우리측의 의견이 나와야 됩니다." 히데요는 시까자와 이사의 얼굴을 살피면서, 결재판을 펴서 이사 앞으로 조심스럽게 밀어놓았다.

이사가 고개를 끄덕이면서, 결재판을 들여다보았다.

"제가 일일이 찾아뵙고 '의견이 계시면 제시해주십시오' 하고 말씀드렸는데도, 의견을 내놓으신 분은 감사님 한 분뿐이십니다."

"뭘 알아야 내놓지." 다나까 부장이 말했다.

"하야시(林) 이사께서는 증자(增資) 시 계약 당사자들의 우선적 거부권에 대해서 말씀이 계시드만요. 그래서 설명을 드리고, 의견이 계시면 부전(附箋)에 써주십사 했죠. 그랬더니, '우리가 뭘 알겠나? 일을 추진하는 사람들이 알아서 잘 하겠지' 하시고 마시던데요."

"흐음. 보고만 있다가, 잘못하는 것이 눈에 뜨이면 소매를 걷어붙이고 나서겠다는 것인가?" 이사가 껄껄 웃었다. "기노시다 과장, 잘못하다간 우리가 매국노 소리 듣네."

"협상에 나간 실무자로서 제가 말씀드리고 싶은 것은 회사에서 '이것은 최종적인 선이다. 이것만은 꼭 지켜라' 하는 지침이 없어서 어렵다는 것입니다. 이제는 위에서 지침을 주실 때가 됐습니다."

"맞는 얘기야." 이사가 고개를 끄덕였다. "그런데," 이사가 얼굴에 가벼운 웃음을 띠고, 그를 쳐다보았다. "다나까 부장 말마따나 뭘 알아야 내놓지…… 자네 의견을 말해보게."

그는 옆에 놓아두었던 결재판을 펴서 이사 앞에 놓았다. "제가 결재 올릴 성질의 서류가 아니라서, 그냥 적어놓기만 했습니다."

이사가 한참 동안 들여다보았다. "됐구만. 다나까 부장도 본 것인가?"

"아닙니다. 아직 부장님께 말씀드리지 못했습니다."

"그럼 보쇼. 그만하면 훌륭한데." 이사가 부장 앞으로 서류를 밀어놓았다.

"문제는 경영 자문 계약입니다. 우리가 받을 것은 추상적으로밖에 기술될 수 없는데, 돈은 확실하게 나가도록 되어 있거든요. 저는 그 계약이 영 마음에 들지 않습니다. 앞으로 다른 계약들에서 좀 양보하는 일이 있더라도, 그 계약만은 조건을 많이 바꿀 생각입니다."

그는 처음부터 경영 자문 계약이 마음에 들지 않았었다. 처음 초안을 훑어본 그의 생각은 '이건 너무하다. 너희들이 우리 일본 사람을 아주 멸시하고 있구나. 우리가 야만인이냐? 비록 우리 회사가 돈이 없고 기술이 모자라서 너희들한테 아쉬운 소리를 하지만, 이렇게까지 우리를 얕잡아보다간 너희들이 후회하게 될 거다. 우리 일본 사람들은 너절한 다른 아세아 민족들과는 근본적으로 다르다'였었다. 그래서 이미 앤더슨에게 계약 조건의 대폭적 완화를 요구한 참이었다.

“기노시다 과장.” 생각에 잠겨 창밖을 내다보던 이사가 고개를 돌려 그를 바라보았다.

“예.”

“무슨 얘긴지 알겠는데…… 한 가지만 얘기하지…… 유사라무 같은 외국 회사가 일본에 투자하려면 상당한 매력을 느껴야 하는 걸세. 우리야 일본 사람들이니까 못 느끼지만, 외국인의 입장에서는 이곳에 오면 모든 게 낯설고 불편해. 그리고 외국에 투자하는 건 뭐니뭐니 해도 위험해. 유사라무가 우리처럼 적자를 내는 회사와 합작 투자를 하려면, 경영 자문 계약 같은 것이라도 있어야 매력을 느낄 것 아냐?”

“예. 알겠습니다.” 그는 싱긋이 웃으면서 대답했다. 역시 시까자와 이사다운 얘기였다.

“그러니 너무 밀어붙이지 말게. 지금 우리 회사 형편으로는 사소한 조건에 지나치게 신경을 쓸 처지가 아니잖아? 지금 내가 보기엔 자네가 협상을 잘해서 생각보단 훨씬 좋은 조건으로 계약이 체결될 것 같아. 다나까 부장, 어떻소? 그만하면 될 것 같잖소?” 이사가 서류를 보고 나서 고개를 드는 다나까 부장에게 물었다.

“이만하면 된 것 같은데요.” 부장이 서류를 다시 이사 앞으로 밀어 놓았다.

“그럼 이것을 지침으로 삼고 협상해보게. 여기 내가 서명하면 되겠지.”

“예.”

서명한 서류를 넘겨주면서, 이사가 얼굴에 웃음을 띠우고 그에게 말했다, “어때? 잘 풀려나갈 것 같지?”

“예.” 그도 웃으면서 대답했다.


“고맙습니다.” 히데요는 앤더슨이 건네준 전문을 받아, 밑줄쳐진

부분을 읽었다.

　3. 관련: 경영 자문 계약. '10(십)년간 순매출액의 1.5(일점오)
퍼센트'는 우리의 최종적 제안임. 더 이상 협상할 여지는 없음.
한도우(半島)에게 그 점을 확실하게 알리기 바람.


　그는 고개를 들어 앤더슨을 바라보았다. 앤더슨이 심각한 얼굴로
고개를 서너 번 끄덕였다.
　"그래서 우리는 이 점에 대해서 의견을 달리하기로 의견을 같이한
셈이군요." 그는 씁쓰레한 미소를 띠면서 말했다.
　앤더슨이 따라서 엷은 미소를 띠었다. "그런 셈이죠." 그의 옆자
리에 앉은 도끼에에게 흘긋 눈길을 던지고 나서, 앤더슨은 문득 정
색을 하고 몸을 앞으로 숙였다. "기노시다씨, 저는 당신의 논지를 충
분히 이해합니다. 그러나 우리 쪽의 얘기에도 일리가 있지 않습니
까? 그리고 저는 계약 조건에서도 우리가 많이 양보했다고 생각합니
다. 영구적인 계약을 십 년으로 바꾸었고, 수수료를 순매출액의 이
퍼센트에서 일점오 퍼센트로 낮췄습니다. 우리로서는 할 만큼 했다
고 생각합니다."
　그는 잠자코 고개를 끄덕였다. '맞는 얘기지. 사실 그만하면 꽤
많이 얻어낸 셈이지…… 시까자와 이사 말씀도 있고 하니, 이쯤 해
두지…… 한번만 더 밀어보고.'
　"시마즈양," 그는 도끼에에게 전문을 내밀었다. "여기 밑줄쳐진 부
분을 복사해오지. 두 장."
　"네."
　문을 향해 걸어가는 그녀의 뒷모습으로 두 사내의 눈길이 자연스
럽게 끌려갔다. '무엇일까' 그는 수없이 자신에게 던진 질문을 다시
한번 던졌다. 도끼에가 지닌 여성적인 매력은 아무리 생각해봐도 어
디에 있는지 짚을 수가 없었다. 흔히 보기 어려운 이지적인 면모가

있었지만, 남자들은 그녀에게서 이지적인 느낌보다는 여성적인 느낌을 받는 것 같았다. 지금도 그녀의 뒷모습을 보면서 그가 느낀 것은, 굳이 표현하자면, '봄날의 촉촉한 땅을 바라보는 농부의 마음'이었다.

그는 고개를 돌려, 앤더슨을 건너다보았다. "앤더슨씨, 당신이 여러 번 지적한 대로, 지금 우리 회사의 처지에선 조속한 합작 투자가 무엇보다도 중요합니다. 오랜 시간을 들여 경영 자문 계약의 조건을 유리하게 하는 것보다는, 좀 불리하더라도 빨리 합작 투자를 이루어서 계속되는 적자 상태에서 벗어나는 것이 훨씬 이득일 것입니다. 만일 당신이 '십 년간 일점오 퍼센트'를 최종적인 제안이라고 한다면, 저는 저의 윗사람들에게 그것을 받아들이라고 건의하겠습니다."

"하지만 당신은 이미 우리 본사에서 보낸 전문을 보셨잖습니까? 그것이 최종적인 제안이라고 한도우에 통보하라고까지 했잖습니까?" 앤더슨이 어깨를 추스려 도리가 없다는 몸짓을 했다.

"물론이죠. 다만 저는 지금 유사라무 본사에게 얘기하는 것이 아니라, 함께 일하는 당신에게 얘기하는 것입니다."

앤더슨이 무슨 얘긴지 모르겠다는 얼굴을 했다.

'하긴 지금 내가 무슨 얘길 하는지 나도 잘은 모른다.' 그는 잠시 뜸을 들인 다음 말을 이었다, "저는 당신에게 한 가지 점을 지적하고 싶습니다. 저의 건의대로 저의 윗사람들이 그것을 수락한다고 하더라도, 그것이 그대로 한도우 경금속의 공식 의견이 되는 것은 아닙니다. 아시다시피 이처럼 중요한 일은 이사회의 결정을 거쳐야 합니다. 그리고 이사회에서 우리의 합의 사항들이 그대로 통과된다는 보장은 없습니다. 언젠가 내가 당신에게 얘기한 대로, 모든 이사들이 반드시 합작 투자에 호의적인 것만은 아닙니다."

앤더슨이 지루한 표정으로 고개를 끄덕였다.

"따라서 협상에 관여하는 우리 회사 사람들의 전략은 비교적 만족스러운, 적어도 불만스럽지 않은, 계약안을 만들어서 이사회에서 별

논란 없이 통과시키자는 것입니다. 어떤 사람이 어떤 계약 조건에 대해 트집을 잡으면, 그것이 아무리 사소한 것일지라도, 여러 사람들이 한마디씩 거들게 되고 문제가 됩니다. 그렇게 되면 우리로서는 처리하기 힘든 엉뚱한 사항들이 거론되어 협상 자체가 위험하게 될지도 모릅니다.”

앤더슨의 얼굴에서 지루한 표정이 가시기 시작했다. 도끼에가 들어왔다.

그는 전문을 앤더슨에게 넘기고, 복사한 것 한 장을 집어 앞에 놓았다. “앤더슨씨, 조금 전에 얘기했듯이 ‘십 년간 일점오 퍼센트’도 우리가 수락할 수 없는 것은 아닙니다. 그러나 조건이 조금만 더 좋아진다면, 우리 계약안은 이사회를 통과합니다——무어라고 그러죠——‘깃발을 날리면서’라고 하나요?”

앤더슨이 웃으면서 대답했다, “맞습니다. 깃발을 날리면서.”

“제가 제안을 하나 하겠습니다. 이것과 우리 것과의 차이를 반으로 나누어 서로 양보합시다.”

앤더슨이 말없이 얼굴에 웃음을 띤 채, 그를 건너다보았다. 그의 얘기를 농담으로 여기겠다는 뜻이 담긴 웃음이었다.

그는 진지한 얼굴로 말을 이었다, “새로운 회사는 유사라무와 한도우 사이에서 태어날 아이와 같습니다. 그 아이에게 감당하기 어려운 짐을 지도록 하는 것이 과연 옳을까요? 그리고 그것이 많은 것을 투자하는 유사라무에게도 과연 현명한 결정일까요?”

앤더슨의 얼굴에서 웃음이 가시고 있었다.

“앤더슨씨, 만일 당신이 당신의 본사에 한 번 더 이쪽의 사정을 애기하고 조건을 완화해달라고 요청한다면, 저는 그것을, 결과를 떠나, 저에 대한 개인적인 배려로 여기겠습니다.”

앤더슨이 한참 동안 그를 응시하더니, 천천히 입을 열었다, “좋습니다, 기노시다씨. 한번 시도해보겠습니다. 그러나 기대를 걸지는 마십시오.”

“고맙습니다, 앤더슨씨.”

“어떻게 할까요?” 앤더슨이 비망록을 펴면서 물었다. “요율은 중간이면 일점이오 퍼센트니까 별 문제가 없지만, 기간은 중간이면 팔점오 년이라 좀 곤란한데.”

앤더슨의 표정이 우스워서 그는 웃음을 터뜨렸다. 웃음판이 되었다.

그는 ‘사사오입을 하면 구니까, 구 년으로 해야겠죠’라고 말하려는데, 얼핏 ‘사사오입’이 영어로 생각나지 않았다. 그래서 그냥 “구 년으로 하죠. 그리고 일점이오 퍼센트도 좀 문제가 있습니다. 누가 ‘하필 일점이오 퍼센트로 한 근거가 무엇이오?’ 하고 물으면, 대답하기가 쉽지 않을 것입니다”라고 말했다. 다시 웃음판이 되었다. “그렇게 하는 것보다도 이렇게 하면 어떨까요? ‘칠 년 동안 일점오 퍼센트’로. 다시 말하면, 요율은 유사라무 것으로 하고, 기간은 우리 것으로 하고. 하기야 칠 년이나 걸리고서도 선진 경영 기법을 습득하지 못하는 경영진이 운영할 회사라면, 만들어 무엇하겠습니까?” 다시 웃음판이 되었다.

앤더슨이 비망록에 적는 것을 바라보면서, 그는 ‘협상에서 웃음판이 세 번 터지고도 실패하는 경우는 없다’고 한 원로 정치인 우찌무라 기미마사(內村公正) 백작의 말이 생각나서 속으로 웃음을 지었다.

## 17

제4조 제1항   모든 출판물은 국어를 사용함을 원칙으로 한
다. 국어를 사용하지 않는 출판물은 학무국장의 허가를 별도
로 얻어야 한다.
　　　　—— 조선총독부  제령(制令)  제105호 ‘출판사업령
　　　　(出版事業令),’ 다이쇼우 3년 4월 3일자*

제4조에 다음 조항들을 부가한다.

제3항   총독은 치안 유지 또는 국민 문화 창달에 필요하다고 인정할 때는, 본령의 제정 이전에 출판된 출판물 중 국어로 되어 있지 않은 것들을 무상으로 수거·폐기할 수 있다.

제4항   우기 제3항의 규정을 위반하여 수거에 불응하는 자는 10년 이하의 징역 또는 금고에 처한다.

  ——조선총독부 제령 제160호 '출판사업령 중 일부
    개정,' 다이쇼우 6년 10월 25일자*

읽고 있던 교정쇄를 옆으로 밀어놓고, 히데요는 자리에서 일어나 허리를 폈다. 하루종일 계약서 초안을 놓고 앤더슨과 협상을 벌이느라 지친 판이라, 자신의 시집 원고였지만, 교정이 꽤나 힘들게 느껴졌다.

협상은 쉬운 일이 아니었다. 계약서 초안이 유사라무에서 만든 것이라, 모든 것이 유사라무에게 유리하거나 편리하게 되어 있었다. 그로서는 무던히 애썼지만, 산전(山田)에서 돌을 골라내는 격이었다. 웬만큼 됐다 싶어, 한숨쉬고 돌아다보면, 그래도 돌투성이였다. 근본적으로 짤 때부터 기울게 된 문안이라, 자신의 요구대로 바뀐 조항들을 보면서도, 그는 부처님 손안에서 논 손오공처럼 느끼곤 했다.

시집도 마음에 썩 드는 것은 아니었다. 첫 시집이 나오는 터라 처음엔 마음이 꽤 들떴으나, 막상 인쇄된 원고를 읽어보니 부족한 점이 뚜렷하게 드러났다. 대체로 발표된 순서대로 실었는데도, 시들은 어떤 뚜렷한 변모나 발전의 느낌을 주지 않았다. 자신이 근 스무 해 동안의 시업(詩業)에서 제자리걸음을 했다는 생각이 그의 마음 위에 무거운 구름으로 드리워 있었다. 야나기자와(柳澤) 선생도 「단노우라(壇浦) 회고」를 그의 대표작으로 들었지만, 그 자신에게도 그 초기 작품보다 낫다고 여겨지는 작품들이 드물었다.

그는 씁쓰레하게 입맛을 다시고서, 다시 자리에 앉아 「단노우라

회고」를 찾아 폈다.


    만리의 가을
    하늘가에 맑은 기운으로 서리고

    돛이 부풀어도 늙은 어부는
    노래가 없느니

    천리 세또(瀨戶)의 한 끝
    느지막이 깨어난 주막에선

    지긋한 작부가 쉰 목청으로 부른다
    아득한 어느 세월을.

    먼 길 내지에 와서
    물결에 이렇게 손을 적시면,

    내 고향은 북국
    나뭇잎새 성기어진 반도의 기슭,

    천년 지나고야 슬픔은 비로소
    오롯해지는가

    바다는 문득
    시린 빛으로 가라앉는다.

    세월의 먼지를 삼키고서
    오히려 푸르른지

물결은 저리 밀려오는데
무심한 몸짓으로 밀려오는데

어느 아득한 세상의
스산한 바람 속으로 떠도는가

전설 뒤로 숨은 임.
왕손귀불귀(王孫歸不歸).


　대학 이학년 때 조국 성지 참배단(祖國聖地參拜團)에 끼여 내지를 한바퀴 돌았을 때, 혼자 틈을 내어 찾은 단노우라에서 안도꾸(安德) 천황의 애달픈 고사에 비감해진 마음으로 단숨에 지은 즉흥시였다.
　그러나 「단노우라 회고」 이후 자신의 작품들에 변모가 없었다는 불만은 어떤 면에선 사치스러운 얘기였다. 그의 마음 깊숙한 곳에는 자신의 시들이 과연 얼마만한 가치를 가진 것일까 하는 의구심이 언제나 깊은 구덩이처럼 컴컴한 입을 벌리고 있었다. 문자 그대로 '심혈을 기울인' 작품들이었지만, 그는 그것들이 자신의 반생을 바칠 만한 가치가 있었다는 확신이 서지 않았다.
　하긴 그것은 그만의 문제는 아니었다. 모든 예술가들이 부딪치는 문제였다. 예술 작품은 사람들에게 널리 알려져서 인정을 받아야, 비로소 그 가치가 확인되는 것이었다. 새로운 학설을 내놓은 과학자는, 비록 다른 사람들이 그것을 무시하거나 틀렸다고 하더라도, 자신의 주장이 옳으며 언젠가는 그렇다는 것이 밝혀지리라는 확신에 의해 위안을 받을 수 있었다. '그래도 그것은 돈다'라고 내뱉은 과학자가 어찌 갈릴레오 한 사람뿐이었으랴? 그러나 자신의 작품이 무시받는 데도 그런 확신을 가졌던 예술가는, 그가 아는 한, 없었다. 세상의 혹평을 냉소로 대꾸한 예술가들도 더러 있었지만, 그들은 모두 그 때문에 괴로움을 받았고 절망을 느꼈었다. 진정한 가치를 가졌으나 당대 사람들로부터 제대로 평가받지 못했던 작품이 시간이 지나자 다시 빛을 본 경우도 물론 많았다. 그러나 사람들이 그렇게도 자주 내세우는 '시간의 판결'이라는 것도, 따지고 보면, 좀더 긴 세월에 걸친 사람들의 평가에 불과했다. 그리고 문학 작품이 '시간의 판결'에 기대를 걸려면, 먼저 그때까지 잊혀지지 않을 만큼 널리 읽혀져야 했다. 게다가 그것은 드러내놓고 기대를 걸 만큼 품위 있는 일도 아니었다. 학설의 진위를 판단할 수 있는 과학적 방법론이 있는 것처럼, 예술 작품의 가치를 잴 수 있는 객관적 척도가 있는 것이 아니었기 때문에, 로버트 그레이브즈의 말대로, '후세를 들먹이는 것은, 태어나지 않은 자들을 대신해서 복화술(腹話術)로 소리를 내면서, 자신의 무덤 앞에서 우는 것'이었다. 그래서 예술가는, 그가 아무리 위대한 작품을 내었다고 하더라도, 결코 자신의 작품의 가치에 대해 자신을 가질 수가 없었다. 그것은 그가 짊어진 짐들 가운데 하나였다. 평생 벗을 수 없는 짐이었다. "정직한 시인은 누구도 그가 쓴 것들이 영원한 가치를 가졌다고 확신할 수 없습니다. 그는 아무 것도 아닌 것을 위해서 그의 시간을 허비해서 그의 인생을 엉망으로 만들어버렸는지도 모릅니다." 『황무지』와 『네 개의 사중주들』을 쓴 위대한 시인의 입에서 나온 말이었다.

　그러나 그는 그것이 모든 예술가가 만나는 문제라고 자위할 수는 없었다. 그는 구주어(歐洲語)가 아니고 일본어로 작품을 쓰는 시인이었다. 일본어를 아는 사람들은, 늘려잡아도, 세계 인구의 오 퍼센트가 채 못 되었다. 보다 많은 사람들에게 자신의 작품들이 읽히기를 바란다면, 영어나 불란서어로 써야 했다. 그렇지 못하면, 노서아어·서반아어, 또는 독일어로 쓰든가. 그러면 작품들이 비교적 쉽게 번역되어, 많은 사람들에게 읽힐 수가 있었다. 그러나 서양이 문명의 중심인 지금 세상에서 구주어와는 체계가 전혀 다른 동양의 언어로 써서는, 어쩔 수 없이 변두리 시골의 이름없는 시인으로 끝나야 했다. 구주어로 쓰면, 비록 희랍어나 이태리어처럼 군소 언어일망정, 세계 인구의 사분지 일이 쓰는 중국어로 쓰는 것보다 훨씬 나은 판이었다. 물론 가와바다 야스나리(川端康成)와 미시마 유끼오(三島由紀夫)는 일본어로 썼어도, 노벨문학상을 받았다. 그러나 그들은 소설가들이었고, 그래서 작품들이 비교적 쉽게 영어로 번역될 수 있었다. 시인은 경우가 달랐다. 일본에 훌륭한 시인들이 적은 것은 결코 아니었지만, 일본 시인으로서 노벨문학상 후보로 거론된 사람은 아직까지 없었다.

문제는 그것으로 끝나지 않았다. 그는 조선인이었다. 일본 안에서도 궁벽한 시골 문단의 이름이 알려지지 않은 시인이었다. 아직 중앙 문단의 문예지에 작품이 실리지 못한 처지였고, 일본시인협회의 회원도 아니어서, 문부성(文部省)에서 공식적으로 인정하는 시인도 아니었다. 조선시인연맹에 가입한 거진 천 명이 되는 조선 시인들 가운데 시협의 회원인 사람들은 이백 명이 채 못 되었고, 그나마 대부분은 내지 대학을 나와 내지 문단에서 추천을 받았거나 지면이 있는 내지인들이었다. 좋은 시만 쓴다면야 중앙 문단에 진출하는 것이 그리 어려운 일은 아니었기 때문에, 그는 별로 괘념하지 않고 있었지만, 그래도 그것은 언젠가는 넘어야 할 장벽이었다.

교정쇄를 옆으로 밀어놓고, 그는 담배를 빼어 물었다. '위대한 작품을 남기기엔 재능이 모자라고……' 그는 담배에 불을 붙여, 연기를 길게 내뿜었다. 위층에서 못을 박는 소리가 났다. 그는 얼굴을 찌푸리고 천장을 올려다보았다. '한밤중에 못을 박는 사람이 다 있어…… 그나마 인정을 받기엔 태어난 땅이 궁벽하고…… 인류의 오 퍼센트, 문화적으로 발언권이 거의 없는 오 퍼센트, 그나마 다가 아니고, 겨우 사분지 일, 발언권이 전혀 없는 사분지 일…… 결국 인류의 가장 하찮은 일점이오 퍼센트를 위해서 쓰는 시인……' 말할 수 없는 허탈감이 그의 가슴을 훑으면서, 온몸에서 힘이 빠져나갔다. '결국 내가 시인이 되려고 한 것이 잘못이었다는 애긴가? 아무 가치가 없는 작품들을 쓰려고 내 반생을 허비한 것인가? 남들처럼 고문(高文) 시험을 봐서 군수라도 지내거나, 하다못해 계리사라도 되어서 가족들이 돈 때문에 고생하지는 않도록 하는 것이 차라리 나았을까?'

문을 살짝 두드리는 소리가 나더니, 문이 열렸다. "아빠."

돌아다보니, 잠옷 바람의 게이꼬가 문을 열고 들여다보고 있었다. "게이꼬냐?"

"아빠, 커피 드실래요?"

"커피? 좋지. 왜 안 자니."

"잠이 안 와서요. 잠깐 기다리세요. 끓여 갖고 올게요."

'녀석이 이젠 커피를 끓여올 줄도 알고……' 게이꼬가 문을 닫자, 그는 고개를 돌리며 빙그레 웃었다. '유치원 다니던 게 엊그제 같은데. 하긴 벌써 사춘기니…… 결국 내가 나이를 먹었다는 얘기로 귀착되나?' 그는 다시 교정쇄를 잡으려다가 손길을 거두었다. '어차피 늦었으니, 천천히 하지. 게이꼬가 커피 갖고 오면, 그것부터 마시고.' 그는 일어나서 다시 방안을 서성거리기 시작했다.

'그건 그렇고, 스무 해라…… 스무 해를 헛되이 보냈다는 얘긴가? 시를 쓰려고 그렇게 애썼는데?' 그는 고개를 흔들었다. '안 되지. 이렇게 마음이 약해져서는 안 되지. 예술은 약한 자들이 하는 경기가 아니다라고 하지 않는가? 일단 이번 시집으로 내 전반기의 시적 편력을 마무리하고, 그리고 새로 시작하는 거다. 새로운 편력을 시작하는 거다.' 그는 얼마 전부터 마음 한구석에 자리잡기 시작한 생각을 정리하기 시작했다. '모국어가 일본어라는 사실은 내게 주어진 인생의 조건인 것이다. 만일 그것이 약점이라면, 그것은 극복될 수 없는 약점인 것이다. 그러니 그것에 대해 더 생각할 필요는 없다. 다만 내가 조선에서 태어났다는 한계를 극복하면 된다. 내지의 시인들을 따라서 쓰다간, 난 결국 일본 문단에서도 이류 시인으로 끝날 수밖엔 없다. 이류 시인, 이류 예술가가 존재할 가치가 있을까? 조선인으로 태어난 부채를 자산으로 바꾸는 것이 필요하다…… 아니지. 부채를 자산으로 바꾸는 것은 있을 수 없지. 자본으로 삼는 거지.' 그는 자신의 비유를 정정했다. 부채와 자본은 대차대조표의 대변 항목들이고, 자산은 차변 항목이었다. '이제부터는 조선에 대한 시를 써보자. 그 길만이 이류 시인이 되는 뻔한 운명에서 벗어날 수 있는 길이다. 조선에도 역사는 있을 것이다. 문화적 황무지라고 하지만, 찾아보면, 역사와 전통이 남아 있을 것이다. 아마데라스 오오미까미(天照大神)를 읊은 시인은 많았지만, 스사노오 노미꼬도(素盞鳴尊)를 읊은 시인은 아직 없었지, 조선 시단에서도. 따지고 보면, 조선의 시인들이 자신들의 시조인 스사노오 노미꼬도를 노래하는 것은 당연한데도…… 어쩌면, 어쩌면, 내가 소홀히 여겨진 서정의 들판에 처음으로 발을 딛는 선구자가 될지도 모르지.'

환기를 하고 창을 닫는데, 게이꼬가 들어왔다. "아빠, 제 것도 가져왔어요."

"그래? 잘했다. 거기 놓고…… 저 의자 가지고 와서 앉아라. 너 잠이 안 온다면서, 커피 마셔도 괜찮겠니?"

"괜찮아요. 낼은 토요일인데 뭐."

그들은 함께 커피를 마셨다. 커피 맛이 제법이었다. 그와 게이꼬는 가까운 사이였다. 세쯔꼬가 정색하고 소외감을 느낀다고 불평할 정도로. 게이꼬는 세쯔꼬보다 그를 더 닮았고, 어려서부터 그를 더 따랐다.

"아빠, 지금 하시는 건 뭐예요?"

"저거? 이번에 아빠가 시집을 내게 됐다. 원고 교정을 보고 있는 참이다."

"시집요? 어마, 멋있어. 언제 나오죠?"

"아마 다음달엔 나오겠지. 이거 당분간 비밀이다. 알았지?"

"네. 아빠 시집 나오면, 나 자랑하고 다녀야지. 우리 반에 자기 아빠가 대학 교수인 애가 있는데, 자기 아빠가 책을 하나 냈다고 어떻게 떠들고 다니는지 눈꼴이 셔서. 내가 보니까, 거지 같은 책이던데. 시집 나오면, 기를 콱 꺾어놔야지."

그는 껄껄 웃었다. "사람 기 꺾는 게 좋은 일 아니다." 웃고 나니, 문득 가슴이 가벼워지는 것을 느꼈다.

"그래도 꺾어줘야 할 땐, 콱 꺾어줘야죠. 그렇죠, 아빠?"

"모르겠다. 원고료도 제대로 못 받는 시집을 가지고 기를 꺾어줄 수 있겠니?"

"원고료를 못 받아요?"

"응. 시집은 잘 팔리지 않으니까. 그래서 원고료 대신 책을 이백 부 받기로 했다. 내가 열 부 줄 테니, 친한 친구들에게 돌려라."

"야아, 신난다. 고맙습니다, 아빠. 참, 시집 제목은 뭐죠?"

"『겨울 산사(山寺)에서』다. 산사는 산속의 절이라는 뜻야."

"『겨울 산사에서』…… 멋진데요."

녀석이 돌아간 다음 그는 아까보다는 한결 가벼워진 마음으로 다시 방안을 서성거리기 시작했다. '문학적인 평가는 어떻든, 책이 나온다는 것은 반가운 일이다. 쓴 나에겐 나의 좌표를 설정하는 계기가 되고, 주위 사람들에겐…… 그저 반가운 일이라고 해야 하나? 자기 아빠가 책을 냈다는 것이 녀석에겐 꽤 자랑스러운 모양이니, 그 걸로 일단 만족하기로 하자…… 시집을 받으면 도끼에는 무어라고 할까?'

# 이  월

## 18

　제3조 제1항　외국에서 발간된 서적 또는 다른 출판물을 판매를 목적으로 반입하려는 자는 사전에 학무국장의 허가를 받아야 한다.
　제2항　외국에서 발간된 서적 또는 다른 출판물을 휴대하여 반입하려는 자는 조선세무청장에게 신고하여야 한다.
　　　──조선총독부령 제216호 '외국 서적 및 출판물 반
　　　　입 규정,' 다이쇼우 13년 4월 8일자*

　제3조에 좌기 항을 신설한다.
　제3항　조선 이외의 일본 제국 영토에서 발간된 서적 및 출판물도 제1항 및 제2항의 규정을 적용한다.
　　　──조선총독부령 제391호 '외국 서적 및 출판물 반
　　　　입 규정 중 일부 개정,' 쇼우와 2년 3월 8일자*

"형님, 이거 형님 보시라고 사온 건데요." 도시오(敏雄)가 가방에서 책 한 권을 꺼내어 히데요(英世)에게 내밀었다.
"그래?" 그는 책을 받아서 겉장을 훑어보았다. 『독사수필(讀史隨筆)』이란 제목 밑에 사노 히사이찌(佐野壽一)란 저자의 이름이 씌어 있었다. "『독사수필』이라…… 재미있겠는데."

"서점엘 갔더니, 사람들이 그 책을 사려고 아우성이데요. 물어봤더니, 며칠 전에 판매 금지 처분을 받았다고 하더군요. 그래서 한 권 샀죠."

"그래? 그런데 어떻게 갖고 들어왔나? 세관에서 검사할 텐데."

"다아 수가 있죠." 도시오는 싱긋 웃고 나서, 가방 속을 들여다보더니 꾸러미들을 꺼냈다.

"이거 형님 넥타이고, 이건 누님 거요."

"뭘 그렇게 많이 샀니?" 세쯔꼬(節子)가 받아들면서 말했다.

도시오는 그의 손아래 처남이었다. 세쯔꼬보다 네 살 아래였는데, 누나를 극진히 위했다. 그래서 히데요에게도 각별하게 대했다. 스나가와 건설(砂川建設)에 다니는데, 주변이 좋아서 회사에서 승진도 빠른 편이고 돈을 꽤 번 모양이었다. 물려받은 것이 있기도 했지만 모또야마(元山)에 땅을 꽤 많이 가지고 있어서 알부자라고 세쯔꼬가 말한 적이 있었다. 스나가와 건설에서 이번에 진출한 대만에 출장갔다 돌아온 길이었다.

"외삼촌, 내 거. 내 거 없어?" 게이꼬(惠子)가 재촉했다.

"왜 없겠니? 사갖고 왔다. 네 걸 빼놨다가 무슨 소리를 들으려고?" 도시오가 싱긋 웃으면서 다시 가방 속에 손을 넣었다.


오래간만이니 밖에 나가서 술이나 한잔 하자는 도시오의 제의를 세쯔꼬가 한사코 말렸다. 그는 감기가 걸려서 여러 날째 쿨룩거리고 있었다. 기원절(紀元節)이라 하루종일 집 안에 있었더니 몸이 뿌적지근해서 어지간하면 따라나서고 싶었으나, 몸이 영 좋지 않아서 그도 단념했다.

저녁이나 들고 가라는 얘기를 마다하고 도시오가 돌아간 뒤, 그는 책을 들고 자기 방으로 들어갔다. "금서(禁書)라." 그는 가벼운 기대감으로 목차를 훑어보면서, 어느 글이 문제가 된 글일까 짐작해보았다. 아무래도 제2편에 있는 「일본에 있어서의 민중 운동, 또는 그 부재」가 가장 그럴듯했다.

　일본 역사에서 특이한 점들 가운데 하나는 민중 반란의 역할이 거의 없었다는 점이다. 그것은 일본 역사를 통독한 외국인들이 흔히 지적하는 점이다.

　피지배 계급에 의한 사회적 변혁의 시도는 역사를 형성한 주요한 조류들 가운데 하나였다. 이 조류가 크게 일렁였을 때, 그것은 민란(民亂)이라고 역사에 기록된 민중 반란의 형태를 갖게 되는 것이다. 그러한 점은 동양에서나 서양에서나 마찬가지지만, 동양에서 더욱 두드러졌다.

　중국의 역사를 어느 정도 공부한 사람이면 누구나 중국에서 민중 반란이 차지하는 비중에 놀라게 될 것이다. 민중 반란은 줄기찼고, 대부분의 왕조들은 민중 반란에 의해 무너졌다. 진(秦) 제국을 무너뜨린 '진승(陳勝)과 오광(吳廣)의 난' 이래로 후한(後漢) 말엽의 '황건적(黃巾賊)의 난,' 당(唐) 말엽의 '황소(黃巢)의 난,' 원(元) 말엽의 '홍건적(紅巾賊)의 난,' 명(明) 말엽의 고영상(高迎祥)·장헌충(張獻忠)·이자성(李自成) 등이 이끈 유구(流寇), 청(淸) 말엽의 '태평천국(太平天國)의 난' 등이 모두 당시 중국 대륙을 지배하고 있던 왕조를 무너뜨리는 데 직접적이고 결정적인 역할을 했다. 특히 이들 민중 반란은 사회 구조를 완전히 바꾸는 데에 목표를 두었으니, 진승이 기병(起兵)하면서 부르짖은 "임금과 제후, 장군과 재상이 어찌 씨가 있겠는가(王侯將相寧有種乎)?"는 그뒤 모든 민중 반란의 구호였고, 대부분의 반란 지도자들은 왕 또는 황제를 칭하여 정권을 장악하려고 했다.

　중국에서만 그러했던 것은 아니다. 월남(越南)에서는 18세기 후반에 유명한 '떠이싼당(西山黨)'의 성공적 반란이 있었다. 심지어 조선에서도 19세기 후반에 '동학란(東學亂)'이 있었으니, 조선 정부 자체의 힘만으로는 도저히 수습할 수 없어 일본과 청의 출병으로 수습해야만 했었다……

'동학란? 19세기 후반에?' 그로선 처음 듣는 얘기였다. 전공이 전공인지라 역사에 관해 많이 공부했다고 할 수는 없었지만, 그래도 중학교 다닐 때는 국사에 관해 큰 흥미를 가졌었고, 대학에 다닐 때도 국사 강의를 충실하게 들었었다. 졸업한 다음에도 게이조우 다꾸쇼꾸 대학교(京城拓殖大學校) 교수로 있다가 나중에 경학원(經學院) 대제학(大提學)을 지낸 오오이 진사이(大井仁齋)의 『신일본사』를 두 번이나 통독했었다. 그런데도 19세기 후반에 조선에서 '동학란'이란 민중 반란이 있었다는 말은 보지 못했었다. 그러나 그것보다도 더 이상한 것은 '조선 정부'라는 말이었다. 조선이 따로 정부를 가졌던 적은 없었다. 적어도 아득한 옛날 징꼬우 황후(神功皇后)가 조선을 정복해서 복속시킨 뒤로는.

'어떻게 된 것일까? 조선총독부를 지칭하는 것은 분명 아닌데. 뭐가 잘못되었나? 인쇄가?' 그는 다시 그 항을 천천히 읽어보았다. 문맥으로 보아 인쇄가 잘못된 것 같지는 않았다.

'새로운 학설? 그런 것 같지도 않은데…… 그리고 새로운 학설이라면, 무슨 역사학회지 같은 데에 내겠지. 이런 수필에서 아무 설명 없이 불쑥 내밀지는 않을 텐데. 알 수 없는 일인데……' 그는 입맛을 다시고 나서, 이어서 읽기 시작했다.

그러나 일본에는 '잇끼(一揆)'라는 형태의 집단 항의가 있었을 뿐이다. 다른 나라의 민중 반란이 사회 구조의 근본적 개혁을 목표로 하였음에 비해, 잇끼는 지배 계급의 수탈이 지나친 것에 대한 항의였을 따름이다. 지배 계급의 수탈 자체에 대해서 항의한 것이 아니고, 그 수탈의 정도가 지나쳐서 생존에 위협이 되는 것에 대해서 항의한 것이었다. 따라서 소위 '도꾸세이레이(德政令)'

의 선포에 의한 부채의 탕감이 잇끼의 목표인 경우가 대부분이었다. 또한 잇끼가 전국적으로 파급되어 통일된 운동으로 발전한 적이 없었다. 잇끼들 가운데 가장 규모가 크고 주장이 혁명적이었다고 일컬어지는 1485년의 '야마시로고꾸 잇끼(山城國一揆)'도 조그만 번국(藩國)에서 일어난 사건으로 다른 곳에 영향을 미치지 못했고, 그나마 그 지도층이 자진해서 지배 계급에 흡수됨으로써 와해되고 말았다.

이와 같이 일본 역사에서 민중 반란의 역할이 거의 없었던 사실은 무엇에 기인하는가? 그리고 그 사실은 일본 역사의 전개, 특히 개화기 이후의 역사의 전개에 있어서 어떤 영향을 미쳤는가? 이 두 질문들은 무척 흥미롭고 중요한 질문들이다……

그는 자리에서 일어나 방안을 서성거리면서, 방금 읽은 글에 대해서 생각했다. 그렇게 불온한 글은 처음이었다. 그로선 평생 입 밖에 내어본 적이 없는 엄청난 생각들이 태연하게 개진되어 있었다. '만세일계(萬世一系)의 천황가를 자랑하는 나라에서 민중 반란이라니……' 어쩐지 그 글을 읽은 것이 자신에게 좋지 않은 일을 가져올 것만 같은 불길한 예감이 검은 안개처럼 그의 마음에 어렸다. 그는 책상 앞에 멈춰서서 그 책을 한참 동안 물끄러미 내려다보았다. 위험한 것이라고, 멀리해야 좋을 것이라고 무슨 본능적인 것이 그에게 속삭였다.

"하여튼 금서가 되고도 남을 책이다." 그는 자신에게 속삭인 목소리보고 들으라는 듯 중얼거렸다.

문득 자신이 조선의 역사에 관해 아는 것이 거의 없다는 생각이 떠올랐다. 국사책에도 조선에 관한 사실은 거의 나오지 않았다. 징꼬우 황후의 정벌로 일본의 일부가 되었다는 얘기를 끝으로 조선에 대한 언급은 아예 없었다. '그러고 보면 조선의 역사는 몇백 년 동안이나 백지인 셈이다…… 씌어지지 않은…… 아니면…… 지워진?'

그는 그 엄청난 생각을 쫓아내려고 다시 책상 앞에 앉았다.

　이 글은 그런 질문들에 대해 답변하려고 씌어진 글이 아니다. 이 질문들에 대한 답변은 쉽지도 간단하지도 않다. 나는 그러한 질문들이 아직도 답변되지 않은 채 남아 있다는 사실을 지적하고 싶었을 따름이다. 왜냐하면 나는 그 질문들이 존재한다는 사실 자체가 우리 사회의 어지러운 현상을 이해하는 데 도움이 된다고 믿기 때문이다.
　이 문제들과 관련하여 흥미롭고 시사하는 바가 많은 사실이 하나 있다. 그것은 일본이 세계 역사에서 드물게 보는 폐쇄적 신분 제도를 가졌었다는 점이다. 동양에서의 신분 계급은 전통적으로 유학의 영향을 받아 대략 사농공상의 네 계층으로 나누어졌다. 성리학이 유학의 주류를 이룬 이래 이와 같은 신분 계층의 구분은 더욱 엄격하여졌다.
　한편으로는 과거 제도가 일찍 발명되어 이와 같은 신분 제도의 모순을 완화시켰다. 과거를 통하여 사회의 하층 계급에, 적어도 중간층 계급에 속한 사람들이 능력에 따라 정치 권력을 잡은 상층 계급으로 신분적 상승을 할 수 있는 장치가 마련된 것이었다. 과거는 신분 제도의 모순으로 발생하는 파괴적인 힘들을 사회에 유용한 방향으로 배출시키는 훌륭한 안전판이었다.
　동양의 다른 나라들과 달리, 일본에서는 과거 제도가 시행되지 않았다. 그럼에도 불구하고 일본은 동양에서 가장 안정된 사회였다. 성리학이 국가의 공식적 이념 체계가 되어 동양의 다른 나라와 시대에선 보지 못했던 엄격한 사농공상의 신분 제도가 확립되었던 도꾸가와 막부(德川幕府) 시대가 역설적으로 일본 역사에 있어 가장 안정된 시대였다.
　도꾸가와 막부 시대를 대표하는 특징 가운데 하나로 흔히 도시 상인 계층인 쪼우닝(町人)들에 의해 이룩된 '쪼우닝 문화'를 꼽는다. 그러나 자신들의 독특한 문화권을 이룰 만큼 성장한 쪼우닝들이 신분적 제약을 타파하려는 노력을 한 적은 거의 없었다. 당시 지배 계급인 무샤(武者)들은 아래 계급의 사람이 모욕적 언동을 하였을 때는 '부레이우찌(無禮討)'라는 제도에 의해 재판 없이 그 자리에서 목을 벨 수 있었고, 주기적으로 상인들에게 진 빚을 일방적으로 파기하였고, '겟쇼(闕所)'라는 제도에 의해 사치가 분수를 넘었다는 명목으로 상인들의 재산을 몰수하였다.

대부분의 사회에서 경제적 능력은 정치적 능력과 상응한다. 그러나 도꾸가와 막부 시대의 쪼우닝들은 그들의 재력을 권력 획득의 수단으로 삼지 못하였다. 아니 삼으려는 노력조차 없었다. 그들은 자신들의 신분적 한계에 부딪힐 때마다, 극도의 사치로 애써 모은 재산을 단숨에 낭비하는 패배주의적 행동 양태를 보여주었다. 위에서 기술한 바와 같은 지배 계급의 불법적 횡포는 세계 역사에서 드문 일이다. 상당히 발달된, 더구나 활발한 해외 무역에 종사한, 상인 계급이 그와 같은 횡포에 대해 단 한 번도 항거하지 않았다는 것은 세계 역사에서 유례가 없는 일이다.

개인적 능력과 덕성이 신분에 어느 정도 연관성을 가졌던 중국, 또는 월남이나 조선에서도 이런 일이 있을 수 있었을까? 이 질문에 대해 대부분의 역사가들은 아니라고 말할 것이다……

'또 조선이 나오는구나. "중국, 또는 월남이나 조선에서도"라. 조선을 일본의 일부가 아니고 독립된 국가로 취급한 것인데…… 그럼 조선이 전에는……'
"아빠아, 저녁 드세요." 게이꼬가 밖에서 맑고 밝은 목소리로 소리쳤다.
"그래애, 간다." 억지로 밝은 목소리를 내어 대답하고서, 그는 천천히 책을 덮었다. 후유한 기분이었다. 큰 돌을 들쳤다가 그 밑에서 징그럽게 생긴 벌레들이 득실거리는 것을 보고 다시 덮었을 때 갖게 되는 기분이었다. 그는 몇 번 숨을 크게 쉬고 나서, 천천히 일어섰다. 무슨 독한 약을 먹은 듯 머리가 어지러웠다.


# 19


군인들이 지닌 각종 미덕들, 예를 들면 국가에 대한 투철한 충성심, 명령에 대한 절대적 복종심, 일사불란한 단결력, 적진을 향하여 과감하게 돌격하는 행동력 같은 것들 말이오, 이런 미덕들을 지금 우리 사회 전체에서 요구하고 있다고 나는 봅니다. 군인들이 현재 우리 사회의 모든 분야에서 지도적 위치에 있는 것은, 이와 같은 사실을 염두에 두고 보면, 자연 이해가 되리라고 생각하는데, 기자 여러분들 생각은 어떻소?
——도우조우 히데끼(東條英機) 수상, 쇼우와 26년 4월 10일 '군부대신 현역 무관제(現役武官制) 부활'에 관한 기자 회견에서*


"과장님, 전화 왔습니다." 이시다 겐지(石田顯治)가 수화기를 든 채 히데요를 돌아다보며 말했다. "노다(野田) 백작님이십니다."

그는 고개를 끄덕이고 수화기를 집어들었다. "여보세요?"

"히데욘가? 나 슈우이찌(周一)야."

"응. 잘 있었나?"

"그래. 내일 한번 만났으면 해서 전화를 걸었는데."

"내일?"

"응. 만난 지도 오래 됐고. 정구라도……"

"좋지. 딴 친구들은?"

"가쯔미(克己)하고 야지로우(彌二郎)는 좋대. 데이이찌(定一)한테는 아직 안 걸었고."

노다 슈우이찌는 그의 대학 동창생이었다. 그의 상학과 동기동창
생들 가운데 조선인은 아홉이었는데, 지금 게이조우(京城)에 있는 다
섯은 꾸준히 만나고 있었다.
"알았네. 몇 시쯤 갈까?"
"일찍 와. 두시까지 오게."
"그러지. 그럼……"
"수고해."
노다는 조선의 명문 출신이었다. 그의 증조부 노다 헤이지로우(野
田平治郎) 백작은 이또우 히로부미 공작의 오른팔 노릇을 했던 정치
가로 중추원 고문을 지냈다. 다이쇼우 십사년 이또우 공작이 죽자,
애통해하다가 두 달 뒤에 죽었다고 했다. 노다는 재작년 겨울 그의
아버지가 죽어 작위를 물려받았다. 사람 됨됨이가 크고 물려받은 재
산이 많아서, 자연 그의 친구들 가운데 중심 인물이 되었다. 지금은
조선식산은행의 과장이었다. 그의 집은 넓어서 정구장까지 있었고,
그의 친구들은 으레 그의 집에 모여 정구를 하거나 바둑을 두었다.
'잘 됐다. 그렇지 않아도 몸이 뿌적지근하던 판인데……' 그는 수
화기를 내려놓고, 만족스러운 마음으로 창밖을 내다보았다. 합작 투
자 계약서 초안에 관한 협상이 그저께 그와 앤더슨 양쪽에 만족스럽
게 끝나서, 그는 어디 여행이라도 다녀올까 생각하던 참이었다. 날
씨도 맑아서 정구하기에 좋을 것 같았다. '정구를 해서 땀을 쫘악 흘
린 다음 맥주나 마시면서 주말을 보내는 것도 나쁘지 않지.'


"기노시다씨, 축하합니다. 당신이 곧 부장으로 승진한다는 얘기를
들었습니다. 매우 반가운 소식입니다." 만나자마자 앤더슨이 웃으면
서 손을 내밀었다.
주주총회를 계기로 하여 이시까와 가호우(石川雅邦) 관리 담당 전
무가 물러났다. 전무가 물러난다는 얘기는 벌써 여러 달 전에 나왔
었다. 그는 홋까이도우(北海道)에서 사단장을 지낸 예비역 육군 중장

이었는데, 성격이 군인 출신답지 않게 원만하고 얼굴이 넓어서 두루 평이 좋았다. 마침 그의 육사 동기생이 새로 세무청장이 되자 사뽀로 양조(札幌釀造)에서 사장급 대우를 약속하고 부사장으로 모셔간 것이었다. 세무청이 생사 여탈권을 쥔 양조업체로서는 있을 만한 일이었다. 조선에서 근무하다 내지로 들어가는 것만도 대단한 일인데 일류 회사의 부사장으로 영전되는 터라, 전무실은 축하객으로 붐볐다. 그의 후임은 상무로 승진한 시까자와(鹿澤) 이사였고, 다나까 부장이 그 자리를 이어받아 기획 담당 이사가 되었다. 자연히 직원들의 관심은 누가 기획부장이 되느냐에 쏠려 있었다. 중론은 히데요가 가장 유력하다고 보고 있었다. 합작 투자를 추진하는 마당에 외부로부터 사람이 들어올 가능성은 적었고, 내부 승진이라면 서열로 보나 자격으로 보나 그가 당연하다는 얘기였다. 그 얘기가 앤더슨의 귀에까지 들어간 모양이었다.

"그것은 근거가 약한 소문입니다. 저는 후보자들 가운데 하나일 따름입니다." 그는 가벼운 웃음을 띠면서 대답했다.

"저는 권위 있는 소식통으로부터 그 '근거가 약한 소문'을 들었습니다." 앤더슨이 손가락으로 위를 가리키면서 싱긋이 웃었다. 위층에는 최고 경영진의 사무실들이 있었다.

'그럼 벌써 내가 승진하는 것으로 결정되었구나.' 그의 가슴이 뛰기 시작했다. 그는 억지로 마음을 다잡아 얼굴에 번지기 시작한 웃음을 거두어들였다. "하여튼 고맙습니다. 그런데 오늘 오후 비행기라고 하셨죠?"

"예. 네시 이십분에 출발합니다."

앤더슨은 협상 임무를 끝냈기 때문에 일단 귀국하는 것이었다. 당분간 연락 업무는 유사라무측 변호사 사무실을 통해 하도록 되어 있었다.

"그러면 곧 시까자와씨하고 다나까씨에게 인사를 해야 되겠네요."

"예. 지금 그들을 방문해도 될까요?"

“그들이 사무실에 있는지 알아보겠습니다.” 그는 수화기를 집어들었다.

‘승진하고, 시집이 나오면…… 도끼에(時枝)가 나를 보는 눈이 좀 달라질 수도 있지. 어쩌면 이번에는 나와 도끼에 사이의 관계에 어떤 전기가 생길 수도 있지.’ 앤더슨과 함께 시까자와 상무의 방으로 가면서도 그의 생각은 바쁘게 돌아가고 있었다. 문득 좀 초라한 생각이 들었다. ‘나의 모든 생각은 결국 도끼에로 끝나는구나…… 사람의 생각은 그가 가장 마음 두는 곳으로 향하게 마련인가? 나이가 들어서 사랑에 빠지게 되면, 더 정신이 없다고 하던데.’


20


무지는 힘이다.
——에릭 아더 블레어, 『1984년』에서


신문은 온통 공군 기념일에 관한 기사들로 채워져 있었다. 머리 기사는 어린애 주먹만큼씩 한 글자로 찍힌 ‘제40주년 공군 기념일’이었는데, 그 아래에 ‘장년 공군 국방의 간성으로 성장’이란 부제가 붙어 있었다. 그 왼쪽에 천황 폐하와 아베(阿部) 수상의 축하 담화문이 실려 있었다. 그 아래엔 일본 공군의 주력 전투기 기종인 ‘가미가제(神風)’ 전투기들의 편대 비행 사진이 실려 있었다. 사설도 「장년 공군의 생일에 부쳐」라는 제목이었다.

물론 신문 어느 구석에도 작년에 있었던 무기 구매 추문은 언급되지 않았다. ‘가미가제 303’ 전투기에 쓰이는 전자 장비를 구매하는 과정에서 일본 공군의 수뇌들이 미국 회사들로부터 뇌물을 받은 것이 미국에서 폭로된 사건이었다. 미국 신문들이 연일 크게 보도한 덕분에, 일본의 신문들도 그 기사들을 인용하는 편법을 써서 검열을

이 월  117

피해 가끔 보도했었다. 그래서 한동안 화제가 되었었는데, 공군성(空軍省)에서 자체 조사를 한 결과 사실 무근으로 밝혀졌다고 발표하자 그냥 흐지부지되었다. 그래도 아직 많은 사람들의 기억에 남아 있을 터였다.

공군 기념일에 관한 기사를 빼고 나니, 읽을 만한 기사는 거의 없었다. 오늘따라 바둑란도 쉬었다. "원 신문이라고⋯⋯" 히데요는 입 안에서 웅얼거리면서 신문을 내려놓다가, 아무래도 아쉬워서 다시 집어 한번 더 훑어보았다. 사회면 한구석의 한담란에 「시험 기구 논쟁」이라는 제목의 기사가 있었다.

환경보호과(環境保護課)는 '게이조우의 산성우(酸性雨)가 우려할 만한 수준'이라는 조우다이(城大) 오오야마 모(大山某) 교수의 발표에 대해 언성을 높여 불만을 토로. 환경보호과의 한 관계자는 13일 '빗물을 받는 데 사용한 합성수지 용기는 산도(酸度)를 높인다' 라고 말하면서 '산성우의 측정에 필요한 기본 설비조차 갖추지 못한 처지에, 인기만 노린 그와 같은 행위는 지탄을 받아야 한다' 고 흥분.

한편 이 말을 전해들은 그 교수는 '본의 아니게 물의를 일으키고 당국에 심려를 끼쳐, 죄송하게 생각한다. 그러나 이번 시험에 사용한 측정 기구가 문제되는 것은 아니라는 소신에는 변함이 없다' 고 해명⋯⋯

'잘들 논다⋯⋯ 교우낭(興南) 공업단지 근처에서는 기형아들이 태어나고 사람들의 살이 썩어 들어가도, "공장에 의한 환경 오염에서 나온 현상이라는 증거는 없다" 따위 소리나 하더니 이젠⋯⋯ 하기야 어디 환경보호과만 그런가⋯⋯ 총독부 전체가 "백성은 그저 모르고 사는 게 약"이라는 주의니. 보건국에선 논에서 일하던 농부들 사이에 풍토성 폐염이 발생해서 무더기로 입원하고 죽어가도, 추수 작업

에 지장을 줄 우려가 있다고 추수가 끝날 때까지 발병 사실을 숨기
고. 광공업국(鑛工業局)에선 탄광 재해 통계를 발표하지 않고…… 따
지고 보면 조선총독부만 그런 것도 아니지. 일본 정부 전체가 그런
데.' 그는 쓸쓸한 마음으로 신문을 소파에 내려놓고 일어섰다.

　자기 방으로 들어오자, 그는 마음이 가볍게 달뜨는 것을 느꼈다.
신문을 읽고 나면 으레 마음이 답답해지곤 했지만, 지금은 그렇지도
않았다. 직장을 가진 사람이 공휴일 아침에 맛보는 느긋함에, 책상
위에 쌓인 이백 권의 시집들이 주는 뿌듯함이 섞이고 있었다.

　자신의 시집을 손에 들어보는 것은 하나의 경험이었다. 병원에서
게이꼬를 처음 보았을 때와 비슷했다. 그러나 첫 자식을 얻은 것과
첫 시집을 낸 것과는 다른 점도 있었다. 눈도 뜨지 않은 쬐끄만 게
이꼬를 보았을 때는 자연의 신비스러운 조화를 바라보는 경이감이
앞섰으나, 이번에는 오랜 시일에 걸쳐 힘들여 이루어놓은 작품을 바
라보는 성취감이 앞섰다. 새로운 생명이 태어나는 일이 비록 신비스
럽고 감동적이라고 해도, 자식을 낳는 일은 거의 모든 사람들이 하
는 일이었다. 자신의 책을 내는 일은 결코 아무나 하는 일은 아니었
다.

　그는 의자를 당겨 책상 앞에 앉았다. 시집들을 한옆으로 밀어놓은
다음 공책을 꺼내어 시집을 기증할 사람들의 목록을 만들기 시작했
다. 먼저 드릴 분은 물론 아버지였다. '어머님께서 살아계셨으면 얼
마나……' '아버님'이라고 공책에 적고 나자, 그의 가슴을 아픔의
손길이 스쳤다. '너무 늦었구나. 무척 좋아하셨을 텐데.'

　그의 어머니는 그가 결혼한 다음 곧 돌아가셨다. 그가 일찍 군대
에서 제대한 것도, 결혼을 일찍 한 것도, 다 어머니의 병 때문이었
다. 치료 불능의 위암을 앓고 있다는 진단이 나오자, 어머니는 자신
이 죽기 전에 며느리를 보고 싶어했다. 그래서 그는 열흘 휴가를 얻
어가지고 나와서, 세쯔꼬와 선을 보고, 그 자리에서 약혼하고, 그 닷
새 뒤에 결혼했다. 모또야마(元山)의 처가에서 신방을 차린 다음날

아침 그는 좀 얼떨떨한 정신으로 만주리(滿洲里)의 부대로 귀대했었다. 그때는 노서아군과의 사이에 '흑하 사건(黑河事件)'이 일어났던 때라, 북만 전선(北滿戰線)은 초긴장 상태였었다.

"토니아." 어머니 생각이 불러낸 다른 아픔이 가슴을 스치는 것을 느끼면서, 그는 나직이 불러보았다. "토니아…… 이 시집을 꼭 전해 주어야 될 사람인데……" 그는 창밖을 망연한 눈길로 바라보면서 슬픈 기억에 마음을 맡겼다.

안토니나 콘스탄티노프나 폴리바노프는 카페 '비가봉'에서 잔심부름을 하던 소녀였다. 주인 페트로비치의 얘기로는 그의 아내의 먼 친척으로, 그녀의 부모가 일찍 죽어 그가 데려다 키웠다는 것이었다. 처음 만났을 때, 그녀는 열다섯 살 난 소녀였었다. 그가 결혼하게 되었을 때, 그녀는 열여덟 살의 처녀로 자라나 있었고, 이국에서 태어나 부모를 여의고 먼 친척에게 의탁해서 살아가는 소녀에 대한 동정은 예쁘고 상냥한 처녀에 대한 애뜻한 사랑으로 바뀌어 있었다. 그러나 갑자기 어머니로부터 결혼을 강요받은 그는 차마 그녀 얘기를 꺼낼 수가 없었다. 아직 그녀와 결혼 얘기까지 한 사이가 아니어서 준비가 되어 있지도 않았지만, 그보다도 머리가 노랗고 눈이 파란 서양 여자를 맏며느리로 맞게 된다면 어머니는 기절했을 터였다.

뜻밖의 여자와 엉겁결에 결혼했지만, 사랑하는 여자와 헤어진 아픔은 컸다. 세쯔꼬와의 공허한 결혼 생활에 비애를 느낄 때면, 부모의 뜻에 따르기로 했던 자신의 결정이 후회가 되었고 슬그머니 어머니를 원망하는 마음까지 들기도 했었다. 이제 체념이 되어 결혼 생활도 견딜 만했고 어머니를 원망하는 마음은 예전에 가셨지만, 헤어진 지 열여섯 해가 된 지금도 토니아가 가끔 꿈에 나타나는 것을 보면 상처는 완전히 아문 것이 아니었다.

꿈은 언제나 같았다. 결혼했다고 그가 떠듬거리면서 말하자 얼굴이 하얗게 질렸던 그녀는 이내 용감하게 얼굴에 웃음을 띠고 축복해 주었다. 니콜라이 공원 가문비나무 아래에 서서 울음을 삼키고 있는 그녀의 어깨 위에 눈송이들이 내려앉고 있었다. 그녀는 언제나 그 모습으로 꿈에 보였다. 그리고 그녀를 꿈꾸고 난 아침이면 가슴이 말할 수 없는 그리움으로 저려왔다. 그렇게 헤어진 뒤로 그는 그녀를 만나지 못했다. 사단 기동 훈련이 끝나서 근 두 달 만에 다시 '비가봉'을 찾았을 때, 그녀는 거기 없었다. 합이빈(哈爾濱)으로 갔다고 했다.

'그런 상처가 나으려면 어쩌면 평생이 걸릴지도 모르지…… 아니면 그러기엔 사람의 평생이 너무 짧을지도…… 견딜 만하게 아문 상처를 안고 살다가 죽는 것일지도……'

그는 '아버님' 밑에 '세쯔꼬'라고 적었다. 이어 '게이꼬 10'이라고 적으며, 그는 '세쯔꼬에게도 몇 권 더 줘야 하는 것 아닌가?' 하고 생각했다. 그는 이내 고개를 저었다. 그녀가 시인의 아내임을 자랑스럽게 생각한다면 책방에 나가서 해결할 수 있는 문제였다. 그럴 가능성은 적었지만.

그의 결혼 생활이 실망스러운 것은 그와 세쯔꼬가 성격상으로 잘 맞지 않는 것이 가장 큰 까닭이었다. 그녀는 외양이 화려한 것을 찾는 성미였다. 만일 그가 관리였었다면, 아마 그녀는 훌륭한 내조를 했을 것이었다. 정계에 나갈 꿈이 있었더라면, 더욱 그랬을 것이었다. 귀족원(貴族院) 의원이나 중의원(衆議院) 의원이 되어 도우꾜우의 정계 한 모서리에 발을 붙이는 그런 화려한 출세가 아니더라도 좋았을 터였다. 도지사의 자문 기관에 불과한 도 의회의 의원이 될 가망이 있었더라도, 그녀는 열심히 그를 도왔을 것이었다. 그리고 그럴 능력도 있는 여자였다. 그가 내지인이기만 했어도, 그래서 무슨 내지인 친목회 같은 데 나갈 수만 있었어도, 얘기는 사뭇 달라졌을 것이라고 그는 생각했다. 그러나 회사원의 아내로서, 그것도 출세할 생각은 하지 않고 시간이 있으면 방에 처박혀서 시 나부랭이나 끄적거리는 회사원의 아내로서, 그녀가 만족할 수는 없었다. 그러나 두 사람 다 애초부터 큰 기대를 걸었던 결혼은 아니었기 때문에, 큰

다툼도 없이 그럭저럭 지내온 터였다. 그리고 게이꼬를 키우는 재미도 있었고, 오래 같이 사는 사이에 밋밋한 정 같은 게 쌓여서, 요사이는 다른 사람들에겐 제법 모범적인 가정으로 비치는 모양이었다.

'그래도 열여섯 해를 같이 살아온 사람인데. 빈천지교불가망(貧賤之交不可忘)이요, 조강지처불하당(糟糠之妻不下堂)이라 했는데……이러면 내가 고마움을 모르는 사람이지. 아예 처가 식구들에겐 세쯔꼬보고 돌리라고 하자.' 그는 '세쯔꼬' 다음에 '10'이라고 썼다.

막상 나누어주고 싶은 사람들의 이름을 적다보니, 꽤 많았다. 이백 권이면 충분하다고 생각했었는데, 그렇지도 않았다. 친척들에게 골고루 나누어줄 수는 없었지만, 동생 에이지(英治)네도 댓 권은 보내야 했고, 큰아버지와 고모네 식구들에게도 댓 권씩 보내야 했다. 친구들에게도 근 스무 권은 나갈 터였고, 회사 사람들에게 돌릴 것만도 근 예순 권이 될 것 같았다. 문단의 선배와 동료들에게도 적어도 그만큼은 나가야 했다.

'우선 오늘은 야나기자와(柳澤) 선생을 찾아뵙고…… 내일은 도끼에와 저녁을 같이하면서 시집을 주고.' 도끼에의 반가워할 얼굴이 떠오르면서 문득 마음이 달떠올랐다.


# 21

바람과 서리에 잦아진 내 가슴의 고원(高原)
그 한끝 바위에 서린 세월이여, 이제 대답하라,
정 깊은 이에게, 사랑한다,
그 한마디를 끝내 속삭이지 못한 아쉬움
그보다 큰 아쉬움이 어디에 있는가.
　　　—— 기다하라 고우운사이(北原耕雲齋), 『인적
　　　　(人跡)』에서*

“과장님, 비서실 전화예요.” 도끼에가 돌아다보며 말했다.

“비서실?” 히데요는 고개를 들어 그녀의 눈길을 찾고 나서, 천천히 손을 뻗어 수화기를 집어들었다. “예. 기노시다 히데요입니다.”

“과장님, 저 하나꼬(花子)예요. 시까자와(鹿澤) 상무님께서 올라오시라고 하시는데요.”

“그래? 올라가지.” 수화기를 내려놓으면서 그는 가슴이 거칠게 뛰기 시작하는 것을 느꼈다. 그렇지 않아도 오늘쯤 인사 발령이 있을 것 같았다. ‘드디어 왔나?’ 그는 검토하느라고 책상 위에 늘어놓았던 도끼에가 만든 ‘합작 투자 허가 신청서’를 정리하면서, 마음을 가다듬었다.

비서실 문을 열기 전에 그는 옷매무시를 고쳤다. 비서실에는 하나꼬가 책상 위에 엎드려 무엇을 열심히 쓰고 있었다.

“하나꼬, 옷이 멋있는데.”

그녀가 고개를 들어 그를 쳐다보더니, 좀 서글픈 웃음을 띠었다. “들어가보세요, 과장님. 상무님께서 기다리고 계세요.” 그녀는 다시 고개를 숙였다.

그녀의 태도에서 그는 무엇인가 이상한 느낌을 받고, 입에서 나오던 ‘얼마짜린가?’를 되삼켰다. 문득 맑게 갠 마음속 하늘을 한 점 잿빛 구름이 무슨 예감처럼 스치고 지나갔다. 그는 천천히 하나꼬의 책상 앞을 지나 시까자와 상무 방으로 향했다.

상무 방에는 다나까 이사가 와 있었다. 그를 쳐다보는 두 사람의 얼굴이 굳은 것을 보자, 조금 전에 가슴을 스쳤던 가벼운 구름이 눈구름이 되어 되몰려왔다.

“부르셨습니까?” 그는 목례를 하고 물었다.

“어서 오게, 기노시다 과장.” 상무가 소파 등에 기댔던 몸을 일으켰다. “앉게.”

그는 다나까 이사 맞은편에 앉았다. 탁자 위에는 붉은 ‘인비(人秘)’ 도장이 찍힌 봉투가 열린 채 놓여 있었다.

‘역시 인사 발령이구나.’ 그는 갑자기 가슴을 움켜쥔 까닭모를 두려움의 손가락들을 하나씩 떼어내면서, 마음을 다잡으려고 애썼다. ‘무슨 일이 있더라도 몸가짐만은……’

“좋은 소식이 아닐세.” 상무가 봉투에서 흰 종이를 꺼내어 앞으로 밀어놓았다. “읽어보게.”

“예.” 그는 그 접힌 종이를 탁자 위에 펴놓고 바라보았다.


야마시다 소우따로우(山下曾太郞)
　　면 예산관리과장
　　보 기획부장 직무 대리
다까미야 가즈오(高宮和夫)
　　보 예산관리과장 직무 대리


그의 정신이 출렁거렸다. 문득 그의 정신이 둘로 나뉘어, 보이지 않는 눈길로 인사 명령을 바라보고 있는 기노시다 히데요를 다른 하나의 기노시다 히데요가 먼 눈길로 바라보고 있었다. 인사 명령을 말없이 바라보던 기노시다 히데요가 고개를 들었다. “알겠습니다.” 입이 열리는 순간 두 기노시다 히데요가 합쳐져서 하나가 되었다. 두 정신이 합쳐지는 충격이 그의 몸 속을 한바퀴 저릿하게 돌았다. 그는 가볍게 진저리치고서 한숨을 몰래 내쉬었다.

“자네에겐 면목도 없고, 할 말도 없네.” 상무가 탁하게 가라앉은 목소리로 말했다. 가래를 뱉고 나서, 상무는 말을 이었다, “야마시다 군이 이번 인사와 관련해서 외부에 청탁을 한 모양일세. 그럴 사람이 아니라고 보았는데…… 어쨌든, 야마시다군을 위해서 큰 힘을 가진 사람이 직접 나선 까닭에, 사장님께서도 어떻게 하실 수가 없었네. 지난주에 우리 회사 담당 특무사(特務司) 요원이 사장님하고 면담을 했는데 잘 안 되니까, 어제는 특무사 게이조우 지구 부책임자가 직접 찾아와서 사장님하고 요담을 했네. 자네도 알다시피 사장님은 그런 면에서 무척 강직한 분이시지만, 원체 큰 권력을 쥔 사람들이 나서니…… 그래서 내가 사장님께 말씀드렸네, '기노시다 과장에겐 제가 얘길 하겠습니다'라고. 기노시다 과장, 사정을 이해해주기 바라네."

"예. 알겠습니다." 그는 자신의 목소리가 여느 때처럼 나오는 것이 다행스러웠다. 입가에 가벼운 웃음을 띠면서, 그는 인사 명령을 다시 들여다보았다. 명령은 2월 6일자였다. 다나까 이사가 승진한 날짜로 소급해서 발령낸 것이었다. 언젠가 술자리에서 야마시다 과장이 특무사 본부의 요직에 가까운 친척——삼촌이라고 한 것 같았다——이 근무하고 있다는 얘기를 언뜻 비친 일이 생각났다. "언젠가 야마시다 과장이 특무사 본부에 가까운 친척이 근무한다는 얘기를 한 적이 있었습니다. 그 사람인 모양이군요."

"외삼촌이라고 합디다." 다나까 이사가 처음으로 입을 떼었다.

상무는 그저 고개를 끄덕이고서, 담배통에서 담배 한 대를 꺼내어 탁자에 대고 두드렸다. 잠시 어색한 침묵이 흘렀다. 비서실에서 전화기 종소리가 났다. 이어서 "네. 비서실입니다"라고 대답하는 하나꼬의 목소리가 들려왔다.

"기노시다 과장, 지금 이런 소리를 하면 아마 자네 기분만 더 상하겠지만……" 상무가 담배에 불을 붙이면서 잠시 뜸을 들였다. "사장님께서 자네 처지를 충분히 알고 계시거든. 앞으로 최대한도로 배려를 하시겠다고 언질을 주셨네. 그리 알고 일해주게. 세상엔 자리에만 연연한 사람도 있고, 일을 성취시키는 데서 보람을 찾는 사람도 있으니까."

"예. 잘 알겠습니다…… 상무님, 더 하실 말씀이 없으시면 전 일어서보겠습니다."

"그것뿐일세. 아, 그리고…… 오늘 저녁은 우리 셋이서 함께하면 어떨까? 술도 좀 하면서 기분을 푸는 것도 나쁘지는 않을 것 같은데."

"고맙습니다만, 사양해야만 되겠습니다. 실은 저녁에 처가 사람들이 집에 오게 되어 있습니다. 일찍 들어가봐야 되겠습니다. 나중에 사주셨으면 합니다." 그는 술자리를 사양할 때는 으레 처가 사람들과 약속이 있다고 둘러대었다. 오늘 같은 날 위로주를 마시는 것보다 더 큰 고역은 없었다.

"아, 그런가? 그럼 다음에 하기로 하지."

상무 방에서 나오는 그를 하나꼬가 흘긋 쳐다보았다. 그가 싱긋 웃자, 그녀도 따라서 엷은 웃음을 얼굴에 띠었다.

"그 옷 얼마짜리야?"

"아이, 과장님도…… 맨날 건성으로 보시면서. 이 옷 지난주에 입었던 거예요." 그녀 얼굴 위의 웃음이 좀 밝아졌다.

"그런가?"

비서실에서 나오자 한숨이 나왔다. 땀으로 겨드랑이가 축축했다. 잠시 망설이다가, 그는 천천히 계단 쪽으로 걸어갔다. 사무실에 들어가기 전에 밖에 나가서 마음을 좀 가다듬고 싶었다. 충격이 커서 마음이 부어오른 듯했고, 바깥 세상이 실감이 없이 퍼석하게 느껴졌다.

사람들의 물결에 밀려 발길 가는 데로 걷다보니, 야스다 은행(安田銀行) 혼마찌 지점(本町支店) 앞에 와 있었다. 아침에 집을 나오기 전에 예금통장을 챙겨가지고 나온 것이 생각나서, 그는 씁쓸하게 웃었다. 도끼에와 저녁을 같이할 돈을 찾을 생각에서였다. 그녀에게 시집을 주고 함께 저녁 식사를 할 생각에 그는 눈을 뜨면서부터 줄곧 마음이 달떴었다. 혹시 예상대로 승진 발령을 받으면, 그 기세로 그녀에게 자신의 속마음을 비칠 생각까지도 했었다. 이제 그녀에게 사랑한다고 말할 기회는 영영 사라진 것이었다. 그녀 앞에서는 언제나 자신이 부족하다고 느껴온 그에게 이번의 수모는 자존심의 허리를 꺾어놓은 셈이었다.

'그렇게도 하고 싶었는데, '사랑해, 도끼에' 그 한마디가…… 아니, 사랑이란 말을 쓰지 않더라도 될 텐데. 그냥 '도끼에'라고 부르기만 해도 알아차릴 텐데……' 황량한 마음속의 벌판을 묵은 눈을 날리는 차가운 바람이 불고 있었다. 절망과 안타까움에 저린 마음으로 그는 나직이 불렀다, "도끼에."

누가 어깨로 그를 밀치고 지나갔다. 그는 정신을 차리고서 은행의 계단을 천천히 올라갔다. 어차피 돈은 찾아야 했다. 아는 사람이 없는 외딴 술집에라도 가서 혼자 마시면서 마음을 가라앉힐 셈이었다.

## 22

합이빈(哈爾濱) 사건은 나로 하여금 제국의 만주 진출 이전에 수행되어야 할 일이 남아 있음을 절감케 하였다. 대륙 경영의 전진 기지인 조선에 대한 지배가 확고하지 못한 상태에서 만주 진출에 주력하는 것은 매우 위험하다는 것을 나는 깨달았다. 그래서 나는 다시 조선으로 건너가 조선 반도의 내지화(內地化)를 적극적으로 추진하기로 결심했다.
　　　　　　　　── 이또우 히로부미, 『북정(北征)』에서*

통근차가 움직이기 시작하자, 히데요는 의자 등에 몸을 기대고 눈을 감았다. 잔뜩 긴장했던 마음이 스르르 풀어지는 것을 느끼며, 그는 한숨을 길게 내쉬었다. '이젠 끝났구나…… 긴 하루였지.'

은행에서 나와 사무실에 들어온 때부터 퇴근 때까지의 두어 시간은 그에게 무척 괴로웠다. 밖에서 마음을 다잡고 들어왔으므로 남들이 보기에 뭣한 언동이야 없었지만, 정황이 정황인지라 태연하게 행동하기가 쉽지 않았다. 야마시다(山下)에게 축하 인사를 하는 일도 생각처럼 매끄럽게 되지는 않았다.

긴장이 풀리자, 생각이 비로소 이번 일로 향하기 시작했다. 야마시다가 부장이 된 것은 말도 되지 않는 일이었다. 야마시다는 그보

다 네 살 아래였고, 과장이 된 지도 채 두 해가 되지 않아서 호봉도
여섯 급이나 낮았다. 회사 일에 있어서 큰 공적이 있는 것도 아니었
고, 인품이 뛰어나지도 않았다. 하다못해 학벌로 치더라도, 오오사
까 대학교(大阪大學校)를 나왔으니 게이조우 데이다이(京城帝大)를
나온 그와는 비교가 되지 않았다. 요사이 조우다이(城大)는 여섯 개
데이다이(帝大)들 가운데 도우다이(東大) 다음으로 꼽히는 판이었다.
조우다이가 전통이나 시설에서는 교우도우 데이다이(京都帝大)에 많
이 뒤지는 것이 사실이었지만, 흔히 대학 평가의 기준이 되는 고등
문관 시험 합격자 수에 있어서는 단연 앞서고 있었다. 교우다이(京
大)가 그런 판에 다른 대학들이야 말할 것도 없었다. 야마시다가 그
보다 나은 점이 있다면, 단 하나였다. 야마시다는 내지인이었다. 그
리고 유감스럽게도 그것은 결정적 강점이었다. 따지고 보면, 야마시
다가 특무사의 요직에 있는 외삼촌을 가졌다는 것도 야마시다가 내
지인이라는 점에서 연유한 것이었다.

'조선인 가운데 그렇게 힘센 후원자를 가진 사람이 과연 몇이나
될까? 그리고 그런 후원자를 가졌다고 해도, 내가 내지인이고 야마
시다가 조선인이었다면 이번 일이 그렇게 간단하게 되었을까? 어쩌
면 그 요직에 있는 후원자가 거꾸로 당하기 십상이었을지도 모르지.'

그는 눈을 뜨고, 고개를 돌려 밖을 내다보았다. 어둠 속에 자동차
들의 불빛만 요란스러웠다. 이제 충격은 거의 가셨는데도, 마음은
이상스러울 정도로 담담했다. 야마시다에 대해서도 별다른 혐오감이
일지 않았다.

궁극적으로 그의 문제는 내지인이 주인인 세상에 조선인으로 태어
난 죄였다. 이번의 좌절은 마흔 해 동안 수없이 만났던 장벽 앞에서
다시 주저앉은 것이었다. 놀이터의 어린애로서, 학생으로서, 군인으
로서, 회사원으로서, 시인으로서, 그리고 그저 평범한 신민(臣民)으
로서, 그가 하루도 빼놓지 않고 만난 벽이었다. 그리고 앞으로도 계
속 만나야 할 벽이었다. 다른 점이 있다면, 전에는 체념하고 애써 외

면해서 그 벽이 별로 마음에 걸리지 않았으나, 지금은 그것이 뚜렷하게 보인다는 점이었다.

무엇보다도 그 벽은 자신만으로 끝나는 문제가 아니라는 사실이 그를 괴롭히고 있었다. 그의 자식이, 다시 게이꼬의 자식들이, 다시 그 자식들이, 어디를 가든, 무엇을 하든, 어쩔 수 없이 부딪치게 되어, 몸과 마음에 퍼런 멍이 들 거대한 벽이었다.

그는 눈을 감고 숨을 깊게 들이쉬었다가 내쉬었다. 마치 그 거대한 벽이 에워싼 듯 가슴이 답답했다. '게이꼬까지, 게이꼬의 자식들까지…… 왜 조선인들은 대대손손 이렇게 지내야 하나? 무슨 죄를 지었기에?' 문득 가슴이 더워지면서 뜨거운 것이 목으로 치솟아올랐다. 귓속이 울리면서 망막에 붉은 불꽃이 피었다.


그는 에이도우라역(永登浦驛) 앞에서 내렸다. 전에 처남을 따라 한 번 가본 적이 있는 술집을 찾아갈 심산이었다. 아래층에서 맥주를 팔고 위층에서 양주를 파는 곳이었는데, 위층의 바가 혼자 마시기에 좋은 분위기를 갖고 있었다.

그는 먼저 공중 전화를 찾아서 집에 전화를 건 다음, 기억을 더듬어서 에이도우라 시장으로 가는 뒷골목으로 접어들었다. 골목엔 음식점들이 들어차 있어서 구수한 냄새들이 짙게 풍겼고, 어둑한 밤 하늘로부터는 간간 눈발이 날리고 있었다. '술맛을 돋우는구나.' 피식 웃음이 나왔다.

그가 들어선 골목이 끝나는 어귀에 포장마차 술집이 있었다. 게이꼬 또래의 여학생이 교복을 입은 채 포장 옆에서 연탄불을 피우고 있었다.

그는 충동적으로 포장 자락을 헤치고 들어섰다.

"어서 오세유." 음식을 상 위에 진열하던 주모가 반색을 했다. 그는 안주감들을 살피면서, 나무걸상 한쪽에 걸터앉았다. "아주머니, 우선 소주 한 병 주세요. 그리고…… 어묵 한 접시하구요."

“예.” 주모가 행주치마에 손을 문지르고 나서, 국자로 국물을 젓기 시작했다.

구수한 어묵 국물이 담배 연기로 깔깔한 속을 어루만져주었다. ‘차라리 여기서 소주를 마시는 게 낫겠다. 지금 내 처지에서 비싼 술집에 가서 양주를 홀짝거리는 것이 어울리는 일도 아니지.’ 그는 잔에 소주를 따르면서 생각했다. ‘이왕 팔아줄 바에야, 이런 가난한 사람들에게 좋은 일……’

주모가 김치 사발을 내놓았다. 퍼런 골파가 든 동치미가 보기에도 시원스러웠다. 문득 식욕이 솟았다. “아주머니, 김밥 좀 주세요.”

“예. 일인분 드릴까요?”

“예. 동치미를 보니까, 식욕이 생기는데요.”

주모의 웃음이 뜻밖에도 환했다. 포장마차의 주모 노릇하고는 거리가 멀었던 사람 같았다.

그가 김밥을 먹고 있는데, 늙수그레한 사내가 들어왔다. 차림으로 보아 막일을 하는 사람 같았다.

“어서 오세유.” 주모가 반겼다.

“안녕하세유? 한잔만 주세유.” 사내는 이 집의 단골인 모양이었다. 검은 털모자를 벗더니, 수저통에서 쇠젓가락을 꺼내어 짝을 맞췄다.

주모가 사발에 어묵 한 점을 넣고 국물을 가득 담아 사내 앞에 놓았다.

사내가 반가운 듯 두 손으로 사발을 들어 국물을 들이켰다. “아아, 좋다.” 사내가 손등으로 입술을 훔치면서 말했다.

주모가 커다란 잔에 소주를 따라 사내 앞에 놓았다.

사내는 험한 일로 거칠어진 커다란 손으로 잔을 들더니, 한입에 털어넣었다. 이어서 사발에 남은 어묵 한 점을 집어 입에 넣고서는, 십전짜리 동전 두 개를 아쉬운 듯 꺼내놓았다.

사내가 다시 쓴 털모자가 무척 낡은 것이 눈에 들어왔다. 연민의 물결이 그의 가슴을 적셨다. 그가 술 한잔을 권하려는데, 사내가 일어섰다.

"잘 마셨슈. 안녕히 계슈."

"예. 안녕히 가세유." 사내가 나가는 것을 바라보던 주모가 중얼거렸다, "오늘은 벌이가 시원찮은 모양인게뷰."

"어떻게 아세요?"

"벌이가 있는 날은 석 잔은 마시는데유. 오늘은…… 안됐슈. 젤라도우(全羅道) 사람인데, 작년에 논 소작붙이던 걸 떼이구서 무작정 올라온 모양예유."

그는 잠자코 고개를 끄덕이고서, 술잔을 들어 한입에 털어넣었다. 씁쓸한 소주 맛이 그의 심정에 딱 맞았다. '여기서도 벽을 보는구나. 내가 만났던 어느 벽보다 훨씬 더 가파른 벽을. 도저히 넘을 희망이 없는 절벽을……' 수염이 꺼칠한 얼굴에 수심기가 짙게 어린 사내가 낡은 털모자를 조심스럽게 쓰던 모습이 떠올랐다. '흉년이네 불경기네 해도, 끼니 걱정을 하는 내지인은 조선 천지에 단 한 사람도 없다. 소작할 논도 없어 고향을 떠나는 조선인은 부지기수다. 조선에서도 조선 사람들은 왜 이렇게 비참하게 살아야 하는 것일까? 내지인은 맨몸으로 건너와도, 몇 해 안 되어 떵떵거리고 사는데?' 그는 사발의 국물을 들이켰다.

"더 드릴까요, 국물?" 주모가 그의 대답을 듣지도 않고, 국자로 국물을 떠서 그릇 가득히 채웠다.

"고맙습니다." 그는 다시 잔에 술을 채웠다. '일반적으로 조선인이 내지인보다 못한 것을 나도 인정한다. 하지만 이 땅에 있는 그 많은 불평등을 내지인과 조선인 사이의 선천적인 능력의 차이로 다 설명할 수 있을까? 야마시다 소우따로우(山下曾太郎)가 기노시다 히데요보다 나은 점이 무엇인가? 하지만 번번이 야마시다 같은 친구들이 기노시다들을 이기고 있잖은가? 지금 나간 그 사내도 내지인이었다면, 소작할 논도 없어서 고향을 떠나진 않았을 것이다. 조선인들은 다만 악순환에 시달리는 것이다. 차별과 무지와 빈곤의 악순환에.

조선인들이 그 악순환의 사슬에서 벗어나지 못하는 것은 내지인들 때문이라고 할 수밖에 없지 않은가?' 문득 아까 통근차에서 느꼈던 뜨거운 기운이 다시 가슴속에서 일렁이기 시작했다. 몸 속 어느 깊은 곳에서 분노의 붉은 불길이 서른아홉 해 동안 쌓아올린 그의 삶의 아랫도리를 녹이고 있었다. 한 순간 술에 익은 그의 마음이 아득해지면서 그는 자신의 마음의 껍질이 터져 보오얀 속마음이 빠져나오는 것을 느꼈다. 그의 몸을 아픔의 세찬 물결이 붙잡았다. 시원함이 섞인 아픔이었다.

"손님, 괜찮으세유?" 주모가 묻는 소리에 그는 눈을 떴다. 주모가 걱정스러운 얼굴로 그를 바라보고 있었다.

"괜찮습니다." 그는 얼굴에 엷은 웃음을 띠면서, 미지근해진 국물 한 모금을 마셨다.

"이리 주세요. 국물이 식었을 텐데."

"예. 그리고 아주머니, 한 병 더 주세요. 저기 주꾸미하구요."

여학생이 연탄불을 들고 들어왔다.

"다 폈냐?"

"네." 여학생이 화덕에 연탄을 넣었다. 고운 얼굴이었다.

"따님이세요?"

"예."

"몇 학년인가요?"

"이번에 오학년 올라가유. 이젠 다 가르친 셈이쥬. 쟤를 가르치느라구 이 짓 하는데."

주모의 웃음이 하도 화안해서, 그도 따라서 빙그레 웃었다. '그렇다. 저렇게 건강한 사람들이 언제나 무지와 빈곤에서 허덕일 리는 없다. 차별받지만 않는다면. 그리고 조선인이 차별을 받는 한 조선인 누구도 안전할 수는 없는 것이다. 내가 잘못한 것은 '나는 조선인이지만, 내 자신의 능력과 노력으로 조선인으로 태어났다는 문제를 해결했다'고 생각했던 것이다. 그리고 다른 조선인들을 외면하고서

살아온 것이다. 조선인의 문제는 개인의 능력이나 노력만으로 해결
될 수는 없는 것이다. 그것은 모두의 문제이기 때문에. 모두의 문제
는 모두의 힘으로 함께 풀어야 하는 것이다.'
　그는 다시 눈을 감았다. 슬픔이 어린 잔잔한 감동이 가슴속에 퍼
지고 있었다. 목이 뻣뻣해왔다. 그는 주먹을 쥐었다. 손에 힘이 잡혔
다. '이 깨달음을 얻기 위해, 따지고 보면 별것도 아닌, 어떻게 보면
진부한 느낌이 들 이 깨달음을 얻기 위해, 나는 서른아홉 해를 살았
구나.' 거친 분노의 물결이 가라앉기 시작한 그의 몸 속 어느 맑은
하늘을 흰 물새 한 마리가 날고 있었다.


23


　　모든 시는 혁명적이다. 모든 구호는, 특히 시로 변장한 구
　　호는 궁극적으로 반동적이다.
　　　　── 기다하라 고우운사이(北原耕雲齋), 시집
　　　　『인적(人跡)』의 서문에서*


　아랫도리를 당기는 묵직한 요의(尿意)가 잠을 깨웠다. 정신이 들
면서 칼칼한 목에 갈증이 느껴졌다. 히데요는 누운 채 정신을 가다
듬었다. 세쯔꼬가 가볍게 코를 골고 있었다. 그는 술과 잠에 취한 몸
을 억지로 일으켰다.
　물을 마셨어도, 갈증은 가시지 않았다. 냉장고를 열었더니, 귤즙
이 든 유리병이 있었다. 그는 귤즙을 잔에 따른 다음, 소파에 가서
앉았다. 불을 켜지 않았는데도 거실이 훤언했다. 시원한 귤즙이 갈
증을 가라앉히는 것을 느끼며, 그는 창으로 가서 휘장을 젖혔다.
　눈이 푸짐하게 내리고 있었다. 간밤에 눈이 꽤나 쌓인 것 같았다.
저 아래 등에 눈을 이고 엎드린 차들이 멸종해버린 빙하 시대의 짐

이 월　133

승들의 화석처럼 보였다. 그 앞쪽 정원에 선 시원찮은 정원수들이 눈을 입고서 나무로 살아나 있었다. 눈은 말라버린 꽃 줄기들이 을씨년스러운 베란다의 화분들 위에도 수북이 쌓여 있었다.

그는 망연한 눈길로 밖을 내다보았다. 눈은 어둑한 하늘로부터 무심한 몸짓으로 내리고 있었다. 사람들과 그들이 이루어놓은 것들을 마음에 두지 않는 비정한 무기질의 서두름 없는 몸짓으로 내리는 눈발에서 그는 위안과 절망을 함께 맛보았다. 우주의 광막함과 시간의 유구함을 말해주는 눈발 아래 사람들의 세상은 아주 작고, 여리고, 하찮게 느껴졌다.

문득 오랫동안 멈췄던 거대한 기계가 잠에서 천천히 깨어나 기지개를 켜는 것 같은 소리가 세상을 흔들었다. 야간 통행 금지가 풀린 것이었다. '벌써⋯⋯' 그는 다시 휘장을 치고 돌아섰다.

다시 방에 들어온 그는 잠을 청했다. 가볍게 코를 골던 세쯔꼬가 갑자기 숨넘어가는 소리를 냈다. 그는 놀라서 벌떡 일어나 그녀 쪽으로 몸을 굽혔다. 그녀는 곧 다시 숨을 고르게 쉬기 시작했다. 그는 가만히 그녀를 내려다보았다. 잠든 그녀의 얼굴은 깨어 있을 때보다 훨씬 나이가 들어 보였다. 그녀는 몸집이 작은 편인 데다가 나이가 들어 보이는 얼굴이 아니어서, 다들 나이보다 대여섯 살 아래로 보았다. 그러나 지금 입을 조금 벌린 채 잠든 그녀의 얼굴엔 어둑한 속에서도 에누리없는 마흔 살의 나이가 앉아 있었다.

그는 팔로 이불을 짚고, 그녀에게로 몸을 더 숙였다. 느슨해진 목언저리의 살, 기름기 없는 살결, 굵어진 눈가의 주름, 흰머리가 나기 시작한 머리——그녀가 보낸 세월이 그의 가슴속으로 헤집고 들어왔다. '남편의 사랑을 받아보지 못하고 마흔을 맞은 여인⋯⋯ 왜 나는 이 여자를 사랑할 수 없는 것일까? 나의 씨를 따서 리노이에 세쯔꼬(李家節子)에서 기노시다 세쯔꼬(木下節子)로 되고, 나의 씨를 받아서 딸까지 낳은 이 여자를? 토니아나 도끼에와 이 여자가 다른 것은 무엇인가?' 그는 나오는 한숨을 죽이고, 이불 자락을 당겨 그녀

의 어깨를 덮어주었다. '열여섯 해. 큰 소리 한번 내지 않고, 남들이
보기엔 오손도손 살아온 열여섯 해. 가슴 저리는 사랑의 물결도, 몸
을 태우는 질투의 불길도 없이 밋밋하게 보낸 열여섯 해. 그 공허함
이 이 여자를 이렇게 늙게 만든 것일까?'
　잔잔한 서글픔과 아릿한 연민의 물결이 체념어린 그의 가슴을 씻
었다. 문득 그의 가슴을 휘저으며 시상(詩想) 한마디가 솟았다.

　　서글픈 것이어라
　　아픈 사랑에 이르지 못한
　　열여섯 해의 정은.

　이불 자락을 당겨 몸에 두르고 앉아, 그는 잠든 아내의 얼굴을 아
득한 눈길로 바라보면서 시상을 다듬었다.

　　차가운 저세상에서 온
　　얼굴 없는 사자(使者)
　　잿빛 눈발이

　　가볍게 창을 두드리는
　　이월의 한밤
　　혼자 깨어 있노라면

　　이젠 세월이 무겁게 앉는가
　　입을 조금 벌린 아내가
　　가볍게 코를 곤다──

　　서글픈 것이다
　　가슴 저리는 사랑에 이르지 못한

아릿한 연민은.

한 줄기 아픔이 그의 가슴을 뚫었다. 그는 눈을 감고, 아픔이 지나가기를 기다렸다. 아픔이 가시면서, 아픔의 날카로운 날이 가슴의 벽을 찢은 듯 시원한 바람이 가슴속으로 몰려 들어왔다.

그는 천천히 눈을 떴다. 눈이 내리고 있었다. 온 세상 가득히 눈이 내리고 있었다. 아파트의 썰렁한 지붕 위에, 그 아래 마당에 엎드린 차들의 화석 위에, 정원의 앙상한 나뭇가지들 위에, 시든 꽃 줄기들 위에, 입을 조금 벌리고 잠든 여인의 얼굴에, 그녀의 빛 바랜 사십대의 꿈속에, 그녀를 바라보는 남편의 굽은 어깨 위에, 사랑해주지 못한 열여섯 해의 아픔으로 지평이 아득히 멀어진 그의 가슴속에, 눈은 내리고 있었다. 내려서 쌓이고 있었다.

## 24

지금까지 씌어진 모든 역사는 근본적으로 정치사다. 인류사라고 불리는 것도 따지고 보면 정치사라는 골격에 다른 부면의 역사들을 군살처럼 붙여놓은 것에 지나지 않는다. 이 점은 근년에 동양사학계에서 중요한 쟁점으로 부각된 '시대구분론(時代區分論)'에서 극명하게 드러난다. 단 한 사람도 과학에 있어서의 방법론상의 발전이나 문학사조의 변화에 맞추어 시대를 구분하여야 한다고 주장하지 않았다. 많은 사람들에게 무척 중요한 종교도 시대 구분에 있어서는 이렇다 할 역할을 갖지 못한 실정이다.
　　——사노 히사이찌(佐野壽一), 『독사수필(讀史隨筆)』에서*

"과장님, 앤더슨씨에게서 전문이 왔습니다." 결재 서류를 가져온 도끼에가 맨 위의 결재판을 펼쳐서 그의 앞에 놓으면서 말했다.

"그래? 좋은 소식인가?" 그는 결재판에서 고개를 돌려, 그녀의 얼굴을 올려다보며 물었다. 언제 보아도 싫증이 나지 않는 고운 얼굴이었다. 눈 아래가 파르스름한 것이 눈에 들어왔다. '무엇 때문에 잠을 못 잤나? 혹시……' 음담을 즐기는 도꾸다 요시오(德田義雄) 서무과장의 얘기가 떠올랐다.

"네. 좋은 소식예요."

그는 도끼에가 알면 얼굴을 붉힐 상념을 머리에서 억지로 밀어내고, 전문을 내려다보았다.


수신: 히데요 기노시다씨, 도끼에 시마즈양. 우리 변호사들이 협상안을 승인했음. 귀측의 절차가 순조로우면 조속한 체결이 가능할 것으로 판단됨. 예정대로 귀사 사장께서 피츠버그를 방문하여 서명할 것인지 알려주기 바람. 경구(敬具). 에릭 앤더슨.


앤더슨에게서 온 전문에 도끼에의 이름이 들어간 것은 그가 앤더슨에게 보내는 전문에 그녀의 이름을 넣도록 했기 때문이었다. '여자는 어디까지나 여자'라는 얘기가 당연한 것으로 통하는 일본 사회에서 그녀가 아무리 명문의 후예고 똑똑하더라도 한 사람의 직원으로 대접을 받으려면, 주위에서 끊임없이 배려를 해주어야 했다. 합작 투자 협상에 관한 전문에 그녀의 이름이 나오는 것은 작은 일이었지만, 그녀의 위치와 역할을 사람들에게 알리는 데는 아주 효과적이었다.

전문 뒤에는 도끼에가 작성한 답신안이 있었다. 그는 자신의 과원들에게 편지나 전문을 받으면 그것에 대한 답신안을 만들어서 함께 결재올리도록 훈련시켰다. 아랫사람들을 충분히 훈련시키고 그들의 판단을 믿는 사람만이 할 수 있는 일이어서, 다른 과장들은 부러워하면서도 아직 엄두를 내지 못하고 있었다.

수신: 에릭 앤더슨씨. 귀하의 20일자 전문 잘 받았음. 폐사 사장께서 예정대로 피츠버그를 방문하여 계약서를 서명할 것임. 일정은 곧 통보하겠슴. 경구. 히데요 기노시다/도끼에 시마즈.

그녀가 만든 답신안이 마음에 들어, 그는 흐뭇한 웃음을 띠었다. "엑설런트. 엑설런트, 미쓰 시마즈." 그는 서명한 다음 결재판을 덮으면서, 그녀를 올려다보았다.

그녀는 얼굴에 수줍은 웃음을 띠고 두 손을 앞에 모은 채, 몸을 약간 비틀었다. "생큐, 써어." 대답해놓고서, 스스로의 대담성에 놀랐던지 그녀는 볼을 발갛게 붉혔다.

거센 자줏빛 충동이 그의 몸 속을 한바퀴 돌았다. 짙은 수액(樹液)이 그의 뿌리로부터 차오르기 시작했다. 이럴 때는 아내와 잠자리를 같이할 때는 느끼지 못하는 깊은 곳에서 올라오는 원시적 감정으로 가슴이 뻐근하곤 했다. 글씨가 눈에 제대로 들어오지 않아서, 그는 서류들을 되풀이해서 읽어야 했다.

결재가 끝나자, 도끼에가 서류를 챙기면서 말했다, "과장님, 어저께는 죄송했어요. 대신 집에 가서 과장님 시집을 다 읽고 잤어요."

"그래?" 그는 얼굴이 뜨거워지는 것을 느끼고, 고개를 숙였다. '선약 때문에 출판 자축회에 참석하지 못해서, 미안한 마음으로 시집을 다 읽느라고 잠을 제대로 못 잔 저렇게 맘씨 고운 아가씨를 두고 나는 나이값도 못하는 못된 상상을 했구나. 나라는 인간은 정말 구제 불능이다.' 도끼에가 순진무구한 것이 다시 확인되자, 그의 자줏빛 감정의 조수는 더욱 거세게 올라왔다. 주체하기 힘든 감정을 숨기려고, 그는 공연히 책상서랍을 열고 속을 뒤적거렸다.

"과장님, 어제 참석하지 못한 대신, 오늘은 제가 저녁 대접을 해 드렸으면 하는데요. 저녁에 시간 내실 수 있으세요?"

"시간이 있냐구? 이럴 땐 나도 선약이 있다고 해야 격이 맞는데. 이왕 내려면 크게 내는 거야."

"알겠습니다." 그녀가 웃음을 지으면서 고개를 가볍게 숙이고 나서, 자리로 돌아갔다.

어제 저녁의 출판 자축회에 도끼에는 대학 동창회 모임이 있어서 나오지 못했었다. 오전에 시집을 돌린 다음에 급히 마련된 자축회였는데, 뜻밖에도 성대한 모임이 되었다. 다나까 이사가 주선했는데, 시까자와 상무와 하세가와(長谷川) 감사도 참석했었다. 하시모도(橋本) 사장까지도 비서실을 통해 삼백 원을 내놓아서, 그 돈으로 메이지마찌(明治町)에 나가서 이차를 했다. 이번의 인사 문제로 해서 처신이 어려웠던 그로서는 덕분에 떳떳하게 운신할 수 있게 된 것이 무엇보다도 반가웠다.


"야경이 좋은데." 그는 창밖으로 시내를 내려다보며 가볍게 감탄했다. "시마즈양은 언제 이런 델 다 와봤나?"

"바로 어제예요." 그녀가 클클 웃었다. "제 선배 한 사람이 바로 이 집 며느리예요. 그래서 어저께 이곳에 모였었어요."

게이난상(京南山) 중턱 솔숲 속에 자리잡은 마쯔시다(松下) 호텔은 도심지의 호텔에서는 맛보기 어려운 그윽한 정취를 갖고 있었다. 원래 이곳은 풍치 지구라 호텔이 들어설 수 없었다. 외국인을 위한 관광업소라는 명분으로 게이조우 부청(京城府廳)에서 마쯔시다 재벌에게 건축 허가를 내준 것이 알려져서, 좀 말썽이 있었던 것으로 그는 기억하고 있었다.

"이곳이 원래 풍치 지구였지, 아마."

"네. 어저께도 그 얘기가 나왔어요. 그 며느리 말이 요새 세상에서 배경 좋고 돈이 있으면 안 되는 일이 있느냐는 거예요. 처음에 신문에서 문제삼았을 때, 이 호텔 사장이 직접 신문사 사장한테 전화를 걸었대요. 그 신문사도 사옥을 새로 짓고 있었는데, 그것이 도시 계획에 좀 위반되었다나봐요. 결국 그 신문사 사장이 빌었다고 하던데요."

"좀 믿기 힘든 얘긴데. 아무렴 신문사 사장이 호텔 사장한테 빌었을라구?"

"이 호텔 사장이 보통 사람이 아니래요. 보안처 조선 지역 책임자를 지냈다고 하죠, 아마."

"하기야 요새 신문이 신문 같아야지. 전부 장삿속이니. 기사다운 기사는 하나도 싣지 못하면서, 하는 것마다 염치없는 짓들뿐이니…… 낯뜨거운 사진으로 가득찬 주간지, 아니면 제목만 그럴듯하게 뽑은 월간지나 내고. '미스 한도우 선발 대회' 따위나 열고. 기사를 읽어보면 영어투성이고. 그나마 문맥이 제대로 통하지 않으니."

"어째서 그런지 모르겠어요. 신문을 읽으면 짜증만 나니."

수프가 나왔다. 고기 국물이 구수하면서도 칼칼한 맛이 있었다.

"수프 맛이 괜찮은데. 한 그릇 더 먹었으면 좋겠다."

"한 그릇 더 잡수세요." 도끼에가 웃으면서 말했다. "그 며느리가요 이 집 음식 맛이 게이조우에서 제일일 거라고 자랑하던데요…… 그런데, 과장님."

그는 고개를 들어 그녀를 바라다보았다.

"저 어젯밤 과장님 시를 읽고서 큰 감동을 받았어요."

그는 대답할 말이 생각나지 않아서, 잠자코 고개만 끄덕였다.

"가까이서 대하는 분이 쓰신 작품들이라 더욱 그랬나봐요. 위대한 시인들이 쓴 유명한 시들을 읽을 때와는 느낌이 많이 달랐어요. 좀 더 생생하다고나 할까……"

그는 고개를 끄덕였다. "그래? 재미있는 얘긴데."

식사가 나왔다. 그는 빵을 집어서 뜯기 시작했다.

"예순 편의 작품 모두가 좋았지만, 전 특히 「설후(雪後)」가 좋던데요."

"「설후」? 어떤 점에서?"

"무척 애틋한 느낌이 들고……" 그녀가 고기를 썰던 손길을 멈추고 먼 눈길로 창밖을 내다보며 말했다. "이국 처녀를 사랑했던 사람의 아픔이 잘 나타난 것 같구요. 엄하시기로 소문나신 우리 과장님께 이런 면이 있었나, 하는 생각이 들었어요.” 그녀가 수줍은 웃음을 띠었다. “과장님, 그 시 과장님 체험에서 나온 거예요?”

「설후」는 만주리(滿洲理)에 있을 때, 토니아와 눈 내리는 니콜라이 공원에서 마지막으로 만났던 일을 눈 내리는 미나미 공원(南公園)에서 회상하는 형식으로 쓴 작품이었다.

“글쎄……” 그는 고기를 썰면서 대답했다. “근본적으로 시인의 작품은 체험에서 나온다고 해야 되겠지. 상상도 그 밑바닥엔 체험이 깔려 있으니까…… 그 작품은 내가 북만(北滿)에서 근무할 때 좋아했던 여자를 생각하며 지은 것인데…… 그런 뜻에서 ‘체험적’이랄까, 자서전적이랄까, 그런 수식어를 붙일 수 있겠지.”

“무척 사랑하셨었나봐요.” 그녀가 그의 얼굴을 살피면서 물었다.

그는 아득한 눈길로 창밖을 내다보았다. 아련한 향수의 물결이 가슴을 적시고 있었다. 열몇 해의 세월과 수천 리의 거리 너머 어느 먼 부적(符籍)의 나라에 스물세 살 난 조선인 청년과 열여덟 살 난 백계 노서아인 처녀는 아직 살고 있었다. “그런 셈이지……” 그는 고기 한 점을 먹고 말을 이었다, “어릴 때 나물을 캐다보면, 조그만 나물인데도 뜻밖에 뿌리가 깊이 뻗어서 제대로 캐지 못하고 잡아당기다가 결국 뿌리가 끊기는 수가 있었는데…… 그때 그 여자와 헤어지고 났을 때, 그런 생각이 들더구먼. 내가 생각했던 것보다 훨씬 깊게 이 여자를 사랑했었구나 하는 생각이…… 어디선가 ‘모든 헤어짐에는 죽음의 영상이 어린다’라는 얘기를 읽은 적이 있는데, 그때 그얘기가 무슨 뜻인지 깨달았어.”

잠시 침묵이 흘렀다. 그녀의 접시 위에서 썰다 만 고기가 식어가고 있었다.

“다아 지나간 얘기지.” 그는 애써 밝은 얼굴빛을 지었다. “식사해. 고기가 식었겠네.”

“네.” 그녀는 대답하고서도 식사할 생각을 하지 않았다. “전 마지막 연이 특히 좋던데요." 그녀가 나직한 목소리로 읊기 시작했다.

　　세월에 씻겨 호수로 고인
　　파아란 눈
　　그 언저리에 간간 내린
　　부드러운 선들의 어스름——
　　인연의 먼 물가
　　하염없는 눈으로도
　　내가 이렇게 그대의 어깨 위에 기원하는
　　포근한 눈으로도
　　부드러워지지 않을 모진 세월이
　　어느 험한 세상엔들 있으랴.

　그녀의 나직하나 낭랑한 목소리의 여운이 자리에 길게 남았다. "이 구절을 몇 번이나 외우면서 저는, 이렇게 아름다운 시를 쓸 수 있는 사람의 마음은 어떤 마음일까, 생각했어요. 열몇 해 전에 헤어진 연인의 얼굴에 자리잡았을 주름살이 부드러워지라고 눈이 내리길 기원하는 마음 그것보다 더 아름다운 마음이 이 세상에 있을 것 같지 않았어요…… 저는 절망과 비슷한 감정을 맛보았어요. 전 그렇게까지 누굴 사랑해본 적이 없거든요."

　다시 침묵이 흘렀다. 속마음을 밝힌 다음에 찾아오는 무거운 침묵이었다.

　그는 식어버린 고기를 포크로 찍으면서 가라앉은 목소리로 말했다, "나 자신은 이번 시집을 엮고 나서 실망을 느꼈어."

　"실망요?"

　"응. 스무 해 동안 시를 썼는데도 별로 시업(詩業)이 앞으로 나아간 것 같지 않아서."

　"제가 볼 때는 훌륭한 시들을 쓰신 것 같은데요."

마음이 들떠서 그런지, 식욕이 별로 없었다. 그는 포크를 내려놓고, 잔에 맥주를 따랐다. "내 시들의 격조가 높지 못한 점도 문제지만, 뭐랄까, 내 시 정신이 한자리에서 맴돌고 있었다는 점이 더 큰 문제지. 나이가 들면 세상을 바라보는 안목이 높아져야 하는데 나는 그렇지가 못했거든. 그것을 요사이에야 비로소 깨달은 거지. 무슨 얘긴지 이해가 돼?"

"어려워서 잘은 모르겠지만, 조금은 알 것도 같아요."

"난 문학 작품에는 그 작품이 나온 사회의 냄새가 배어 있어야 한다고 생각해. 서정시 한 편마다에서 그런 것을 찾기는 힘들겠지. 그러나 시집 한 권을 읽고 나면 그런 것을 느낄 수 있어야 하는데…… 요새 내지에서 유행하는 '현장시(現場詩)' 같은 것을 뜻하는 것은 아냐. 구호로써 시를 대체할 수는 없거든. 하지만 '사람은 누구도 섬이 아니다'라는 인식이 밑바탕에 깔린 시는 그렇지 않은 시와는 어디가 달라도 다르다는 생각야."

눈길이 마주치자, 그녀가 얼굴에 웃음을 띠면서 말했다, "과장님, 전 그래도 과장님 시들이 훌륭하다고 생각해요. 앞으로도 그런 시집을 여러 권 내셨으면 해요."

"고마운 얘기지만, 내 얘기는 사실야." 그도 따라 웃으면서 맥주로 목을 축였다. "지금 우리 일본 사회에는 문제가 많지. 그 가운데서도 내가 맨 먼저 부딪쳐야 할 문제는 조선인의 차별 문제야." 그는 흘긋 그녀의 얼굴을 살폈다. 그녀에게 조선인의 문제를 꺼낸 것은 이번이 처음이었다.

그녀의 얼굴이 좀 굳어지면서, 그녀가 눈길을 접시로 떨구었다.

"물론 정치적 민주화가 가장 근본적인 문제지." 그는 서둘러 덧붙였다. "정치면에서의 민주화 없이는 모든 문제들이 제대로 해결될 수 없어. 경제 문제까지도. 하지만 그 민주화가 내지인들에게만 해당되는 것이어서는 완전한 민주화라고 할 수 없잖아?" 그는 주위를 슬쩍 살펴본 다음, 말을 이었다, "시마즈양은 내지에서 태어났으니

까 그런 것을 못 느끼겠지만, 조선인으로 태어난 사람이 겪는 차별
은 대단해.”

“저도 알아요.” 그녀가 결연한 표정으로 고개를 들었다. “저도 속
으로 언제나 분개하고 있어요. 더구나 이번 인사 문제는……” 감정
이 북받치는지 그녀는 말을 마치지 못하고, 고개를 다시 숙였다.

그는 고개를 숙인 채 손수건으로 눈가를 씻는 그녀를 말없이 바라
다보았다. 그녀의 모습이 말할 수 없이 사랑스럽고 그녀의 눈물이
고마워서, 숨이 가빴다. 어깨를 감싸고서 토닥거려주고 싶은 충동이
그의 몸을 아프게 움켜쥐었다. 거의 손대지 않은 채로 남은 그녀의
접시를 보며, 그는 얘기를 그만둘까 하다가, 이왕 시작한 것이니 끝
내기로 마음먹었다. “그래서 나는 앞으로는 조선인의 관점에서 세상
을 바라보고 조선인을 대변하는 시를 쓰려고 해. 지금 모두 민주화
를 외치지만, 그 혜택이 조선인들에게까지 미쳐야 된다고 말하는 사
람은 하나도 없어. 시인이 무슨 힘이 있을 리 없지만, 그래도 하는
데까지는 해봐야 된다는 생각야. 다음번 시집은 상당히 다를 거야.
시마즈양, 식사를 좀 해야지.”

“별 생각 없는데요.”

“그럼 무얼 좀 마시지. 커피?”

“네.”

그는 급사에게 손짓을 했다.

“여기 커피 두 잔.”

“예. 데자또는 하지 않으시겠습니까?”

“데자또? 시마즈양, 어떻게 할까? 아이스크림 같은 것 하나 들지.
식사를 안 했으니.”

“과장님 드세요. 전 됐어요.”

“그럼 그만두지. 커피나 주쇼.”

“예. 알겠습니다.”

급사가 돌아가자, 그는 남은 고기를 먹어치웠다. “며칠 전에 포장

마차 집에 가서 술을 마신 적이 있는데, 거기 주모가 딸을 중학교까지 보내서 이번에 오학년으로 올라간다고 자랑스럽게 얘기하더구먼. 대단한 일이지. 그 딸아이가 어머니 일을 거들고 있었는데, 아주 귀엽고 똑똑하게 생겼어. 그때 큰 감동을 받았어. 조선인들에게도 희망이 있다, 장래가 있다, 그런 생각이 들더구먼. 술을 마신 기분에서 그랬는지는 모르지만, 조선 반도의 실체가 처음으로 손에 잡히는 것만 같았어."

커피가 나왔다. 찻집에서처럼 조그만 잔이 아니고 큰 잔이어서, 푸근한 느낌을 주었다. 커피 맛도 좋았다.

문득 가슴이 뿌듯해왔다. "난 지금 어쩌면 조선 반도, 조선인을 주제로 한 서사시를 쓸 수 있을 것 같은 기분이 들어. 난 원래 현대에 있어서의 서사시의 가능성에 대해 회의적이거든. 하시모도 기꾸지로우(橋本菊次郎)의 『흑룡강(黑龍江)』이 대표적인 예지. '멋진 실패작'이란 평을 듣고 있잖아? 서양의 경우를 보더라도, 티. 에스. 엘리어트의 시극(詩劇)들이 성공했다고 보긴 힘들거든. 윌프레드 오웬의 『대륙의 황혼』도 뛰어난 장면들이 여럿 있지만, 전체적으로는 산만하고 지루한 느낌을 주거든. 그런데도 난 지금 웅장한 서사시 한 편을 쓸 수 있을 것만 같아. 조선의 숨결이 담긴."

서사시를 쓰겠다는 생각이 든 것은 바로 조금 전이었다. 말을 꺼내고 나서야 그런 서사시를 쓸 수 있을 것이라는 확신이 든 것이었다. 세상에서 제일 사랑하는 여자와 제일 큰 관심사인 문학을 얘기하는 자리여서, 앙분된 마음에 순간적으로 떠오른 생각이었다.

"과장님 말씀을 듣고 나니, 과장님께서 꼭 쓰셔야 할 시라는 생각이 드네요. 꼭 쓰세요. 제가 술을 할 줄 알았으면, 건배를 하겠는데……"

"건배? 좋지. 숙녀들이 칵테일 한잔쯤 들 곳이 여기 어딘가에 있겠지. 여기서 끝내고 그리로 가지. 오우케이?"

그녀의 웃음이 그의 눈을 화안하게 채웠다.

25

우리들은 진자 참배가 기독교 교리에 위배되지 않는 뜻을 완전히 이해하고, 진자 참배가 중요한 국가적·민족적 의식임을 철저히 깨달아, 이에 진자 참배를 여행(勵行)할 것을 엄숙히 선서함. 나아가 만세일계(萬世一系)·군신일체(君臣一體)로 세계에 유례없는 국체(國體)를 가진 일본 제국의 충량한 신민으로서 제국의 무궁한 번창을 위해 적성(赤誠)을 다할 것을 굳게 맹서함.

——전선 기독교연맹(全鮮基督敎聯盟), 다이쇼우 11년 5월 16일자「진자 참배에 관한 성명서」에서*

겨울 같지 않게 화창한 날씨였다. 새로 칠을 한 아파트 건물들이 밝은 햇살 아래 산뜻하게 서 있었고, 잔디가 잘 가꿔진 정원은 가지가 앙상하게 드러난 나무들만 서 있었어도 그리 쓸쓸한 느낌을 주지 않았다. 날림 공사로 서너 해가 지나면 누더기가 되어버리는 서민 아파트와는 근본적으로 다른 아파트였다. "이왕 인심쓰는 것 제대로 지었습니다"라고 스나가와(砂川) 재벌의 총수인 오오야마 유우기찌(大山雄吉)가 당시 조선군 사령관이었던 모리야 도시사다(守屋利貞) 대장에게 자랑했다는 얘기가 나올 만도 했다. 원래 이 스나가와 아파트는 조선군에 군납을 해서 돈을 벌어 재벌의 반열에 오른 스나가와 그룹에서 그 답례로 조선군의 장교들과 고급 문관들을 위해 지은 것이었다. 마흔 동(棟)을 지었는데, 일반 분양을 한 것은 열 동뿐이었고, 나머지는 군인들과 게이조우 부청의 고급 관리들에게 돌아갔다. 조선군 사령부에 가까워 단전이나 단수 같은 것을 모르고 도로 정비부터 쓰레기 수거까지 나무랄 데가 없는 데다가, 강가와(漢川)를 바라보는 조망도 좋아서, 살기에는 그만이었다. 그래서 처음부터 큰 관심을 불러일으켰고, 일반인에게 분양했을 때는 추첨한 자리에서

백 퍼센트의 웃돈이 얹혀져서 거래되었다고 했다. 히데요로서는 엄두도 못 낼 처지였었는데, 스나가와 건설(砂川建設)에 다니는 처남 도시오(敏雄)가 그의 병적 증명서를 떼어가지고 간 다음 어떻게 수단을 부렸는지 한 채 구해준 것이었다.

검정 벽돌로 높게 쌓은 아파트 담장을 따라 걸으면서, 그는 마음이 가볍게 설레는 것을 느꼈다. 여행은, 그것이 아무리 짧고 사소한 것일지라도, 사람을 들뜨게 하는 무엇을 가지고 있었다. 집을 나서는 사람의 가슴에는 으레 어떤 해방감과 기대감이 어리는 법이었다.

더구나 이번 여행은 어떻게 보면 그에겐 득의의 걸음이었다. 그는 지금 세이슈우(淸州)에 사는 큰아버지에게 새로 나온 그의 시집을 드리려고 가는 길이었다. 큰아버지는 아들 둘이 모두 고등 문관 시험에 합격하였고, 딸도 판사에게 시집갔다. 자연히 큰집은 세이슈우에서는 알아주는 집안이 되었고, 친척들도 큰집을 각별하게 대했다. 회사에 다니는 그를 큰집이나 다른 친척들이 상대적으로 좀 낮춰 보는 것을 그도 알고 있었다. 그의 아버지나 아내도 큰집 얘기가 나올 때면 좀 부러워하는 기색이었다. 일찍부터 문학에 뜻을 두었던 그로서는 관리라는 직업에 매력을 느끼지 못했지만 아버지나 세쯔꼬는 달랐고, 그것이 그의 마음에 조그만 가시로 박혀 있어서 때로 신경을 건드려온 것도 사실이었다. 이번에 나온 시집이 그것을 어느 정도 씻어준 셈이었다. 막상 시집을 받아들자 아버지는 무척 좋아하셨고, 세쯔꼬도 이웃에 대고 은근히 자랑한 모양이었다.

그가 아파트 정문을 나서는데, 하늘빛 버스 한 대가 인도에 바짝 대어 섰다. 정문 근처에 모여 섰던 한떼의 사람들이 버스로 몰렸다. 모두 손에 겉장이 검은 책들을 들고 있었다. 버스 옆구리에는 검은 글씨로 '일본 기독교 조선 장로회 후루이시마찌 교회(古市町敎會)'라고 씌어 있었다.

'이제는 교회에서도 통근 버스를 운영하는구나. 하기야 요새처럼 차들이 많은 세상에서……'

요사이 기독교는 교세가 크게 뻗고 있었다. 그가 어렸을 때는 기독교를 믿는 사람들이 드물었고, 사람들은 그들을 '야소쟁이'라고 부르며 좀 이상한 사람들로 여겼었다. 그러나 서양의 문물이 많이 들어오고, 특히 미국과의 유대가 깊어지자, 기독교를 믿는 것이 그리 이상하게 여겨지지 않게 되었다. 서양 사람처럼 보이려고 머리를 노랗게 염색하는 것이 유행하는 세상에서 서양 사람들의 종교인 기독교가 세력을 뻗치게 되는 것은 자연스러운 일인지도 몰랐다. 그 자신만 해도 기독교에 대한 태도가 많이 달라져 있었다. 어렸을 때는 황갈색 머리에 파란 눈을 한 예수의 그림이 무척 이상하게 느껴졌었으나, 요사이는 그렇지도 않았다. 하여튼 기독교는 일본 사회에서 급속하게 자리를 잡아가고 있었다. 성탄절은 공휴일로 지정되어서, 이제는 기독교인들만이 아니고 온 신민들의 큰 명절이 되었다. 내지에서는 기독교 신자가 당당하게 광공대신(鑛工大臣)을 하고 있었다. 조선에서는 아직 기독교 신자가 고위 관리가 된 일은 없었지만, 사회 각 분야에서 기독교도들이 차별을 받는 일은 없어진 지 오래였다. 작년 부활절에는 기독교 어린이 성가대가 지신다이(慈信臺)에 가서 국태민안과 총독 각하 내외분의 만수무강을 빌어 송가를 부르기까지 했다. 교세는 오히려 내지보다 조선에서 뻗치고 있는 모양이었다. 조선의 기독교도 증가율이 내지의 네 배가 넘는다는 기사를 읽은 적이 있었다.

'그만큼 조선 사람들이 비참하게 산다는 얘기지. 이 땅에서 누리지 못한 즐거움들을 저세상에 가면 누릴 수 있다는 얘기를 들으면, 지금 조선 사람들 가운데……' 그가 생각에 잠겨 버스 정류장 근처의 횡단 보도를 건너는데, 암청색 승용차 한 대가 맹렬한 속도로 달려 왔다. 그는 깜짝 놀라서 뛰어 건넜다. 그 승용차는 경적을 요란하게 울리면서 속도를 늦추지 않고 지나갔다.

"망할 놈의 자식 같으니라구." 그는 투덜거리면서 작아져가는 차를 흘겨보았다. '차 탄 놈이 왕이니…… 요샌 '일단 정지' 팻말도 보이

지 않고.' 게이조우에 자가용 차들이 갑자기 늘어나더니, 어느 사이엔
가 횡단 보도에 있던 '일단 정지' 팻말들이 자취를 감추어버렸다. '차
타고 다니는 사람들 위주로 교통 법규도 바뀌는 게 당연하지. 그런 법
규를 만드는 사람들이 바로 차를 타고 다니는 사람들일 테니……'

차가 늘어난 것은 몇 해 전 미국과 구주(歐洲)의 불경기가 심화되
어 일본의 자동차 수출이 부쩍 줄어들자, 자동차 회사들이 내수를
늘리는 방책을 찾기 시작하면서부터였다. 내지의 시장 개발에 한계
를 느낀 자동차 회사들은 자연히 조선과 만주의 잠재 시장에 눈을
돌리게 되었다. 한번은 300퍼센트에 달하던 자동차에 대한 특별 소
비세가 단번에 50퍼센트로 떨어진 일이 있었다. 광공국와 재무국에
서는 경제 발전을 통한 착실한 내지화 정책이 성공하여 이제는 조선
에도 '자가용 시대'가 도래한 까닭에 세금을 내린 것이라고 생색을
냈지만, 자동차 회사들의 입김으로 그렇게 된 것을 알 만한 사람들
은 다 알고 있었다. 다나까 이사의 말마따나, 만주에서 니싼(日産)이
마음먹으면 안 되는 일 없고, 조선에서 미쯔비시(三菱)가 밀어붙이면
넘어가지 않는 것이 없는 판이었다.

문제는 차가 없는 사람들이 겪는 불편이 이만저만이 아니라는 점
이었다. '억울하면 한 대 사라는 얘긴데……' 그는 씁쓸하게 생각하
며, 버스 승차권을 사려고 가게 안으로 들어갔다.


게이조우역은 사람들로 가득했다. 교외선 대합실 쪽이 특히 붐볐
다. 도우고우(東鄕) 총독이 부임한 이래 총독부에서는 여가 산업의
개발에 중점을 두었다. 이제는 조선도 경제가 발전하였으니, 문화
신민답게 여가 선용에 생각을 돌려야 한다는 얘기였다. 그래서 그런
지는 몰라도 요사이는 돈 좀 가진 사람이면 모두 쓰자판이었다. 총
독부에서는 특히 운동 경기 시설에 투자를 많이 하고 있었다. 사람
들의 운동에 관한 관심도 부쩍 커져서, 운동 선수들이 대중적 우상
들로 부상했다. 재작년에 게이조우 중학교가 고우시엥(甲子園) 대회

에서 우승한 뒤로 야구가 크게 인기를 얻고 있었다.

그는 시간표를 살펴보았다. 세이슈우 직행은 11시 20분 한차례뿐이었다. 게이가마 본선(京釜本線)이 사차선이고 거진 반시간 간격으로 차가 있는 것에 비하면, 지방선은 너무 소외되고 있었다. 11시 20분까지는 거진 두 시간이나 남아 있어서 시간이 어중간했다. 그는 조우찌엥(鳥致院)에서 갈아타기로 하고, 9시 45분에 출발하는 보통 급행 열차의 표를 샀다.

시간이 한 사십 분 가량 남았으므로, 그는 찻집에 가서 기다리기로 했다. 바글거리는 사람들 틈을 헤치고, 역 광장 남쪽에 서 있는 이또우 히로부미 공작의 동상을 지나 슘빠주우(春畝通) 쪽으로 내려갔다. 깔끔하게 생긴 찻집이 나왔다. '메꾸시꼬'란 간판이 붙어 있었다.

'왜 하필 '메꾸시꼬'라고 붙였을까? 이국 정취를 풍기는 이름을 찾으려고 했다면, 내지의 지명에서도 얼마든지…… '아까이시(赤石)'라고 하면 웅장한 산맥이 연상될 터이고, '소오야(宗谷)'라고 하면 북쪽 바다가 연상되니 얼마나 좋은가? 더욱이 '소오야'는 얼마나 아름다운 이름인가? 저엉 못하면 만주의 지명도 있지…… '목단강(牧丹江)' 같은 것도 좋고, '송화강(松花江)'은 더욱 좋고…… 지나 땅의 이름들을 따도 동양적인 정취가 풍길 테니, 우리하곤 별 관계가 없어 연상될 것이 적은 서양 이름보다야 사뭇 낫지.'

구석에 빈자리가 하나 있었다. 그는 그리로 가서 앉아 담뱃갑을 꺼내놓고, 한바퀴 둘러다보았다. 찻집은 새로 연 곳이었는데, 꽤 아담하게 꾸며져 있었다. '어색하게 서양 이름만 갖다붙이지 않았더라면……'

요사이는 아무 데고 서양식 이름을 붙이는 것이 유행이었다. 특히 상점 이름이나 상품 이름에서 그랬다. 텔레비전에 나오는 광고를 보노라면, 서양식으로 지은 이름들뿐이었다. '그런 서양식 조어법(造語法)에 익숙해진 사람들을 독자로 해서 시를 쓴다는 것이 과연……

앞으로는 더욱 심해질 텐데…… 더구나 아이들을 고객으로 삼는 물건들은 더욱 그런데…… 내가 시를 써온 것이 스무 핸데, 과연 내가 스무 해 뒤의 독자들에게 친숙한 시를 쓸 수 있을까? 정부에서 아무리 야마도다마시이(大和魂)를 들먹여도, 빙과는 ‘데이또바’라고 불러야 팔리고 화장품은 야릇한 불란서식 이름을 붙여야 어울린다면, 일본의 전통적 서정은 씻어낼 수 없도록 오염되고 있다는 얘긴데……’

그런 생각을 하느라고 기차 시간이 다 된 것을 몰랐었다. “이것 봐라.” 그는 벽에 걸린 시계를 보고 놀라 일어나 부리나케 돈을 치르고, 역 쪽으로 뛰어갔다.

급히 승강장으로 나갔더니, 차장이 깃발을 흔들고 있었다. 그는 맨 뒤칸에 뛰어 올라탔다. 자리는 4호차였으므로, 그는 앞쪽으로 향했다. 기차는 입석 승객들로 꽉차서, 나아가기가 쉽지 않았다. 객실 출입문 밖을 메운 사람들을 비집고 다음 칸으로 들어선 그는 완연히 다른 분위기에 머뭇거렸다. 특실이었다. 흰 덮개를 씌운 좌석들, 그 좌석들을 뒤로 젖히고서 푸근한 자세로 눕거나 여유 있게 신문이나 잡지를 보고 있는 승객들——북적거리고 시끄러운 1호차와는 사뭇 다른 분위기에 압도되어, 그는 조심스럽게 걸어나갔다. 모든 사람들이 자신을 주시하는 것 같아 등이 따가웠다. ‘생각을 못 했구나. 특실 표를 사는 건데.’ 반대쪽 출입구에 닿자, 그는 흘긋 뒤를 돌아다보았다. 몇십 명의 눈길이 그에게로 모아졌다. 그는 이내 고개를 돌리고, 문을 열고 나왔다. 문밖에는 다시 사람들이 꽉차 있어서, 발을 딛기 힘들었다.

문득 특실 안에 있는 사람들이 대부분 내지인들이라는 것이 생각났다. 내지인과 조선인은 아무리 비슷하게 차려입어도 신기할 정도로 구별이 되었다. 특실에 내지인이 많은 것은 자연스러운 일이었다. 출장갈 때면 그도 으레 특실을 이용했으므로, 오늘 처음 그런 풍경을 본 것도 아니었다. ‘지금까지는 예사롭게 보이던 풍경이 어째서 갑자기 눈에 뜨이게 되었나? 내가 승진에서 탈락된 다음부터지?

이런 것들이 눈에 뜨이게 된 것이?'

4호차의 자리를 찾아갔더니 사람이 앉아 있었다. 빤드레하게 생긴 사내였다. "실례합니다. 제 자리가 여기 같은데요."

"이 자리세요?" 그 사내가 뭐라고 대답하기 전에, 옆자리에 앉은 중년 부인이 어색한 웃음을 지으면서 자리에서 일어났다.

난처했다. "그냥 앉아 가세요." 조우찌엥까지는 길이 멀어 마음이 썩 내키지는 않았지만, 나이든 부인을 밀어내고 앉을 수도 없어서 그는 자리를 양보했다.

"아녜요." 그 부인은 황급히 대꾸하며, 완강하게 고개를 저었다.

그는 불편한 마음으로 자리에 앉아서 객실 안을 한바퀴 둘러다보았다. 통로를 꽉 메운 사람들, 자욱한 담배 연기, 울어쌌는 어린애들, 딴 데를 보고 선 그 중년 부인——그는 특실과는 대조되는 풍경에 집을 나올 때의 가볍고 밝은 햇살이 스러지고 어둡고 무거운 구름이 가슴을 가리는 것을 느꼈다.

그는 담배 연기가 빠지라고 창문을 조금 열었다. 갑자기 큰 소리가 파도처럼 밀려들었다. 오른쪽으로 하늘빛 물체가 지나가고 있었다. 선만특급(鮮滿特急)인 아스까호(飛鳥號)였다. 가마야마(釜山)에서 신경(新京)까지 가는 초고속 열차로, 중간에선 게이조우, 헤이조우(平壤), 봉천(奉天)에서만 쉬었다.

'조선 사람들하고는 관계가 없는 기차구나.' 요란스러운 기차가 훌쩍 지나간 뒤의 갑작스러운 정적 속에서 그는 씁쓸하게 생각했다. 사실 게이가마 본선 사차선 가운데 둘은 전적으로 내지와 만주를 잇는 데 쓰이는 형편이었다. 군용선(軍用線)이라고 해도 과언이 아닐 정도였다.

기차가 속도를 늦추었다. 기차는 어느새 에이도우라역(永登浦驛)에 들어서고 있었다.

26

제11조에 좌기 항을 부가한다.

　제3항　씨(氏)는 호주(법정 대리인이 있을 때는 법정 대리인)가 이를 정한다.

　부칙 1) 본령의 시행 기일은 조선 총독이 정한다.

　　　2) 조선인 호주(법정 대리인이 있을 때는 법정 대리인)는 본령 시행 후 6개월 이내에 새로 씨를 정하고, 부윤(府尹) 또는 군수(郡守)에게 이를 계출하여야 한다.

　　　3) 전항의 규정에 의한 계출을 하지 않을 때는 본령의 시행 당시의 호주의 성(姓)을 씨로 한다. 일가(一家)를 창립하지 않은 여호주인 때 또는 호주 상속이 분명하지 못한 때는, 전 남호주의 성으로써 씨를 삼는다.

　　　──조선총독부 제령(制令) 제271호 '조선 민사령 중 일부 개정,' 쇼우와 4년 2월 1일자*


　큰아버지댁은 우시간마찌(牛岩町) 부신가와(無心川) 바로 옆에 있는 오래 된 선옥(鮮屋)이었다. 담장이 없는 뜨락이 꽤 넓었다.

　"안녕하셨어요, 큰아버님?" 히데요는 화단의 흙을 고르고 있는 큰아버지의 등에 대고 인사했다.

　큰아버지가 고개를 돌려 그를 쳐다보았다. "이게 누구야? 히데요 아냐?" 큰아버지는 활짝 웃으면서 천천히 허리를 폈다. "어서 와라. 먼 걸음을 했구나."

　'이렇게 여유 있게 늙어갈 수만 있다면……' 그는 손등으로 이마의 땀을 문지르는 큰아버지와 검고 촉촉한 화단의 흙을 보며 생각했다.

　"그래 다들 별고 없지? 오오꾸라마찌(大倉町) 두 잘들 있구?"

　"예. 큰아버님댁도 다들 무고하시죠?"

“으응. 잘들 있다. 지난달에 아끼꼬(晶子) 애비가 까이슈우(海州) 복심법원(覆審法院)으로 발령을 받았다. 곧 이사를 갈 모양이더라.”

“예에.”

“자, 들어가자.” 큰아버지는 괭이를 늘씬하게 생긴 목련 둥치에 기대어 세운 뒤 앞장을 섰다.

위에서 까치 소리가 났다. 올려다보니 높다란 미루나무 중간에 있는 둥지 위에서 까치 한 마리가 꽁지를 깐닥거리고 있었다.

“허어, 저 놈이. 반가운 손님이 온 줄 아는구나.” 큰아버지가 그를 돌아다보며 웃었다.

문득 마음이 푸근해지면서 여행에서의 피로감이 가셨다. ‘나도 정년 퇴직하면 이런 집을 구해서……’

“이리루 들어와라.” 큰아버지가 사랑채로 올라서면서 말했다.

“큰어머님은요?”

“동네에 잔칫집이 있어서 거기 갔다. 사다꼬(貞子)야.”

부엌에서 조그만 계집아이가 나왔다. “왜유?”

“너 가서 할머니 오라구 해라. 손님 오셨다구.”

“야.” 계집아이가 쪼르르 달려나갔다.

“이것 깔구 앉아라. 바닥이 차다.” 방에 들어서자, 큰아버지가 방석을 집어 방바닥에 깔았다.

“예.”

“좀 앉아 있거라. 내 손 좀 씻구 오마.”

큰아버지가 나가자, 그는 방안을 찬찬히 둘러다보았다. 창호지로 바른 창으로 들어온 햇살이 방안을 은은하게 채웠다.

이 방은 큰아버지의 서재로 쓰이고, 기거하는 방은 따로 있는 듯했다. 방은 꽤 컸는데, 한쪽에 나무로 만든 서가가 한 개 서 있었고 그 옆에 앉은뱅이책상하고 문갑이 있을 뿐이었다. 그 밖엔 구석에 선 병풍과 창가에 놓인 꽃이 피기 시작한 난초 화분 두 개뿐이었다.

문득 요시다 겐꼬(吉田兼好)의 「쯔레즈레구사(徒然草)」의 한 구절이 떠올랐다.

　　매우 천박하게 보이는 것은 앉아 있는 주위에 여러 가지 도구들이 즐비하게 놓인 것, 벼루 상자 속에 붓이 많이 들어 있는 것. 〔……〕 많아서 보기 흉하지 않은 것은 책장 속의 책과 쓰레기통의 쓰레기 정도.

　　점심상을 물리고 나자, 큰아버지는 문갑 위에서 담배통과 재떨이를 들고 와서 내려놓았다. "담배 피워라."
"예."
　　큰아버지는 전부터 아랫사람들과 함께 담배를 피웠다. 그는 주머니에서 라이터를 꺼내 큰아버지에게 불을 붙여드리고 나서, 통 속의 하꾸조우(白鳥) 한 개비를 집어들었다. 그의 주머니에 든 담배는 호우오우(鳳凰)여서 내놓기가 좀 뭣했다. "제가 이번에 시집을 하나 냈습니다." 그는 가방에서 시집 네 권을 꺼냈다. "형님들하고 누님 몫도 함께 가져왔습니다."
　　"그래? 대단하구나." 큰아버지는 시집을 한 권 집어들더니, 담뱃불을 끄고 처음부터 찬찬히 읽기 시작했다. 근 열 편을 읽고 나더니, 책을 덮고 얼굴에 웃음을 띠면서 말했다, "요즈음 시들은 난 잘 모르겠더라."
　　"저도 잘 모르는 시들이 많습니다." 그도 웃으면서 대답했다. "옛날 한시(漢詩)나 하이꾸(俳句)와는 다르죠."
　　"너두 한시를 짓냐?"
　　"아닙니다. 기회가 있으면 가끔 공부하는 정돕니다."
　　큰아버지는 고개를 끄덕이면서, 껐던 담배에 다시 불을 붙였다. 좀 어색한 침묵이 흘렀다. 담배를 빨면서 무엇을 골똘히 생각하던 큰아버지는 자리에서 일어나 서가로 가더니, 책들을 들고 돌아왔다. 끈으로 맨 한적(漢籍)들이었다. 큰아버지는 한 권을 펴서, 갈피에서

종이를 꺼내어 조심스럽게 펼쳐놓았다. 길다란 한지에 붓으로 글이
씌어 있었다.

"한번 읽어봐라. 우리 선조께서 지으신 거다."

"예." 그는 앞에 놓인 종이를 가까이 당겨놓고 읽어보았다.

掛眼東門憤未消
碧江千古起波濤
今人不識前賢志
但問潮頭幾尺高
　　己巳 九月 五日 朴奎鎭

그는 거듭 읽으면서 그 칠언 절구의 뜻을 새겨보았다. 첫행이 어
려웠다. 나머지 세 행의 뜻은 그럭저럭 알 것 같았으나, 첫행은 무슨
뜻인지 도무지 알 수가 없었다.

그가 고개를 들자, 큰아버지가 나직이 가라앉은 목소리로 물었다,
"무슨 뜻인지 알겠냐?"

"잘 모르겠는데요." 그는 옆머리를 긁으며 좀 겸연쩍게 웃었다.
"첫행이 어려운데요."

"그 시의 제목은 「오자서묘(伍子胥廟)」다. 오자서의 묘당(廟堂)이란
뜻이다. 그러면 뜻이 통하냐."

"오자서요." 그는 잠시 생각을 더듬었다. 오자서는 여러 번 들어본
이름이었다. 그러나 옛날 지나의 충신이었다는 것밖엔 기억이 나지
않았다. "잘 모르겠는데요. 오자서란 이름을 많이 듣긴 들었는데……
옛날 지나 사람이죠?"

"그래. 중국 사람이다. 중국의 춘추전국 시대 오나라의 충신이었
지. 나라를 위해서 공을 세웠는데, 간신의 말을 들은 임금으로부터
자결하라는 명을 받았다. 그래서 그는 자기의 가신(家臣)에게 이렇게
유언했다: '내 무덤 위에 노나무를 심어라. 왕이 싸워 패하여 죽으

면, 시체를 넣을 관을 짜도록 하겠다. 내 눈을 도려내어 동문 위에 걸어라. 오나라가 망하는 것을 보겠다'라고. 마침내 오자서가 예언한 대로 오나라 왕 부차(夫差)는 월나라 왕 구천(句踐)에게 패하여 죽고 오나라는 망해버렸다. 이젠 뜻이 통하냐?"

"아, 예. 이제 기억이 나는군요. 『사기(史記)』「열전(烈傳)」에서 읽었습니다."

그는 다시 그 시를 읽어보았다. 뜻이 그럭저럭 통하는 것 같았다.

"이제 알 것 같습니다. 누가 지은 신가요?"

"옛날 우리 선조 가운데 시를 잘 하신 분이 계셨었는데……"

방문이 열리고 심부름하는 계집아이가 쟁반을 들고 들어왔다. 찻잔들이 놓여 있었다.

"자, 좀 들어라." 큰아버지가 설탕 종지의 뚜껑을 열고, 차를 권했다. "저번에 겐사꾸(建作) 애비가 보낸 것인데, 맛이 괜찮더라."

"예." 그는 설탕을 조금 넣고 천천히 찻숟가락을 저었다. 차 냄새가 향긋했다.

큰아버지는 자리에서 일어나 문갑 앞으로 가더니, 공책과 연필을 가지고 왔다. "그분 함자가……" 큰아버지는 공책을 펴고 글자를 써서, 그의 앞으로 돌려놓았다.

그는 공책을 당겨놓고서 들여다보았다. '朴寅亮'이라고 씌어 있었다.

"유명한 분이셨다. 이 시는 중국에 사신으로 가셨다가 지으셨다구 한다."

첫 글자가 씨고 나머지 두 글자가 이름 같았다. "이 글자는 어떻게 읽나요? 그냥 '보꾸'라고 읽나요?" 큰아버지는 그를 쳐다보더니, 가볍게 한숨을 내쉬고 나서 눈을 스르르 감았다. 이내 눈을 뜨더니, 조용한 목소리로 말했다, "'보꾸'라고 읽어야겠지. 조선말루는 '박'이라구 한다. 우리 집안 성이 원래 박씨였다."

그는 뜻밖의 얘기에 멀거니 큰아버지의 얼굴을 바라다보았다.

큰아버지는 차 한 모금을 마신 다음, 시가 적힌 종이를 가리켰다. "그 시는 네 할아버지께서 쓰셨다. 거기 적힌 이름이 네 할아버지 함자시다. 조선말루 읽으면, '박규진'이다."

그는 정신이 얼떨떨해서 말을 잊은 채, 그저 큰아버지의 얼굴만 바라보았다.

"우리 집안이 기노시다(木下)란 씨를 갖게 된 것은 기사년(己巳年)의 창씨개명(創氏改名) 때였다." 그의 아득해진 의식의 창으로 큰아버지의 나직한 목소리가 여름날의 따가운 햇살처럼 비집고 들어왔다. "우가끼(宇垣) 총독 때였지. 그러니까 지금부터 육십 년 전이다. 천황 폐하의 칙령으로 조선 사람 모두가 일본식으로 이름을 바꾸게 되었었는데…… 네 할아버지께서는 나와 네 애비에게 새로 씨와 이름을 지어주시구 나서, 조상들께 죄를 지었다구 스스로 목숨을 끊으셨다…… 그것이 자결하시기 전에 남기신 유필이다."

문득 숨이 막히면서 귓속에서 울리는 소리가 났다. '그런 일이 있을 수가……'

"네 애비는 아마 네가 이런 일들을 알기를 바라지 않을 게다. 그러나 이제는 너두 알 때가 되었다는 생각이 들어서 하는 얘기다. 내가 이제 살면 얼마를 더 살겠냐? 내가 죽으면, 누가 이런 얘기를 너한테 해주겠냐?"

비로소 말문이 트였다. "알겠습니다."

좀 밝아진 얼굴로 큰아버지가 할아버지의 유필을 조심스럽게 접고 나서 한적들을 그의 앞으로 밀어놓았다. "이것들이 우리 죽산(竹山) 박씨의 족보다."

맨 위에 있는 책의 겉장엔 『竹山朴氏 文貞公派譜 卷五』라고 씌어 있었다. 그는 그 책을 집어 조심스럽게 펴보았다.

"맨 뒤에서 세번째 장을 봐라."

"예."

그가 그 장을 찾아서 펴자, 큰아버지가 말을 이었다, "거기 제일 아래에 모또노부(元信)라구 있지?"

"예."

"그것이 원래 내 이름이다. 조선말루 읽으면, '원신'이다. 다음에 마사노부(正信)라구 있는 것이 네 애비 이름이다. 조선말루는 '정신'이다."

"박원신. 기노시다 헤이따로우(木下平太郞) …… 박정신. 기노시다 헤이지로우(木下平次郞)." 그는 거기 쓰인 글자들을 내려다보며, 속으로 뇌어보았다. 이십일 세(二十一世)를 끝으로 하여 이십이 세(二十二世) 이하 세 칸이 비어 있었다. 길을 뚫어서 허리가 끊긴 산줄기를 바라보는 것처럼 무참한 느낌이 그의 가슴을 훑어내렸다. '도무지 이해가 되지 않는 일이다…… 알 수가 없다…… 그리고 성은 뭔가? 씨가 아닌 성이 있었다니……'

"내가 열세 살이구 네 고모가 아홉 살, 네 애비가 여섯 살 때였다. 그땐 우리가 쭈우슈우(忠州)에서 살았었다. 동네 사람들 모두가 창씨하구 개명했었는데. 하지 않구서는 배길 수가 없었으니깐. 그래두 우리 집안은 반년 넘게 하지 않구 버텼었다. 그러자 하루는 학교에서 조선 이름 가진 애들은 나오지 말라구 했다. 그래서 나하구 네 고모하구는 학교를 그만두게 되었지. 네 할아버지께서는……" 큰아버지는 눈을 가늘게 뜨고 먼 눈길로 허공을 응시했다. 눈가에 물기가 어린 듯도 했다. 한참 지난 뒤 큰아버지는 착 가라앉은 목소리로 말을 이었다, "네 할아버지께서는 날 불러앉히시구 말씀하셨다, '학교에 가구 싶지?' 내가 고개를 끄덕이자, '내일부터 학교에 가도록 해주마' 라구 말씀하셨다. 그날루 면사무소에 나가셔서 기노시다루 창씨하시구 이름을 일본식으로 바꾸구 오셨다. 그 다음날 학교에 갔다오니……"

다시 말이 끊겼다. 꽉 쥔 손바닥을 손톱이 파고들었다. 무거운 돌이 가슴을 누르는 것처럼 숨쉬기가 어려웠다.

"학교에 갔다가 돌아오니 초상집이더라. 우리가 학교에 가자, 네 할아버지께서는 창씨개명한 것을 사당(祠堂)에 고하시구, 혼자 뒷산에 올라가셔서…… 사람들이 끈을 풀었을 때는 이미……”

화안한 방안에 침묵이 마른 잎새처럼 쌓여, 버석거리고 있었다. ‘할아버지께선 그렇게 돌아가셨구나. 급환으로 돌아가신 게 아니고. 조선 사람의 이름을 지키지 못한 죄책감으로…… 그렇지만 자식들의 성과 이름을 바꾸었다고 해서 죽어야 했을까?’ 그는 움켜쥐었던 주먹을 풀고서, 식은 차를 마저 마셨다.

“우리 집안은 훌륭한 가문이다. 우리 박씨의 시조인 박혁거세(朴赫居世)라는 분은 신라를 세우신 분이다. 우리는 왕족이었다.”

“신라요? 나라 이름인가요?”

큰아버지는 그를 흘긋 쳐다보고 나서, 앞에 놓인 족보를 한참 동안 내려다보았다. 생각을 정리하는 듯했다. “신라는 옛날 조선의 이름이었다. 아주 옛날 일이지…… 나두 잘은 모른다. 학교에서 가르치는 것두 아니구. 물어볼 사람두 없구. 나 혼자 어떻게 배워서 알은 거다…… 그때는 조선이 조선 반도만이 아니구 만주까지 차지했었지. 일본은 지금 내지만이었구. 조선은 세 나라루 갈려 있어서 삼국 시대라구 하는데, 그 세 나라 이름이 신라, 고구려, 백제였다. 지금부터 근 이천 년 전 얘기다. 박씨는 중국에두 일본에두 없는 성이다. 오직 조선 땅에만 있었다. 우리가 옛날에는 왕족이었다는 것을 잊지 말아라.”

“예…… 그렇지만, 큰아버님, 조선 사람들은…… 스사노오 노미꼬도(素盞鳴尊)의 후손 아닙니까?”

큰아버지는 담배를 재떨이에 북북 비벼 껐다. “스사노오 노미꼬도? 다아 일본 사람들이 꾸며낸 얘기다. 조선 사람들을 속여서 종으로 만들어 부려먹으려구. 일본이 조선 땅에 들어온 것은 백년두 채 못 된다. 조선 역사는 사천 년두 넘는다. 아마데라스 오오미까미(天照大神)의 동생 스사노오 노미꼬도가 조선 사람들의 시조라구? 흥, 어린애 같은 수작이지.” 큰아버지는 속이 끓어오르는 듯 다시 담배를 집어들었다.

그의 마음 한구석에서 큰아버지의 얘기가 사실이라는 확신이 검은 괴물처럼 서서히 모습을 갖추기 시작했다. 그는 이미 싸움에 졌다는 것을 느끼는 사람이 마지막 안간힘을 쓰듯 용기를 짜내어 물었다, "그렇지만 지금 큰아버님께서 하신 말씀을 뒷받침할 증거가 없잖습니까? 스사노오 노미꼬도에 관한 것은 모든 역사책에 나오구요."

"증거? 흐음, 증거라. 하긴 증거가 있어야 하겠지…… 바루 네 앞에 있는 저 우리 죽산 박씨의 족보가 바루 그 증거다. 창씨개명할 때 족보를 죄다 뺏아다가 태워 없애서, 이젠 족보를 가진 집안두 드물게다. 족보를 만드는 것은 소위 '출판사업법'이라는 것에 걸리구, 족보를 갖고 있는 것은 '치안유지법'인가 뭔가에 걸린다니까." 큰아버지는 족보를 다시 자기 앞으로 당겨놓고서, 애정어린 손길로 천천히 쓰다듬었다. "그때 족보를 뺏기지 않으려구 사람들은 필사적이었었다. 숨기느라고 별짓들을 다했었지. 순사들과 헌병들은 눈이 시뻘개 가지구 미친개들처럼 찾아다녔구. 빼앗긴 사람들 가운데는 자살한 사람두 있었다. 이 족보를 숨겨오느라구 고생한 생각을 하면……"

무엇이라고 표현할 수 없는 커다란 것이, 겨울 밤바다의 파도 같은 것이, 그의 가슴의 해변에 밀려와서 부딪혔다. 그 파도가 부서져 사그라지는 소리 위로 큰아버지의 목소리가 아득히 들려왔다. "지금두 찾아보면 그래두 남아 있을 게다. 증거가 필요하다면 말이다. 큰 나무의 뿌리는 여간해서 다 파내기 힘든 법이니라. 파내면 웅덩이라두 남는 법이다. 하물며 한 민족의 뿌린데야……"

문득 짙은 안개 너머로 시야를 막는 커다란 산봉우리처럼 거무스레한 것이 나타났다. 이천 년 전에 이 땅에 있었다는 신라라는 나라, 그 나라의 임금이었다는 박혁거세라는 사람, 그 사람에게서 나왔다는 박씨들, 그 세계(世系)를 적은 족보, 그리고 사노 히사이찌(佐野壽一) 교수에 따르면 일본에는 없었다는 민중 반란인 '동학란(東學

亂)’——무지와 왜곡의 짙은 안개 너머로 마침내 모습을 드러내기 시작한 조선이라는 커다란 산봉우리는 말할 수 없는 놀라움과 두려움과 서글픔과 반가움으로 그의 가슴을 가득 채웠다.


## 27

옛사람이 "나라는 없어질 수 있으나, 역사는 없어져서는 안 된다(國可滅 史不可滅)"고 했으니, 대개 나라는 형체요 역사는 정신이다. 지금 한국의 형체는 허물어졌으니 정신이 홀로 존재할 수는 없는가. 이것이 『통사(痛史)』를 짓는 까닭이다. 정신이 보존되어 없어지지 않으면, 형체는 때를 만나 부활하리라.

——박은식(朴殷植), 『한국통사(韓國痛史)』에서


히데요가 대합실 문을 열고 들어서자, 역원이 개찰구 문을 닫고 있었다. 그는 씁쓰레하게 입맛을 다시면서 시간표를 살펴보았다. 다음 차는 여섯시 사십분에 있었다. '어떻게 한다? 시간 반이나 남았으니…… 기원에 가서 바둑이나 한판 둘까? 느긋하게 바둑을 두기엔 시간이 빠듯하고…… 시내 구경이나 해?'

그는 마음을 정하지 않은 채 대합실에서 나왔다. 역 앞 광장 왼쪽에 기원이 있었다. 그는 사층에 있는 기원 간판을 바라보면서 망설이다가, 그냥 광장을 걸어나왔다. 왼쪽으로 돌아가니, 음식점들과 노점들이 늘어선 뒷골목이 나왔다. 그는 시간에 여유가 있는 사람의 느긋한 호기심으로 가게들을 기웃거렸다. 모두 가난한 사람들을 상대로 장사하는 가게들이었다. 한참 가다보니, 골목이 더욱 좁고 지저분해지면서 무슨 큰 건물의 벽에 기대어 지은 판잣집들이 나왔다. 빈민들이 사는 동네였다.

저만큼 천막 쪼가리로 겨우 하늘을 가린 쓰러져가는 판잣집에서 허리가 굽은 노파가 나왔다. 제대로 말을 듣지 않는 몸을 이끌고 어기적거리며 물이 괴어 있는 하수구로 가더니, 들고 온 요강을 쏟았다.

문득 명치가 결려왔다. 그는 멈춰서서 아픈 마음으로 둘러다보았다. 눈에 들어오는 것마다 비참한 가난을 말해주고 있었다. '이 사람들. 이 조선인들…… 이 사람들의 이토록 처참한 삶을 두고 시는 무엇을 할 수 있는가? 내가 밤을 새워 다듬은 시들이 이들을 위해서 과연 무엇을 할 수 있는가?'

노파가 다시 어기적거리며 빈 요강을 들고 판잣집으로 들어갔다. 내지 문단의 '현장파(現場派)'에서 내세우는 주장들이 요강에서 쏟아지던 오줌의 짙은 빛깔과 냄새로 그를 밀어붙였다. '결국 시는 현실 앞에선 무력할 수밖에 없는가?' 무력감이 마취약처럼 몸 속에 차오르는 것을 느끼며 그는 천천히 골목을 따라 걸었다.

골목 모퉁이를 돌아가니, 다시 노점들이 나오고 사람들이 부산하게 움직이고 있었다. 날씨가 아직 쌀쌀한데, 네댓 살 먹은 어린애가 고추를 내놓은 채 커다란 어른 장화를 신고서 진흙탕 속에서 놀고 있었다. 별다른 광경이 아니었는데도, 가슴이 뻐근해왔다. 그는 걸음을 멈추고서 그 아이의 노는 모습을 지켜보았다. '내가 갑자기 감상적이 되었구나. 요 몇 달 사이에……'

아이가 고개를 들어 그를 쳐다보았다. 눈길이 마주치자, 그는 손짓으로 아이를 불렀다. 경계하는 빛이 구름처럼 아이의 얼굴을 덮었다.

그는 근처 호떡을 파는 노점으로 가서 호떡 두 개를 샀다. "자아," 그는 아이에게로 가서 호떡을 내밀었다. "하나는 아가가 먹고, 하나는 아저씨가 먹고."

아이가 냉큼 받아 입으로 가져가면서 배시시 얼굴에 웃음을 띠었다. 아궁이에서 나온 고양이 상판 같은 얼굴에도 웃음은 맑았다.

'이 아이의 얼굴에 저런 웃음이 떠오르는 한은……' 호떡은 뜻밖에도 맛있었다. 그 맛에 실려, 잊어버렸던 어린 시절의 기억 몇 토막이 되돌아왔다. 몸 속을 가득 채웠던 무력감이 다시 사그라들고 있었다. '이런 아이가 자라나는 한은 조선에도 희망이 남아 있는 것일까?'

그는 다시 모퉁이를 돌아서 역 쪽으로 걷기 시작했다. 한참 걸어가니, 헌책 가게들이 대여섯 집 늘어서 있었다. 그는 반가운 마음으로 맨 첫 집으로 들어섰다.

"어서 오십시오." 담요로 무릎을 덮고 앉아서 무슨 두툼한 책을 읽고 있던 늙수그레한 주인이 고개를 들어 인사한 다음, 다시 책으로 눈길을 돌렸다.

그는 가게 안을 한바퀴 둘러다보았다. 소학교와 중학교의 교과서들과 참고서들이 대부분이었다. 그 사이에 대학 교과서들도 몇 권 꽂혀 있었다. '세이슈우(淸州)에 대학교는 없을 텐데…… 아, 전문학교가 있구나.'

한쪽에 사전과 연감 따위 두툼한 책들이 꽂혀 있었다. 언젠가 조선 빈곤층의 실태에 관한 총독부의 자료를 신문에서 읽은 것이 생각나서, 그는 먼지가 앉은 쇼우와 58년도판 『조선총독부 행정 연감』을 꺼내어들었다. 찾는 자료는 사회 부문에 나와 있었다.

| | |
|---|---|
| 상민(上民) | 437,803명 |
| 중민(中民) | 9,483,202명 |
| 소민(小民) | 25,119,626명 |
| 세민(細民) | 11,934,871명 |
| 궁민(窮民) | 4,864,411명 |
| 표랑자(漂浪者) 및 걸인(乞人) | 210,910명 |
| 계 | 52,040,823명 |

자료를 작성한 곳은 사회국 사회발전과였는데, 아무리 살펴봐도

분류 기준은 나와 있지 않았다.

'그 뜻을 짐작할 만하다. 밝히기 어렵겠지. 꼴을 보아하니, 아마도 시골에서 소작으로 연명해나가는 사람들이 소민으로 분류된 모양인데, 그렇다면 아까 본 판잣집 사람들은 세민인가, 궁민인가? 그리고 표랑자는 무엇이고, 걸인은 무엇인가? 무슨 기준으로 표랑자와 걸인을 나누었나? 지금 조선 땅에 멋으로 떠돌아다니는 사람이 과연 몇이나 될까? 그건 그렇고, 상민·중민을 합쳐도 채 천만 명이 못 되니 중산층이 이십 퍼센트도 안 된다는 얘기군. 조선의 실상이 이 숫자에 명료하게 나오는구나.' 그는 씁쓸하게 입맛을 다시며, 연감을 다시 제자리에 꽂았다.

그냥 나가기가 미안해서, 그는 한참 둘러다보다가 『시마자끼 도우송(島崎藤村) 시선(詩選)』을 집어들었다. 게이꼬에게 줄 참이었다. 이제는 녀석에게 자신의 장서를 갖추도록 격려해줄 때였다.

그는 그 집에서 나와 옆집으로 들어갔다. 가게가 먼저 가게보다 좀 컸다. 책도 훨씬 많았다. 주인은 약삭빠르게 생긴 청년이었는데, 풀빛 신생활 운동 모자를 쓴 사람과 책상 위에 쌓아놓은 책들을 두고 얘기하고 있었다.

"뭘 찾으세유?" 주인이 그를 아래위로 한번 훑어보더니 물었다.

입맛이 싹 가셨다. 헌책 가게에 들렀을 때, 그가 가장 듣기 싫어하는 소리였다. 필요한 책이 있으면, 그는 새책 가게로 나갔다. 아니면 도서관으로. 헌책 가게엔 둘러보는 재미로, 뜻밖의 책을 만나는 기대감으로, 들렀다. 푸근한 마음으로 오래 묵어 좀 눅눅한 책들의 곰팡내를 맡으며 책을 고르는 재미를 그 질문은 앗아가곤 했다.

"그냥 구경이나 좀 하려고……" 그가 떨떠름하게 대답하자, 주인은 흥미가 없다는 얼굴로 다시 모자 쓴 사람과 얘기를 시작했다.

그는 그냥 나갈까 하다가, 그것도 좀 뭣해서 건성으로 선반에 꽂힌 책들을 훑어보았다. 주인의 인상과는 달리 꽂힌 책들이 꽤 충실했다. 역시 교과서와 참고서가 대부분을 차지했지만, 학술 서적도 꽤 많았고, 아주 오래 된 책들도 더러 있었다. 한쪽에는 영어로 된 책들까지 꽂혀 있었다. '흐음. 제법인데.' 그는 다시 선반 한쪽부터 차근차근 살펴보기 시작했다. 다이쇼우 4년에 나온 지도책이 있었다. 떠들어 보니, 칠십여 년 전의 지도라, 세계 여러 나라들의 국경이 지금과 다르고 일본의 모습도 그 동안 몇 번 행정 구역의 변동이 있었던 터라 꽤 달랐다. 뒤에 붙은 자료들은 더욱 그랬다. 그는 재미도 있고 쓸모도 있을 것 같아서 사기로 하고, 한쪽에다 뽑아놓았다.

"책두 다 팔아치워서 몇 권 남지 않았대유……" 모자 쓴 사내의 얘기가 귀에 들어왔다.

책을 고르면서 얘기를 들어보니, 모자 쓴 사내는 자기 부인이 어디에 가서 얻어온 책들을 팔러 나온 모양이었다.

그는 게이꼬에게 주려고, 찰즈 디킨즈의 『두 도시 이야기』를 골랐다. 오래 된 책이었다. 1881년에 나왔으니, 백년이 넘었다. 빅토리아 여왕의 치세에 런던에서 나온 책이 백년 뒤 조지 칠세 시절에 세이슈우의 헌책 가게에서 새 주인을 만난다는 것이 제목과 연관되어 재미있었고 또 그 소설의 극적인 줄거리에도 들어맞는 것 같아서, 그는 그 책을 뽑아놓으면서 빙그레 웃었다. 게이꼬로서는 물론 지금 읽기 어려웠지만, 서너 해 뒤면 어렵지 않게 읽을 수 있을 것이었다. 그는 그 소설을 중학교 때 이와나미 문고(岩波文庫)의 번역판으로 보았는데, 무척 재미있게 읽었었다.

"그래두 좀 싸네유. 오십 권이 넘는디……"

"아, 오십 권이구 백 권이구간에 팔릴 책이어야지. 이거 내가 지금 사긴 삽니다만, 언제 나갈지 모르는 겁니다. 솔직히 말해서 이자도 제대루 안 나올 때가 많은 게 이 장사유. 이십 원이면 괜찮게 받은 걸루만 알구 가슈." 주인이 말을 막고서, 주머니에서 돈을 꺼냈다.

모자 쓴 사내는 할 수 없다는 몸짓을 하며 돈을 받았다. 손에 침을 묻혀 세어본 다음, 소중하게 윗도리 안주머니에 넣었다. "그럼 많이 파세유."

"예에. 안녕히 가세유."

"이것 주세요." 그는 골라놓은 두 권을 책상 위에 놓았다.

주인은 그를 흘긋 보더니, 책을 집어들고서 잠시 생각했다. "두 권에 오 원만 주세유." 번들거리는 눈으로 주인이 그의 안색을 살피면서 말했다.

좀 비싸다는 생각이 들었지만, 그는 잠자코 주머니에서 지갑을 꺼냈다. 주인이 거스름돈을 내놓고 책을 포장하는 동안, 그는 책상 위에 쌓인 책들을 훑어보았다. 문고판 소설책들이 대부분이었다. 맨 가의 무더기에 등이 벗겨진 책이 끼여 있는 것이 눈에 띄었다. 그는 귀찮아서 그만두려다가, 혹시나 하는 생각에서 위에 놓인 책들을 옮겨놓고 그 책을 집어들었다. 등만이 벗겨진 것이 아니고, 뒤쪽엔 속 장도 몇이 떨어져나간 헌책이었다. 『조선 고시가선(朝鮮古詩歌選)』 ——무심코 제목을 읽은 그는 문득 맥박이 건너뛰는 것을 느끼며 다시 읽어보았다. 틀림없었다—— '조선 고시가선, 후지와라 다까지까 (藤原孝第) 편, 다이쇼우 8년, 교우도우(京都) 하도이도우(鳩居堂).' 그는 숨을 가다듬으며 책을 폈다. 낯선 글자들이 한자와 가나(假名) 속에 섞여 있었다. 자세히 살펴보니, 위에 좀 큰 글씨의 한자나 낯선 글자로 쓰인 것이 원문이고, 그 아래에 가나로 쓰인 것이 번역이었다.

'이 글자들이 혹시……' 아까 큰아버지가 전에는 '언문(諺文)'이라는 조선 글자가 있었다고 한 것이 생각났다. 그는 억지로 상념의 맥을 끊고, 그 책을 주인에게 보였다. "이 책," 긴장된 탓인지 목이 잠기어서, 그는 헛기침을 한 다음 말을 이었다, "이 책 얼마죠?"

주인은 책을 받아들면서 입가에 야릇한 웃음을 띠었다. "이 책유? 이 책은 좀 비쌉니다. 이십 원까지 드리쥬."

"예에? 이십 원요?" 그는 놀라서 물었다.

"예. 구하기가 좀 힘든 책이라서유. 이십 원두 싸게 드리는 겁니다."

"그래도 그렇지……" 비싸기도 했지만, 조금 전에 이십 원으로 쉰 권이 넘는다는 책을 산 바로 그 자리에서 이십 원을 부르는 것이 좀 괘씸하기도 했다.

"이 책이 보통 책이 아니거든유. 이 책들은유," 주인은 책상 위에 쌓인 책들을 가리켰다. "여기 중학교 교장을 지낸 양반의 장서에서 나온 것들인데유. 좋은 책들이 많았던 모양인데, 이 양반이 암에 걸려서 가산을 몽땅 들어먹는 바람에 책두 다 팔아치우고. 이건 찌꺼기예유. 만일 다른 사람이 이런 책을 팔려구 나왔다면, 우린 손두 대지 않았을 겁니다." 주인의 눈이 더욱 번들거렸다.

그는 주인의 두서없는 말이 무슨 뜻인지 알아차렸다. 그의 신분을 몰라 꺼림칙하니, 미리 빠져나갈 길을 마련해두려는 심산이었다. 말썽이 생기게 되면, 중학교 교장 선생의 책이라 믿고서 다루었다고 할 셈인 것 같았다.

그는 잠자코 지갑을 다시 꺼냈다. 그로서는 주인이 자신보다 한 수 위인 것을 인정하지 않을 수 없었다. 깎자는 애기는 꺼낼 수도 없었다. 주인은 이미 그가 그 책을 갖고 싶어한다는 것을 알고 있었다.

주인은 이번엔 책상 서랍에서 포장지를 꺼내어 정성스럽게 쌌다. 아까는 헌 신문지에 쌌었다. "함께 묶어드릴까유?" 주인이 먼젓번 묶음을 가리키며 달착지근한 어조로 물었다. 주인의 말씨에는 남몰래 함께 잘못을 저지른 공범의 친근함이 배어 있었다.

"그냥 주쇼." 그는 일부러 무뚝뚝하게 대답했다.

"예. 고맙습니다." 주인은 돈을 받아들면서 고개를 숙여 인사했다. "다음에 또 들러보세유. 좋은 책들이 가끔 나오기두 하니까유."

"예. 안녕히 계세요."

"예에. 안녕히 가세유."

주인의 인사를 등에 받으며 문을 나서자, 그는 쫓기듯 바삐 걸었다. 다른 사람들 모르게 은밀히 채워야 할 욕망이 그의 몸을 부풀리고 있었다. 그의 가슴속엔 혼자서 그 책을 읽을 수 있는 곳으로 빨리

가고 싶은 생각뿐이었다. '전에도 이런 기분이 든 적이……' 그는
실소할 뻔했다. 지금 그가 느끼는 기분은 젊었던 시절에 유곽(遊廓)
을 찾아갈 때면 느꼈던 바로 그 기분이었다——달떠서 조바심이 나
고, 남이 볼까 두렵고, 어쩐지 마음이 편치 않으면서도, 다른 생각을
할 여유가 없는.


# 28


제2조  조선의 교육은 교육에 관한 칙령에 입각하여 제국
의 충량한 신민을 육성함을 그 본의로 한다.
——조선총독부 제령(制令) 제2호, '조선교육령(朝鮮
敎育令),' 메이지 44년 8월 23일자*

메이지 유신의 과업은 병영(兵營)에서 완성되었습니다. 후
진국에 있어서 대중을 교화하는 교육 기관으로는 병영보다
더 좋은 것은 없습니다. 애석하게도 현재 조선인들을 교화하
는 데 병영을 이용함에는 여러 가지 사정으로 제약이 따릅니
다. 따라서 조선의 각급 학교는 조선에 있어서 충량한 제국
신민을 육성하는 유일한 기관임을 자각하고 정진해야 할 것
입니다.
——소네 아라스께(曾禰荒助) 정무총감, 메이지 44년
8월 30일, 조선 교육자 대회에서의 유시에서*


히데요는 책상 앞에 앉아, 눈을 감고 마음을 가다듬었다. 어젯밤
엔 잠을 짧게 잔 셈인데도, 몸이 가뿐하고 마음이 맑았다. 세쯔꼬와
의 잠자리가 잘된 밤이면, 다음날 아침에 몸과 마음이 가벼웠다. 어
젯밤의 잠자리는 요즘으론 드물게 격정적이었다. 세이슈우의 헌책
가게를 나오면서 느꼈던 거의 색정적인 흥분은 기차를 타고 올라오
는 동안 더욱 짙어져서, 그의 숨길을 거칠게 했었다. 세쯔꼬도 그것

을 느꼈던 모양으로 몸짓이 다른 때보다 훨씬 크고 대담했었다. 게이꼬에게 줄 것만 샀다는 생각이 들어 세이슈우역 앞 미쯔꼬시 백화점(三越百貨店) 분점에서 고른 스카프도 그런 분위기를 만드는 데 도움이 되었을 것이었다. '앞으로는 세쯔꼬에게 조금 더 관심을 쓰자. 스카프 하나에 그렇게 어린애처럼 좋아하는데……'

이층 사람들이 일어난 모양인지, 물 흐르는 소리가 났다. 그는 눈을 뜨고서, 책상 한쪽에 놓인 『조선 고시가선(朝鮮古詩歌選)』을 집어 앞에 놓았다. 맑은 즐거움이 샘물처럼 조용히 솟았다. 책장을 넘기면서, 그는 어제 느꼈던 좀 탁하고 어쩐지 떳떳치 못한 흥분 대신 신선한 기대감이 목욕을 하고 난 몸을 채우는 것을 느꼈다.

그는 조선어로 씌어진 책을 읽는 것이 법을 어기는 일인지 알지 못했다. 하기야 조선어라는 글이 있다는 사실조차 몰랐었다. 그래도 그는 『조선 고시가선』을 연 순간 거의 본능적으로 그 책을 읽는 것을 남이 알게 되면 결코 이로울 것이 없다는 것을 느꼈었다. 아마도 그래서 헌책 가게를 나오면서 남의 눈을 피해 유곽을 찾았을 때 가졌던 느낌을 다시 맛보았을 것이었다.

'그러나 조선인이 자신의 뿌리를 찾는 일이 어째서 떳떳치 못하단 말인가? 자신의 역사적 유산을 만나는 일이 어째서 남이 알까 두려워해야 할 일이란 말인가? 내지인들에게 자신들의 뿌리를 찾는 일이 중요하고 칭찬받는 일이라면, 똑같이 조선인들에겐 조선의 역사와 전통을 캐는 일이 중요하고 칭찬받을 일이 아닌가? 지금의 내 마음이 옳은 상태다. 어렵게 만난 나의 뿌리 한 가닥을 대하는 마음의 자세로는.' 그는 불안한 마음을 아주 떨쳐버릴 수 없는 자신에게 이르고, 책장을 넘겼다.

겉장 바로 다음의 두껍고 흰 종이에 끈으로 묶은 한적(漢籍)의 사진이 실려 있었다. 그 밑에 '청구영언(靑丘永言)의 표지'라는 설명이 있었다. 그 뒷면에는 펴놓은 책의 사진이 실려 있었고, 그 밑에 '청구영언의 내용'이라고 씌어 있었다. 자세히 살펴보니, 그 사진 속의 책장에 한자와 낯선 글자들이 섞여 있었다. 그 다음 장에 「서문」이 있었다.

　　조선의 시가 문학의 기원은 조선의 역사가 오랜 만큼 오래 전으로 거슬러 올라간다.　고조선(古朝鮮) 때의 작품인 「공후인(箜篌引)」이 전해 내려오니, 조선 시가의 역사는 적어도 이천 년 이상이 된다……

　　'조선의 역사가 오래라? 적어도 이천 년 전에 고조선이란 나라가 있었고? 역시 큰아버님 말씀이 맞았구나……' 그는 고개를 들어 휘장이 쳐진 창을 바라보며, 아득한 마음으로 생각했다. '짐무 천황(神武天皇)이 즉위한 지 채 이천칠백 년이 되지 않았는데, 적어도 이천 년 전에 고조선이란 나라가 조선에 있었다니…… 내가 지금 꿈을 꾸는 것도 아니고…… 서른아홉 해 동안 내가 배우고 믿은 역사가 모두, 적어도 조선에 관한 것은 모두, 꾸며낸 것이라는 얘기가 되는데……'

　　그는 다시 읽기 시작했다. 조선의 시가의 역사를 개관한 내용이었다. 읽으면 읽을수록 그의 놀라움은 커졌다. 조선에 고유한 시가 형식들이 있었다는 것에 먼저 놀랐고, 그 종류가 다양함에 거듭 놀랐다. 무엇보다도 조선의 시가가 예상과는 달리 내지의 시가로부터 영향을 받은 바가 없다는 것에 놀랐다. 「서문」을 읽고 나니, 조선의 시가가 영향을 받은 것은 서쪽의 지나로부터였지 동쪽 바다 건너편의 내지로부터가 아니었음을 분명히 알 수 있었다. 그러나 그에게 가장 큰 놀라움을 준 것은 마지막 부분이었다.

　　어느 민족의 문화적 유산이든, 그것이 사라지는 것은 슬프고 아쉬운 일이다. 조선과 같이 일찍부터 문화가 발달했고 이웃 나라의 문화 형성에 크게 기여했던 나라의 그것이 사라지는 것은 더욱 그렇다. 조선이 일본에 합병된 지 십 년이 채 못 되었는데 벌써 조선의 고유 문화는 많은 손상을 입어서, 뜻있는 사람들의 마음을 아프게 하고 있다. 이렇게 가다가는 오십 년 안쪽에 조선의 문화는 폐허로 남을 것이라는 얘기는 이미 기우라고 할 수 없다. 정치적인 면에서 조선인들을 교화하여 조선을 일본에 동화시켜야 할 필요성은 누구나 인정할 것이다. 그러나 정치적 동화 정책이 문화적 말살 정책으로 둔갑해서는 안 될 것이다. 더욱이 조선은 이미 일본 제국의 일부가 되었고, 그 문화적 전통은 일본 제국의 자산이 되었다. 우리로서는 상속한 유산을 스스로 파괴하는 어리석음을 당연히 피해야 할 것이다. 여기에 여러 가지 어려움을 무릅쓰고 이 책을 내어놓는 뜻이 있다……

'이 책이 다이쇼우 팔년에 나왔는데…… 조선이 일본에 합병된 지 십 년이 채 되지 않았다면, 조선이 합병된 것이 메이지 말년 아니면 다이쇼우 초년이라는 애긴데…… 그렇다면…… 칠십사 년이나 칠십오 년이라는 얘기가 되는구나…… 백년도 채 안 되는구나. 그전에는 조선이 조선이었구나.'

그는 자리에서 일어나 방안을 서성거리기 시작했다. '왜? 왜 역사를 그렇게 조작했을까? 그거야 큰아버님 말씀대로 내지인들이 조선인들을 쉽게 통치하려고 그랬겠지…… 그것까지는 확실한데, 그것이 과연 가능한 일이었을까? 내지인들은 어떻게 하고? 내지인들 모두가 그 조작에 가담했다는 얘기가 되는데, 그게 과연 어떻게 가능했을까?'

그는 문득 겨드랑이가 축축하게 젖은 것을 깨달았다. 그러고 보니, 이마에도 땀이 끈끈하게 배어 있었다. 그는 벽에 걸린 양복 주머니에서 손수건을 꺼내어 땀을 훔치고 나서, 전등을 끄고, 창문을 열었다. 서늘한 아침 공기가 얼굴을 식혀주었다.

그는 다시 방안을 서성거리면서 답답한 마음에 고개를 흔들었.

그가 아는 대부분의 내지인들은 선량한 사람들이었다. 그가 높이 평가하는 시까자와 상무나 야나기자와 선생 같은 사람들은 예외로 친다고 하더라도, 하시모도 사장이나 다나까 부장만 해도 좋은 사람들이었다. 그의 친구들 가운데도 내지인들이 적지 않았다. 누구보다도 도끼에가 있었다. '그들이 모두 그 커다란 조작에 가담했단 말인가?'

문득 정신이 어찔해지면서, 그가 좋아하고 존경하는 내지인들이 한데 모여 그를 손가락질하며 그들의 음모에 깜박 속은 어리석은 그를 비웃는 환영이 떠올랐다. 맨 뒤에 도끼에가 차가운 비웃음을 띤 얼굴로 서 있었다. 그는 고개를 마구 흔들었다. 그러나 그 악몽과 같은 환영은 좀처럼 물러가지 않았다. 그는 주먹을 들어 서가에 꽂힌 책들을 힘껏 쳤다. 아픔이 전해오면서, 도끼에의 얼굴이 조각나서 흩어졌다. 왼손으로 오른손을 감싸쥐고서, 그는 허리를 굽힌 채 아픔이 사그라지길 기다렸다. 한참 지난 뒤 그는 아직 욱신거리는 손을 움직여보았다. 다친 것 같지는 않았다. 그는 손수건을 찾아 얼굴을 덮은 땀을 씻었다.

세쯔꼬가 쟁반을 들고 들어왔다. 인삼차 잔을 책상 위에 내려놓고서, 그녀는 그의 얼굴을 살폈다. "당신 어디 아프세요?"

"아니."

그녀가 아무래도 좀 이상하다는 얼굴로 그의 안색을 살피더니, 쟁반을 들고 나갔다.

차를 보니 목이 말랐다. 그는 인삼차를 단숨에 마시고서, 다시 방 안을 서성거리기 시작했다. 눈길이 소설책들이 꽂힌 서가에 닿으면서, 에릭 블레어의 『1984년』의 한 구절이 떠올랐다── '과거를 통제하는 자가 미래를 통제한다. 현재를 통제하는 자가 과거를 통제한다.' "그리고 현재는 내지인들이 통제한다." 그는 신음처럼 덧붙였다.

## 29

'부분적 진실'이란 것은 없다. 어떤 사실에 대해 말해져야
할 것이 모두 말해지지 않는다면, 그러한 부분적인 기술은
어쩔 수 없이 그 사실을 왜곡시킨다. 그 사실에 관해 모르거
나 언급되지 않은 부분이 있다면, 그렇다는 것이 밝혀져야
한다. 정치적인 이유에서 중국의 역할을 낮게 평가하고 조선
의 존재는 아예 빼놓은 채 일본의 역사를 재구성하면서 비롯
된 일본사의 왜곡은 이제 와서 보면 인과응보의 느낌마저 주
는 비극이다. 나는 슬퍼한다, 그 왜곡된 역사를 만들어내기
위해 희생된 그 많은 양심과 양식과 명성들을 생각하고. 나
는 두려워한다, 지금도 그 왜곡된 역사의 등대를 믿고 삶의
바다를 헤쳐나가는 일본 사람들을 생각하고.
　　　　　　　──사노 히사이찌, 『독사수필』에서*

"과장님," 전화를 받고 난 도끼에가 그에게로 와서 말했다, "서무
과에서 연락이 왔는데요, 열시 삼십분부터 과장급 이상 간부 회의가
있답니다."
"그래?" 그는 고개를 끄덕이면서 그녀의 얼굴을 살폈다. '저렇게
천진하고 고운 얼굴이 가면이라? 한 민족의 역사를 아주 없애버린
무서운 음모에 가담한? 저 얼굴이?' 아침에 떠올랐던 악몽 같은 환
영이 다시 떠올라서, 그는 진저리를 치며 고개를 흔들었다. 온몸에
소름이 돋는 듯 으스스 떨렸다.
　도끼에는 다까미야 과장과 야마시다 부장에게 간부 회의가 있다는
얘기를 전하고 자리로 돌아가서 앉았다.
　'있을 수 없는 얘기다. 일억이 넘는 내지인 모두가 조선의 역사를
왜곡시키는 데 가담했다고 믿을 수는 없다. 도대체 그 비밀을 어떻
게 지킨단 말인가? 그보다는…… 대부분의 내지인들도 속고 있다고
봐야 될 것이다. 그쪽이 훨씬 현실성이 있는 해석이겠지…… 그렇다

면 도대체 누가 그런 음모를 꾸몄단 말인가? 정치가들? 관리들? 역사가들? 그리고 어떻게 그런 일이 가능했을까? 조선이 일본에 합병된 지 채 팔십 년이 안 되었다는데…… 조선인들은 도대체 무엇을 하고 있었나? 내지인들은? 내지인 모두가 방관하고 있었단 말인가? 이천 년 이상 바로 이웃에 존속했던 나라가 애초부터 없었던 것으로 하고 자기 나라의 역사를 썼다면, 그 역사가 과연 제대로 씌어졌을까? 조선 사람들을 속이려다가 스스로 속으면 어떻게 되는가? 거짓말을 오래 하게 되면, 하는 사람 자신이 믿게 된다는데……'

아침 식탁에서도, 출근길에서도, 사무실에 들어와서도, 감추어진 조선의 역사에 대한 의문은 방안에 들어와서 윙윙거리는 호박벌처럼 그의 머릿속을 어지럽히고 있었다. 일이 손에 잡히지 않아서 그는 영어로 번역하던 회사의 '취업 규정'을 한옆으로 밀어놓았다. '이러다가는 무슨 일이 나겠다. 머리 좀 식히고서……' 시계를 보니 아직 열시가 되지 않았다. 그는 밖으로 나가 바람 좀 쐬고 들어오려고 자리에서 일어섰다.

"시마즈양." 도끼에 옆을 지나가다가, 그는 충동적으로 그녀를 불렀다.

"네?" 그녀가 고개를 들어 그를 바라보더니, 가벼운 웃음을 얼굴에 띠었다.

"좀 핼쑥한 것 같은데." 그는 그녀의 얼굴을 자세히 살피면서, 자신의 행동에 대한 설명삼아 말했다.

"네." 그녀의 웃음이 좀 열없어졌다. "주말에 찡까이(鎭海)에 갔다 왔는데, 좀 무리했던 모양예요." 이마에 흘러내린 머리칼을 손끝으로 쓸어올리면서 그녀가 말했다.

"몸살 기운이 있는 것 같은데…… 약은 먹었나?"

"네."

"시마즈양, 시마즈양은 대학 다닐 때 역사를 배웠나?"

"역사요?"

“응. 국사나 세계사 같은 것.”

“네. 예과(豫科) 시절에 국사 강의를 들었죠. 필수 과목이었거든 요.”

“그럼 국사 실력 상당하겠네.”

“아녜요. 전 기억력이 좋지 못해서, 무슨 연대 외우는 데는 젬병이 거든요. 그래서 언제나 점수가 좋지 못했어요. 지금도 지긋지긋해 요, 학교 다닐 때 연대 외우느라고 고생한 생각을 하면.”

그녀의 얼굴에 잔잔히 퍼지는 웃음을 보면서, 그는 몰래 한숨을 내쉬었다. 그녀가 조선의 역사를 왜곡한 음모에 가담했을지도 모른 다는 생각은 자신의 신경과민에서 나온 것임을 확인한 것이었다. 다 른 내지인은 몰라도 도끼에만은 조선 역사의 왜곡에 대해서 모르고 있다고 자신있게 말할 수 있었다. 사랑하는 사람의 직관으로 그것을 알 수 있다고 그는 믿었다.

그녀는 입 밖에 내어 묻지 않았지만, 그녀의 눈은 왜 갑자기 그런 것을 묻느냐고 묻고 있었다.

“합작 투자 협상을 하려니, 별것을 다 알아야 되는구먼……” 즉석 에서 대답을 생각해낼 수 없어서, 그는 얼버무렸다. “참, 번역은?”

“거의 끝나가요.”

“이번 주 안에?”

“네. 금주 안에는 끝낼 수 있을 거예요.”

“오우케이. 끝내면 내가 한턱 내지. 하여튼 번역처럼 재미없고 힘 든 일은 없어.” 그는 돌아서서 문을 열고 복도로 나왔다. ‘같은 부서 의 아랫사람을 사랑하는 사람의 특권은 언제나 그녀와 합법적으로 밀회할 수 있다는 것이지. 합법적으로.’ 변소에서 누가 나오는 것을 보고, 그는 급히 얼굴에서 웃음을 지웠다.


부서별 현황 보고가 끝나자, 시까자와(鹿澤) 상무가 의자를 앞으 로 당기고서 좌중을 둘러다보았다. “이번에 유사라무와의 합작 투자 관계로 사장님께서 미국에 가시게 되었습니다. 그 동안 기획부를 중심으로 해서 진행되어온 합작 투자 협상이 마무리되어 계약서에 서명하시려고 가시는 건데, 출발은 일단 삼월 십육일로 잡아놨습니다. 십육일에 출발해서 십팔일에 피쯔보구에 도착하도록 일정을 짰는데…… 물론 세부 일정은 유사라무측의 사정을 고려해서 다시 조정되겠지만. 일단 그렇게 알도록. 이번 방문에는 내가 수행하는데, 준비할 사항들이 많아요." 시까자와 상무가 말을 멈추고 비망록을 내려다보았다.

사람들이 일제히 수군거리기 시작했다. 히데요로서는 자신이 앤더슨과 연락해서 주선한 일이라 이미 알고 있는 사항이었다.

"그러면 각 부서에서 준비해야 할 사항들을 내가 말해보겠습니다. 우선 서무과……" 시까자와 상무는 평소에는 대범하지만, 중요한 일에 있어서는 무척 꼼꼼하게 챙기는 면이 있었다.

그는 여권 발급받는 일에 관해서 서무과장에게 지시를 내리는 상무의 얼굴을 바라보며, 그뒤에 숨겨진 얼굴이 따로 있는가 가늠해보려고 애썼다. '도끼에가 국사 교과서에 씌어진 것을 사실이라고 믿는 것이 당연하다. 그러나 상무는 얘기가 다르다. 식견도 식견이지만, 무엇보다도 나이가 있잖은가? 쇼우와 구년생이니 도끼에보다…… 스물예닐곱 해 먼저 태어난 것이다. 그렇다면 조선사를 왜곡시키는 작업이 덜 마무리되었을 때 배웠다는 얘기니 아무래도…… 상무라면 그냥 속아넘어갔을 리는 없다.' 그는 상무가 살아온 시대의 모습을 자신이 아는 대로 쭈욱 더듬어보았다.

"……마지막으로 기획조정과. 기노시다 과장."

정신이 번쩍 들었다. "예." 그는 자세를 고쳐앉았다.

"기획조정과로서는 이번 일이 통상적 업무에 속하니까, 지금 하는 대로 하면 되겠지. 다만 이번 방문은 중요한 일이니까, 각 부서간의 업무를 조정하는 일과 나중에 취합하는 일은 기획조정과에서 맡도록 하지."

“예. 알겠습니다.”

“그리고 기노시다 과장은 해외에 나간 경험도 있고 하니, 각 부서의 점검표 작성에도 간여해서 빠지는 사항이 없도록. 다른 부서에서는 기획조정과와 긴밀히 협조해서 차질이 없도록 하시오. 뭐 다른 사항은 없습니까?” 상무가 좌중을 한바퀴 둘러다보았다. “없으면 이것으로 회의를 끝내지.”

문득 속이 느글거렸다. 상무가 회의 석상에서 자신의 역할을 강조해준 데 대한 고마움과 조선의 역사를 왜곡하는 음모에 가담했을지도 모른다는 의혹이 섞여, 넘어올 것처럼 속이 뒤집히고 있었다.

30

깨어 있는 넋은 언제나 늦가을 밤
비 오는 두시다.
　　　── 기다하라 고우운사이(北原耕雲齋), 『인적
　　　(人跡)』에서*

손등으로 아픈 눈두덩을 지그시 누른 다음, 히데요는 그 시를 한 번 더 읽어보았다.

過鐵州(데쯔슈우를 지나며)
金坵(기무구)

작자: 기무구(1211~1278)는 자(字)가 짜상(次山), 호(號)가 시호(止浦), 시호(諡號)는 분데이(文貞)로 고려(高麗) 후기의 문신이었음. 원(元)과의 교섭을 맡았었으며, 벼슬은 중서시랑 평장사(中書侍郎評章事)에 이르렀음. 문집으로 『시호슈우(止浦集)』3권이 있음.

제의(題意): 고려가 원에 항복한 뒤 사신으로 원에 갔다 돌아오는 길에, 몽고군에 용감히 항전하여 성안의 군사와 백성이 모두 죽은 데쯔슈우성(鐵州城)을 지나면서 느낀 감회를 읊었음.

當年怒寇闌塞門　四十餘城如燎原
依山孤堞當虜蹊　萬軍鼓吻期一呑
白面書生守此城　許國身比鴻毛輕
早推仁信結人心　壯士嚾呼天地傾
相持半月折骸炊　晝戰夜守龍虎疲
勢窮力屈猶示閑　樓上管絃聲更悲
官倉一夕紅焰發　甘與妻孥就灰滅
忠魂壯魄向何之　千古州名空記鐵

해석: 그때에 성난 외적들이 국경을 침입하매,
사십여 성들이 불타는 들판 같았다.
산을 의지한 외로운 성가퀴는 오랑캐의 길목에 있었는데,
만군(萬軍)의 북과 나팔은 한입에 삼키려고 했다.
글만 읽는 선비가 이 성을 지켰느니,
나라를 위해 바친 몸은 기러기 털보다 가벼웠다.
일찍부터 어질고 믿음이 있어 민심을 모았으매,
장사들의 외침은 천지를 기울게 했다.
서로 버티어 반달에 해골을 쪼개어 밥을 지어 먹으면서,
낮엔 싸우고 밤엔 지키느라 용과 호랑이가 지쳤다.
형세가 다하고 힘이 빠져도 오히려 여유를 보였으니,
누대 위의 관현(管絃)은 소리가 더욱 구슬펐다.
나라의 창고가 하루저녁에 붉은 불길을 뿜었으니,
즐거이 처자와 함께 재가 되었다.
충성스럽고 장한 넋은 어디로 향해 갔나?
천고에 고을 이름은 헛되이 〔단단한〕 데쯔〔슈우〕라고 쓰이는구나.

어석(語釋): ·노구(怒寇)는 1231년 고려에 침입한 살례탑(撒禮搭) 휘하의 몽고군을 가리킴. ·백면서생(白面書生)은 데쯔슈우 판관(判官) 리기세끼(李希勣)를 가리킴. 『고려사절요(高麗史節要)』에 '몽고 사람들이 공격을 더욱 급하게 하는데 성안에는 양식이 떨어져, 지켜내지 못하고 성이 함락되기에 이르렀다. 판관 리기세끼가 성안의 부녀자와 어린애들을 모아 창고 속에 넣고 불을 지른 다음, 장정들을 거느리고 스스로 찔러 죽었다'라고 되어 있음.

"충혼장백향하지 천고주명공기철(忠魂壯魄向何之 千古州名空記鐵)."
그는 마지막 연을 나직이 읊어보았다. 가슴이 뻐근했다. '이랬었구나…… 당시 몽고는 아세아의 대부분과 동부 구라파를 정복하여 역사상 유례가 없는 대제국을 건설했었는데, 그 막강한 군대를 맞아 이처럼 장렬하게 싸웠다니…… 조선인은 뼈대가 없는 백성이라고, 나약하고 비겁하다고, 내지인들은 입버릇처럼 말하는데…… 더욱이 고구려라는 나라는 지나 대륙을 통일한 수(隋)의 대군을 쳐부수었고, 그 패전은 수가 멸망하는 계기가 되었다니…… 북쪽으로부터 이민족의 침입을 많이 받았을 조선에 비하면, 내지는 바다로 둘러싸인 덕분에 외적의 침입을 받지 않았으니 비교가 되지 않지. 그런데도 조선인이 뼈대가 없다고?'
책의 첫머리에 오쯔시분도꾸(乙支文德)가 지었다는 「수 우익위대장군 우중문에게 남김(遺隋右翊衛大將軍于仲文)」이 실려 있었다. 지어진 경위가 경위인지라 뛰어난 시라고 할 수는 없어도, 기교가 무척 훌륭한 작품이었다. 아깝게도 오쯔시분도꾸의 작품이 아니고 후세 사람의 가탁(假託)인 것 같다고 편자(編者)는 써놓았다. 그러나 정작 그의 마음을 사로잡은 것은 그 시가 지어진 배경이었다. 오랫동안 남북조(南北朝)로 분열되었던 지나 대륙을 통일한 강력한 수 제국의 백만이 넘는 군대와 싸워 이긴 고구려가 바로 조선인이 세운 나라였

었다. 더구나 당시 고구려는 조선 반도만이 아니고 만주의 태반을
차지했었다.

 '그리고 조선의 한시(漢詩)도 뛰어나다. 당시의 내지인들이 지은
작품들보다 나으면 나았지 결코 못하지 않다.'

 그가 읽은 데까지는 한시가 수록된 작품들이 대부분을 차지하고
있었다. 민요들도 더러 실려 있었고, 특히 신라의 향가(鄕歌)라는 시
가 형식은 그의 주의를 끌었지만, 역시 시로서 뛰어난 작품들은 한
시였다. 그의 할아버지의 유필로 읽은 박인량(朴寅亮)의 「오자서묘
(五子胥廟)」도 수록되어 있어서 반가운 마음으로 다시 차분하게 감상
했다. 훌륭한 시인들이 많이 있었지만, 그의 생각으로는 사이찌엥
(崔致遠)과 조우지조우(鄭知常)가 가장 뛰어난 것 같았다. 특히 사이
찌엥의 「가을밤 빗속에서(秋夜雨中)」를 처음 대했을 때 그는 커다란
감동을 느꼈었다.

 '사이찌엥이 당(唐) 말기에 활약했다면……' 그는 사이찌엥의 작
품들이 실린 곳을 찾았다. 생존 연대가 '857~?'로 되어 있었다.

 '구세기 후반이라…… 그러면 스가와라노 미찌자네(菅原道眞)와
비슷한 시긴데.' 그는 서가에서 『일본 한시 대계(日本漢詩大係)』 첫
권을 꺼내어 스가와라노 미찌자네를 찾아보았다. 생존 연대가
'845~903'으로 되어 있었다.

 '두 사람은 완전한 동시대인이구나. 이제 그 두 사람을 놓고 우열
을 따지라고 한다면, 난 서슴없이 사이찌엥이 낫다고 말하겠다. 그
의 다른 작품들이 모두 없었다고 하더라도, 「가을밤 빗속에서」 한
편만으로도 그는 잊혀질 수 없는 시인일 것이다. 「가을밤 빗속에서」
에 비기면 스가와라노 미찌자네의 작품들 가운데 가장 애송되는 「문
을 나서지 않음(不出門)」도 격이 떨어진다. 두 작품 다 당시(唐詩)의
높은 품격을 갖추었지만 역시…… 하기야 글로써 당에서 이름을 떨
쳤다니…… 그런데도 사이찌엥은 조선 사람들 사이에서 완전히 잊혀
지고, 스가와라노 미찌자네는 '일본 학문의 신(神)'으로 전국의 진

자(神社)에서 존숭을 받으니…… 하기야 사이찌엥뿐인가, 오쯔시분도꾸도, 조우지조우도, 기무구도, 아니 조선 역사 전체가 잊혀졌으니……'

문득 비가 오고 있는 것 같은 느낌이 들었다. 그는 자리에서 일어나 창문을 열었다. 서늘한 바람이 그의 얼굴을 감싸면서, 사흘째 늦게까지 책을 보느라 지친 그의 몸과 마음을 어루만져주었다. 비가 오고 있었다. 소리없는 이슬비였다. '봄비로구나. 벌써 이월이 다 갔으니……'

그는 아픈 눈을 손등으로 문지르고서 창밖으로 손을 내밀었다. 가는 빗방울이 손바닥에 시원하게 느껴졌다. "창외삼경우 등전만리심(窓外三更雨 燈前萬里心)." 그는 나직이 읊어보았다. '이국에서 머언 고향을 그리는 시인…… 예술가는 죽어서 오히려 이름이 난다는데, 지금 조선에서 사이찌엥을 아는 사람이 과연 몇이나 될까?'

문득 이 세상에 자신만이 깨어 있는 듯한 느낌이 들었다. 외로움의 서늘한 손길이 가슴을 꽈악 죄었다. 어두운 밤하늘로부터 비는 무심한 몸짓으로 소리없이 내렸다.

# 삼  월

## 31

오 잃어진, 그리고 바람이 슬퍼하는, 혼백(魂魄)이여, 다
시 돌아오라.
　　　——토마스 울프, 『천사여, 고향을 돌아보라』에서


　욕실에서 나온 히데요(英世)는 옷을 갈아입자, 곧 자기 방으로 들
어가서 창문을 열었다. 서늘한 새벽 공기가 더운물로 목욕한 몸에
감기가, 어젯밤 늦게까지 책을 보느라 지친 마음에서 피로감이 빠져
나가는 것 같았다. 방안을 채우는 서늘한 공기에는 이미 겨울 바람
의 날카로움이 없었다. 삼월이었다.
　그는 책상 앞에 앉아 『조선 고시가선(朝鮮古詩歌選)』을 폈다. 어젯
밤에는 그 책을 다 읽고서 잤다. 책의 뒤쪽으로 갈수록 조선어로 씌
어진 작품들이 많아져서, 예상보다 빨리 끝낸 것이었다. 조선어를
모르니, 한시를 읽을 때와는 달리 원시를 새겨 읽을 필요가 없었다.
　무슨 큰 보배를 품은 듯 가슴이 뿌듯했다. 물론 조그만 책자 한
권을 읽고서 이천 년이 넘는 역사를 가진 나라의 시가 문학을 제대
로 알았다고 할 수는 없었다. 그러나 그는 그것만으로도 압도되었

다. 그는 특히 시조(時調)라는 조선 고유의 시 형식에 반했다. 시조
는 와까(和歌)와 하이꾸(俳句)처럼 음절에 기초를 둔 정형시였다. 길
이는 그 중간쯤 되었다. 고려 때에 처음 나왔는데, 후기에는 엄격한
형식에서 벗어난 사설시조(辭說時調)라는 것도 나왔다. 그는 엄격한
음절 수의 제약을 따른 정통적 평시조(平時調)들보다도 자유시에 가
까운 사설시조들이 훨씬 마음에 들었다. 대부분 지은이의 이름이 전
해지지 않아서 민요적인 성격을 띤 점에서도, 함께 조선의 전통에서
나온 것들이었지만, 평시조보다는 사설시조가 그가 찾는 조선적 정
서의 뿌리에 더 가까울 것 같은 느낌도 들었다.

그는 책장을 넘겨 어젯밤에 읽었을 때 각별히 마음에 들었던 사설
시조를 찾았다.


바람도 쉬여 넘난 고개 구름이라도 쉬여 넘난 고개
산진(山眞)이 수진(水眞)이 해동청(海東靑) 보라매라도 다 쉬여
넘난 고봉(高峰) 장성령(長城嶺) 고개
그 너머 임이 왔다 하면 나난 아니 한 번(番)도 쉬여 넘으리라.


'이 시조를 지은 사람은 어떤 사람이었을까? 그의 임은 어떤 여인이
었을까? 이름도, 살았던 때도, 이렇게 큰 감동을 주는 작품을 쓰게 된
사연도 함께 잊혀진 사람, 이젠 작품까지도 잊혀진 조선 사람……'

그는 서글픔과 그리움이 뒤엉켜 휘몰아치는 가슴으로 다시 그 시
를 소리내어 읽어보았다. 가슴을 가득 채운 감동의 한구석에 아쉬운
느낌이 어렸다.

'번역이 아무리 충실하다고 해도…… 원작의 참뜻을, 참 맛을……
더구나 음운(音韻)이 차지하는 비중이 절대적인 시에선……' 조선어
를 전혀 모르는 그로서는 그저 안타까울 따름이었다. 책에는 다만
'쪼우조우레이(長城嶺)'를 '잔손리옹'이라고 읽는다고 토가 붙어 있
을 뿐이었다.

‘옛날 조선 사람들이 썼던 조선말로 이 시를 읽을 수만 있다
면…… 이 시를 쓴 시인이 자기의 연인에게 사랑의 기쁨을 속삭이
던 그 말로, 사랑의 안타까움을 소리 높여 외치던 그 말로, 그 잊
혀진 말로……’

문득 한 생각이 떠오르면서, 그는 자신도 모르게 손으로 책상을
쳤다. ‘그렇지. 배우면 될 것 아닌가. 조선어를 배우면.’

그는 마음이 앙분되었을 때 하는 대로 자리에서 일어나 방안을 서
성거리기 시작했다. ‘물론 힘들겠지. 어쩌면 위험한 일일지도 모르
지…… 가르쳐줄 사람이 없을지도 모르지. 큰아버님처럼 나이가 많
이 드신 분도 조선말과 글을 모르는 세상인데…… 아니다, 길은 있
을 것이다. 조선의 문화가 조선의 글로 기록된 것이 어딘가에는 있
을 것이다. 남아 있을 것 같지 않은 죽산 박씨(竹山朴氏)의 족보가
남아 있듯이. 만일 내가 실물을 보지 않았다면, 그런 것이 있다고 누
가 말했더라도 내가 믿었겠는가? 이 조선 천지 어딘가엔 조선말과
조선 글을 배울 유물이 남겨져 있을 것이다, 이미 내게 조선말을 가
르쳐줄 사람이 없다면. 찾기 시작하면 길이 보일 것이다. 고조선·
고구려·백제·신라·고려·조선——이천 년이 넘는 역사의 흔적을
없애버리기엔 칠팔십 년의 세월은 너무 짧다. 아무리 현대 정부의
힘이 강하다고 하더라도, 그 오랜 세월 동안 쌓인 역사의 지층을 다
없애버리기엔…… 이제 내가 해야 할 일은 그 칠팔십 년의 황야를
넘어 잊혀진 이천 년의 세월로 가는 길을 찾는 일이다.’ 문득 순례자
가 되어 괴나리봇짐을 지고 먼 성지(聖地)로 가는 자신의 모습이 눈
앞에 떠오르면서, 눈시울이 아려왔다.


32


이처럼 자본주의와 사회주의는 계속 서로 접근하여왔으며,

지금은 수정 자본주의와 수정 사회주의를 구별하기 어려운
형편이다. 따라서 종래의 관행대로 급진주의를 사회주의와
연관시키고 보수주의를 자본주의와 연관시키는 것은 온당치
못하다. 이제는 다시 변혁의 방향이 아니라 그 속도가 급진
주의와 보수주의를 구분하는 주된 기준이 되어야 한다.
　　변혁의 속도라는 기준을 적용하여 살펴보면, 우리는 뜻밖
에도 가장 급진적인 정부들은, 자본주의 정부든 사회주의 정
부든, 군부에 의해 지배되는 정부들임을 발견하게 된다.
　　──사노 히사이찌(佐野壽一), 『독사수필(讀史隨筆)』에서*


신문이 여느 때보다 늦어서, 히데요가 아침을 들고 있을 때에야
왔다. 그는 세쯔꼬가 건내준 『게이조우 마이니찌 신문(京城每日新
聞)』을 받아 식탁 위에 펼쳐놓았다. 어린애 주먹만큼씩한 글자로 찍
힌 머리 기사가 눈에 들어왔다── '기업 사채 전면 동결(企業私債全
面凍結).' 그 아래에 '기업의 기사 회생을 위한 극적 처방'이란 부제
가 붙어 있었다.
'이건 또 무슨 날벼락이냐?' 그는 젓가락을 손에 든 채, 기사를
읽기 시작했다.


총독부는 3월 1일자로 총독부령 제3217호 '기업 사채의 처리에
관한 법령'을 선포하여, 기업 사채를 전면 동결시켰다. 이것은 기
업들이 사채의 중압에서 벗어나 회생할 수 있도록 하는 조치로서,
주요한 내용은 아래와 같다.
　1. 3월 1일 현재로 기업이 차용한 모든 사채에 관하여 이와 관
　　　련된 모든 거래를 금한다. 따라서 사채의 원금 및 이자의 지
　　　불 또는 상계는 금지된다.
　2. 모든 기업은 3월 1일 현재로 부담하고 있는 모든 사채를 조
　　　선 세무청에 3월 7일까지 신고하여야 한다.
　3. 신고된 사채에 대해서는 연리 10퍼센트로 20년에 걸쳐 원리

금을 분할 상환하도록 한다. 단 2월 28일까지 발생된 이자에 관해서는 당사자간의 계약 조건대로 처리한다. 기타 상환에 관한 세부 사항들은 추후 별도로 정한다.

4. 본 법령의 규정을 어긴 자는 조선총독부령 제1513호 '경제 안정에 관한 특별 법령'의 규정에 준하여 처벌한다.

5. 위의 조치에 대한 보완 조치로 총독부는 동일자로 은행 금리를 현행 예금 12퍼센트, 대출 15퍼센트에서 각각 10퍼센트와 13퍼센트로 인하하였다.

나까무라 마사히사(中村正久) 지신다이(慈信臺) 대변인은 위와 같은 조치를 발표하면서, "이 조치는 세계적인 불경기로 어려운 상황에 놓인 조선의 기업들로 하여금 사채의 중압에서 벗어나 기사 회생토록 하는 데 그 목적이 있으며, 아울러 건전한 경제 질서 확립에 암적 존재가 되어온 지하 경제를 양성화하는 계기가 될 것으로 믿는다"라고 말했다.


"어서 드세요. 밥이 식어요." 세쯔꼬가 말했다. 그러고 보니, 게이꼬(惠子)는 벌써 식사를 끝내고 자리에서 일어서고 있었다.

그는 고개를 끄덕이고, 신문을 옆으로 밀어놓았다. 급히 밥 한 숟가락을 입에 넣고 김치 한 조각을 집으면서, 그는 속으로 고개를 저었다. '하는 짓마다…… 기업을 살리기 위해 사채를 규제하겠다는 뜻을 모르는 바는 아니지만…… 자유 계약에 의한 거래를 소급해서 규제하겠다는 것은 자본주의 경제의 근본을 뒤흔드는 일인데…… 자유 계약과 사유 재산 제도라는 근본적 경제 질서를 이렇게 간단하게 파괴하고도, 결과가 좋으리라고 기대하는 건가? 사채 시장의 존재는 결과나 증상이지 원인이 아닌데. 지금 조선 경제 어딘가에 잘못이 있으니까, 돈이 은행과 같은 제도적 금융 통로로 들어가지 않는 것인데……'

식사가 끝나자, 그는 계속해서 해설 기사를 읽었다. 주로 사채 동결 조치를 취하게 된 배경에 관한 것이었다. 해설자의 이름이 없는 것으로 보아, 지신다이에서 만들어 배포한 것 같았다. 그러고 보니, 이번 일은 재무국에서 추진한 것이 아니라, 지신다이에서 직접 처리한 것 같았다.

'비밀을 철저히 지켜야 할 일이니, 그럴 만도 하지. 그러나저러나, 사채 액수가 삼억 원이라니, 사채 시장이 크긴 크다. 총독부의 한 해 예산이 그보다 작지, 아마? 작년에 이익이 좀 넘었지? 하긴 무슨 수를 쓰긴 써야 했는지도 모르겠다. 이런 충격적인 방법 말고. 과격하지 않으면서도 원인을 근본적으로 치료하는…… 흐음, 근본적이라…… 근본적으로 치료하자면 경제 구조를 개혁해야 할 테고, 경제 구조를 개혁하자면 필연적으로 정치 구조를 개혁해야 되는데…… 그러면 어쩔 수 없이 내지인에 의한 조선 통치 자체에 문제를 제기하는 것이 되니……'

그는 신문을 식탁에 내려놓고 일어섰다. '모든 길은 나마(羅馬)로 통한다. 조선의 현상에 대한 모든 논의는 결국엔 내지인의 조선 통치라는 문제로 귀착된다. 그 문제가 해결되지 않는 한……'

그는 욕실로 들어가서 칫솔을 집어들었다. '그런데 왜 도우고우(東鄕) 총독은 이런 모험을 했을까? 잘못하면 자신의 정치적 생명이 끊어질 일을? 모험이 아닐지도 모르지. 기업의 소유자들과 경영자들, 그리고 종업원들은 환영할 테니까. 사채업자들은 물론 이를 갈겠지만, 그들은 수도 적고, 나와서 단결하여 대항할 수도 없을 테고. 아, 그래서 세무청에 신고하라고 했구나. 사채업자들이 말썽을 부리면, 탈세로 잡아넣겠다는 얘기군. 머리를 쓰는 걸 보면 하여튼…… 아베(阿部) 정권이 흔들린다는 다나까(田中) 이사의 얘기가 맞는다면, 도우고우 총독은 이번 조치가 자신이 수상이 되는 데 결정적 기여를 할 수 있다고 판단했을지도 모르지. "불경기 속에서 허덕이는 조선의 기업들에 활력을 불어넣은 과감하고 현명한 조치," "수상 후보다운 경륜의 소산"…… 실패하면…… 그러나 실패할 확률은 거의

188

없지. 불평할 사람이 적을 테니까. 그리고 이번 조치로 해서 생길 악영향들은 당장 눈에 띄는 것들이 아닐 테고. 그러나저러나, 합작 투자에 악영향이나 미치지 않았으면.'

그는 양치질을 마치고, 거울 속의 이를 살펴보았다. 빠짐없이 하루 세 번씩 닦고 일 년에 두 번씩 치과에 가서 치석을 제거한 덕분에, 그의 이는 건강했다. '잘 먹고, 잘 자고, 아픈 데 없고, 적당히 운동해서 몸무게는 육십오 킬로에서 변동 없고, 마누라 위해 한 주일에 두 번씩 땀 흘려 봉사하고…… 수신, 제가까지는 그런대로 된 셈인데, 나라가 어지러우니…… 아니지, 나라가 아예 망해버렸지.' 그는 그 어두운 생각을 떨쳐버리려고 일부러 콧노래를 흥얼거리면서 욕실에서 나왔다.

33

> 교육의 진정한 의의는 사회의 생산적 활동에 충실하게 기여할 역군을 만들어내는 데 있습니다. 총독부에서는 이번 교과 과정의 개편에서 이 점을 십분 고려하여, 각급 학교에서 실업 교육을 위주로 하고 정신 교육을 강화하기로 한 것입니다.
> ──다께꼬시 요사부로우(竹越與三郎) 학무국장,
> 다이쇼우 4년 1월 14일 '교과 과정 개편에 관
> 한 담화문'에서*

"그럼, 시마즈(島津)양, 내 나가볼 테니, 한번 점검해봐. 시까자와(鹿澤) 상무님께서 점검표를 보자고 하실지 몰라."
"네. 알겠습니다, 과장님."
"누가 어디 갔냐고 묻거든, 내 개인 사업을 하러 갔다고 그래."
도끼에가 대답 대신 얼굴에 웃음을 띠었다.
히데요는 야마시다 부장 옆의 소파에 모여 얘기하고 있는 사람들을 한번 돌아다본 다음, 사무실에서 나왔다. 승강기를 기다리지 않고 계단을 내려오면서, 그는 마음이 달뜨는 것을 느꼈다. 직원들은 아침부터 이번 사채 동결 조치로 마음이 들떠서 일할 생각들은 하지 않고, 슬금슬금 부장 곁으로 모여들었다. 그도 처음에는 그 속에 끼였으나, 다른 사람들이 이번 조치를 잘한 일로 생각하는 것이 드러나자, 곧 자기 자리로 돌아와서 일을 챙기기 시작했다. 그러나 어쩐지 마음이 가라앉지 않았고, 급한 일도 없고 해서, 모교의 도서관에 가서 조선의 역사에 관한 책을 찾아보기로 한 것이었다.

게이조우 데이고꾸 대학교(京城帝國大學校) 앞의 다리를 건너면서, 그는 아련한 감회에 가슴이 젖어드는 것을 느꼈다. 그 동안 학교가 좀 커져서 변한 구석도 있었지만, 그래도 옛날 모습이 많이 남아 있었다. 그가 배운 교수들은 거의 학교를 떠났을 터였지만, 수위실 앞에 뒷짐을 지고 선 수위장은 아는 얼굴이었다. 그가 학교 다닐 때 들어온 사람으로 그때는 한 마흔쯤 됐었는데, 이젠 제법 수위장 자리에 어울리는 풍채 좋은 노인이 되어 있었다.

'몇 해 만에 찾아온 것인가? 열네 해? 그쯤 되었지? 회사에 낼 증명서를 떼러 온 것이 마지막이니…… 아니지, 그뒤에도 게이꼬를 데리고 온 적이 있지.' 녀석이 소학교에 들어간 해 여름 아빠 학교를 보고 싶다고 조르는 바람에, 일가족이 소풍삼아 이곳을 찾은 적이 있었다. '그렇게도 아빠와 함께 다니길 좋아하던 녀석이 어느 사이엔가 혼자 다니는 것을 좋아하는 나이가 됐으니…… 어쩌면 남자 친구라도 사귀고 있는지도 모르지. 요새 아이들은 조숙하니까.'

손에 책을 든 여학생이 본부 건물에서 나왔다. 노란 스웨터에 햇살을 받은 모습이 그리도 젊고 청순하게 보였다. 열다섯 살 난 딸을 둔 중년임이 절실하게 느껴져서, 그는 문득 쓸쓸해졌다.

햇볕 바른 곳에 돋은 풀의 빛깔이 눈부시게 느껴졌다. 돌아다보니, 그 여학생이 교문을 나서고 있었다. 그는 어쩐지 서운한 마음이 되

어, 아직 철이 일러서 좀 쓸쓸한 교정을 둘러다보았다. 자세히 살펴
보면, 어디에고 세월이 흘렀음을 보여주는 것들이 있었다. '졸업한
뒤 나는 무엇을 했나? 손에 쥔 것이라곤 없이 열여덟 해 만에 다시
이곳을 찾아왔구나. 아직도 찾지 못한 무엇을 찾아볼까 하고……'

뒤쪽 상학부 건물의 익숙한 모습에 눈길을 주다가, 문득 이 학교
에 역사학과가 없다는 것이 생각났다. 학교 다닐 때에도 좀 의아하
게 여겼었지만, 깊이 생각해본 적은 없었다. 이젠 그 까닭을 알 것
같았다. '진실을 가르친다고 일컬어지는 곳…… 조선 땅에서 가장
훌륭한 대학, 게이조우 데이고꾸 대학교, 이곳에서 역사를 가르치지
않으니.' 그는 무거운 마음으로 자신이 사랑했고, 그 일원임에 자랑
을 느꼈고, 아직도 애착을 가진 학교의 건물들을 둘러보았다.


"저기 목록을 뒤져봐도, 조선 역사에 관한 책은 없네요."
"조선 역사요?" 도수 높은 안경을 낀 도서관 여직원이 눈을 깜박거
리며 되물었다.
"예."
"글쎄요. 저도 본 적이 없는데…… 잠깐 기다려보세요." 그녀는 자
리에서 일어나 옆의 책상으로 가더니, 책꽂이에서 얇은 책을 꺼내어
들고 왔다. 한참 동안 그 책을 뒤적여보더니, 고개를 살래살래 흔들
었다. "분류표에 조선 역사라는 항목은 없는데요." 그녀가 고개를 들
어 그를 올려다보았다. "잠깐 기다려보세요. 물어보고 올게요."
"고맙습니다."
그녀는 안으로 들어가더니, 한참 만에 나왔다. "저어, 없다는데
요."
"그래요? 고맙습니다." 그는 아쉬운 마음으로 입맛을 다셨다. '예
상했던 대로구나.' 그는 플라타너스 가지들이 안을 기웃거리고 있는
창밖을 망연한 눈길로 내다보았다. 옅은 잿빛 구름 한 점이 한가롭
게 가지 사이에 걸려 있었다. '할 수 없지. 할 만큼 했는데도, 나오

지 않으니.' 어느 틈엔가 마음 한구석에서 묘한 안도감이 슬며시 번지고 있었다. '내가 이렇게 약하고 게으른 놈인가? 겨우 한 군데 알아보고, 그만두려고 하니. 이러고도……' 그는 좀 어이없는 마음으로 입가에 쓸쓰레한 웃음을 띠었다.

"가네다(金田)양, 이 분이신가?" 누가 그를 가리키며 묻는 말에 그는 상념에서 깨어났다.

"네."

"조선 역사에 관한 책을 찾으신다구요?" 나이가 꽤 든 사람이었는데, 그를 살피는 눈매에 날카로운 빛이 있었다.

"예." 가슴이 뜨끔했다. '고등계 순사? 보안처 요원? 아니면 단순한 사서?'

"우리 도서관에는 조선 역사에 관한 책은 전혀 없습니다."

"그렇습니까?" 그 사람이 순사나 기관원이 아닌 것이 밝혀지자, 한숨이 절로 나왔다. 그는 느긋해진 마음으로 덧붙였다, "있을 만도 한데요."

"실례지만, 어디 계십니까? 저는 이곳의 주임 사서입니다." 그 사람이 조심스럽게 물었다.

"회사에 다닙니다. 전 상학부 졸업생입니다. 사십사년도에 졸업했습니다. 역사책을 읽다가 조선 역사에 관해 아는 것이 아무것도 없다는 생각이 들길래, 한번 알아보려고 들렀습니다."

"아, 그러세요? 혹시 명함 갖고 계십니까?" 사서는 여전히 조심스럽게 물었다.

"예." 그는 지갑에서 명함을 꺼내 건넸다. "여깄습니다."

"고맙습니다." 사서는 명함을 받아들더니, 한참 동안 들여다보았다. "한도우 경금속(半島輕金屬)이면 혹시 무슨 구루뿌에 속한 회사 아닙니까?"

"예. 노구찌(野口) 구루뿌 계열입니다."

"아, 예에." 사서가 고개를 끄덕이면서, 얼굴에 엷은 웃음을 띠었다. "여깄습니다." 명함을 돌려주면서, 사서가 은근한 목소리로 말을 이었다, "실은 조선에 관한 서적들이 예전에는 있었던 모양입니다. 전에 이곳에 오래 근무했던 분에게서 들은 얘긴데요, 조선에 관한 책들은 모조리 내지(內地)로 가져갔답니다."

"그래요? 내지 어디로 가져갔나요?"

"교우또우 데이다이(京都帝大)로 많이 갔다고 하던데요. 지금 이곳엔 그런 책들이 있었다는 기록도, 가져갔다는 기록도 남아 있지 않습니다."

"다른 도서관은 어떨까요?"

"다른 데도 비슷할 겁니다. 조선 역사에 관한 책을 보시려면, 천생 내지 도서관으로 가셔야 될 겁니다. 거기서 과연 보여줄까 하는 것도……" 사서가 씁쓸한 웃음을 띠면서 말끝을 흐렸다.

"예. 잘 알겠습니다. 여러 가지로 고맙습니다." 그는 고개를 숙여 인사하고 돌아서려다가 문득 한 생각이 떠올라서, 다시 사서를 쳐다보았다. "혹시…… 사전 같은 것은 없나요? 조선…… 조선어 사전 같은 것 말입니다."

사서의 창백한 얼굴에 놀라움 비슷한 표정이 스치고 지나갔다. "없는데요." 말을 해놓고, 사서는 무엇을 생각하는 얼굴로 창밖을 내다보았다.

얇은 얼음장을 딛는 듯 조마조마한 가슴으로 그는 말없이 기다렸다. 섣불리 말을 입 밖에 내면, 무슨 주문(呪文)의 효력이 깨어져 사서가 그냥 들어가버릴 것 같았다.

사서가 생각에서 깨어나 결연한 표정을 지었다. 눈길이 마주쳤다. "잠깐 기다려보세요." 사서가 안으로 들어갔다.

그는 가슴에 고이기 시작하는 기대감을 즐기면서, 천천히 담뱃갑을 꺼냈다. '조선어 사전이 있다면, 어떻게 생겼을까? 국어 사전처럼 생겼을까?'

"혹시 이것이라도 도움이 될까요?" 한참 뒤에 사서가 책 한 권을 들고 나왔다.

"고맙습니다." 그는 사서로부터 그 책을 받아 살펴보았다. 두꺼운 종이로 싼 겉장이 제 것이 아님을 한눈에 알아볼 수 있었다. 그는 책을 펴서 속을 들여다보았다. 아주 오래 되어 종이가 누렇게 변해 있었다. 사전이었다. 표제어는 『조선 고시가선(朝鮮古詩歌選)』에서 본 낯선 글자와 한자로 되어 있었고, 설명문은 나마자(羅馬字)로 되어 있었다. 자세히 살펴보니, 불란서어였다. '조불 사전(朝佛辭典)이구나. 됐다, 이젠.' 울컥 솟아오르는 흥분을 누르고서, 그는 맨 앞장을 폈다. 3면이었다. 적어도 두 면이 떨어져나갔다는 얘기였다. 그는 첫 항목을 읽어보았다.

아관, A-KOAN. 亞官. Noble du district. qui remplace le mandarin pendant son absence. Premier adjoint mandarin, appelé aussi 좌슈 Tjoa-syou.

'발음을 나마자로 표시해놓아서 아주 잘 됐구나. 한자 표기까지 있어서 더욱 좋고.' 그는 맨 뒷장을 펴서, 마지막 항목을 읽어보았다.

진쥬, TJIN-TJYOU. 晋州. Ville murée à 858 lys de la capitale. 70 cantons. Prov. de

중간에서 끊겨 있었다.

그는 속으로 혀를 차며, 면수를 보았다. 19**였다. 그 뒷면은 표지에 풀로 붙여져 있었다. '십구라. 이상한데……'

한참 뒤적거리고서야, 그는 그것이 둘째 부록의 19면이라는 것을 알아차렸다. 본문은 615면에서 제대로 끝나고 있었다. '서문이 있었을 테니, 서문하고 처음 두 면하고가 없다는 얘기구나. 뒤의 부록들 가운데 일부하고……'

194

"되겠습니까?"

"예. 정말 고맙습니다. 저어, 수고스러우시겠지만, 혹시 이것을 좀 복사할 수 있을까요?"

"예. 이리 주십시오." 사서가 책을 받아들고 안으로 들어갔다.

그는 후유 하는 마음으로 다시 담뱃갑을 꺼냈다. 점심 시간이 가까워진 까닭에 열람실에 있던 몇 안 되는 학생들이 밖으로 나가고 있었다. 대부분 가죽 가방을 들고 있었고, 도서관에 책을 반납하는 학생은 없었다. 눈치가 모두 무슨 시험 공부를 하는 학생들 같았다.

그는 씁쓸하게 입맛을 다셨다. '조선 역사에 관한 책들이 모두 없어진 도서관에서 고등 문관 시험공부를 하는 학생들…… 저 가운데는 조선인 학생들도 꽤 있겠지……'

근 칠백 면이나 되는 책이라, 복사하는 데 시간이 꽤 걸렸다. 사서가 다시 나와서, 누런 표지를 댄 책을 내밀었다. "여깄습니다."

"예. 고맙습니다." 열어보니, 한 장에 사전 두 면이 복사된 종이들이 단정하게 묶여 있었다. "이렇게까지…… 정말 고맙습니다."

사서가 싱긋 웃었다. 웃음이 맑았다. "서고 한구석에 있던 책인데요. 앞뒤로 여러 장이 떨어져나가서 책 이름조차 모릅니다. 그래서 '미분류'로 남아 있었죠. 아마도 그 덕분에 내지로 실려가지 않았던 모양입니다."

"예에. 참, 복사비는 얼마나?"

사서가 한참 동안 눈길을 떨어뜨리고 생각했다. 복사비를 계산하느라고 그런 것만은 아닌 듯했다. "십이 원 주십시오."

마침 지갑에 일원짜리들이 들어 있었다. "여깄습니다. 정말 고맙습니다. 안녕히 계십시오."

눈길이 다시 마주쳤다. "공부하시는 데 도움이 됐으면 좋겠습니다. 조심해서 가십시오."

사서의 마지막 인사말이 가슴에 걸렸다. '역시…… 조심해야지. 데이다이의 사서면, 관리 신분인데…… 잘못하다간, 저런 사람까

지……'

그렇거나 말거나, 뜻밖의 소득에 그는 걸음이 가벼워서, 단숨에 도서관을 내려왔다. 교문을 나서고야, 아차 싶었다. '점심 대접이라도 해야 되는 건데.'


# 34

외로운 길을 가는 자에겐
외로운 이정표가 있느니,
산줄기를 넘어
낮선 고향으로 발을 딛자
진눈깨비가 반갑다 맞는다.
　　——기다하라 고우운사이(北原耕雲齋), 『인적
　　(人跡)』에서*

"과장님, 다녀왔습니다." 도끼에가 붉은 종이로 싼 꾸러미를 그의 책상 위에 내려놓으면서 말했다.

"수고했어." 히데요는 뒤적이던 영어 사전을 한옆으로 밀어놓으면서, 그녀의 얼굴을 쳐다보았다. 밖에 나갔다 온 길이라 볼이 발그레했다. '복사꽃……'

"돈이 좀 남길래 푸라스띠꾸 목걸이 하나를 샀어요. 빛깔이 고와서 애들이 좋아할 것 같애요."

"잘했어."

그녀는 그의 부탁으로 제과점에 다녀온 길이었다. 다까미야(高宮) 과장이 아들 돌이라고 부원들을 집으로 초대한 것이었다. 그는 원래 그런 곳엔 되도록 빠지지 않으려고 애쓰는 사람이었다. 그러나 이제는 남의 아들 돌 잔치에 가서 보낼 만큼 한가한 시간은 없었다. 그래서 도끼에 편에 양과자(洋菓子) 한 상자를 들려보낼 생각을 한 것이

었다. 사람들이 금반지를 해주기로 해서 그도 돈은 냈지만, 그것만
으로는 좀 서운한 생각이 들었던 것이었다.
　그는 종이를 꺼내어 큼지막하게 ‘요시꼬(芳子)에게’라고 쓴 다음,
양과자 상자를 들고 도끼에에게로 갔다. 다까미야 과장에겐 올해에
유치원에 들어간 딸이 있었다. 귀엽게 생긴 데다가 붙임성이 있는
녀석이었다.
　“시마즈양, 이걸 상자 위에 붙여서 갖다줘.”
　“네.”
　그는 돌아서자, 마음을 도사려먹고 다까미야 과장에게로 갔다.
　“다까미야 과장.”
　“예.”
　“이것 참 미안하게 됐는데…… 실은 집에 일이 있어서, 오늘 저녁
에 참석하기가 어려울 것 같은데……’
　“그러세요? 섭섭한데요. 기노시다 과장님께선 꼭 오셔야 하는데
요.”
　“나도 요시꼬를 보고 싶어서 꼭 가고 싶은데…… 일이 일이라. 미
안합니다.”
　“할 수 없죠. 정말 섭섭한데요.”
　“나도 정말 섭섭합니다. 어지간만 하면 나도 참석하겠는데……” 그
는 말끝을 흐리고 돌아섰다. ‘끝났구나.’ 가벼운 한숨이 나왔다. ‘잘
했지…… 갈 길이 먼 사람인데. 벌써 내 삶을 반이 넘게 살은 판이
니…… 이제부턴 이런 일엔 되도록 빠지기로 하자.’


　저녁을 마치자, 그는 이를 닦은 뒤 곧장 자기 방으로 들어갔다.
그는 오랫동안 채우기를 미뤄온 욕망을 드디어 채우려는 사람의 달
뜬 마음으로 책상 앞에 앉아 『조선 고시가선』과 조우다이(城大) 도서
관에서 복사해온 조불 사전(朝佛辭典)을 폈다.
　‘아, 참. 불어 사전이 있어야지.’ 그는 서가에서 불영 사전(佛英辭

典)을 뽑아들고 돌아왔다.

'이제부터 시작이다. 드디어 조선의 글을 배워, 조선의 글로 씌어
진 조선 사람의 시를 읽는 것이다.'

사전 한 권에 의지해서 언어 하나를 배우겠다는 것이 무리한 욕심
임을 모르는 바 아니었지만, 다른 수가 없었다. 다행히 『조선 고시가
선』엔 원문과 번역이 함께 실려 있었으므로, 어렵긴 하지만 불가능
할 것 같지는 않았다.

그는 잠시 『조선 고시가선』을 뒤적이면서, 어디서부터 시작할까
생각해보았다. 아무래도 한자가 많이 나오는 초기 작품부터 시작하
는 것이 수월할 것 같았다. 그는 기억에 남아 있는 고려 때의 시조
한 수를 찾았다.

> 梨花에 月白하고 銀漢이 三更인제
> 一枝春心을 子規야 아라마난
> 多情도 病이냥 하야 잠 못 드러 하노라.

그는 우선 첫머리 '梨花에'의 '에'를 찾으려고 사전을 펼쳤다. 그
제서야 그는 자신이 아직 사전 찾는 법을 모른다는 것을 깨달았다.
그는 사전이 자모 순서대로 되어 있으니, 그냥 찾으면 될 것이라고
막연히 생각하고 있었다. 그러나 막상 사전을 펴놓고 보니, 알아야
될 것들이 많았다. 조선 문자가 음표 문자(音表文字)인 것은 『조선
고시가선』의 「서문」에서 읽었지만, 가나(假名)처럼 음절 문자(音節文
字)인지 아니면 서양의 문자들처럼 음소 문자(音素文字)인지도 모르
는 형편이었다. 그리고 사전을 제대로 찾으려면 먼저 자모의 순서를
외워야 되었다.

그는 한참 동안 사전을 물끄러미 내려다보았다. '갈 길이 정말로
멀구나.' 도서관에서 나올 때부터 조금 전까지 한나절을 가슴 달뜨
게 했던 흥분이 문득 가시면서, 차분한 결의가 가슴 밑바닥으로부터

솟았다. '어쩌면 이것은 증자(曾子) 말씀대로 내가 죽을 때에야 벗을 짐인지도 모른다. 길이 생각했던 것보다 훨씬 험하고 멀 것만 같은 생각이 든다. 지금부터라도 마음을 다시 도사려야겠다.' 그는 가벼운 한숨을 내쉬고서 『조선 고시가선』을 덮었다. '자네는 좀더 있다가 만나세. 아직은 때가 덜 되었네.'

## 35

　　현재의 동양 사회의 제현상을 이해하기 위해서는, 먼저 동양 문명이 서양 문명의 도래라는 엄청난 충격을 흡수하고 있는 문명이라는 사실을 인식해야 한다. 더 크게 보면, 16세기 이후의 모든 사회적 현상들은 여러 문명들이 서양 문명을 중심으로 한 하나의 지구 문명으로 통합되는 과정에서 나왔다고 할 수 있다.

　　서양 문명의 도래는 동양 문명의 외부 경계 조건(外部境界條件) *external boundary conditions*을 허물어뜨렸다. 이것은 그전에 동양에서 이루어진 질서를 깨뜨렸고, 동양의 여러 나라들 사이에 있었던 우열 관계를 상당한 정도까지 의미가 없는 것으로 만들어버렸다. 이제 한 나라나 민족의 성쇠에 있어서 가장 중요한 요소는 우세한 서양 문명의 도래라는 새로운 조건에 대한 적응의 적부였다.

　　—— 사노 히사이찌(佐野壽一), 『독사수필(讀史隨筆)』에서*

"아, 그렇구나." 히데요는 자신도 모르게 중얼거리고서, 두 손으로 책상을 집고 꾹 눌렀다. 해답의 열쇠를 마침내 찾아낸 흥분이 거세게 물결치며 몸 속으로 퍼져나갔다.

'한번 더 확인해보자.' 그는 다음 항목인 'ㅍ'으로 시작되는 항목을 찾아보았다. 역시 같았다. '확실하구나. 한번 더 확인해보자. 그는 맨 처음 자음인 'ㅇ' 항목을 찾아서 살펴보았다. '이건 좀 이상한데……' 모음의 앞뒤에 자음이 놓이는 것은 같았지만, 모음 앞에 놓인 'ㅇ'은 음가(音價)가 없었다. '형태는 같은데, 왜 음가가 없을까?' 그는 다음 항목을 찾아보았다. 'ㅎ'으로 시작되는 항목이었다. '이번에 다시 딱 들어맞는구나. 어떻게 된 거야?' 그는 차근차근 나머지 항목들을 살펴보았다. 다들 들어맞았다. '그렇다면 맞긴 맞는 모양인데…… 아, 그렇지. 모음으로 시작되는 음절에서도 형태상의 규칙을 지키려고…… 그럴듯한데.'

그가 알아낸 것은 조선 문자에 있어서 자음과 모음들이 모여 글자를 구성하는 기본 원리였다. 조선 문자에서 한 글자의 중심은 'ㅏ'니 'ㅑ'니 하는 모음들이고, 그 앞뒤로 'ㅎ'이니 'ㄱ'이니 하는 자음들이 붙게 되어 있었다. 종성(終聲)은 없을 수 있었으나, 초성(初聲)엔 예외가 없는 것이었다.

그는 처음에는 조선 문자가 형태상 음절을 단위로 한 것을 보고, 가나와 같이 구성된 음절 문자인 줄로 알았었다. 그러나 이제 보니, 서양 언어들처럼 자음과 모음이 모여 음절을 이루는 음소 문자의 원리가 가미되어 있었다.

그는 공책을 펴놓고서 지금까지 알아낸 것들을 체계적으로 정리하기 시작했다.

모음[11개]: ㅏ A  ㅑ YA  · Ā  ㅓ E  ㅕ YE  ㅡ EU  ㅣ I
　　　　　ㅗ O  ㅛ YO  ㅜ OU  ㅠ YOU
자음[14개]: ㅎ H  ㄱ K  ㅋ HK  ㅁ M  ㄴ N  ㅇ NG(초성은 묵음)
　　　　　ㅂ P  ㅍ HP  ㄹ R  ㅅ S  ㄷ T  ㅌ HT  ㅈ TJ  ㅊ TCH

'모음이 열한 개에 자음이 열네 개라…… 합해서 스물다섯. 가나가 대략 쉰 개니, 꼭 절반이 되는 셈이지. 그러고도 가나보다 훨씬 많은 소리를 나타낼 수 있다는 얘기가 되는데…… 영어의 알파벳이 모두 스물여섯이지, 아마…… 에이 비 씨 디…… 맞지, 스물여섯. 우연의

일치인진 모르지만, 하여튼 자모의 수가 아주 비슷하구나……'

사전을 찾는 법을 알아낸 반가움에다 조선 문자가 가나보다 훌륭하다는 것을 발견한 기쁨이 겹쳐, 그는 자리에서 일어나 방안을 서성거리기 시작했다.

'밤을 꼬박 새웠구나…… 어떻게 할까? 잠을 좀 자? 잠이 올 것 같지 않은데…… 그냥 버티지. 하룻밤 안 잤다고…… 그건 그렇고, 가나보다 훌륭한 문자를 가졌던 민족이구나, 조선인들은. 훨씬 합리적이고, 훨씬 다양한 소리를 나타낼 수 있는 문자를…… 어쩌면 서양의 나마자(羅馬字)보다 더 나을지도 모른다, 한 글자가 꼭 한 음가를 가졌다는 점에서…… 가만있자, 그건 아직 확실한 것은 아니니 제쳐두고…… 조선 문자는 모음 뒤에 자음이 붙을 수가 있고, 또 많이 붙어 있으니, 조선어는 일본어와는 달리 자음으로 끝나는 경우가 많다는 얘긴데…… 하긴 조선에 훌륭한 시가 문학이 있었던 것은 당연한 일이었구나……'

대부분의 말이 모음으로 끝나는 국어로 시를 쓰면, 아무래도 단조롭고 서양의 시들이나 한시처럼 운(韻)을 맞추어 다양한 형식의 시를 쓰기가 어렵다는 것이 모든 일본 시인들이 만나는 벽이었다. 시가 조금만 길어지면 느슨해지고 단조로워지는 것이었다. 그래서 일본에서는 와까(和歌)나 하이꾸(俳句) 같은 단시들이 주류를 이루었다. 일본인들은 세계에서 가장 먼저 『겐지모노 가따리(源氏物語)』라는 훌륭한 소설을 만들어낸 민족이면서도 이렇다 할 서사시를 내지 못했었다.

'찾아보면, 조선어로 씌어진 장시도 있겠구나……' 그는 뿌듯한 마음으로 다시 책상 앞에 앉았다. '험할지는 모르나, 보람차고 얻는 것도 많은 길인 모양인데……'

문득 시꺼먼 생각이 불쑥 머리를 들이밀면서 그의 흐뭇한 마음에 어두운 그림자를 드리웠다. '그런데 이렇게 훌륭한 문자를 가졌던 민족이 왜 가나와 같이 불편한, 그리고 한자를 섞어 쓰지 않으면 제대로 뜻이 통하지도 않는 글자를 가진 내지인들에게 정복되어서, 나라를 빼앗기고, 역사를 잃고, 말과 글을 잃고, 심지어 이름까지 잃었나? 왜?'

언젠가 잡지에서 읽은 문자와 국력의 관계에 대한 글이 생각났다. 미국에 유학했다가 돌아온 어떤 물리학자가 한자의 사용을 적극적으로 제한할 것을 주장한 글이었다. 그는 만일 일본과 미국 사이에 전쟁이 나면, 다른 것은 차치하고서라도 문자 때문에라도 일본은 미국을 이길 수 없다고 주장했다. 그것을 증명하기 위해, 그는 군인·소총·수류탄·비행기·중대 따위 전쟁에서 많이 쓰이는 낱말들을 스무 개 골라서 국어와 영어로 쓰는 데 걸리는 시간을 비교해놓았었다. 지금 정확한 수치를 기억할 수는 없었으나, 큰 차이였었다. 타자기를 쓸 경우는 비교도 되지 않았다.

'그런데 조선인들은……' 눈을 감았다. 세월이 뿌우연 물결 너머로 아득히 나타났다가 다시 가라앉는 섬처럼 조선의 역사는 비밀을 말해줄 듯, 줄 듯하다가 끝내 말해주지 않고 사라지고 있었다. 온몸을 채웠던 뿌듯한 기쁨과 자랑을 한옆으로 밀어젖히면서, 슬픔과 노여움이 뒤범벅이 되어 솟구쳐 올라왔다.

# 36

"이제 일본이 조선에서 물러나는 것은 조선인에게 너무 잔인한 짓이다." 삼십여 년 전 도우조우 히데끼(東條英機) 일본 수상이 한 이 말은 다른 나라의 식민지가 되는 일이 얼마나 비극적인가를 극명하게 말해준다.
　　　　　　　　　　　──더글라스 로렌스, 『식민지』에서*

"오늘 일과 끝." 히데요는 결재판을 도끼에의 책상 위에 내려놓았다. 시까자와 상무에게 사장의 방미를 위한 준비 상황을 보고하고 내려온 참이었다. 원체 상무가 중요하게 여기는 일이라, 요사이는 아침에 출근하면 그것부터 보고하고 있었다.

도끼에가 웃으면서 결재판을 열어, '사장 방미 준비 상황 점검표'를 꺼냈다.

"별말씀 없으셨어요?"

"응. 만족하게 여기시더군. 담당자가 누구냐고 물으시던데."

눈길이 마주쳤다. 그녀의 눈가로부터 퍼지는 수줍은 웃음에 풀빛 충동이 그의 살 속을 한바퀴 돌았다.

그는 자리에 앉자, 담배를 빼어 물고서 창밖을 내다보았다. 멀리 게이호꾸상(京北山) 위의 하늘이 처녀의 보오얀 속살을 생각하게 했다. 봄은 어김없이 오고 있었다. 잎눈이 움트는 듯 근질거리는 살이 그것을 말해주고 있었다. 마음이 좀 가라앉자, 그는 서랍에서 데이비드 카펜터의 『언어학』을 꺼냈다. 조불 사전(朝佛辭典)을 보다가 조선어를 배우려면 먼저 언어학에 대해 좀 알아야 되겠다는 생각이 들어 산 것이었다. 국어로 된 책들도 있었으나, 회사에서 볼 생각으로 영어책을 샀다. 하는 일이 일인지라, 그로서는 회사에서 틈틈이 책을 보는 데는 아무래도 영어책을 보는 것이 마음에 편했다. 더구나 요사이는 회사에서 직원들에게 영어를 배우라고 권장하는 판이었다.

집에 돌아가서는, 『조선 고시가선』을 놓고 조불 사전을 들춰가면서 조선어를 공부하고 있었다. 사명감이 있는 데다가 차츰 재미도 붙기 시작해서, 다른 일들을 제쳐두고 거기에 매달리고 있었다.


위와 같은 사정은 자연히 언어학자들로 하여금 언어를 체계적 구조로 바라보도록 만들었다. 서서(瑞西)의 드 소쉬르(1857~1913)는 그의 사후 1916년에 출간된 『일반 언어학 강의』에서 언어가 사회적 현상이며 기호들의 구조적 체계라고……


"과장님." 책상 곁으로 다가오며, 이시다 겐지(石田顯治)가 조심스럽게 그를 불렀다. 그가 고개를 들자, 이시다는 책상 한쪽에 결재판을 조심스럽게 내려놓았다. "과장님, 이거 어저께 만들어본 건데요." "그래?" 그는 책을 덮어 옆으로 밀어놓고, 결재판을 당겨놓았다. '퇴직 급여 규정'의 개정안이었다. 어저께 아침에 만들어온 것이 마음에 들지 않아서, 다시 만들어오라고 했던 것이었다.

그는 합작 투자가 이루어져 새 회사가 설립되었을 때에 대비해서 새로운 규정들을 준비하고 있었다. 그 일을 이시다가 하고 있었다. 그의 기획조정과에서 이시다는 조직·규정 및 장기 계획을 맡았고, 도끼에는 합작 투자를 맡고 있었다. 도끼에가 하는 일은 양도 많고 일도 흥미롭고 윗사람들 눈에도 띄었으나, 이시다가 하는 일은 그렇지 못했다. 조직이나 규정은 달마다 생기거나 바뀌는 것들이 아니었다. 장기 계획은 이름은 그럴듯했지만, 회사가 합작 투자를 통해서 살길을 찾는 마당이어서 장기 계획은 고사하고 단기 계획도 제대로 세우기 어려운 판이었다. 거기다가 그는 도끼에에게 정을 쏟는 판이라, 자연히 이시다는 옆으로 밀려난 처지였다. 그래서 그는 이시다에게 미안한 마음을 갖고 있었고, 두 사람 사이에 업무상의 균형이 유지되도록 애쓰고 있었다. 이번의 규정만 해도 그랬다. 모든 규정은 합작 투자 계약에 규정된 사항들을 근간으로 해야 하므로, 적어도 초기 단계에서는 도끼에가 간여하는 것이 당연했다. 그리고 규정을 만드는 것이 시급한 것도 아니었다. 아직 합작 투자 계약이 정식으로 체결된 것도 아니었다. 그러나 그는 그 일을 서둘러 시작했고, 이시다에게 전적으로 맡겼다. 이시다의 영어 실력이 짧은 줄 알면서도, 영어 공부 삼아서 영문으로 작성해보라고 지시했었다.

그는 쭉 훑어보았다. 타자가 엉망이었다.

"이거 자네가 타자했나?" 그는 빙그레 웃으면서 물었다. 그저께 이시다가 서무과에 가서 타자수에게 타자를 부탁하는 것을 보고, 이시다에게 당장 영문 타자를 배우라고 일렀던 것이다. 합작 투자 회사에서 일하려면 영문 타자는 어차피 배워야 될 터였다.

"예." 이시다가 겸연쩍게 웃으면서, 뒷머리로 손을 가져갔다.

"흐음…… 처음 시작한 사람 솜씨치고는 괜찮은데. 한 손가락으로 찍었나?"

"예."

"그걸 영어로 '헌트 앤드 페크 시스템'이라고 하지, 아마? 닭이 모이를 찾아서 쪼아먹는 식이라는 얘기지. 정식으로 배우는 게 좋아, 이왕 하려면." 그는 웃음을 띠고 이시다를 올려다보았다.

"예. 알겠습니다." 이시다가 빙그레 웃으면서 대답했다. 그는 성격이 무던했다. 자기보다 나이가 어린 여직원에게 중요한 업무를 넘기고 그 그늘에 가려서 빛을 보지 못해도, 불평이 있는 내색을 하지 않았다.

"내용이 좀 나아지긴 했는데, 아직도 고칠 점이 남았어. 전처럼 오년이 지나면 퇴직금이 갑자기 오십 퍼센트가 가산되는 불합리한 점은 이제 가셨지만, 가산율의 근거는 여전히 제시되지 않았거든."

"예. 실은 저도 그 점을 생각하긴 했습니다만…… 어떻게 해야 될지 몰라서……"

"이 규정 초안은 나중에 새 회사의 임원들에게 팔아야 될 것이야. 우리나라 사람들만이 아니고 미국 사람들에게도 팔아야 된단 얘기거든. 유사라무 사람들이 와서, '이 수치는 무슨 근거에서 나온 거요?' 하고 물으면 어떻게 하지? '그냥 적당히 잡은 겁니다'라고 대답할 거야? 물론 가산율은 궁극적으로 임의의 수치일 수밖엔 없겠지만, 그 임의의 수치가 무슨 기준을 따라 나온 것이라고 말할 수는 있어야 되겠지. 내가 강조하는 것은 그 기준이 있어야 한다는 점이야…… 어저께 나도 좀 생각해봤는데…… 퇴직금은 직원이 받는 급여의 일부거든. 회사에서 당연히 줘야 하는 것이지. 법률에 급여율까지 명시되어 있잖아? 그런데 법정 급여 위에 따로 얹어주는 가산금의 경우는 좀 다르단 말야. 가산금은 상여금과 비슷한 성격을 가졌어. 회사에 대한 공헌을 고려하여 퇴직할 때 주는 상여금이랄까…… 하여튼 그런 관점에서 본다면, 가산율을 직원의 생산성과 연결시킬 수 있을 것 같아. 무슨 얘기냐 하면…… 이걸 봐." 그는 종이를 꺼내어 도표를 그렸다. "어떤 직원이 입사해서 정년 퇴직할 때까지의 생산성을 도표로 나타내면 대략 이렇게 된다고 할 수 있을 것 같아. 처음엔 적다가 차츰 커져서 오 년에서 십 년 사이에 정점에 오르지. 그뒤엔 차츰 떨어지는 거야. 무슨 얘긴지 알겠어?"

"예."

"물론 이 주장에 반대할 사람도 많겠지만, 일단 그렇게 보면, 우리 회사의 경우 오 년이면 계장이고 십 년이면 과장이거든. 사실 일은 계장과 과장급에서 다 하는 것 아냐? 부장급 이상은 아니라고 하겠지만."

별로 우스운 얘기는 아니었지만, 이시다는 윗사람의 농담이라고 얼굴에 웃음을 띠었다.

"그래서 어떤 해의 생산성을 그해의 가산율로 하면 타당성이 있을 것 같애. 적어도 근거를 대라는 소리에 말문이 막히진 않겠지…… 대략 계산해봤는데, 입사한 해의 가산율을 이십 퍼센트로 하고, 입사 후 칠 년의 가산율을 백 퍼센트로 하고, 입사 후 십오 년의 가산율을 이십 퍼센트로 하면, 회사로서는 크게 부담이 되지 않고 직원들로서도 섭섭할 것이 없을 것 같던데. 십오 년 이상 근무한 사람들은 좀 손해를 보겠지만. 한번 그런 식으로 만들어봐."

"예." 이시다가 결재판을 도로 집어들었다.

"아, 참, 그리고…… 공장에서 근무하는 공원들의 경우를 고려해야 될 거야. 뭐니뭐니 해도 그 사람들이 중요해, 이런 걸 만들 땐. 그 사람들이 환영할 만한 안을 한번 구상해봐. 내가 지금 얘기한 수치를 그대로 적용할 필요는 없어. 만들다가 더 좋은 생각이 떠오르면, 그걸 써."

"예."

"어저께도 얘기했지만, 회사에서 일하면서 자신의 창의성을 발휘할 기회는 그리 많지 않아. 지금이 바로 그 기회야. 규정을 새로 만드는 일에 참여하는 기회가 아무에게나 주어지는 것은 아냐. 지금 우리 회사의 규정들을 보면 불합리한 점들이 수두룩해. 조직부터 문제가 있어. 그 이유들 가운데 하나가 우리 규정을 만든 사람들이 노구찌 쇼우지(野口商事)의 규정을 그대로 베낀 데 있어. 제조 회사, 그것도 명색이 중공업 회사의 규정을 상사(商社)의 조직과 규정에 맞췄으니, 제대로 될 리가 있겠어? 이시다씨, 한번 그럴듯하게 만들어봐."
"예. 알겠습니다."
이시다가 돌아가자, 그는 다시 『언어학』을 펼쳤다.

주(註) 1. 드 소쉬르는 일찍이 인도구주 공통 기어(印度歐洲共通基語)의 단모음들과 장모음들 사이의 관계에 대해 이론적 설명을 제시하였다. 즉 그는 언어 구조상 단모음들이 기본적이고 장모음들은 원래 단모음에 연구개 마찰음(軟口蓋摩擦音) 'h'가 붙었던 것이라고 주장하였다. 물론 이 이론의 타당성을 증명할 자료는 없었다. 그로부터 사십여 년 뒤 그가 죽은 다음에 인도구주어의 하나인 히타이트어가 발견되어 해독되었는데, 히타이트어에는 그러한 'h'음이 실재했던 것이 밝혀졌다. 이 발견은 언어학에 있어서 구조적 접근 방법의 강력함을 극적으로 증명한 사건이었다. 이 뒤로 구조적 접근 방법은 구주에 있어서 언어학의 주류가 되었다. 〔정말(丁抹)의 묄러도 독자적으로 같은 학설을 주장했었다.〕

그의 가슴속 깊은 바다로부터 흥분과 감동의 조수가 귀를 울리는 소리를 내며 올라왔다. '이론에 기초를 둔 가설이 사십여 년 뒤 그 가설의 주창자가 죽은 다음에 증명이 되고…… 그것도 수천 년 동안 죽어 있던 언어가 소생하여…… 그렇다면 죽은 지 몇십 년밖에 되지 않는 조선어는…… 아니지, 죽었다고 단정할 수도 없지. 조선 반도의 어딘가에, 어느 깊은 두메산골 같은 데에 아직 조선어를 말하고

쓰는 사람들이 있을지도 모르지 않는가? 그리고 조선 밖에도 조선
사람들이 살고 있을지도…… 당장 만주국에도 많이 살고 있지 않는
가? 그리고 한 나라가 망하면, 으레 망명하는 사람들이 생기는 법인
데……' 뜻밖의 가능성에 그의 맥박이 한 번 거르고서 뛰었다.


# 37


    어느 나라의 군대에 있어서도 군별(軍別) 사이의 경쟁과
대립은 있게 마련이다. 그러나 대부분의 경우, 그것들은 너
무 격화되지 않도록 조정된다. 일본의 경우, 육군과 해군의
대립은 상당히 심각하여 큰 문제가 될 수도 있다는 지적이
오래 전부터 나왔다. 육군과 해군은 별개의 군대처럼 행동하
고 있고, 작전 계획의 수립에 있어서도 협력하는 일이 거의
없다. 정부 조직에 있어서도 육군성·해군성, 그리고 공군성
이 있을 뿐 국방성과 같이 통괄하는 부서가 없다.
    육군과 해군 사이의 대립은 해군이 상대적으로 강한 나라
들——일본이나 영국과 같은 섬나라들, 또는 미국이나 노서
아와 같이 두 대양에 세력을 유지해야 하는 나라들——에서
자연히 심하다. 강대한 해군만이 내부적 세력 다툼에서 절대
적 우위를 가진 육군에 맞설 수 있기 때문이다. 게다가 일본
에서는 해군과 공군이 연합하여 육군에 맞서왔다. 이러한 해
군과 공군 사이의 유대는 두 약자가 연합해서 한 강자에게
맞선다는 논리만으로는 설명되기 어려울 만큼 전통적이니,
그것은 공군의 성장에 해군이 기여한 바가 컸다는 역사적 요
인에서 상당히 비롯한다. 대부분의 나라에서 공군은 육군 항
공대가 발전한 것이다. 일본의 경우, 공군의 모태는 육군이
었다기보다 해군이었다고 하는 것이 사실에 훨씬 가깝다. 일
본 해군이 항공모함을 중심으로 하는 해양 작전 개념을 세계
에서 가장 먼저 도입한 군대라는 사실을 생각하면, 일본의 해
군과 공군이 밀착된 까닭을 이해하는 데 도움이 될 것이다.

——『상해공론(上海公論)』, 1984년 4월호, 「일본의
해부: 군사편」에서*

"모두 군대 얘기만 나오네." 텔레비전의 방송대(放送帶)를 이리저리
바꿔보던 게이꼬가 볼멘소리를 하며 물러났다.

게이조우 제일방송의 화면에는 여순항(旅順港) 앞바다에 격침되어
비스듬히 물에 잠긴 러시아 전함 두 척의 모습이 보였고, 황군(皇軍)
의 빛나는 전통을 들먹이는 아나운서의 목소리가 나왔다. 이어서 다
네가시마(種子島)의 공군 기지에서 발사되는 긴시호(銀矢號)의 늘씬
한 모습이 나왔다. 긴시호는 일본 공군의 주력 탄도탄으로 다핵탄두
(多核彈頭)를 장치할 수 있었다. 오늘은 육군 기념일이었다. 그래서
히데요 일가는 모처럼 오오꾸라마찌(大倉町)의 본가로 그의 아버지를
뵈러 온 것이었다.

"작년에 보고, 재작년에 본 사진을 또 보네. 작년에 들은 뻔한 소
리를 또 듣네. 아이, 재미없어." 게이꼬가 유행가조로 중얼거리면서,
다시 텔레비전 앞으로 다가갔다.

"그냥 놔둬라, 게이꼬야. 오늘 같은 날 그런 소리를 하는 게 아니
란다." 그의 아버지가 말렸다.

"도대체 육군 기념일이 뭐야?" 그냥 돌아와서 자리에 앉으면서, 녀
석이 중얼거렸다. "육군 기념일 따로, 해군 기념일 따로, 공군 기념
일 따로. 황군 기념일로 한꺼번에 하면 되지." 녀석은 할아버지를 조
금도 어려워하지 않았다. 자식들과 손자들에게 엄한 그의 아버지도
어쩐 일인지 게이꼬에게만은 너그러웠다. 처음 키운 손녀라 정이 들
어서 그런지도 몰랐다.

"다아 유래가 있는 게다. 육군 기념일은 오오야마 이와오(大山巖)
장군께서 봉천 회전(奉天會戰)에서 노서아 군대를 쳐부순 것을 기념
하는 것이고, 해군 기념일은 도우고우 헤이하찌로우(東鄕平八郎) 제
독께서 일본해 해전(日本海海戰)에서 노서아 함대를 쳐부순 것을 기

삼 월   209

념하는 것이다. 공군 기념일은 하라다 다께오(平田武夫) 장군께서 거느린 육군 항공대가 노몬한 전투에서 대활약을 해서 노서아 군대를 섬멸한 것을 기념하는 것이고.” 그의 아버지는 진지하게 게이꼬에게 설명했다.

‘소학교 교장 선생님이시라 역시 다르시구나.’ 그는 가볍게 감탄했다. 그는 육군 기념일과 해군 기념일의 유래에 대해선 알고 있으나, 공군 기념일의 유래에 대해선 모르고 있었다. ‘아버지는 정말 교과서에 나오는 얘기들을 그대로 믿고 계신 건가? 조선의 역사에 대해선 전혀 모르시고? 큰아버지는 잘 아시는데? 두 분 사이에 일곱 살 차이가 있다고는 하지만……’ 그는 아버지의 옆얼굴을 슬쩍 살펴보았다. 지식에 비해서 확신을 많이 가진 사람의 얼굴에서 보는 굳은 선이 턱 근처에 자리잡고 있었다. 가벼운 연민과 경멸이 섞인 감정이 가슴 한구석에서 슬며시 솟았다. 그는 이내 고개를 저으면서 자신을 꾸짖었다. ‘내가 지금 무슨 생각을…… 아버지께서 설령 조선에 대해 아무것도 모르신다고 해서 내가…… 나와 히데끼(英治)가 이만큼 된 것이 누구 덕분인데? 아버지께서 날 키우신 것처럼 내가 게이꼬를 키울 자신이 정말 있나?’

게이꼬의 목소리가 귀에 들어왔다, “……얘기하는 건요, 육해공군이 따로따로 논다, 이거예요. 하나로 합치지 못하고. 제 반에 새로 온 애가 그러는데요, 세계에서 육해공군이 서로 잘났다고 따로 노는 나라는 우리나라뿐이래요.”

“그런 얘길 하는 아이는 학생답지 못한 건방진 아이다.”

“걔는 대외협력국장 딸인데요? 걔 아빠가 외교관이라, 미국에 있다가 이번에 조선에 왔거든요. 걔는 별것을 다 알아요. 자기 아빠가 하는 얘길 듣고 와서 그러는데요, 미국엔 군대의 날이란 것 하나만 있대요. 그리고 우리나라처럼 떠들썩하지도 않구요. 대신 거긴 메이데이라고 해서 노동자들의 날이 큰 경축일이래요. 우리나라에도 메이데이 같은 것이 있으면 좋을 텐데.”

“하루 더 놀려고?” 히데끼의 아내가 받는 바람에 웃음판이 되었다.
“하루 더 학교에 안 가는 것도 나쁘진 않지만,” 게이꼬가 함께 웃고 나서, 정색하고 말했다, “불쌍한 노동자들을 위한 날이 있으면, 얼마나 좋아요? 그래서 그날엔 모든 노동자들이 대접받고, 테레비종에도 나오고 하며는요?”
게이꼬의 말에 텔레비전을 둘러싸고 앉은 사람들 사이에 잠시 정적이 돌았다.
‘요새 아이들은 역시 다르구나. 저 녀석이 벌써 저렇게 어른보다 나은 소견을 가지고 있으니.’ 그는 대견스러운 마음으로 딸을 바라보았다. ‘이제는 저 녀석을 어린애로만 볼 게 아니라……’
“게이꼬한테는 못 당하겠어.” 계수가 사람 좋은 웃음을 얼굴에 띠우면서 빈그릇들을 거두기 시작했다.
“그게 바로 세대차라는 거야.” 히데끼의 말에 다시 웃음이 터졌다.
화면에는 노기 마레스께(乃木希典) 장군이 거느린 제3군의 203고지 공격 작전을 재현한 영화의 한 장면이 나오고 있었다. 고지를 점령한 소대장이 정상에 깃발을 꽂았다. 땅을 덮은 시체들 위에서 깃발이 바람에 휘날리고 있었다. 그러자 네 살 난 이끼사부로우(秋三郎)가 손뼉을 치며 노래를 부르기 시작했다.

닛쇼우끼(日章旗)가 바람에 깃발입니다.
닛쇼우끼는 우리나라 펄럭입니다.

모두 허리를 잡으며 웃었다. 녀석은 제가 잘 불러 그러는 줄 알고, 두 손을 앞으로 얌전하게 모으더니, 다시 부르기 시작했다.

닛쇼우끼가 바람에 깃발입니다……

38

　　모든 사회적 변혁은 언제나 그 사회의 구성원들에게 고통을 준다. 더 좋은 질서를 이루기 위한 변혁일지라도, 그 변혁의 영향을 받는 사람들은 고통을 받게 마련이다. 변혁이 커짐에 따라, 거기에 적응하기가 지수 함수적(指數函數的)으로 어려워지고, 고통도 그렇게 커진다. 문명이 발전하는 한 사회적 변혁은 필연적이므로, 이상적인 상태는 변혁이 점진적으로 이루어지는 것이다. 급격한 변혁도, 변혁이 아주 없음도, 아울러 좋지 못하다. 사람들이 변화를 싫어하는 것을 고려해볼 때, 가장 경계해야 할 것은 사회적 변혁을 게을리하는 일이다. 변혁을 게을리하는 시대는 후대에 크고 급격한 변혁의 불가피성을 유산으로 물려주는 것이다.

—— 사노 히사이찌, 『독사수필』에서*

　"오늘 이렇게 회의를 소집한 것은 이번 사채 동결 조치가 회사 운영에 미치는 영향에 대해 여러분들과 함께 얘기를 나누고자 해서입니다." 시까자와 상무는 잠시 말을 멈추고, 소회의실을 가득 채운 사람들을 둘러다보았다. 오늘은 계장급 이상 간부 회의였다.

　"모두들 잘 아시겠지만, 이번 조치는 조선의 기업들을 과도한 금리 부담으로부터 해방시켜 되살리려는 총독 각하의 비장한 결심에서 나온 것입니다. 당연히 우리는 이 조치를 환영하고 지지합니다. 그러나 양지가 있으면 음지가 있듯이, 이번 조치에도 밝은 면들만 있을 수는 없습니다. 우리 회사처럼 운영 자금의 상당 부분을 사채에 의존하던 회사로서는 사채 금리 부담이 줄었다고 마냥 좋아하면서 앉아 있을 수는 없는 점도 있습니다."

　사람들은 모두 긴장된 자세로 듣고 있었다. 히데요의 왼쪽에 앉은 도꾸다 요시오(德田義雄) 서무과장은 비망록을 펴놓고 무엇을 열심히 적고 있었다.

"무슨 얘기냐 하면, 당장 운영 자금을 구하기가 어려워졌습니다. 지금 우리 회사의 자금 사정은 아주 좋지 않습니다. 이 판에 누가 돈을 빌려주겠습니까? 이미 회사 재산을 담보로 해서 은행에서 얻어 쓸 수 있는 한도까지 다 얻어쓴 판이어서, 은행 금리가 낮아진다고 해도 별로 도움이 되지 못하는 것이 지금 우리 회사의 처집니다. 회사가 이 난국을 헤쳐나가기 위해서는, 여러분들의 좋은 의견들을 수렴해서 대책을 세워야 할 것입니다. 그래서 오늘 회의를 소집하게 된 것입니다. 그러면 우선 우리 회사의 자금 사정부터 알아본 다음에 얘기를 계속합시다. 나까무라 부장."

"예."

"준비 됐소?"

"예." 나까무라 겐지로우(中村憲次郞) 경리부장이 앞으로 나갔다. 회계과의 모리 이와에(森石根)가 뒤쪽에서 괘도를 들고 나왔다. 나까무라 부장이 고개 숙여 인사한 다음, 괘도 걸이에서 지시봉을 집어 들었다. "그럼 제가 회사 자금 상태에 대해 간략하게 말씀드리겠습니다."

모리 이와에가 잽싸게 괘도의 첫장을 넘겼다.

"먼저 작년말의 대차대조표를 가지고 회사의 재정 상태를 설명드리겠습니다……"

그는 나까무라 부장의 설명을 들으면서, 회사에서 쓴 사채가 뜻밖에도 많은 것에 놀랐다. 수시로 회사의 재무제표를 대했고 그것을 번역해서 유사라무에 보내기까지 했으므로, 그는 회사의 재정 상태에 대해선 꽤 소상히 알고 있었다. 그러나 회사가 그렇게까지 운전 자금을 사채에 의존해온 줄은 몰랐었다. 어저께 신문에서 읽은 기사가 실감났다. 3월 1일자로 사채 동결 조치를 취할 때의 추정 사채 액수는 3억 원이었다. 3월 7일까지 세무청에 신고된 액수는 무려 5억 4천여 만 원이었다. 신고되지 않은 것들도 상당히 있을 터이니, 추정 액수의 배가 된다는 얘기였다.

“……여러분들께서 지금까지 들으신 대로 회사의 자금 사정은 결코 좋은 것은 아닙니다. 무슨 획기적 조치가 필요한 형편입니다. 그럼 회사 자금 상태에 관한 제 설명은 이것으로 마치겠습니다.”경리부장이 인사하자, 모리 이와에가 괘도를 들고 뒤쪽으로 갔다.

“어떤 면에선 지금이 우리 회사의 운명이 결정되는 고빕니다.”시까자와 상무가 말을 이었다, “사채 동결 조치는 회사의 장기적인 수익 전망을 밝게 하고 있습니다. 그리고 곧 유사라무와의 합작 투자 계약이 체결될 것입니다. 유사라무와의 합작 투자는 새로운 자본과 기술의 도입을 뜻하고 넓은 해외 시장에의 진출을 뜻합니다. 따라서 우리 회사의 장기적인 전망은 무척 밝다고 할 수 있습니다. 문제는,”상무는 말을 멈추고, 좌중을 둘러다보았다. “문제는 이 어려운 고비를 어떻게 견디어내느냐 하는 것입니다.”

방안에 무거운 정적이 흘렀다. 뒤쪽에서 누가 낸 마른기침 소리가 크게 들렸다.

“이 어려운 고비는 회사의 전직원이 단결하고 협력하지 않으면 넘길 수 없습니다. 중지를 모아 대책을 세우고 경영진과 여러분 간부들이 앞장서서 그 방안을 실천할 때, 비로소 극복될 수 있을 것입니다.”

‘시까자와 상무답지 않은 연설인데……’ 시까자와 상무는 연설은 고사하고 긴 얘기도 싫어하는 성미였다. 그런 사람이 다른 곳도 아니고 간부 회의에서 뻔한 얘기를 연설조로 늘어놓는 것이 좀 이상했다.

“이번의 난국은 전직원들이 회사의 장래를 위해 희생을 치르겠다는 각오 없이는 타개할 수 없습니다. 다시 한번 강조합니다. 전직원들은 회사의 장래를 위해 희생을 치를 각오가 되어 있어야 합니다.”

‘아, 이거구나, 상무가 유도한 결론이. 희생이라? 무슨? 감원?’ 그는 감원의 가능성을 따져보았다. 거의 없었다. 지금 문제는 유동성이었지, 수익성이 아니었다. 현재의 작업량에 비해 직원이 많은 것도 아니었고, 설령 좀 많다고 하더라도 합작 투자를 앞둔 마당이라 감원할 때도 아니었다. 합작 투자가 이루어지면 어차피 유사라무에서 감원을 요구해올 테니, 그때 정리해야 될 사람들을 내보내는 것이 순리였다. 지금 섣불리 손을 대었다가는, 나중에 뼈를 깎아내게 될지도 몰랐다. 더욱이 감원하게 되면 퇴직금이 한꺼번에 나가게 되니, 단기적으로는 자금 수요가 더 늘어나게 될 수도 있었다.

'감원은 아니고…… 그러면 감봉?' 그는 상무의 얘기를 마음 한쪽으로 아득하게 들으면서, 생각을 계속했다, '감봉은 생각할 수 없지. 지금도 봉급이 많은 편이 아닌데. 월급이 늦게 나온다는 얘긴가? 그 정도는 각오해야 되겠지……'

"……여러분들께서는 간부라는 입장에서 아랫사람들에게 지금까지 내가 얘기한 사항들을 자세히 설명해서 모두가 충분히 납득하도록 해야 할 것입니다. 알겠습니까?"

"예에." 갖가지 목소리들의 무겁고 생기 없는 합창이 나왔다.

"그럼 전직원이, 한 사람도 빠짐없이, 회사의 자금 사정을 호전시키는 데 기여할 수 있는 방안을 제안하도록 해주기 바랍니다. 좋은 안은 회사의 창안 제도의 규정에 따라 포상하겠습니다. 모리 부장."

"예." 모리 아끼다(森章) 총무부장이 비망록에 열심히 적던 손길을 멈추고, 고개를 들었다.

"총무부에선 각 부서에 공문을 띄워서, 내핍 절약 운동을 펴도록 하고, 이번에 실시하는 제안 운동에는 전직원들이 적극적으로 참여하도록 유도하시오."

"예. 알겠습니다."

"기간은 다음주까지로 하면 되겠지. 특별 상금을 마련하는 방안도 생각해보도록."


"기노시다 과장님, 잠깐만." 회의가 끝나 소회의실에서 나오는데, 야마시다 부장이 슬쩍 그를 한옆으로 끌고 갔다. "다나까 이사님 방으로 갑시다. 얘기가 있는 모양입니다."

"그래요?" 그는 야마시다의 뒤를 따라 다나까 이사 방으로 들어갔다.

"어서들 오쇼." 책상 앞에 선 채로 서류를 챙기던 다나까 이사가 돌아다보고 말했다. "좀 앉으쇼."

그들이 소파에 앉아서 기다리는데, 하야시 쯔데나가(林常長) 영업 담당 이사가 문을 열고 고개를 디밀었다. "다나까 이사, 갑시다." 하야시 이사 뒤에 여러 부장들이 웅성거리고 있었다.

눈치가 따로 부장급 이상 간부 회의가 열리는 모양이었다. 과장 가운데는 히데요 자신만 참석하는 것 같아서, 좀 어색하기는 했지만 기분은 괜찮았다. 다나까 이사를 머리로 해서 그들은 시까자와 상무 방으로 들어갔다.

모두 자리에 앉자, 상무가 책상에서 일어나 탁자 앞자리에 무겁게 앉았다. 얼굴이 무척 어두웠다. "다들 모였나?"

"예. 다들 모인 것 같습니다." 총무부장이 좌중을 둘러다보면서 말했다.

"문제가 아무래도 심상치가 않은데. 구루뿌 본부에서도 어쩔 도리가 없다는 얘기야. 하필 지금 그런 일을 할 게 뭐야. 왜 총독부에서 평지풍파를 일으켰는지 모르겠어."

"지신다이(慈信臺)에서도 좀 놀란 모양입니다. 삼억 정도로 봤는데, 오억이 넘었으니까요. 지금 대응책을 마련하느라고 정신이 없는 모양입니다." 다나까 이사가 말했다.

상무가 말없이 고개를 끄덕였다.

"저도 놀랐습니다. 사채 시장이 큰 줄은 알았지만…… 그렇게까지……" 아오끼 시게히데(靑木重秀) 경리 담당 이사가 고개를 흔들었다.

"그러고저러고 무슨 후속 조치가 있어야 할 텐데. 당장 돈줄이 말랐는데, 은행 금리 인하만 가지고 되나?"

“있긴 있을 것 같습니다.” 다나까 이사가 말했다. “마쯔다이라 슈우헤이(松平秋坪) 경제 수석이 각하한테 칭찬을 받았답니다. 처음에 재무국에서는 일억오천을 넘지 않을 것이라고 보고했고, 보안처에서도 이억 정도로 예상했답니다. 삼억이라는 숫자는 경제비서실에서 내놓은 것이라고 하더군요. 그래서 비서실에선 틀리면 어쩌나 하고 크게 걱정했던 모양입니다. 그런데 뚜껑을 열어보니…… 그래서 각하께서 소신대로 밀고 나가라고 마쯔다이라 수석을 격려했답니다. 그저께 마쯔다이라 수석이 경제티무를 데리고 나가서 회식을 했는데, 자기는 ‘조선의 마쯔가다 마사요시(松方正義)’가 되고 싶다고 포부를 피력했다는데요.”

히데요는 고개를 끄덕였다. 역시 정보는 지신다이에 선이 닿는 다나까 이사가 빠르고 자세했다. 다나까 이사 자신은 자기보다는 시까자와 상무가 훨씬 더 높은 곳에 선이 닿는다고 말한 적이 있긴 하지만.

“뭐? ‘조선의 마쯔가다 마사요시?’ 미친 녀석. 그 친구 원래 게이조우 데이다이(京城帝大)에 있었지?”

“예. 조우다이(城大)에 있다가 재작년에 지신다이로 갔죠. 제 한 해 선뱁니다.”

“요새 약삭빠른 대학 교수들이 벼락 출세하는 게 유행이긴 하지만, 분수를 좀 알아야지. 이번 사채 동결 조치는 가마꾸라 막부(鎌倉幕府) 시대에 있었던 도꾸세이레이(德政令)와 같은 조치야. 시대 착오도 유분수지. 자본주의 사회의 기초를 파괴하는 것을 해놓고, 결과가 좋기를 기대할 수 있어? 그리고 그 친구는 학교 다닐 때 역사책도 한 권 안 읽었나? 도꾸세이레이가 성공한 적은 한 번도 없었어. 가마꾸라 시대에도, 도꾸가와(德川) 시대에도. 당연히 성공할 수 없는 일이지. 경제 구조에서 발생한 현상을 그 경제 구조는 그냥 놔두고서 경제 외적 조치로 없애겠다는 것이니. 그래도 그때야 무샤(武者) 계급이 빚 때문에 몰락하는 것을 집권자가 바라보고 있을 수만은 없었을 테니 할 말이 있었겠지만, 지금이야 사정이 많이 다르잖아? 평지 풍파를 일으켜놓고, 뭐, '조선의 마쯔가다 마사요시?' 마쯔가다 공작이 무덤 속에서 하품하겠다."

가벼운 웃음이 터졌다.

"하기야 그 친구를 탓할 건 아니지. 다아 칼자루를 쥔 사람의 야심에서 나온 것이니. 이번 일에 대해서 도우꾜우에서는 반응이 아주 차가워. 그건 그렇고……" 상무는 씁쓸하게 입맛을 다셨다. "우리 회사가 문젠데. 이번과 같은 날벼락을 맞으면, 한계 기업들은 버둥거리다가 넘어가게 마련인데. 후속 조치라고 해봐야, 내 생각엔 무슨 특별 자금이라는 명목으로 돈을 푸는 것일 텐데. 그것도 한도가 있을 것 아냐? 더구나 그것이 어디 총독 마음대로 되는 거야? 내각의 동의와 지원이 필요한 일인데 지금 내각에서 도우고우 총독이 뭐가 이뻐서 팔을 걷어붙이겠어? 하여튼 우리 회사가 문제야. 전해로(電解爐)의 불을 끌 수가 없으니, 다른 회사들처럼 당분간 휴업을 하자고 할 수도 없고……"

전해로를 멈추면, 욕(浴)이 굳어지므로, 다시 통전(通電)하려면 절차가 복잡하고 비용이 많이 들었다. 따라서 알루미늄 제련 공장에서는 전해로들을 계속 돌리는 것이 무척 중요했다.

"합작 투자가 이루어지면 사정이 이내 좋아질 테니, 올해하고 내년 상반기까지만 어떻게 견디면 되는데. 무슨 좋은 방안이 없겠소?" 상무는 말을 마치고, 좌중을 한바퀴 둘러다보았다.

모두 고개를 수그리고 말이 없었다. 무거운 정적이 탁자를 싸고 앉은 사람들 둘레에 싸이고 있었다.

그는 자신의 업무 분야에서 자금을 염출할 방도가 없을까 생각해 보았다. 가장 손쉬운 방법은 해외에서 차관을 해오는 길이었다. 물론 유사라무는 한도우 경금속을 도울 충분한 재력이 있었다. 직접 차관을 제공하지 않더라도, 거래 은행으로부터 돈을 얻어줄 수도 있을 터였다. '문제는 차관 절차가 복잡하고 시간이 걸린다는 것인데.

이제부터 시작하면, 합작 투자보다 더 걸릴지도 모르지. 협상에 시간이 걸릴 테니까…… 그보다도 원자재를 외상으로 들여온다면 차라리 나을지도 모르지……'

문득 얼마 전에 도우꾜우 경제신문(東京經濟新聞)에서 외화가 부족한 남미의 국가들 사이에서 구상 무역(求償貿易)이 성하다는 기사를 읽은 것이 생각났다. '만일 알루미나를 외상으로 들여오고, 그 대금으로 알루미늄을 내준다면? 그렇게 되면, 우리는 공장을 돌려 일종의 가공 무역을 하는 셈이 되는데. 괜찮은 장사지. 다른 것은 고사하고 전해로의 불을 끄지 않아도 되니까. 유사라무에서 나서서, 서호주 알루미나로부터 알루미나를 얻어주고 대금의 상당 부분을 알루미늄으로 가져가서 자신들의 판매 조직을 통해서 판다면…… 유사라무로서는 이중으로 이익을 남기니 좋고…… 우리로서는 이번 파동으로 예상되는 판매 부진, 대금 회수의 어려움 따위 문제들까지 해결할 수 있으니 좋고. 문제는 과연 가능하겠느냐 이건데……'

"아까 간부 회의에선 얘기를 하지 않았는데," 시까자와 상무가 침통한 어조로 입을 열었다.

그는 상념에서 깨어나 상무를 바라다보았다. '이제 나오는구나.'

"전해로의 불을 단번에 끌 수는 없으니 당분간은 물건이 팔리든 안 팔리든 만들어야 하고, 따라서 돈은 없지만 원자재는 계속 사와야 하고, 전기료는 계속 물어야 하거든. 결국 인건비로 나가는 돈의 일부를 당분간 동결하는 수밖엔 없다는 결론이 나오는데……'

"사장님께서 허락하셨습니까?" 다나까 이사가 물었다.

"사장님께서도 어쩔 수 없으시잖아? 내가 말씀드렸어. '종업원으로서도, 실직이냐 강제 저축이냐 둘 가운데서 택하라면, 실직을 택할 사람은 없을 것 아니겠습니까?'라고. 감봉도 아니고, 월급의 일부를 잠깐만 회사에 맡기는 건데. 그것도 법정 이자를 주면서. 그래서 직종별·직급별로 차등을 두어 사내 유보를 하기로 했어." 시까자와 상무는 비망록을 펼치고서 좌중을 둘러다보았다.

사람들이 고개들만 끄덕였다.

"이건 확정된 것은 아니고, 시안인데…… 생산직은 오급 사원 십 파센또, 사급 십오 파센또, 삼급 이십 파센또, 이급 이십오 파센또, 일급 삼십 파센또를 유보시키고…… 관리직은 오급 사원 십오 파센또, 사급 이십 파센또, 삼급 이십오 파센또, 이급 삼십 파센또, 일급 사십 파센또…… 그리고 임원은 일률적으로 오십 파센또로 하기로 했어요. 사장님께선 직원들이 고통을 받는 것은 자신의 책임이 크다고 하시면서, 월급의 삼십 파센또만 받으시겠다고 하시던데…… 유보된 금액에 대해선 법정 이율 연 십 파센또를 적용해서 이자를 매달 지급하고, 유보된 월급은 회사의 사정이 호전되는 대로 지급키로 했어요. 단 사내 유보는 이 년을 넘기지 않겠다는 전제 아래서 시행되는 겁니다. 그 점을 충분히 납득시키세요. 그렇게 해놓고 계산해 보니, 가까스로 부도는 막을 것 같은데. 여러분들 의견은 어떻습니까?"

"그 정도면 괜찮을 것 같은데요." 하야시 이사가 대답했다. 다른 사람들도 웅얼웅얼 그렇게 생각한다는 뜻을 나타냈다.

"이제 정말 마누라 앞에서 얼굴 못 들게 생겼구나. 반쪽짜리 월급 봉투를 어떻게 내민다?" 다나까 이사의 말에 웃음이 터지면서, 좌중의 분위기가 좀 가벼워졌다.

'앤더슨이 적극적으로 나서준다면, 가능할 것도 같은데…… 어떻게 할까? 만일 성사가 안 되면, 괜히…… 가만히 있으면 이등이라고 하는데……' 고개를 들다가, 시까자와 상무와 눈길이 마주쳤다.

"기노시다 과장, 무슨 좋은 생각 있나?"

그는 마음을 정했다. "제가 보기에는 지금 자금 압박은 소요와 원천의 두 부문에서 함께 생기는 것 같습니다. 소요 부문에서의 압박도 문제긴 합니다만, 제 생각엔, 원천에서의 압박이 더 큰 문젠 것 같습니다. 판매도 부진하고, 수금 상태도 좋지 않으니까요. 그리고 그런 사정은 앞으로 더욱 심해질 것 같습니다. 아까 상무님께서 말쓰하신 방안은 자금의 소요를 줄이는 방안입니다. 제 생각엔 자금의 소요를 줄이려는 노력과 함께 자금의 원천을 활성화시키는 방안에도 주의를 기울여야 할 것 같습니다."

상무가 고개를 끄덕였다. "좋은 얘긴데…… 그래 무슨 좋은 방안이 있나?"

"지금 제품 재고가 상당히 많습니다. 주괴(鑄塊)가 천 톤이 넘고, 비레트도 이백 톤이 되니까요. 제 생각엔 수출을 하는 게 어떨가 싶습니다. 수출 단가가 낮아서 채산성에선 문제가 있겠지만, 비상 수단으로서는 생각해볼 만하다고 생각합니다."

"지금 얼마나 차이가 나지?"

"주괴의 경우 대략 톤당 백 불에서 백오십 불 정도 될 겁니다. 그렇죠, 하야시 이사님?"

"아마 그 정도 될 겁니다." 하야시 이사가 자신이 없는 얼굴로 대답했다.

"그 정도라면 가능하기도 한데. 재고 비용을 감안하면, 큰 차이가 아닌 것 같은데. 그렇죠, 아오끼 이사?"

"예."

"문제는 수출이 당장 이루어지는 일이 아니라서…… 시판하는 것처럼 전화 몇 통화로 되는 게 아니거든요." 하야시 이사가 탐탁지 않다는 얼굴빛을 지었다.

상무가 고개를 갸웃하더니, 그를 바라다보았다. "기노시다 과장이 원래 해외영업과 출신이니, 수출에 대해서 잘 알겠지. 어떤가?"

"하야시 이사님 말씀대로 수출이 시판처럼 간단하게 이루어지는 것은 아닙니다. 다만 제 생각엔 유사라무측의 협조를 얻을 수 있다면, 가능할 것도 같습니다."

사람들이 일리가 있다는 표정으로 고개들을 끄덕였다.

"유사라무에서 적극적으로 나서만 준다면, 알루미나의 수입과 알루미늄 주괴의 수출을 연계시킬 수도 있을 것입니다. 즉 서호주 알루미나에서 알루미나를 들여와서, 그 대금은 알루미늄 주괴로 치르는 방법이죠. 아니면, 순서를 바꾸어서, 알루미늄 주괴를 먼저 팔고 대금조로 알루미나를 들여와도 되고요.”

“그게 가능할까? 되기만 한다면, 멋진데.” 상무가 자세를 고쳐앉았다.

“유사라무측에게 지금 우리 회사의 사정을 솔직하게 털어놓고, 장기 원료 공급 계약의 내용을 조금 일찍 집행하는 것으로 하자면 될 것도 같습니다. 사장님께서 이번에 미국에 가셔서 계약서에 서명하시면, 기본 계약이 존재하는 셈이니까요. 유사라무측에서도 수수료를 이중으로 챙기는 거래고, 또 세계 시장에 나오는 물품을 통제한다는 각도에서도 환영하면 했지 마다할 이유는 없을 것입니다. 어차피 합작 투자가 이루어지면, 수출만큼은 피츠버그의 세계 시장 전략에 따라 결정될 테니까요.”

“그럼 그것을 한번 생각해보기로 하지. 하야시 이사 의견엔 어떻소? 괜찮겠소?”

“좋은 생각인데요.”

“아오끼 이사하고 다나까 이사는?”

“저도 좋다고 생각합니다.”

“저도 그렇게 생각합니다.”

“그럼, 기노시다 과장, 계획을 세워서 사장님께 보고 올릴 수 있도로 해주게. 오늘중으로 되겠지?”

“예.”


39


위에서 설명한 바와 같이 식민지 토착 언어의 쇠멸은 필연적으로 전통의 단절에 의한 토착 문화의 쇠멸을 가져온다.

이어서 토착 문화의 쇠멸은 필연적으로 토착 언어의 배후지의 상실을 가져온다. 한때는 번영했었으나 새로운 교역로의 출현으로 화물을 잃고 급속히 몰락한 항구들과 같은 운명을 맞게 되는 것이다. 이러한 악순환은 구주의 제국주의 국가들이 급격히 해외로 발전하기 시작한 16세기 이래 세계 도처에서 보게 된 현상이다.

기원전 3세기 나마(羅馬)가 팽창하여 대제국을 건설한 이래 처음으로 수많은 군소 민족들의 언어들이 단기간에 쇠멸하였다. 신대륙의 원주민 언어들——라틴 아메리카에만 1,700종의 언어가 있었던 것으로 추정되고 있다——로부터 시작되어 아프리카를 거쳐 아세아에 뻗친 이 죽음의 행렬은 아직 멈출 기미가 보이지 않는다.

——더글라스 로렌스, 『식민지』에서*


눈을 쉬려고, 히데요는 고개를 들어 창밖을 내다보았다. 며칠 동안 계속 늦게까지 책을 보았더니, 눈이 아프고 침침했다. 흐린 하늘 아래 멀리 게이호꾸상(京北山)의 능선이 흐릿했다.

'이러다간 눈을 버리겠다. 좀 쉬어야지.' 그렇게 생각하는 사이에도 그의 눈길은 다시 책장으로 갔다. 그는 속으로 쓴웃음을 지으면서, 자리에서 일어나 창가로 갔다. '지금쯤 떴을까?' 시계를 보니, 10시 19분이었다. '예정대로 떴으면, 벌써 미즈하라(水原)쯤 갔겠구나. 열시 십분 비행기라니. 마침내……'

하시모도(橋本) 사장과 시까자와(鹿澤) 상무가 유사라무와의 '합작 투자 계약서'에 서명하기 위해 오늘 피츠버그로 떠난 것이었다. 회사에서 그래도 간부라고 행세하는 사람들은 모두 가네우라(金浦) 공항으로 전송을 나간 덕분에, 사무실엔 아침부터 파장 기운이 돌았다. 기획부만 하더라도 다나까 이사, 야마시다 부장, 다까미야 과장이 나갔기 때문에, 그 자신이 제일 윗사람이었다.

오늘은 오래간만에 마음이 가벼웠다. 길고 어려웠던 합작 투자 협상이 마침내 끝난 것이었다. 그것도 크게 성공적으로. 그러나 그의 마음이 가벼운 것은 그것 때문만은 아니었다. 오늘 아침 게이조우 마이니찌 신문의 '이 달의 시'란에 그의 시집이 크게 언급된 것이었다. 히라야마 에끼겡(平山益軒)이라는 젊은 평론가가 쓴 월평이었는데, 지면의 반을 할애해서 그의 시집을 다루었다. 히라야마는 특히 「단노우라(壇浦) 회고」와 「겨울 야스구니 진자(靖國神社)」를 대비해서, 히데요의 시세계가 어떻게 변모했나를 중점적으로 다루었다. 그와 히라야마는 안면이 없는 사이여서, 마음이 더욱 흐뭇했다.

'잘하면, 문학상 하나쯤은 받겠다. 총독문학상(總督文學賞)까지는 바라볼 수 없겠지만, 작은 것 하나쯤은……' 그는 창가에서 떠나 아까부터 심란한 표정으로 실행 예산서를 뒤적이고 있는 데라우찌 게이고(寺內奎吾) 곁으로 다가갔다. "별로 일할 맛이 나지 않는데, 높은 사람들이 없으니. 하여튼 회사에는 주인이 버티고 있어야 일이 되지, 그렇지 않으면……"

데라우찌가 예산서를 놓으면서, 빙그레 웃었다. "정말 그런데요. 일이 영 손에 잡히지 않는데요."

"어디 술맛 좋은 술집 안채에 들어앉아서 술이나 마시면 딱 좋을 날씨로구먼. 뭘 좀 해야지. 이런 좋은 기회를 놓치면, 나중에 후회하는데."

"뭘 하죠?"

"생각 좀 해봐."

"과장님, 사다리타길 하죠." 요시무라 마스지로우(吉村益次郎)가 반갑게 소리쳤다.

"그러죠, 과장님. 사뽀로 아이스꾸리무 하나씩."

"그럼 그려봐."

요시무라가 이내 종이에 다섯 줄을 그어가지고 왔다. "과장님 먼저 집으세요."

"맨 왼쪽 걸로 하지."

"이건 과장님 거. 기노시다. 자아, 데라우찌 계장님, 집으세요."

모두 자리에서 일어나, 데라우찌의 책상 둘레로 모여들었다. 도끼에까지 끼여들었다.

"그럼 개봉하겠습니다." 요시무라가 집었던 종이를 펼쳤다. "자아, 삼 원짜리. 짠, 짠, 짜안, 짠, 다시 요리로 올라가서, 짠, 짜안, 하아, 당선은 시마즈 도끼에씨. 축하합니다."

박수가 터졌다.

"또오? 왜 난 언제나 큰 것만 걸리지?"

"마음씨가 고우니 그렇지요. 자아, 다음엔 이 원짜리. 짠, 짠, 짠, 짜안……"

결국 도끼에가 삼 원, 데라우찌가 이 원, 이시다 겐지(石田顯治)가 일 원씩 내게 되었다. 후꾸다 스즈꼬(福田鈴子)가 돈을 걷어, 아이스크림을 사러 나갔다.

그는 다시 책상 앞에 앉아, 책을 읽기 시작했다.


……두 언어가 한 사회 안에서 마주칠 때는 대략 두 가지 양상이 나타난다.

두 언어가 상당히 가까워서 그 언어들을 쓰는 사람들이 그리 어렵지 않게 서로 이해할 수 있는 경우엔, 두 언어가 혼합되어 중간적인 새로운 언어가 나오게 된다. 18세기 노서아에는 세 가지 노서아어가 공존하고 있었으니, 그것들을 종교적 의식이나 저술에 쓰인 '교회 슬라브어,' 가정과 일반 사회에서 쓰인 '정통 노서아어,' 그리고 '교회 슬라브어'가 간략화되어 비교적 문어(文語)의 성격을 띠었던 '슬라브 노서아어'였다. 슬라브 노서아어는 원래 순수한 교회 슬라브어의 어휘를 가졌었는데, 점차 성경에서 연유한 말들을 버렸다. 아울러 그 문법도 교회 슬라브어의 일부 형식들을 버리고, 정통 노서아어적인 어미 변화와 통어적 구조(統語的構造)를 택하게 되었다. 그래서 슬라브 노서아어와 정통 노서아어는 다른 언어들이 아니고 한 언어의 다른 형태들인 것으로 인식되게 되었다. 마침내 19세기 초엽까지는 슬라브 노서아어는 더욱 노서아어화되고, 정통 노서아어는 좀더 문어화(文語化)해서, 두 언어가 하나로 융합되었다……

'재미있는 일인데.' 그는 그 부분에 밑줄을 그으면서, 다시 읽었다. 처음에 그가 『언어학』을 산 것은 조선어를 배우려면 아무래도 먼저 최소한의 언어학 지식이 있어야 되겠다는 막연한 생각에서였다. 이제 그 책을 거의 다 읽고 나니, 언어의 실체가 뿌우연하게나마 보이는 듯도 했다. 세월의 흙 속에 묻힌 조선어의 실체를 찾으려면 어디를 파고 무엇을 살펴보아야 하는지 어렴풋이 짐작이 가기 시작했다.
스즈꼬가 아이스크림을 사가지고 돌아왔다. 그는 아이스크림 한 개를 받아 먹으면서, 다시 책을 읽었다.

만일 두 언어가 매우 다르면, 새로운 언어를 채택해서 쓰는 사람들은 원래의 언어로부터 단어들과 범주들을 가지고 와서 새로운 언어의 틀에 맞추어 표현하게 된다……

그의 몸 속 어느 깊은 곳에서 가시에 찔린 아픔이 있었다. 그는 잠시 숨을 멈췄다가 길게 내쉰 다음, 그 부분을 다시 읽어보았다. 틀림없었다. '조선 사회가 바로 이 경운데……'
그는 계속 읽어나갔다. 책에는 이어서 애란어(愛蘭語), 부르타뉴어, 아이티 불란서어의 예가 상세하게 설명되어 있었다.
'바로 이것이구나. 조선어와 국어, 아니 일본어의 만남을 설명한 것이……' 그는 흥분의 기운이 가슴을 채운 듯해서, 자리에서 일어나 다시 창가로 갔다. 비가 내리는 모양으로 게이호꾸상 위의 구름들은 아랫도리가 풀리고 있었다.
'조선인들이, 틀림없이 내지인들의 강제에 의해, 조선어를 버리고 일본어를 쓰게 되었을 때, 조선인들은 자신들이 잃게 된 언어로부터 무엇을 지니고 왔을까? 성을 버리고 씨를 새로 만들고 이름을 갈았다 하니, 인명은 아니고…… 지명은? 그렇지, 지명은 남았지. 비교적 많이 남았지.'

『조선 고시가선』을 읽었을 때, 그는 거기 나오는 지명들을 그리 어렵지 않게 알아볼 수 있었다. 게다가 조불 사전(朝佛辭典)의 둘째 부록은 조선의 지명을 수록한 것이었다. 부록의 뒷부분이 떨어져 나가긴 했지만, 한자로 된 지명들은 대부분 그대로 남아 있는 것을 충분히 확인할 수 있었다. 조금씩 변한 것들도 있었다——남산(南山)이 게이난상(京南山)으로 되고, 북악산(北岳山)이 게이호꾸상(京北山)으로 되었으며, 한강(漢江)이 강가와(漢川)로 바뀐 것처럼.

'물론 음은 일본어식으로 바뀌었지. 백두산(白頭山)이 하꾸도우상으로 불리고, 전라도(全羅道)가 젠라도우로 불리는 것처럼…… 가만있자, 사람들이 '젠라도우'를 '절라도'라고 발음하는 것을 난 지금까지 조선의 사투리 발음으로 알았는데, 그게 아니고…… 원래 '전라도'의 조선어 발음이 남아 있었던 것이었구나…… 그러고 보면, 나이가 많이 든 조선인들이 '오'나 '요'를 흔히 '어'나 '여'로 발음해서 내지인들에게 놀림을 받는 것이 실은 사투리를 쓰는 것이 아니라, 조선어를 쓰던 습관이 아직 남아서 그런지도 모르겠다……'

빗방울 하나가 유리창에 부딪혔다. 이어서 또 하나가 떨어졌다. 게이호꾸상의 윗부분은 풀린 구름자락으로 가려져 있었다.

'그러고 보면, 조선인들이 영어를 할 때, 내지인들과 달리 원음을 충실하게 내는 것도 이해가 간다. 내지인들이 '아루미니우무'라고 괴롭게 발음하지만, 조선인들은 어렵지 않게 '알루미늄'이라고 원음에 가까운 소리를 내거든…… 가나(假名)에는 종성이 없지만, 억지로 있다고 해야 기껏 하쯔옹(撥音)과 소꾸옹(促音)의 둘뿐이지만, 조선 문자에는 종성이 많으니……'

"비가 본격적으로 내릴 모양인데요, 과장님." 데라우찌가 창가로

와서 그의 옆에 서면서 말했다.

"응." 그는 생각이 끊긴 것이 달갑지 않아서 짤막하게 대꾸했다.

"비가 와도 비행기가 뜨는 데는 지장이 없죠?"

"그럴걸." 그가 여전히 짤막하게 대꾸하자, 데라우찌도 그가 반가 워하지 않는다는 것을 느꼈는지 슬그머니 창가를 떠나 사무실 밖으로 나갔다.

'비록 조선인들이 조선어를 잃었지만, 그래도 아주 버리진 않았구나.'

문득 어릴 적 겨울에 불에 타서 없어진 집터에서 놀았던 것이 생각났다. 젱끼(全義)의 외갓집 근처에 불탄 집을 아주 허물어버리고 일군 밭이 있었다. 땅이 검어서 다른 밭보다 일찍 눈이 녹았는데, 막대기로 땅을 후비면 불에 타고 남은 것들이 나왔었다. 별의별 것들이 다 있었다. 한번은 자루가 타서 없어진 인두를 찾아내고, 득의 양양하게 외할머니한테 가지고 가서 자랑했었다. 그것을 받아들고 처연한 얼굴로 쯧쯧 혀를 차던 외할머니의 모습이 떠올랐다.

'그 집처럼 조선어도 사라졌지만, 조선인들이 쓰는 일본어에 아직 그 조각들이 남아서……'

빗줄기가 굵어져 있었다. 메이지마찌(明治町) 쪽으로 가는 골목길에는 사람들이 종종걸음을 치고 있었다.

'비가 내린다. 무심히 내린다. 혼마찌(本町)의 번화한 거리에. 조선총독부 건물 위에. 멀리 게이호꾸상이 된 북악산에. 그 너머 이름 바뀐 서러운 마을들과 시내들 위에 내린다.' 눈초리에 고인 따스한 물방울 하나가 무거워졌는지 조르르 볼을 타고 내렸다. '그리고 여기 내 가슴에도 내린다.'

# 사　월

## 40

　　학교에서의 군사 훈련이 확고한 국가관의 함양과 국방력의
증강에 필수적인 제도라는 문부대신의 말씀이 진정에서 나온
것임을 나는 믿습니다. 선전은 흔히 그것이 목표로 한 사람
들보다는 그것을 만들어낸 사람 자신을 훨씬 쉽게 설득하기
때문입니다. 그러나 중요한 것은 믿음이 아니라 사실임을 문
부대신께서도 인정하실 것입니다. 우리 함께 단 하루만이라
도, 아니 단 한 시간만이라도, 정직하게 사실을 바라봅시다.
그러면 우리는 알게 될 것입니다: 학교에서의 군사 훈련은
확고한 국가관의 함양이나 국방력의 증강을 위해 도입된 것
이 아니고, 오십여 년 전에 우가끼 가즈시게(宇垣一成) 육군
대신이 예비역 장교들의 일자리를 마련하기 위해 도입한 제
도임을.

　　──후지와라 도시아끼(藤原利明) 중의원(衆議院)
　　의원, 쇼우와 55년 10월 14일 대정부 질문에서*


　　"앤더슨씨, 기차 여행은 재미있었습니까?" 히데요(英世)는 고기를
잘게 썰면서 물었다.

　　"예." 냅킨으로 입가를 조심스럽게 훔치고 나서, 앤더슨이 진지한
얼굴로 대답했다, "아주 흥미롭고 유익한 여행이었습니다. 이제 비
로서 일본을 좀 알 것 같다는 생각이 듭니다. 일본을 방문하는 우리

회사의 다른 사람들에게도 기차 여행을 추천할 생각입니다."

피츠버그에서 계약서 서명이 예정대로 끝났다는 앤더슨의 전문을 받자, 그는 앤더슨이 빨리 방일(訪日)해주길 바란다는 답신을 냈었다. 서호주 알루미나와의 구상 무역(求償貿易) 계약을 추진하려는 생각에서였다. 표면적 이유는 총독부로부터 합작 투자 허가를 일찍 얻어내는 데 앤더슨의 도움이 필요하다는 것이었다. 사실 그렇기도 했다. 서양 사람들이, 특히 미국 사람들이, 찾아가서 부탁하면 관공서의 일이 빨리 추진되는 것이 사실이었다.

"도우꾜우에서 시모노세끼(下關)까지 쭉 기차를 타신 거예요?" 도끼에(時枝)가 물었다. 주홍빛 고소데(小袖)를 입고 머리를 뒤로 묶어 짙은 자줏빛 비녀를 꽂은 그녀의 모습은 한 송이 연꽃처럼 화안했다. 자랑과 사랑이 섞인 감정이 그녀를 바라보는 그의 눈길 앞에 아지랑이처럼 아른거렸다.

"아닙니다. 도우꾜우에서 교우또우(京都)까지 기차로 가서, 거기서 하루 묵었습니다. 다음엔 오오사까(大阪)로 내려와서, 배를 타고 세또나이까이(瀨戶內海)를 지났습니다. 오오이따(大分)에서 하선해서, 기차를 타고 나가사끼(長崎)까지 갔죠. 이번 여행에서 규우슈우(九州)까지의 기차 여행을 정당화시킨 것은 노구찌 중공업(野口重工業)의 나가사끼 공장 방문이었거든요. 이번 여행의 비용을 인정할 수 없다고 회계부에서 뭐라고 하면, 그 공장의 사진을 내밀 참이거든요."

좌중에 웃음이 터졌다.

"오오이따에서 나가사끼로 갈 때, 일부러 남쪽으로 한바퀴 돌았죠. 가고시마(鹿兒島)까지 가보았습니다." 웃음이 그치자, 앤더슨이 도끼에를 바라보며 말했다.

"가고시마까지 가셨었군요." 도끼에가 반가워했다.

"예. 가고시마에서 하루 묵으면서, 고적들을 살펴보았습니다. 사이고우 다까모리(西鄕隆盛) 장군의 유적을 몇 군데 찾아보았습니다."

"그러셨어요? 사이고우 장군에게 흥미를 가지고 계신가요?" 도끼에
는 식사하던 손길을 아예 멈추고 앤더슨을 쳐다보고 있었다.

"예. 이번 합작 투자 일을 맡게 되자, 일본을 소개한 책을 한 권 구
했습니다. 일본을 좀 알아야 되겠다는 생각에서요. 거기서 전 난슈
우(南洲)의 극적인 생애를 알게 되었습니다. 영어로 씌어진 난슈우
의 전기를 구할 수가 없어서 제대로 공부할 수는 없었습니다만, 난
슈우에 대한 기사들을 구할 수 있는 대로 구해서 읽었습니다. 알게
되면 알게 될수록, 난슈우에 대한 흥미가 깊어지더군요. 자신이 주
도한 혁명 때문에 자신이 속한 무샤(武者) 계급이 몰락하는 것을 보
게 되고, 끝내 몰락해가는 무샤 계급의 원치 않는 지도자가 되어 반
혁명의 대열을 이끌다가 죽은 사람——세계 역사에서 그렇게 비극
적인 삶을 산 사람은 드뭅니다. 가고시마 시갓꼬우(鹿兒島私學校)의
돌담에 남은 총탄 구멍을 보면서, 저는 참으로 비감한 느낌을 받았
습니다."

히데요는 흘끗 도끼에의 얼굴을 살폈다. 그녀의 눈가가 좀 촉촉한
듯했다.

"저는 지금도 어째서 일본에 난슈우의 생애를 소재로 한 위대한 문
학 작품이 나오지 않았는지 이해가 안 됩니다. 제 나름대로 자료들
을 찾아보았는데, 그런 작품이 있다는 얘기는 없더군요. 『햄릿』에 비
교될 만한 소재거든요. 어떻게 보면, 훨씬 장엄한 소재죠. 기병하기
전에 난슈우가 내려야 했던 결정은 한 사람의 운명에 관한 것이 아
니라, 삼만의 사쓰마(薩摩) 사무라이(侍)들의 운명에 관한 것이었거
든요. '반기(叛旗)를 들어도 주살(誅殺)되고, 들지 않아도 주살된다'
는 탄식에서 저는 이내 햄릿 왕자의 '살 것이냐 죽을 것이냐'가 떠올
랐습니다. 『햄릿』은 위대한 작품입니다. 그러나 소재의 무게로 보면,
햄릿 왕자가 내려야 했던 결정은 난슈우의 그것에 비하면 아무것도
아닙니다. 난슈우의 죽음과 함께 전일본의 사무라이들의 희망도 사
라져버렸고, 웅번(雄藩) 사쓰마의 영광도 사라져버렸거든요. 아, 미

안합니다. 나도 모르게 연설을 하고 말았습니다." 앤더슨이 급히 포크를 집어들었다.

"아닙니다. 그것이 연설이었다면, 그것은 아주 감동적인 연설이었습니다." 손수건을 꺼내어 눈가를 살짝 누르는 도끼에를 흘긋 쳐다보고 나서, 그는 앤더슨을 향해 진지한 얼굴로 말했다.

"네. 아주 감동적인 말씀이었어요." 도끼에가 수줍게 웃으면서 말했다.

"실은 이번에 가고시마에 가서, 제가 시마즈(島津)양의 이름을 좀 팔았습니다. 예약을 하지 않았더니, 호텔에서 방이 없다고 하더군요. 그래서 호텔 지배인을 찾아서, '실은 내가 시마즈양의 친구인데, 한번 가고시마에 가보라는 그녀의 얘기를 듣고 찾아왔습니다. 어떻게 방 좀 구할 수 있겠습니까?'라고 했죠. 그랬더니, 태도가 이내 달라집디다. 덕분에 바다에 면한 좋은 방에서 묵었죠. 용서해주시기 바랍니다."

웃음이 터졌다.

"실제로 친구 아녜요? 적어도 저희 과장님하고 저는 앤더슨씨를 친구로 여기고 있는데요."

다시 웃음이 터졌다.

"고맙습니다." 웃음이 그치자, 앤더슨이 고개 숙여 인사했다. "기노시다(木下)씨가 처음에 시마즈 가문에 대해 설명하셨을 때, 솔직히 말씀드리면, 저는 대단치 않게 생각했었습니다. 이번에 가고시마에 가보고 나서, 제 잘못을 깨달았습니다. 가고시마를 찾아보고서야, 동양의 유서 깊은 집안이 무엇을 뜻하는지 깨달았습니다."

도끼에의 얼굴이 복숭아처럼 발갛게 익고 있었다. "칭찬해주셔서 고맙습니다. 가고시마에선 어디를 가보셨나요?"

그녀의 검은 머리 아래 드러난 하얀 덜미의 살이 거의 아픔으로 히데요의 눈 속으로 들어왔다. '아, 저 눈처럼 흰 살에……' 그는 고개를 흔들어 그 생각을 떨쳐버리고서, 고기 한 점을 집어들었다.

고기가 퍽퍽하게 느껴졌다.

"겨우 이틀을 묵은 까닭에 여러 곳을 찾지는 못했습니다. 난슈우의 유적들하고 도우고우 헤이하찌로우(東鄕平八郞) 제독의 동상을 찾았고, 가고시마 징구우(鹿兒島神宮)에 갔었죠. 그리고 사꾸라시마(櫻島)를 한바퀴 돌았습니다. 사꾸라시마는 참 아름답더군요. 하여튼 가고시마는 아름다운 항구 도시입니다. '동양의 나폴리'라는 이름이 그럴듯해요. 아니면 나폴리를 '서양의 가고시마'라고 해야 옳을는지도 모르죠."

다시 웃음판이 되었다.

자신이 화제에 보탤 것이 별로 없어서, 그는 안타까웠다. 그는 가고시마에 가본 적이 없었다. 내지에 출장간 적이야 여러 번 있었지만, 으레 도우꾜우의 여관에서 머물다 곧장 돌아오곤 했었다. 구경 다닐 생각은 하지도 못했었다. 같은 일본 국민이면서도, 조선인은 내지에 들어가는 것이 쉽지 않았다. 단 며칠 동안 다녀오려고 해도, 내무국의 허가를 얻어야 했다. 게다가 도끼에가 앤더슨에게 큰 관심을 보이는 것이 마음에 걸렸다. 자신에게 인정하고 싶지는 않았지만, 질투와 비슷한 신감정이 가슴 한구석에 고이는 것을 그는 느끼고 있었다.

"'서양의 가고시마'라. 그것 참 재미있는 표현인데요." 미야모도 도꾸조우(宮本德三)가 말했다. 미야모도는 미국계 회계 감사 회사인 존슨·애치슨 앤드 카펜터의 게이조우 지점 직원이었다. 유사라무에서는 이번 합작 투자에 관한 회계 업무를 존슨·애치슨 앤드 카펜터에 맡기고 있었는데, 미야모도는 지금 한도우 경금속의 자산을 실사하고 있었다. 합작 투자가 이루어지면, 아무래도 미야모도가 새 회사에서 중요한 일을 할 것 같았다. 그래서 미리 사귀어두려고, 저녁 식사에 초대한 것이었다.

"하지만, 시마즈양," 웃음이 멈추자, 앤더슨이 도끼에에게 말했다, "이번에 본 것은 일본의 겉모습뿐입니다. 저는 일본의 진정한 모습을 보고 싶습니다. 시마즈양, 나중에 추천장 하나 써주십시오. 기회가 생기면, 사쯔마번(薩摩藩)의 다이묘(大名) 저택을 구경하고 싶습니다."

"기꺼이 써드리죠. 제 큰아버님께서도 좋아하실 거예요. 큰아버님께서는 남에게 집안 자랑하시는 것이 제일 큰 취미시니까요."

"저도 동행했으면 합니다." 웃음이 멈추자, 미야모도가 말했다.

식사가 끝나고 디저트를 주문하자, 자리에 잠시 침묵이 흘렀다. 그가 마음속으로 분주하게 화제를 찾는데, 앤더슨이 옆에 앉은 미야모도에게 슬쩍 물었다, "미야모도씨, 예비군 관계 일은 잘 해결되었습니까?"

"아직 잘 모르겠습니다. 어저께 얘기한 그 친구가 애를 쓰고 있으니까, 잘될 것도 같은데……" 미야모도가 싱긋 웃으면서, 머리를 긁었다.

앤더슨이 고개를 끄덕였다. "잘되기 바랍니다."

"무슨 얘기냐 하면요," 미야모도가 일본어로 그와 도끼에에게 설명했다, "제가 예비군 훈련에 불참했다고 고발됐거든요. 그래서 지금 그걸 수습하느라고 땀을 빼는 중입니다." 말은 그렇게 해도, 미야모도는 그리 걱정하는 얼굴이 아니었다.

"아, 그래요? 잘될 것 같습니까? 고발당하면, 골치가 아픈 모양이던데요."

"받기 싫어서 일부러 빠진 것도 아니고, 어떻게 하다가 두 번 불참했는데. 재교육 때, 회사 일로 만주에 갔다가 연락이 안 되어서, 또 빠졌거든요. 그랬더니, 중대에서 고발해버렸어요. 미리 돈을 좀 주고 손을 썼으면 되는데, 예비군 훈련 때문에 돈 쓰는 것이 영 억울해서 그냥 놔뒀더니. 정상 참작이 된다고, 담당 검사가 기소 중지 처분을 내릴 것 같습니다. 마침 그 검사가 우리 회사 직원의 친한 친구거든요."

"예비군 훈련은 며칠 동안이나 받습니까?" 앤더슨이 미야모도에게 물었다.

"일 년에 백이십 시간이니…… 팔로 나누면…… 십오 일입니다."

"십오 일요? 좀 긴데요. 생업에 지장이 있겠는데요."

"있다뿐입니까?" 미야모도가 웃으면서 대꾸했다. 외국 회사에 근무하는 까닭에, 미야모도의 영어는 유창했다. 그보다 대여섯 살 아래로 보였는데, 게이조우 다꾸쇼꾸 대학교(京城拓殖大學校)의 상학부를 나왔다고 했다.

"예비군 제도 자체는 이해할 수 있습니다만, 전시도 아닌데, 왜 그렇게 훈련을 많이 합니까?" 앤더슨이 물었다.

미야모도는 '누가 압니까?'라는 뜻으로 어깨를 추스르고서, 담배를 빼어물었다.

히데요는 앤더슨의 얘기에 대해 그냥 있기도 뭣해서, 웃으면서 말했다, "전시는 전시죠. 만주국 서부에서 지공군(支共軍)과 싸우고 있으니까요."

"그거야 어디 전쟁이라고 할 수 있겠습니까?" 앤더슨이 말하다가, 아차 싶었던지 급히 입을 다물었다. 찰합이성(察哈爾省)에서의 싸움은 지공에 대한 일본의 일방적 침입이니, 일본이 그만두려면 언제라도 그만둘 수 있는 일이 아니냐는 얘기를 하려던 모양이었다.

마침 디저트가 나왔다.

"먹음직스러운데." 미야모도가 어색해지려는 분위기를 돌이키려는 듯 좀 큰 소리로 말하고서, 아이스크림 그릇을 앞으로 당겼다.

"제 생각에도 지공군과의 싸움 때문만은 아닙니다." 그는 과일 칵테일 그릇을 앞으로 당겨놓으면서 말했다. 미야모도가 화제를 바꾸려는 뜻을 모르는 바가 아니었다. 실은 미야모도의 그러한 노력을 고맙게 생각하고 있었다. 그러나 어쩌다 좀 적당치 못한 화제가 나와서 좌석의 분위기가 어색해지면, 화제를 바꾸는 것이 분위기를 바꾸는 데 그리 효과적이지 못하다는 것을 그는 경험으로 알고 있었다. 그 화제를 가볍게 처리하는 편이 차라리 나았다.

“예비군 제도는 지공군과의 싸움이 시작되기 훨씬 전에 생겼으니까
요. 정확하게 말하면…… 오십육 년 전에 생겼습니다.”

“아, 그렇습니까?”

“예. 제 생각엔 노서아라는 대국이 북쪽에 있다는 사실이 근본적
이유들 가운데 하나인 것 같습니다. 일본의 노서아에 대한 불신과
경계는 뿌리가 깊습니다. 따지고 보면, 노서아는 일본이 싸운 유일
한 서양 국가거든요.”

“그렇군요.” 앤더슨이 고개를 끄덕였다.

“하지만 저도 당신이 지적한 대로, 일 년에 십오 일이라는 시간은
너무 길다고 생각합니다. 좀 줄여야 합니다.”

“과장님께서 하신 말씀이 맞아요. 예비군 훈련 때문에 회사 업무가
마비되다시피 하는 날도 있어요. 훈련을 많이 한다고 해서, 무슨 효
과가 있는 것 같지도 않구요.” 도끼에가 거들었다.

“회사원처럼 직장을 가진 사람들은 훈련 기간에도 봉급을 받으니,
그래도 큰 문제는 없습니다. 그러나 자신의 사업을 하는 사람들에겐
예비군 훈련이 큰 타격입니다. 하루 벌어서 하루 먹는 행상들이나
날품팔이꾼들에겐 정말로 큰 문제죠. 이 제도를 만들고 관장하는 사
람들이 직업 군인들이니까, 그런 불쌍한 사람들을 생각할 리가 없
죠.”

“제가 제대할 때만 해도 일 년에 백 시간이었거든요. 그런데 찰합
이성에서 전쟁이 나면서, 백이십 시간으로 되었죠.” 미야모도가 말
했다.

“제가 제대할 때만 해도 일 년에 팔십 시간이었거든요.” 그의 말이
미야모도의 말을 흉내낸 것이 되어 웃음이 터졌다. “그러다가 쇼우
와 사십팔년, 그러니까 천구백칠십삼년에 팔·일오 사건이 나고 하
다께나까겐지(畑中健二) 정권이 들어서면서, 백 시간으로 늘어났죠.
그때는 새로 정권을 잡은 군인들이 하도 서슬이 퍼래가지고 설치는
바람에 아무도 말 한마디 하지 못했죠. 그뒤로 감히 이 문제에 대해

얘기하는 사람이 없었습니다. 훈련 시간을 줄이자는 얘기를 하다간, 비애국적 시민으로 몰리기 십상이니까요."

"지공군과의 전쟁이 끝나면, 좀 나아지겠지요. 요새 백이십 시간은 아무래도 좀 많다는 얘기가 현역 군인들 사이에서도 나온다니까요." 미야모도가 빈 아이스크림 그릇을 밀어놓고 담뱃갑을 집으면서 말했다.

"그렇게 되면, 난 손핸데. 난 올해만 받으면, 예비군에 작별을 고하게 되는데."

다시 웃음이 터졌다. 그는 기회를 놓치지 않고, 화제를 돌렸다. "앤더슨씨, 이번에 기차 여행을 하시면서 느끼신 소감을 얘기해주시겠습니까?"

"예." 앤더슨이 잠시 생각했다. "무엇보다도 조선 해협의 양쪽이 서로 많이 다르다는 점을 느꼈습니다. 조그만 해협으로 나뉘었는데도, 일본 열도와 조선 반도 사이에는 많은 차이점들이 있더군요. 한 나라고, 말과 글이 같고, 모든 제도들도 같아서, 언뜻 보기에는 비슷하지만, 가만히 살펴보면, 확연히 다르거든요."

세 사람 모두 말없이 고개들만 끄덕였다.

"한 나라 안의 여러 지방들에 각각 그 나름대로의 특색이 있다는 것은 좋은 일이라고 나는 생각합니다." 자신이 한 말의 강도를 누그러뜨리려는 듯 앤더슨이 서둘러 덧붙였다. "미국의 경우는 그것이 바로 가장 큰 특색이죠. 그리고 가장 큰 강점이라고 말하는 사람들도 있습니다. 각기 다른 문화적 배경을 가진 사람들이 모여서 한 사회를 이루었으니까요."

미야모도가 열심히 고개를 끄덕였다.

"그런데 흥미있는 것은 전통적 유산이 조선 반도보다 일본 열도에 훨씬 잘 보존되어 있다는 사실입니다. 언뜻 생각하기엔, 일본 열도가 제국의 중심지라 전통적인 것들이 덜 남았을 것 같은데, 실은 그렇지가 않더군요." 앤더슨이 그를 흘긋 쳐다보았다.

못에 찔린 듯한 아픔을 가슴 한구석에 느끼면서, 그는 그저 고개
만 끄덕였다.

"경제 개발을 급하게 추진하다보니, 그런 것 같습니다. 총독부에서
도 이젠 사회 복지를 고려한 경제 정책을 펴나가겠다고 하니, 좀 나
아지겠죠." 미야모도가 가볍게 대꾸했다.

앤더슨의 논지와 어긋났을망정 분위기가 어두워지는 것을 막은 미
야모도의 말이 그는 무척 고마웠다.

"재미있는 얘기군요." 그는 가벼운 웃음을 얼굴에 띠면서 말했다.
"오늘 이렇게 식사를 같이한 것은 저로선 큰 즐거움이었습니다. 존
슨·애치슨 앤드 카펜터의 대표께서 참석해주셔서, 더욱 유익하고
재미있었던 것 같습니다. 고맙습니다."

앤더슨과 미야모도가 황급히 고맙다고 인사를 했다. 그는 계산서
를 집어들고, 먼저 자리에서 일어났다.


헤어지기 전에 앤더슨이 그에게 슬쩍 잡지 한 권을 내밀었다.
"『뉴스월드』 이번 호에 흥미있는 기사가 나왔더군요. 한번 보십시
오."

"고맙습니다." 그는 잡지를 받아들면서, 표지를 훑어보았다. 세계
지도를 배경으로 하여 큰 글자로 '식민지 문제'라고 씌어 있었다. 가
슴이 뜨끔했다. 눈길이 마주쳤다. 그는 천천히 손을 내밀어 앤더슨
의 손을 잡았다. 잡은 손에 힘을 주면서 말했다. "정말 고맙습니다,
앤더슨씨."


# 41


노예가 되어보지 않은 사람은 노예가 된 적이 있다는 사실
이 무엇을 뜻하는지 알 수가 없다. 식민지의 경험은 한 민족

의 넋에 드리운 그림자다. 결코 지워지지 않는 그림자다.
　　　　──투투 오로투투, 더글라스 로렌스의 『식민지』
　　　　에서 재인용*

　택시가 게이조우역(京城驛)을 지나 슙뽀주우(春畝通)로 접어들자,
히데요는 도끼에를 돌아다보았다. "고우한도우(江畔道)를 따라 드라
이브나 좀 하지."
　"늦으시면 사모님께 야단맞지 않으세요?" 그녀가 눈가에 웃음을 띠
면서 물었다.
　"늦는 것이야 문제가 되지 않지만, 묘령의 아가씨와 드라이브하느
라고 늦었다는 것을 알면……" 그는 고개를 돌려, 운전사를 바라다
보았다. 나이가 지긋한 사람으로, 차를 차분하게 몰고 있었다. "아저
씨, 고우한도우로 해서 다이니강가와바시(第二漢川橋)를 건너, 에이
도우라(永登浦) 쪽으로 갑시다."
　운전사가 말없이 고개를 끄덕였다.
　도끼에는 에이도우라의 조그만 아파트에서 친구와 함께 살고 있었
다. 그녀의 맏언니가 도우요우 다꾸쇼꾸(東洋拓殖) 게이조우 사업본
부장의 부인이라는 것을 그가 알게 된 것은 지난 가을이었다. 아무
런 불편이 없을 언니 집을 마다하고 혼자 아파트에 나와 사는 것에
그는 내심 놀랐었다. 하긴 내지에서 구할 수 있었을 허다한 직장들
을 마다하고 조선에까지 건너온 것도 예삿일이 아니었다.
　그는 가방을 만지작거리면서, 어떻게 할까 망설였다. 자신이 없었
다. 그는 초조한 마음을 누그러뜨리려고 담배를 찾았다. 그는 오후
를 그녀와 함께 보낼 생각이었다. 저녁에 앤더슨과의 식사에 함께
나가기로 되어 있었으므로, 토요일 오후를 둘이 함께 보내는 것은
자연스러웠다. 실은 바로 그 점을 계산에 넣고, 일부러 토요일 저녁
을 택해 앤더슨과 미야모도 도꾸조우(宮本德三)를 초대한 것이었다.
그러다가 기회를 보아, 그녀를 위해서 지은 연시(戀詩) 한 편을 그녀

에게 줄 심산이었다. 그러나 그가 영화 구경이라도 하면서 오후를 함께 보내자고 말을 꺼냈을 때, 그녀는 집에 가서 할 일이 있다고 사양했었다. 그러고는 주홍빛 고소데(小袖)로 갈아입고 자줏빛 비녀를 꽂고 나타난 것이었다.

가방 속에 든 시야 지금이라도 어디 한적한 찻집에 들어가서 건네주면 되었다. 그러나 어저께까지 그의 가슴을 채웠던 자신감은 사라지고 없었다. 오후를 그녀와 함께 보내면서 분위기를 자연스럽게 만들어보려던 계획이 어그러진 까닭도 있었지만, 그녀가 앤더슨이 나온다고 일부러 집에 들어가서 옷을 갈아입고 나왔다는 사실이 마음에 걸렸다. 게다가 식사할 때 그녀는 앤더슨에게 호감을 갖고 있음을 분명히했다. 그는 어쩔 수 없이 자신과 앤더슨을 비교하고 있었고, 앤더슨은 그의 마음속 깊은 곳에 확고하게 자리잡은 열등감을 불러일으켰다. 내지인을 대할 때면 어쩔 수 없이 느껴온 열등감은, 앤더슨과 비교되자, 훨씬 증폭되어 나오고 있었다. 더욱이나 그 열등감은 사실에 기초를 둔 것이었다. 앤더슨은 서양 사람치고도 체격이 우람했고, 얼굴도 잘생긴 편이었다. 무엇보다도 아직 독신이었다. 도끼에 같은 처녀가 앤더슨과 그를 비교한다면, 판정은 뻔한 것이었다.

'그래도 도끼에와 나는 특별한 사이인데…… 무슨 특별한 사이? 같은 직장에서 근무한다는 것이 그렇게도 특별한 사이인가? 도끼에로서는 직장의 여러 윗사람들 가운데 한 사람일 뿐인데. 비록 가장 가깝기는 하지만…… 하지만 도끼에가 나의 시를 읽으면, 얘기가 달라질지도…… 연시 하나로 여자의 마음을 붙잡아? 지금이 어느 시댄데? 어떻게 해볼 도리가 없는 낭만주의자……'

그는 고개를 천천히 흔들고 나서, 담배에 불을 붙였다. 연기를 깊이 들이켜고 나서, 자신이 지은 시를 속으로 읊어보았다.


　　이리 나서보렴.

햇살이 휘장을 두른 은밀한 한나절
가지 사이로 찾은 바람
부드러운 손길로 아랫배를 스쳐
부끄러움에 눈이 부시면 눈이 부시면
무화과 퍼런 잎사귀 하나
입에 물고 숨어라.
그 그늘 속으로 숨어라.

꽃이 핀다.
마른 나무에서 움돋는 전설의 가지
휘도록 핀다.
다산(多産)의 꽃이 속삭이듯 핀다.
흰 팔을 쳐들어
퍼런 잎사귀 하나로 하늘을 가리고
수줍게 웃어보렴.
보오얀 젖가슴으로 웃으렴.

숨어라. 꼭꼭 숨어라.
그래도 보일라
맑은 동자 속으로 보일라
햇살이 핥는 네 은은한 덜미
숨결이 더워 숨결이 더워
보오얗게 익어가는 부끄러운 한 계절이
아프도록 탐스러운
그 욕정의 짙은 열매가.


　기다하라 고우운사이(北原耕雲齋)의 「화불어(花不語)」에서 암시를
받아 쓴 작품이었다. 요 근래 쓴 시들 가운데서는 드물게 마음에 들
었고 기다하라의 작품에 비해서도 손색이 없다고 생각되었던 작품이

었다. 그는 마음속으로 「화불어」을 읊어보았다.

네 수줍은 꽃술로
날 느껴보렴,
검은 머리로 덜미를 감춘 소녀야.
지난 여름엔 내가 무엇이었나,
살며시 감고서
내 넋의 흘러간 물살을 느껴보렴
먼 파도 소리로.

파란 숨결 깃들인 네 씨방
은은한 등불로 날 느껴보렴.
무엇이 될 수 있다고,
아직은 무엇이 될 수 있다고,
속삭여보렴 네 보드라운 꽃술로.
네 꽃핌의 보오얀 신비로
내 마른 줄기를 감싸주렴.

마지막 봄철이 아픔으로 익으면
열려오는 살
열리는 땀방울들이 맑으리.
껍질이 된 세월 훌쩍 벗어던지고
정숙한 네 눈길 앞에 문득
자랑스럽게 벗고 설 수 있도록
도와주렴. 날 도와주렴.


기다하라가 서른네 살 때 열다섯 살 된 제자에게 준 시였다. 쇼우
와 유신(昭和維新) 체제 아래에서 감연히 도우조우 히데끼(東條英機)
수상을 비판했던 그가 육군헌병사령부에 의해 체포된 다음, 당국에

242

서는 그 시를 증거로 삼아 어린 제자를 유혹한 색마로 그를 몰아붙
였었다.

　그는 두 작품을 다시 한번 비교해보았다. 자신의 시가 기다하라의
작품에 비해 격이 크게 떨어지는 것 같지는 않았다. 「화불어」라는 제
목이 부럽긴 했지만. 그 제목은 물론 「따다 도우깡이 도롱이를 빌리
는 그림(太田道灌借簑圖)」의 '소녀는 말하지 않고 꽃은 말이 없느니
(小女不言花不語)'에서 나온 것으로, 그 훌륭한 절구(絶句)의 무게가
실려 있었다.

　'도끼에가 이 시를 올바로 평가할 수 있을까? 아마 할 수 있겠지.
만일 그렇지 못하고, 그저 멋을 부린 연애 편지 정도로 안다면?'

　도끼에에게 주려고 그 시를 종이에 정성들여 베끼면서도, 그는
'정말 이렇게 해도 좋은가?' 하고 자신에게 여러 차례 물었었다. 어
차피 무슨 결실이 있기 어려운 사랑이었고, 만일 도끼에가 잘못 받
아들인다면, 두 사람이 같이 근무하기는 곤란할 일이었다. 망설여질
수밖에 없었다. 그러나 그는 그녀에게 자신의 사랑을 꼭 알리고 싶
었다. 사랑을 이룰 수 없다는 것은 참아낼 수 있었지만, 자신이 그녀
를 사랑한다는 것을 그녀가 끝내 모르게 되는 것은 도저히 견딜 수
없었다. 더구나 요사이는 자신과 그녀 사이의 관계가 뜻밖에도 빨리
끝날 것만 같은 예감이 그의 마음속에 어둡게 어리고 있었다. 그래
서 사흘 동안에 네 번을 찢고서야, 겨우 마음을 정하고서 갖고 나온
참이었다.

　차가 고우한도우로 접어들었다. 시간이 자꾸 지나간다는 생각에
속은 점점 타들어가고 있었다. 저만큼 하행 열차가 철교를 건너는
것이 눈에 들어왔지만, 그 풍경을 즐길 마음의 여유가 없었다.

　"참 곱네요, 과장님. 기차 등불이." 도끼에가 소녀처럼 탄성을 내
었다.

　"그런데." 그는 건성으로 대답하고서, 나오려던 한숨을 되삼켰다.
'어떻게 한다?'

에이도우라 우체국 앞에서 내려 골목길로 들어가는 그녀의 뒷모습을 차창으로 내다보면서, 그는 자신에게 타일렀다. '다음 기회도 있으니까……' 그러나 그의 마음 한구석엔 확신의 검은 구름이 무겁게 깔리고 있었다. '이제 도끼에에게 사랑을 고백할 기회는 영영 사라졌구나.'

"어디로 가시죠, 손님?"

돌아다보니, 운전사가 거울로 그를 살피고 있었다. "아, 예. 류우야마(龍山) 스나가와(砂川) 아파또로 갑시다."

차가 다시 움직이기 시작했다. 그는 고개를 돌려, 도끼에가 사는 아파트를 바라다보았다. 절망과 아쉬움의 독한 안개가 눈을 가렸다. 그는 어깨 속으로 고개를 파묻고 눈을 감았다. 내리기 전에 도끼에가 한 말이 생각났다——'과장님, 괜찮으세요? 안색이……' 그때가 마지막 기회였다, 그녀에게 고백할. 사랑한다고, 어쩔 수 없이 사랑한다고. '말로 하는 것도 아니고, 그냥 봉투를 건네주기만 하면 되는 건데…… 아, 내가 내지인이기만 했어도……' 문득 조선인으로 태어난 자신의 운명에 대한 절망에 찬 분노가 가슴속에서 아프게 살을 비집고 올라왔다. 이어서 그처럼 운명을 탓하는 자신에 대한 분노가 훨씬 더 큰 아픔으로 솟아오르면서, 눈가가 아려왔다. '못난 녀석……' 볼이 깨물린 모양이었다. 피가 고이는지, 입 안이 찝찔했다.

## 42

이와 같이 어느 방면으로 보아도 조선과 일본과의 이해는
상호 배치하여 그 해를 입은 자는 조선이니, 조선 민족은 자
신의 생존권을 위하여 독립을 선언하노라.
　　　——이광수(李光洙), 다이쇼우 6년 4월 7일 「조선
청년독립단(朝鮮青年獨立團) 선언서」에서*

그러나 우리는 생존에 대한 의무를 가지고 있다. 따라서
우리는 무책임하게 흑백 논리를 가지고 모든 것을 버릴 것이
아니라, 조선 안에서 허가된 범위 안에서 무슨 방침을 세우
지 아니할 수 없다.
　　　——이광수, 다이쇼우 9년 1월 6일자 도우아닛뽀우
　　　(東亞日報),「조선의 민족적 경륜」에서*


　하루라도 속히 황민화(皇民化)가 될수록 조선 민족에게는
행복이 올 것이다.
　　　——가야마 미쯔로우(香山光郎), 쇼우와 4년 5월 8
　　　일자 한도우닛뽀우(半島日報),「창씨개명(創氏
　　　改名)에 관한 소감」에서*


　뜨거운 물이 차츰 견딜 만해졌다. 히데요는 욕조에서 나와 욕실
바닥에 엎드려 팔굽혀펴기를 쉰 번 한 다음, 다시 욕조 속으로 들어
갔다. 그러기를 대여섯 번 하니, 몸이 나른해지면서 얼어붙었던 마
음이 좀 풀리는 것 같았다.
　그의 경험으로는 울적한 마음을 가볍게 하는 데는 몸을 활발하게
움직이는 것이 그래도 가장 나았다. 세쯔꼬와 결혼한 다음 토니아
생각에 가슴이 아프면——아프다는 것은 수사적 표현이 아니었다;
실제로 무슨 집게로 꽉 쥔 것처럼 가슴속이 아팠다——그는 때도
날씨도 가리지 않고 교우낭(興南)의 사택 근처 요우뽀우(鷹峰)로 올
라갔었다. 한껏 숨이 차게 올라갔다가 내려와 몸이 지치면, 그런대
로 견딜 만했었다.
　그는 김이 서린 거울에 물을 끼얹어서 닦아내고, 잘 익은 과일처
럼 발개진 몸을 수건으로 닦으면서 입 속을 살펴보았다. 깨물린 왼
쪽 볼이 흉하게 해어져 있었다. '며칠 고생하겠구나.'
　그가 욕실에서 나왔을 때도 세쯔꼬와 게이꼬는 여전히 텔레비전을
보고 있었다. 문득 가슴이 답답해지면서, 다시 밖으로 나가고 싶은

충동이 울컥 솟았다.

"게이꼬야." 그는 그 충동을 억지로 누르고 딸을 불렀다.

"네, 아빠."

"커피 한잔?"

"네. 끓여드릴게요." 녀석이 냉큼 일어나서 부엌으로 갔다.

그는 그냥 앉은 채 텔레비전을 보고 있는 세쯔꼬 곁으로 가서 앉았다. 요사이 한창 인기가 오르고 있는 「난보꾸쪼우모노가따리(南北朝物語)」가 나오고 있었다. 그도 재미있게 보는 연속극이었는데, 오늘은 도저히 볼 수가 없었다. 의고조(擬古調)의 대사와 시끄러운 배경 음악이 껍질이 벗겨진 살갗을 문질러대는 것 같았다. 그는 슬그머니 일어나서, 자기 방으로 들어갔다. 전축에 슈베르트의 제오번 교향곡 판을 얹은 다음 방안을 서성거리기 시작했다.

전축은 그의 군대 시절의 유물이었다. 북만(北滿)의 길고 쓸쓸한 겨울을 날 때 크게 위안을 주었던 것이라 정이 들어, 게이꼬의 말대로 고물 장수도 선뜻 가져가지 않을 것이었지만 수선해서 조심스럽게 쓰고 있었다. 전축 앞면 한구석엔 게이꼬가 '아빠 재산 목록 제1호'라고 쓴 조그만 쪽지가 붙어 있었다. 근 이십 년 전에 나온 물건이라 지금 나오는 전축들에 비기면 수통스러웠지만, 바로 그 점으로 해서 한 이십 년 더 지나면 골동품 노릇을 할지도 모른다고 녀석에게 말한 적이 있었다.

귀에 익은 선율이 그의 가슴을 보드라운 손길로 어루만지기 시작했다. 그는 슈베르트를 좋아했다. 슈베르트의 작품들에는 불운한 사람들만이 알 수 있는 깊은 감정이 밑바닥에 깔려 있는 듯했다. 그는 주로 쓸쓸하거나 슬플 때 음악을 들었는데, 그럴 때 유복하게 지낸 사람이 지은 음악을 들으면 어쩐지 속는 것 같은 느낌이 들었다. 그래서 그는 멘델스존을 듣지 않았다. 문학에 있어서도 마찬가지여서, 괴테나 구로다 시게끼(黑田茂樹)를 좋아하지 않았다.

그는 속으로 선율을 따라가면서, 세쯔꼬와 결혼했을 때를 생각했

다. 귀대(歸隊)해서 토니아와 헤어진 뒤, 그는 한동안 음악을 들을
수가 없었다. 베토벤의 교향곡까지도 그의 아픈 살엔 거친 소리로
닿았었다. 그가 받아들일 수 있었던 소리는 인간적인 목청이 전혀
실리지 않은 바람 소리뿐이었다. 사람들이 내는 모든 소리들로부터
떨어진 대흥안령산맥(大興安嶺山脈)의 깊은 산속으로 들어가서 하루
종일 침엽수림에 이는 바람 소리를 듣는다면, 좀 위안을 받을 것 같
았었다. 그러다가 서너 달 지난 뒤 그의 하숙방에 놀러 온 친구가 전
축을 틀었다. 전축에서 흘러나온 선율이 메마른 마음의 살결에 촉촉
하게 젖어드는 것을 깨달았을 때, 그는 문득 가슴이 훈훈해지면서
자신이 회복기에 들어섰음을 느꼈었다. 그때 들은 곡이 슈베르트의
제오번 교향곡이었다.

'그때에 비하면, 지금은 그래도 많이 나은 셈이지. 적어도 슈베르
트를 들을 수 있고.' 그는 자신에게 일렀다. '힘들겠지만, 견디어낼
수 있을 것이다. 세월이 흐르면⋯⋯'

게이꼬가 커피잔을 들고 들어왔다. "아빠, 과일 좀 깎아올까요?"

"그래."

"사과요?"

"사과가 아직도 남았니?"

"아마 이번이 마지막일 거예요."

게이꼬가 과일 접시를 갖다놓고 나가자, 그는 모차르트의 제사십
번 교향곡을 전축에 올려놓고 책상 앞에 앉았다. 커피를 한 모금 마
시고서, 아까 앤더슨이 준 『뉴스월드』를 앞에 펴놓았다. '아마 조선
에 배포될 것들은 모두 압수되었을걸. 하긴 이런 잡지 하나쯤은 읽
어야 하는데⋯⋯'

외국에서 나오는 시사 잡지는 보기가 쉽지 않았다. 우선 학무국에
신청하여 허가를 받아야 했다. 수입 서적은 관세가 삼백 퍼센트나
부과되기 때문에, 값이 보통이 아니었다. 게다가 걸핏하면 잉크칠에
다 가위질을 당해 누더기가 되었다. 그는 전에 『글로우브』를 보았으

나, 게이꼬가 중학교에 들어가자 끊었다.

그는 특집 기사를 찾았다. '식민지 문제'라는 커다란 제목 아래 '쉬운 해결책이 보이지 않는 식민지 문제가 세계를 불안하게 만들고 있다'라는 부제가 붙어 있었다. 서두를 읽어보니, 얼마 전 불령 인도지나(佛領印度支那)의 북부에서 불란서군이 월남인 좌익 독립 운동 단체인 베트민 병력에 의해 크게 피해를 입은 사건을 계기로 해서 꾸며진 특집인 것 같았다. 엿새 만에 구출된 불란서 공정부대 병사들의 처절한 모습을 찍은 사진이 크게 나와 있었다.

'인도지나에선 독립 운동이 일어나고 있는데…… 조선에선…… 조선인들은 지금 자기 나라가 식민지라는 사실조차 깨닫지 못하고 있으니……' 그는 절망의 답답함이 마음을 무겁게 덮는 것을 느끼며, 그 기사를 읽어나갔다. 별로 새로운 내용은 없었으나, 세계 식민지들의 현상을 포괄적으로 다룬 기사라 읽을 만했다. 다만, 읽어가다 보니, 근본적으로 식민지 문제를 종주국(宗主國)의 입장에서 바라본 것이 드러나서 마음에 거슬렸다.


……독립한 식민지들은, 거의 예외 없이, 정치적 독재, 사회적 혼란과 분열, 경제적 퇴보와 빈부 격차의 심화, 그리고 문화적 궁핍을 맛보고 있다. 더욱이 일부 식민지들은 종주국에 너무 동화되었거나 경제적·문화적으로 종속되어, 주민들이 독립을 원하지 않는 지경에 이르렀다. 이와 같은 점들을 고려해볼 때, 아무런 준비 없이 식민지들을 독립시키는 것은 비인도적인 일일 뿐이라는 주장에는 분명히 일리가 있다. 그러한 주장이 강력하게 제기될 수 있는 곳들로 영국의 로데시아와 나이제리아, 불란서의 코친차이나와 세네갈, 백이의(白耳義)의 콩고, 포도아(葡萄牙)의 동아프리카, 노서아의 리투아니아, 라트비아, 에스토니아, 미국의 비율빈, 일본의 조선을 들 수 있다……

그는 고개를 들어, 보지 않는 눈길로 휘장 쳐진 창을 바라다보았다. '틀린 얘기는 아니지…… 이유야 어쨌건, 조선은 일본에 너무 동화되었지. 모든 면에서 일본에 종속되었고…… 근본적 문제는 조선 사람들이 자신들이 식민지 백성들이라는 사실을 깨닫지 못하는 데 있는데. 역사를 잃고, 말과 글을 빼앗기고, 이름을 갈고, 그러고서도 그걸 모르니. 나만 하더라도 단 반년 전엔 아무것도 몰랐었지. 우연히 몇 가지 사소한 일들이 겹쳐서 일어나는 바람에 알게 된 것뿐이지. 지금 조선이 독립하려면, 먼저 조선인들이 자신들이 조선인임을 깨달아야 하는데. 누가 그런 얘기를 하면, 반응이 어떨까? 미친 녀석이라고 하겠지. "지금 아무런 준비 없이 조선을 독립시킨다는 것은 조선인들에게 비인도적인 처사다"라고 그들이 주장해도, 반론을 제기할 수가 없지.'

그는 다시 읽어나갔다.


　……따라서 비록 식민지들이 전처럼 다스리기 쉽지는 않다고 하더라도, 서양 열강의 식민 제국들이 곧 와해되리라고 보는 것은 성급한 생각이다. 오히려 21세기 초엽까지는 식민 제국들이 현재의 모습대로 유지되리라는 것이 이 방면에 정통한 전문가들의 거의 일치된 견해다. 그와 같은 사실이 식민지, 그리고 전세계에, 꼭 나쁜 일만은 아닐지도 모른다. 바로 그 점에 식민지의 비극이 있는 것이다.


'망할 놈들. 모두 그놈들이 그놈들이지.' 그는 부아가 끓어올라 속으로 중얼거리면서, 기사 끝에 나온 이름들을 보았다. 미국 잡지라, 기사는 미국인 두 사람이 썼고, 런던, 파리, 사이공, 제네바, 라고스, 그리고 상해(上海)에 주재하는 기자들이 도운 것으로 되어 있었다. 그는 책에서 눈을 떼고 일어나려다가, 다음 장에 있는 난이 연관된 기사인 것을 깨닫고 다시 자세를 고쳐앉았다.

어느 망명 정부의 황혼

『상해공론(上海公論)』의 편집인이며 『뉴스월드』의 고정 기고가인 더글라스 로렌스는 작년에 출간된 그의 『식민지』로 이름을 얻었다. 그는 『뉴스월드』의 요청으로, 이번 특집과 관련하여 상해 자유시(上海自由市)의 대한민국 임시 정부를 방문하였다. 아래의 글이 그의 방문기다.

상해 자유시 불란서 조계(租界) 마랑로(馬浪路) 보경리(普慶里)의 지저분한 뒷골목을 걷다보면, 낡은 이층 건물의 창에 낯선 깃발이 내걸린 것을 볼 수 있다. 흰 바탕은 때에 절어 잿빛이 되었지만, 그 깃발이 적어도 무슨 회사나 다른 민간 단체의 깃발이 아님은 그것을 처음 보는 사람도 이내 느낄 수 있다. 한옆에 난 좁은 입구를 들어서서 좁고 어두운 계단을 따라 이층으로 올라가면, 구석방의 출입문 위에 조선어·중국어, 그리고 불란서어로 '대한민국 임시 정부'라고 씌어진 간판이 걸려 있다. 문을 들어서면, 왼쪽 벽에 아까 본 깃발이 걸려 있고, 오른쪽에 머리를 짧게 깎은 젊은이의 바랜 사진이 걸려 있다. 그리 크지 않은 방에 조그만 나무 책상이 넷, 서류함이 셋 있고, 거기다가 한쪽 구석의 소파는 꽤나 커서, 방은 복잡한 느낌을 준다. 제법 푹신하게 보이는 소파는 가장 애용되는 가구인 듯 천이 해져서 군데군데 올이 드러나 있다. 이곳이 바로 '대한민국 임시 정부'의 청사인 것이다. 사천 년이 넘는 역사를 가졌다는 오천만 조선 민족을 대표한다고 칭하는 정부의 청사로는, 아무리 망명 정부의 그것이라고는 하더라도, 좀 초라한 것이 사실이다.

필자가 들어서자, 소파에 앉아 담배를 피우고 있던 늙수그레한 남자 둘이 낯선 방문객에게 호기심어린 눈길을 보냈다. '청사'엔 그 두 사람뿐이었다. 둘 가운데 한 사람이 이 청사를 실제로 관장

하는 비서장(秘書長) 김두산이다. 필자가 찾아온 목적을 말하자, 김은 반갑게 웃으면서 소파로 필자를 안내했다.

김에 따르면, 망명 정부가 언제나 이렇게 초라했던 것은 아니었다. 조선이 일본의 식민지가 된 것은 1910년이었는데, 일본의 압력으로 아들에게 양위했던 조선 황제 고종(高宗)이 1917년 4월 의심스러운 상황에서 죽었을 때, 조선 본토에서는 거국적 시위 운동이 일어났고, 그 운동이 결실한 것이 바로 이 상해 임시 정부(약칭 '임정')였다. '임정'은 한때 조선 반도 전역에 연락 조직을 두고, 세금도 징수하였다 한다. 그러나 일본의 조선 통치가 점점 강화되면서, '임정'은 설 땅을 잃기 시작하였고, 급기야는 커다란 이름만을 유산으로 지닌 조그만 폭력 단체로 전락해버렸다. 결정적 타격은 1940년대초에 일본과 미국이 '만주국 문제'에 대해 타협점을 찾아 일본이 동아세아의 강국으로서의 위치를 확고히한 것이었다. 그뒤로 '임정'은 일본인에 대한 테러리즘으로 그 명맥을 유지해왔다. 그러나 그것도 1973년 상해 중산(中山) 국제 공항에서의 '일본 제국 항공사' 소속 여객기에 대한 공격으로 불란서 당국에 의해 수뇌들이 체포되자 끝나버렸다.

'임정'이 당면한 장벽은 무엇보다도 상해가 지리적으로 조선에서 멀리 떨어져 있다는 점이다. '임정'이 상해에 자리잡은 이유들 가운데 하나는 강력한 일본의 세력으로부터 멀리 떨어져야 하는 필요성이었다. 그러나 그것은 '임정'이 그 국민들로부터 유리되는 결과를 가져왔다. 그 사실은 '임정'의 구성 요원들의 출생지에서 선명하게 드러난다. 각료급인 부장(部長)들 가운데 조선 반도에서 태어난 사람은 단 셋뿐이고, 나머지는 상해 또는 다른 중국 도시들에서 태어났다. 김도 그 점을 시인했다. "'임정'의 많은 요원들이, 나 자신을 포함해서, 조선을 모릅니다. (그의 아버지가 임정의 외교부장을 지낸 김은 상해에서 태어났다.) 조선에서 탈출한 사람이 우리 조직에 참여한 것은 1963년이 마지막이었습니다. 일본의 조선 통치 조직이 하도 악랄해서, 빠져나오기도, 잠입하기도 힘듭니다." 이와 같은 사정은 국민당(國民黨)의 중화민국 정부가 일본과 공식적으로 화해하게 되면 더욱 악화될 것이다. 중화민국 정부는 지금까지 '임정'에 가장 큰 지원을 해준 정부다.

김은 조선 독립의 전망에 대해 현재로서는 낙관적이 아님을 인정했다. 그러나 그는 애써 비관적이 아님을 강조했다. 그는 '임정'은 당분간은 본토에서 잊혀진 역사와 언어 같은 조선의 '정신'을 보존하여 후일을 기약할 계획이라고 밝히고, 현재 편찬중인 조선어 사전의 원고를 가리켰다.

뉘엿한 햇살이 창으로 들어와서, 벽에 걸린 사진을 비췄다. 1931년 일본 천황을 저격하려다가 실패하고 처형된 이봉창이란 테러리스트——김은 '지사(志士)'라고 불렀다——의 사진이라고 김은 설명했다. 반세기 전에 활약한 테러리스트의 바랜 사진 아래서 이미 본토에서는 사라진 모국어의 사전을 편찬하는 궁기(窮氣) 들은 얼굴들을 대하는 것은 가슴 아픈 일이었다. 그것은 더 억센 이웃 민족에게 정복당한 한 민족의 황혼을 상징하는 슬픈 풍경이었다.

그는 눈을 감았다. 문득 선연히 떠올랐다——복잡한 국제 도시의 지저분한 뒷골목, 그곳의 낡은 이층 건물, 그 창밖에 내걸린 땟국 흐르는 깃발, 그 깃발 위에 걸린 황혼. 그것은 그 기사를 쓴 사람의 말대로 슬픈 풍경이었다. 그러나 그의 가슴을 채운 감정은 슬픔이 아니었다. 울고 싶도록, 소리내어 울고 싶도록, 그의 가슴을 저릿하게 움켜쥔 감정은 반가움과 고마움이었다. '아직 남아 있었구나. 조선 정부가. 떳떳하게 깃발을 내건 조선인들의 정부가. 칠십 년이나 된 정부가……'

그 커다란 감동의 물결 속에 한 여자에 대한 아픈 사랑의 얼음 덩어리가 녹고 있었다. 문득 세상의 모든 소리를 잠재우는 무거운 권

위로 통행 금지 예비 경적이 울리기 시작했다.


## 43

아직 어떤 나라도 식민지에서 올림픽 대회를 개최한 적이
없다. 제25차 올림픽 대회를 게이조우에 유치함으로써 일본
은 자신의 조선 통치가 성공적이었음을 온 세계에 대해 과시
한 것이다. 일본은 1910년의 '일한 합병 조약'에 규정된 사
항들을 충실히 이행하였고, 가난과 무지에 시달리던 조선 인
민들은 일본의 선진국다운 온화하나 확고한 지도 아래 생활
수준이 급속히 향상되었다.
———뉴욕 타임즈, 1987년 4월 7일자 사설「조선에
　　　서의 올림픽 대회」에서*


여느 때처럼 히데요가 체조를 마칠 때쯤 해서 신문 돌리는 아이가
지나갔다. 중학교 이학년쯤 된 아이였는데 벌써 새 해째 돌리고 있
었다. 그는 그 아이에게 말을 걸고 싶은 충동을 느끼고 싱긋 웃었다.
꾸준하고 규칙적인 것을 좋아하는 그는 아침 일찍 신문을 돌리는 아
이를 보면, 기분이 좋았다.

문을 열자, 신문이 바닥에 떨어졌다. 허리를 굽혀 신문을 집어들
면서, 그는 흘긋 머리 기사를 보았다. '제25차 오림삑구는 게이조우
에서'——주먹만큼씩한 글자로 박은 제목이 눈에 들어왔다. '마침
내……' 그는 가벼운 흥분이 가슴에 이는 것을 느끼며, 신문을 펼쳤
다. '게이조우에서 올림픽 대회가 열리다니…… 하여튼 오래 살고
볼 일이다.'

큰 제목 아래에 '최종 투표에서 바루세로나를 97대 83으로 눌러'
라는 부제가 나와 있었다. 조선제철공사(朝鮮製鐵公社)의 겐니우라
(兼二浦) 제철소 제삼차 확장 공사에 참석한 도우고우 총독에 관한

기사가 왼쪽 상단에 실린 것을 빼놓으면, 일면 모두가 올림픽 유치에 관한 기사였다.

'호들갑을 떨긴……' 그는 이맛살을 찌푸렸다. 원래 신문이란 게 그런 것이었지만, 요사이는 유별나게 호들갑을 떨었다. 제목엔 으레 최상급 수식어들을 썼고, 별것 아닌 일에도 호외를 냈고, 총독부에서 나오는 홍보용 간행물들을 뒤적여보면 다 알 수 있는 일이 머리기사로 나왔다. 신문은 그래도 나은 편이었다. 텔레비전은 말할 수도 없었다.

'조선에 해로울 것은 없겠지. 경기를 치르려면 시설 투자깨나 해야 될 테고, 돈을 풀면 조선 사람들에게도 조금은 떨어지겠지. 외국 사람들이 몰려올 테니까, 총독부에서도 신경을 쓸 테고…… 모르지. 다른 일들처럼 시달리기는 조선 사람들이 시달리고, 재미는 내지인들이 볼지도. 괜히 올림픽에 쓴다고 세금을 더 내라는 것이나 아닌지.'


출근 버스에서도, 사무실에서도, 화제는 올림픽이었다. 모두 들떠서 수군거렸다. 올림픽 대회가 게이조우에서 열리게 된 것이 신기하기도 했지만, 돈을 벌 기회가 왔다고 생각해서 흥분한 것도 같았다. 모두 늦기 전에 무엇을 해야 한다고 생각하는 것 같았다.

그는 밀린 일을 대충 정리한 다음, 열시 반쯤 대외협력국에 가려고 서무과에 가서 배차 신청을 했다.

"차가 없는데요, 과장님." 배차 담당 기무라 지로우(木村次郎)가 미안한 얼굴로 말했다, "오늘은 아침부터 차가 다 나갔습니다. 아까 야마시다 부장님께서 대외협력국에 나가실 때 같이 나가셨으면 좋았을 텐데요."

"야마시다 부장이 대외협력국에 나갔어? 그럴 리가 있나? 내가 모르는데."

"분명히 대외협력국에 나가셨는데요." 기무라가 배차 신청서철을

254

들췄다. "여기 신청서가 있습니다."

"그래?" 그는 서류를 들여다보았다. '행선지: 대외협력국 경제협력과. 목적: 합작 투자 관련 업무 추진. 시간: 09시 30분부터 5시간'이라고 적혀 있었다. "흐음. 그것 참." 좀 뜻밖이었다. 그가 아는 한 야마시다 부장이 합작 투자 관련 업무로 대외협력국에 나갈 일은 없었다. 더구나 그에게 알리지도 않고 나간 것이 이상했다. '합작 투자 허가 신청서'를 낼 때, 같이 나가자고 해도 야마시다는 핑계를 대고 나가지 않았던 것이었다.

"차가 없으면 할 수 없지." 그는 기무라에게 고개를 끄덕이고서 돌아섰다.

"과장님, 죄송합니다."

"천만에."


회사 건물에서 나오니, 골목에 햇살이 가득했다. 지나가는 여자들의 옷차림이 화사했다. 조선의 유행의 중심지인 이곳의 봄은 먼저 여인들의 옷차림에 찾아왔다. 그는 대외협력국까지 걸어가기로 했다. 좀 먼 거리였지만, 택시를 탈 마음은 나지 않았다. 이곳에서 택시를 잡아 총독부 청사까지 가는 데는 신호를 기다리느라고 서 있는 시간이 너무 길었다. '날씨도 좋고, 시간도 있고, 운동도 되고……'

사이또우주우(齋藤路)를 지나다가, 그는 마루젠 서적(丸善書籍)에 들렀다.

게이꼬에게 영어책을 한 권 사주려고 벼르던 참이었다. 세이슈우(清州)의 헌책 가게에서 사다준 디킨즈의 『두 도시 이야기』를 녀석이 겁도 없이 읽기 시작하는 것을 보고, 좀 쉬운 책을 사주기로 마음을 먹었던 것이었다. 마침 찰즈 램과 메어리 램의 『셰익스피어 이야기』가 있었다. 경제협력과의 모또다 요시오(元田良夫) 주사에게 게이꼬보다 한 해 아래인 딸이 있다는 것이 생각나서, 한 권을 더 샀다. 한 권 값은 나중에 접대비에 얹을 생각이었다.

관리들을 상대하는 사람들이 언제나 신경을 쓰게 되는 것은 사례 문제였다. 정부의 통치력이 강대하고 사회 활동의 모든 부면에 정부의 철저한 통제가 행해지는 사회에서 그것은 피할 수 없는 일이었다. 당연히 처리해줘야 할 일에도 사례는 따르게 마련이었다. 그것은 이미 사례를 하느냐 마느냐 하는 문제가 아니라, 언제 얼마를 어떻게 주느냐 하는 문제였다. 적당한 액수를 적절한 시기와 장소에 적절한 형태로 관리에게 주는 것——그것이 대정부 업무의 요체였다.

그는 그 문제에 대해 몇 가지 원칙들을 세워놓고, 되도록이면 그것들을 지키려고 애써왔다. 무엇보다도 일을 미리 서둘러 충분한 시간을 가지고 규정과 절차에 따라 일을 처리해서, 관리들에게 아쉬운 소리를 하거나 특별히 신세를 지는 일이 없도록 했다. 신세를 지게 되었을 때는, 일이 다 끝난 다음에 사례했다. 그쪽이 주는 사람이나 받는 사람이나 좀 떳떳했다. 사례를 할 때는, 되도록 돈을 건네지 않고, 대신 술자리를 만들었다. 돈을 건네면 뇌물을 주는 것이었지만, 일본 사회에서 일을 잘 처리해준 관리에게 술을 사는 것은 그리 문제가 되지 않았다. 문제가 되지 않는다기보다 자연스럽게 여겨지는 판이었다. 따지고 보면, 그게 그것이었지만, 그래도 그쪽이 입맛이 덜 떫었다.

데라우찌주우(寺內通) 중추원(中樞院) 앞에는 벌써 '경축 제25회 오림삣꾸 게이조우 유치'라고 씌어진 홍예문(虹霓門)이 세워져 있었다.

'하아, 빠르기도 하다.' 그는 그 옆을 지나치며, 가볍게 감탄했다. '말끝마다 홍보를 강조하는 총독이니, 당연하기는 하지만. 이제부터 귀가 이프도록 올림픽 소리를 듣겠구나.'


"안녕하십니까, 모또다 선생님?"

기안지에 무엇을 열심히 쓰고 있던 모또다가 고개를 들었다. "아,

나오셨습니까?” 모또다는 자리에서 일어나 그가 내민 손을 잡고 나서, 옆의 의자를 가리켰다. “좀 앉으시죠.”

“예.” 그는 앞자리에 앉은 직원에게 고개 숙여 인사한 다음, 자리에 앉았다. “바쁘시죠?”

“예. 조금.”

“저번에 말씀하신 자료를 가지고 왔습니다.”

“아, 그러세요? 주시죠.” 모또다가 손을 내밀었다.

“예.”

모또다가 요구한 자료는 유사라무를 평가하는 데 필요한 것들이었다. 그는 모또다가 그 자료들을 살펴보는 동안 경제협력과 사무실을 한바퀴 둘러다보았다. 야마시다의 모습은 보이지 않았다.

“됐군요.”

“더 필요하신 것은 없습니까?”

“아직까진…… 어저께 광공업국과 동원관리국에 협조 공문을 보냈습니다.”

“아, 예. 고맙습니다.”

“이제 그쪽에 가서 일을 추진해보십시오. 그쪽 의견이 나와야……”

“예. 알겠습니다. 여러 가지로 고맙습니다. 저어, 혹시 저희 회사에서 사람이 오지 않았나요? 야마시다 부장이라고……”

“안 왔는데요.”

“예에. 실은 지금 회사에서 걸어온 참입니다.”

“회사에서부터요? 꽤 멀 텐데요.”

“날씨가 좋길래, 운동삼아서…… 오다가 마루젠 서적에 들렀죠. 제 딸아이가 중학교 삼학년인데, 쉬운 영어책이 있으면, 하나 골라줄까 해서요. 그래서 한 권을 골랐는데, 마침 모또다 선생님 따님이 같은 또래인 것이 생각나서 한 권 더 샀습니다.” 그는 포장한 책을 슬쩍 책상 한구석에 올려놓았다.

“아, 그러세요. 이거 고맙습니다.”

“아이들 영어 실력 늘리는 데는 영어책을 보게 하는 것이 가장 나은 것 같습니다.”

“이거 정말 고맙습니다.” 모또다가 포장을 조심스럽게 헤치고 책을 살피더니, 싱긋 웃으면서 말했다.

그는 잠시 모또다와 아이들 교육 문제에 관하여 애기를 나누다가 일어섰다. 모또다는 다시 한번 고맙다고 인사했다. 경제협력과의 주사라면, 천 원짜리 술자리에 가서도 고맙다는 소리는 한 번밖에 하지 않을 터였다. 그런 사람이 팔 원 이십 전짜리 책 한 권을 받고 고마워하고 있었다.


야마시다 부장은 오후 늦게 들어왔다. “대단하던데.” 야마시다는 윗옷을 벗어 옷걸이에 걸면서, 다까미야 과장에게 말했다.

다까미야가 자리에서 일어나 부장 옆자리의 소파에 가서 앉았다. “잘됐습니까?”

“응. 그런대로. 오림삣꾸가 게이조우에서 열리면, 우선 뛸 것이 건설주(建設株)일 것 같아서 나가봤더니, 세상에 머리 빨리 돌아가는 친구들 많더구면. 도무지 살 수가 없어. 건설 회사라는 이름만 붙었다면, 처음부터 상한가(上限價)야.”

‘도대체 저 친구는 어떻게 생겨먹은 사람일까? 근무 시간에 회사 차를 타고 증권 시장에 나가서 돈 벌 궁리를 하다니. 경제협력과에 간다고?’ 그는 경멸과 동정과 찬탄이 섞인 묘한 마음으로 신이 나서 애기하는 야마시다를 돌아다보았다.

사람들이 모두 일손을 놓고 야마시다 둘레로 모여들었다. 의론이 분분했다.

‘내가 저 친굴 경멸하거나 동정할 처지가 못 되지. 난 서른아홉에 과장이지만, 저 친군 서른다섯에 부장이니. 과정이야 어찌 되었든, 결과는 그렇게 나왔으니까.’ 그는 자신에게 이르면서 피씩 웃었다.

“……그 친구랑 안면이 있거든. 그래서 부탁했지. 그랬더니, 어떻게 했는지 야마또 건설(大和建設)로 이천 주를 구해주더구먼."

'그 와중에서 이천 주를 산 재주, 그것이 바로 그를 부장이 되도록 한 것이다. 결코 얕잡아 볼 재주는 아니다.' 그는 얼굴에서 웃음을 지웠다.


44

제25차 오림삣꾸 대회가 게이조우에서 개최되게 된 것은 오천만 조선 신민 모두의 영광입니다. 우리는 이 역사적 대회를 성공적으로 치름으로써, 망극한 황은(皇恩)에 보답하고 전세계에 우리 조선 신민들의 저력을 과시해야 할 것입니다.
——도우고우 노부오(東鄕信夫) 조선 총독, 쇼우와 62년 4월 9일자 「오림삣꾸 대회 유치에 관한 담화문」에서*


"기노시다씨, 피츠버그에서 답신이 왔습니다." 앤더슨이 빙그레 웃으면서, 몸을 앞으로 굽혀 종이 쪽지 하나를 히데요 앞으로 밀어놓았다.

"그래요?" 그는 그 종이를 앞으로 당겨놓고, 살펴보았다. 전문을 복사한 것이었다.


3. 한도우의 알루미나/알루미늄 건.

* 알루미나 판매 조건: 숏 톤당 파라마리보 본선 인도(本船引渡) 미화(美貨) 71불.

* 알루미늄 구입 조건: 숏 톤당 교우낭(興南) 본선 인도 미화 631불.

* 계약이 성립되면, 독일 유사라무는 즉시 한도우의 알루미늄 주괴(鑄塊) 2,000숏 톤에 대한 신용장을 개설할 것임. 한도우는

상기 물품의 선적이 끝나 대금을 회수하는 즉시, 남미화학공업의 알루미나 20,000숏 톤에 대한 신용장을 개설할 것. 다른 조건들은 상용(常用) 규정들을 준용할 것.
* 당신은 위의 조건들이 충족될 경우, 한도우와 계약을 체결할 권한을 이 전문에 의해 위임받음.


그는 그 전문을 다시 한번 천천히 읽었다. 가격이 썩 좋은 것은 아니었지만, 그만하면 급히 서두른 거래로서는 괜찮은 편이었다. 화란령(和蘭領) 기아나에서 실어와야 하므로 운임이 문제가 되겠지만, 지금 한도우 경금속으로서는 그런 것을 따질 처지가 아니었다. "고맙습니다." 그는 고개를 들어 앤더슨을 쳐다보면서 말했다.

"조건들이 수락할 만합니까?"

"저는 그렇게 생각합니다."

"그런 답변을 듣게 되어 반갑습니다." 앤더슨이 얼굴에 웃음을 띠면서 담뱃갑을 집었다. 빈갑이었다.

"이걸 피우시죠." 그는 냉큼 자신의 담뱃갑을 앤더슨 앞으로 밀어놓았다.

"고맙습니다." 앤더슨이 담뱃갑을 집어, 잠시 살폈다. 올림픽 대회 유치 기념으로 나온 담배라 오륜(五輪) 표지가 들어 있었다. "벌써?" 앤더슨이 눈썹을 치켜세우면서 물었다.

"예. 우리 일본 정부는 그런 일엔 무척 빠릅니다. 그런데, 앤더슨 씨, 알루미나가 서호주 알루미나 것이 아니고, 남미에서 오는 것이군요."

"예. 아마 서호주에 재고가 부족한 모양입니다."

"그럼 저는 지금 윗사람들에게 가서 의견을 들어보겠습니다." 그는 전문을 들고 일어섰다. "시간이 좀 걸릴 것 같습니다."

"물론이죠. 천천히 하십시오. 기다리겠습니다."

그는 소회의실에서 나오자, 가나자와 하나꼬(金澤花子)에게로 갔다. "하나꼬, 내가 오늘 하나꼬 옷을 칭찬해줬던가?"

"아직 안 해주셨어요. 이 옷은 작년에 입던 거구요, 게다가 싸구려예요."

"하아, 그래? 계산기 있지?"

"네." 그녀가 책상 서랍을 열고 조그만 휴대용 계산기를 꺼내놓았다. "여깄어요."

"계산 좀 해봐. 육백삼십 일…… 나누기…… 영 점 구공칠."

"영 점 구공칠. 맞죠?"

"응. 얼마야? 육백구십오 점 칠공이라. 하나만 더…… 칠십 일…… 나누기……"

그는 숏 톤을 메트릭 톤으로 환산한 수치를 전문에 적었다. "하나만 더 부탁하지. 결재인하고 결재판하고."

"네."

그는 전문 위에 결재인을 찍어서 하나꼬가 책꽂이에서 빼어준 결재판에 넣은 다음, 다나까 이사 방으로 향했다.

"과장님, 다나까 이사님 외출하셨어요. 오후에나 들어오실 거예요."

"그래?" 그는 돌아서서 그녀를 바라다보았다. "상무님은?"

"계세요."

그는 다나까 이사의 결재란에다 '후열(後閱)'이라고 쓴 다음, 시까자와 상무 방으로 들어갔다.

"어서 오게." 소파에서 신문을 읽고 있던 상무가 신문을 내려놓았다. "그렇지 않아도 자넬 부르려던 참일세."

"예에." 그는 결재판을 조심스럽게 상무 앞으로 밀어놓았다. "유사라무에서 이번 구상 무역(求償貿易)의 조건을 제시해왔습니다."

상무는 말없이 서류를 들여다보더니, 고개를 들었다. "에프오비 교우낭 육백구십오 불 칠십 선(仙)이라. 칠백 불이구먼. 괜찮은 것 같은데. 어떤가?"

“예. 나쁜 가격은 아닙니다.”

“알루미나는 어떤가?”

“알루미나는 에프오비 가격은 괜찮습니다. 현재 우리가 사는 가격보다 일 불이 싸니까요. 다만 원체 멀어서 운임이 비쌀 것 같습니다.”

“어디지? 파라마리보라. 이게 어딘가?”

“남미에 있습니다. 대서양에 면한 화란령 기아나의 수돕니다.” 그는 자리에서 일어나 벽에 걸린 세계 지도 앞으로 가서 가리켰다.

“호주에서 실어오는 것보다…… 많아야 배 정도 되겠구면. 그 정도라면 뭐…… 됐어. 수고했네, 기노시다 과장.”

“수고는 실은 앤더슨이 했습니다. 그 친구 이번에 정말 애 많이 썼습니다. 기회가 닿으면, 앤더슨에게 치하 말씀 한마디 해주십시오.”

“그러지. 그 친구 사람이 괜찮은 것 같아. 잔꾀를 부리는 것은 없는 사람 같아. 그렇지?”

“예. 아주 성실한 사람입니다.”

“하여튼 이번에 자네 수고 많이 했어. 이 계약이 성사되면, 회사로서는 한숨 돌릴 수 있을 게야. 그리고 내가 보고자 한 건 자네 문젠데…… 합작 투자 계약도 체결되었으니, 자네의 공로에 대해 회사로서 무슨 성의 표시가 있어야 될 것 같아서. 더구나 저번 부장 승진 문제도 있고 해서. 그래서 궁여지책으로 차장 자리 하나 만들어볼까 하는데, 자네 의향은 어떤가?”

그는 잠시 고개를 숙이고 생각했다. “고맙습니다. 지금 회사가 무척 어려운 처지에 있는데 위인설관(爲人設官)한다는 얘기를 들어 가며 자리를 만들려는 뜻에 저로서는 고마울 따름입니다. 하지만,” 그는 고개를 들어 상무를 쳐다보았다. “제 희망이 반영될 수 있다면, 저는 사양하고 싶습니다.”

상무는 고개를 끄덕이고서 잠시 생각하더니, 얼굴에 가벼운 웃음을 띠었다. “왜?”

"지금 회사에서는 합작 투자가 이루어질 때까지 모든 것을 미루어 놓고 있는 형편입니다. 저 한 사람을 위해서 일부러 자리를 마련한 다는 것이 좋을 것 같지 않습니다. 제 자신으로 보더라도, 차장이 되고 나면 오히려 운신하기가 어렵습니다. 그렇지 않아도, 합작 투자 업무의 실무자로서 여러 사람들이 주목하고 있는 걸로 알고 있는데요."

상무의 웃음이 짙어졌다. "하긴. 그래도 내가 자네한테 뭘 해주긴 해줘야 할 텐데."

그의 머리에 한 생각이 떠올랐다. "상무님, 상무님께서 제게 선물을 하나 주시겠다면, 저로서는 내지에 출장을 한번 다녀오고 싶습니다. 대외협력국의 허가가 나오면, 경제기획원의 허가를 얻어야 하는데…… 물론 도우꾜우 지사에도 사람들이 있긴 합니다만, 저로서는 이번 일을 제 손으로 마무리하고 싶습니다. 내지에 출장 다녀온 지도 오래 되었구요."

"그래? 그거야 뭐 어렵지 않지. 어려운 게 아니라, 실은 회사에서 자네에게 부탁해야 될 일이지."

"고맙습니다. 그럼 전 일어서보겠습니다. 앤더슨이 기다리고 있습니다."

상무 방에서 나오면서 그는 근 스무 해 전에 먼빛으로 한 번 본 적이 있는 교우또우 데이고꾸 대학교(京都帝國大學校)의 모습을 떠올렸다. 그의 기분이 얼굴에 나타난 모양이었다.

"과장님, 무엇이 그리 좋으세요?" 하나꼬가 물었다.


# 45


근년에 비상 시국에 대처한다는 명목 아래 '임시 특별세' 라는 것이 여럿 생겼다. 비상 시국이 끝나면 없어진다는 단

서가 붙은 세금들이다. 그러나 그 세금들이 없어지리라고 믿
는 사람들은 드문 것 같다. 정부 예산을 다루는 관리들까지
그렇게 여기는 것 같다. 지금까지의 경험으로 판단해보면,
그들의 생각은 결코 틀린 것이 아니다. 팔십여 년 전 일로
전쟁(日露戰爭) 중 '평화가 회복될 때까지'라는 단서를 붙여
모든 조세의 세율을 두 배 내지 세 배 올린 '비상 특별세법'
은 전쟁이 끝난 뒤에도 존속되었고, 국민의 조세 부담률은
그 세율을 기초로 계속 증가되어왔다.
——사노 히사이찌, 『독사수필』에서*

오래간만에 조우다이(城大) 동창생들과 만나, 술을 마시느라고,
히데요는 열한시가 넘어서야 집에 들어왔다. 나베야마 이찌로우(鍋
山一郎)라는 동창생이 재무국 세제과장으로 승진한 것을 축하하는 모
임이었다.

학교 다닐 때 고등 문관 시험에 합격했을 정도로 나베야마는 재주
가 뛰어났다. 그리고 그의 부인이 지신다이(慈信臺)와 줄이 닿는다는
얘기였다. 재주만 가지고는 마흔이 채 되지 않은 나이에 중앙 관서
의 과장 자리에 오르기는 어려웠다. 하기야 고등 문관 시험에 합격
했으니까 좋은 집안의 딸을 얻어 후원자를 가지게 되었을 터이니,
따지고 보면, 그것도 결국은 재주였다.

늦을 것이라고 전화를 했는데도, 세쯔꼬는 잠옷 바람으로 거실에
앉아서 텔레비전을 보고 있었다.

"아직 안 잤어?"

"별로 졸리지 않아서요. 들어올 사람이 있으니까, 잠이 와야죠."

그는 싱긋 웃었다. "하긴 들어왔을 때 불이 꺼져 있으면, 가장의
위신에도 문제가 있지. 게이꼬는?"

"자요. 어저께 늦게까지 안 자더니, 오늘은 졸리다고 일찍 자리에
들었어요." 그녀는 그가 벗어놓은 옷을 들고 안방으로 들어갔다.

더운물에 목욕을 하고 나니, 술기운이 좀 가시는 것 같았다. 그가

욕실에서 나왔을 때도 그녀는 여전히 텔레비전을 보고 있었다. "아직도 안 잤어?"

"가장 위신이 있잖아요?" 그녀가 입가에 웃음을 띠면서, 그를 돌아다보았다. 목욕을 한 모양으로 잠옷 위로 드러난 그녀의 살결이 발그레했다. 그의 아랫배에서 욕정의 물결이 슬그머니 일렁이기 시작했다.

"오늘은 「난보꾸쪼우모노가따리(南北朝物語)」를 못 봤구나."

"오늘은 별것 아니었어요. 테레비종 볼래요?"

"아니. 당신은?"

"그냥 켜놨었어요. 이젠 다 끝나가는데요." 그녀가 일어나서 텔레비전을 껐다.

자리에 누우니, 몸이 나른해왔다. "별일 없었지?"

"네. 오늘 오백오호에서 반상회를 했어요."

"그래? 오늘이 벌써……"

"성금을 두 가지나 내라고 하던데요. 호국 성금(護國誠金) 오 원하고 진자 건립 성금(神社建立誠金) 오 원하고."

"성금? 무슨 놈의 성금이 그렇게도 많아?"

"호국 성금으로는 군함을 짓는대요. 최신식 밴데, '한도우호(半島號)'라고 짓는다나 뭐한다나. 진자는 쭈우쇼우난도우(忠淸南道) 어디라고 하더라?"

"천지에 널린 게 진잔데, 또 져?"

"이번에 짓는 것은 특별한 뜻이 있다나봐요. 하여튼 성금이 많기도 해요. 말이 성금이지 세금인데…… 귀찮게 하지 말고 차라리 세금을 조금 더 내라고 하는 게 낫지."

"지금 세금을 얼마나 많이 내는데, 그런 소릴 해? 월급 탈 때마다 억울한 생각이 드는데."

"그리고 집집마다 국기 게양대를 설치하래요."

"국기 게양대? 관리소 앞에 큰 놈이 있잖아? 스테인리스 강철로 만들어서 번쩍번쩍하던데."

"그것은 관리소 것이고, 집집마다 하나씩 설치하래요."

"그것 참. 아파트에서 어디다 설치하라는 얘기야?"

"베란다에다가요."

"베란다? 그 좁은 데다가? 꼬올 좋겠다. 애들 기저귀들이 널린 사이에서 국기가…… 하는 짓들마다…… 그래 다들 달겠대?"

"삼백육호 여자가 아파트에서 집집마다 달 필요가 있겠느냐고 이의를 제기했어요."

"똑똑한 여잔데."

"에이도우라(永登浦) 시장에서 가게를 하는 여잔데요, 역시 장사를 하는 사람이라 말을 잘해요. 그러자 반장이 냅다 사상이 의심스럽다고 호통을 쳤어요. 그 바람에 쑥 들어갔죠. 이번 천장절(天長節)에 국기를 달지 않는 사람은 조사를 받는대요. 천황 폐하께서 여든일곱까지 수하신 것을 경축하기 위해 이번 천장절엔 아주 성대하게 행사를 벌인다고 하던데요."

"반장 여자는 아무리 봐도 좀 험상궂더라. 남편이 아직 대공사찰실(對共査察室)에 있나?"

"있겠죠. 옮겼단 얘기가 없으니까." 그녀가 말하고서 나지막하게 웃었다. "그런데, 여보, 반장이 꼼짝못하는 사람이 나타났어요."

"그래? 그건 큰 뉴슨데. 누구야?"

"이번에 삼백사호에 새로 사람이 이사왔거든요. 이사온 여자의 남편이 중좌(中佐)라는데, 특무사에 있다나봐요."

"흐음. 재미있는데."

"특무사가 대단하다죠?"

"음." 그는 소학교 동창으로 준위가 되어 특무사에 근무했던 이와모또 따로우(岩本太郎)를 생각했다. 끼니 걱정을 하며 자란 이와모또가 지금은 알부자가 되어 있었다. 소학교 동창 가운데 이와모또의 신세를 진 사람들이 여럿이란 얘기도 들렸다. "특무사 중좌라. 힘이

있는 사람이구먼. 대공사찰실에 있는 경부보(警部補)하고는 비교가
안 되겠지.”

“거기 모인 사람들이 모두 진담 반 농담 반으로 나중에 어려운 일
이 생기면 잘 좀 봐달라고 한마디씩 했어요.”

잠이 들기 전에 듣고 싶은 얘기는 아니었다. 그는 화제를 돌렸다.
“여보, 성금 얘기가 나왔으니 말인데, 내가 성금을 좀 낼 테니, 당신
봄옷이나 한 벌 해 입지.”

“봄옷요?”

“응. 철이 좀 늦긴 했지만. 실은 내일쯤 상여금 오십 퍼센트가 나
온다는 얘기가 있어. 합작 투자 계약이 체결된 것을 계기로 해서, 사
기를 진작시킨다고 회사에서 억지로 자금을 좀 마련한 모양야.”

“그래요? 그럼 못 이기는 체하고 한번……”

그는 그녀에게로 팔을 뻗쳤다. 그녀가 기다리고 있었던 듯 그의
품으로 들어왔다. ‘이렇게 살자. 이 여자와 같이. 다른 것들은 다아
잊어버리고, 남들처럼……’ 눈앞에 떠오르는 도끼에의 얼굴을 지워
버리려고, 그는 눈을 꽉 감았다. 세쯔꼬가 다리를 그의 다리 사이로
넣으면서 품속으로 파고들었다. 그는 욕정의 물줄기가 고간으로 뻗
쳐오르는 것을 느끼면서, 그녀를 안은 팔에 힘을 주었다.


# 46


이젠 목청을 돌려다오
세월에 거칠어진 이 마른 살에게.
노래를 돌려다오
질투의 불길에 그슬린 내 검은 넋에게.
　　——기다하라 고우운사이(北原耕雲齋), 『인적(人跡)』에서*

“과장님, 다시 만들었어요.” 도끼에가 결재판을 펴서 그의 앞에 놓았다.

“응.” 이미 두 차례나 수정한 것이었으므로, 히데요는 대충 훑어본 다음 서명했다. “어때? 이젠 이런 종류의 계약서는 자신있지?” 그는 웃음을 띠면서 그녀를 올려다보았다.

유사라무에 알루미늄 주괴(鑄塊)를 팔고, 그 대금으로 유사라무의 알루미나를 사는 계약이었다. 이번에 그는 도끼에에게 필요한 자료들과 참고가 될 만한 계약서 두 개를 준 다음, 계약서를 만들어보도록 시켰었다. 그녀가 혼자서 복잡한 구상 무역 계약서 안을 꾸며보았다는 것은 별다른 뜻이 있었다. 근 세 해에 걸친 그녀의 교육에 있어서 그것은 또 하나의 조그만 이정표였다.

“아아뇨. 자신 없어요.” 그녀가 손을 입으로 가져가면서 웃었다.

몸을 조금 옆으로 틀면서 웃는 그녀의 모습에 그는 몸이 부르르 떨려오는 것을 느꼈다. 그런 몸짓을 할 때의 그녀는 말할 수 없이 사랑스러워, 가슴이 저려왔다. 그녀에게 자신의 사랑을 알리지도 못하고 끝날 판이어서 그런지, 그녀에게 향하는 그의 마음은 요사이 더욱 깊어진 듯했다. 마음을 가라앉히려고, 그는 담배 한 대를 빼어 물었다.

“무역이라는 것은 무척 복잡하지. 복잡해서 하나의 전문 직종으로 되어 있는 실정이거든.” 그는 담배에 불을 붙이고 나서 말을 이었다. “그러나 그것을 계약의 관점에서 보면, 의외로 간단하게 파악이 돼. 해상 운송이니 해상 보험이니 신용장이니 하는 복잡한 일들이 모두 계약의 이행에서 발생하는 것이거든. 따라서 계약이라는 행위를 충분히 이해하면, 무역의 맥락을 찾을 수가 있고, 자연히 이해하기도 쉬워지지. 뭐라고 해야 되나…… 산꼭대기에 올라가서 굽어보면, 온 산이 한눈에 들어오지? 그와 마찬가지로 계약이라는 행위는 무역이라는 복잡한 현상을 굽어볼 수 있는 높은 지점을 제공한다고 할 수 있지. 여길 봐.”

그녀가 한걸음 다가서서 계약서를 향해 몸을 숙였다. 향수 냄새가 그의 얼굴을 감쌌다.

그는 그녀의 체취가 실린 그 냄새를 흐느끼듯 들이켜고서, 억지로 마음을 다잡아 말을 이었다, "여기 에프오비란 말, 이 말이 계약서에 여러 번 나오지?"

"네."

"이 말은 무역에 대해 별로 아는 것이 없는 사람들도 잘 아는 말이야. 적어도 아주 낯선 말은 아니지. 이 말은 파는 사람이 상품을 어느 장소에서 사는 사람에게 인도하느냐 하는 사항을 규정한 용어야. 여기 '에프오비 교우낭(興南)'이란 문구는 우리 회사가 교우낭항에 정박한 유사라무의 배, 실제로는 유사라무에서 예약한 배의 선창이겠지, 그 배 위에 알루미늄 주괴를 실어놓는다는 것을 뜻하지. 이 말 하나로 물건의 인도에 관한 사항이 명확해지는 거야. 예를 들어, 기중기로 주괴를 싣다가 물에 빠뜨렸다고 가정해봐. 당연히 누가 책임을 지느냐 하는 문제가 생기겠지. 그때 이 '프리 온 보드,' 즉 본선 인도(本船引渡)라는 조건이 그것을 명확하게 해주거든. 이런 식으로 거래 당사자들의 계약을 이행하기 위해 무역에 관한 여러 기구나 규정들이 존재한다고 파악하면, 무역이라는 무척 복잡한 현상이 쉽게 이해가 돼."

"물에 빠뜨렸으면, 누가 책임지나요?" 그녀가 허리를 펴면서, 진지한 얼굴로 물었다.

"그거?" 그녀가 그의 얘기의 요지보다도 그런 사소한 것에 흥미를 느끼는 것이 재미있어서, 피씩 웃음이 나왔다. "어떻게 설명해야 하나. 우선 계약의 양 당사자들 사이의 문제는 배의 난간을 기준으로 하지. 난간을 넘어가기 전에 빠졌으면 본선 인도라는 조건이 충족되지 않은 것으로 보고, 난간을 넘어간 다음에 빠졌으면 인도가 이루어진 것으로 보고. 책임을 지게 된 당사자는 나중에 보험 회사로부터 보상을 받겠지. 물론 궁극적인 책임은 기중기를 운전한 하역 회사에 책임이 있으니까, 보험 회사에선 나중에 그 하역 회사로부터 보상을 받고.”

“하역 회사는 어떻게 하나요? 그냥 손해만 보고 마나요?”

“하역 회사도 보험에 들었겠지. 안 들었으면 손해를 보는 것이고.”

“네에. 재미있네요.” 그녀가 웃음을 띠면서, 고개를 끄덕였다.

“시마즈양, 이걸 읽어봐.” 그는 책상 서랍을 뒤져서 팜플렛 한 권을 꺼냈다. “이것은 ‘무역 용어의 해석을 위한 국제 규정들’인데, 줄여서 ‘인코텀즈’라고 하지. 이것은 천구백칠십사년에 개정된 것이라, ‘인코텀즈 나인틴 세븐티 포’라고 부르는데. 복사해가지고, 새로운 무역 용어가 나오면 읽어봐. 좀 어렵긴 하지만, 도움이 될 거야.”

“고맙습니다.”

그는 도끼에에게 팜플렛을 건네주고, 자리에서 일어나 다까미야 과장에게로 갔다. “다까미야 과장,” 그는 결재판을 다까미야의 책상 위에 내려놓으면서 말했다. “이건 저번에 얘기한 알루미늄과 알루미나를 바꾸는 계약의 초안인데, 한번 보쇼. 저쪽의 의견을 듣지 않은 상태긴 하지만, 주요한 사항들은 아마 바뀌지 않을 거요.”

“아, 예에.” 다까미야가 황급히 결재판을 열더니, 먼저 협조 서명부터 했다. “바쁜 서류 같은데, 나중에 보죠. 시마즈양,” 다가미야는 서류를 한번 훑어보더니, 도끼에를 불렀다. “이 서류 나중에 시간이 나면, 한 부 복사해주세요.”

“네.”

그는 서류를 들고 야마시다 부장에게로 갔다. “알루미늄과 알루미나를 바꾸는 계약섭니다.”

“아, 그래요?” 야마시다는 서명부터 하고 서류를 한번 뒤적여보더니 결재판을 덮었다. “기노시다 과장님, 좀 드릴 말씀이 있는데……다방에 내려갈까요?”

“그러죠.” 그는 도끼에에게로 가서 결재판을 넘겨주었다. “시마즈양, 이거 영업부장 협조 서명을 받은 다음, 영업부장이 없으면 해외

영업과장도 좋아, 그런 다음 비서실에 갖다주고 결재 좀 받아달라고
해.”

“네. 그리고 과장님, 이거 서명 좀 해주세요. 영수증 처리한 건데
요.” 그녀가 일어서면서 결재판을 꺼내어 펴놓았다.

‘무슨 일이지? 야마시다가 날 밖으로 불러내서 할 얘기가 없을 텐
데.’ 그는 서명을 하고서, 앞장서서 문을 열고 나가는 야마시다를 보
며 생각했다. ‘회사 일? 개인적으로 할 얘기는 없을 테고.’


찻집은 지하층에 있었다. 낮에는 차를 팔고 밤에는 술을 파는 ‘에
레강스’란 곳이었다.

“커피 말고 뭐 좋은 것 없나?” 여급이 물잔을 내려놓자, 야마시다
가 물었다.

“글쎄요? 목이 마르시면, 사이다를 드시든지.” 그녀가 심드렁하게
대답하고서, 손을 입으로 가져가면서 하품했다. 가슴에 하꾸야마(白
山)란 합성수지 명찰을 달고 있었다.

“뭘 하시겠습니까?” 야마시다가 그에게 물었다.

“글쎄요. 말이 나온 김에 사이다나 한잔 할까요?”

“그럼 사이다 둘.” 야마시다는 주문하고서, 담뱃갑을 꺼내어 그에
게 내밀었다.

담배 연기를 길게 내뿜으면서, 그는 천천히 둘레를 살펴보았다.
아침인데도, 손님들이 적지 않았다. 목이 좋아, 서무과장 도꾸다 요
시오(德田義雄)의 얘기로는 권리금이 이십만 원이 넘는다고 했다. 칸
막이 위에 놓인 엽란이 시들고 있었다. 햇볕을 제대로 쏘이지 못하
고, 담배 연기만 들이켜니, 풀인들 배겨낼 도리가 없을 터였다. 물을
제대로 주지 않아서 흙이 바짝 말랐는데, 누가 거기다가 담배를 문
질러놓았다. 그는 담배 꽁초를 집어내고서, 물잔의 물을 부었다. 하
시모도 아끼나리(橋本秋成)의 「파초」가 생각났다. ‘어떻게 시작되더
라? 아, 그렇지.’

폐암을 부른다는 파르스름한 연기를 햇살로 받고
김 나간 맥주를 자양으로 받으면서 살아온 세월에도 너는
한마디 없었다. 네 목마른 넋이 누런 잎새에……

"다른 일이 아니구요," 야마시다의 말에 그는 생각에서 깨어났다.
"지난 일요일에……" 야마시다는 잠시 뜸을 들였다. "지난 일요일에
시마즈 도끼에가 한도우(半島) 호테루에서 앤더슨과 같이 있는 것을
누가 봤다고 그러길래……"
　그의 가슴에서 붉은 불길이 확 타올랐다. '드디어……' 그는 속으
로 신음했다. '드디어 도끼에가 앤더슨하고……' 그렇지 않아도 요
며칠 동안 질투의 불길이 그의 가슴에서 독한 연기를 내고 있었다.
아무리 애를 써도, 그 불길은 사그라들지 않았다. 회사에서는 일에
매달리고 집에서는 조선어 공부에 몰두했지만, 효과는 전혀 없었다.
무슨 열병에 걸린 듯, 열이 나고 입 안이 말랐다. 질투가 그렇게 독
한 감정일 줄은 몰랐었다.
　그의 감정이 얼굴에 나타난 모양이었다. "뭐 내가 간섭하려는 것
은 결코 아닙니다. 기노시다 과장님께서 원체 과를 잘 운영하시니까
내가 부장이라고 해서 이래라저래라 할 필요는 없지만, 이목도 있고
하니 좀 주의를 주시는 게 좋지 않을까 해서 하는 얘깁니다. 처녀가
호텔에서 외국인 남자와 만나는 것이 그렇게 좋은 일은 아니잖습니
까?"
　다행히 야마시다는 그의 표정을 달리 해석하고 있었다. 하긴 그렇
게 생각할 만도 했다. 그가 윗사람의 간섭을 싫어하는 것은 평판이
나 있었다.
　그는 마음을 가다듬고서, 표정을 고쳤다. 연기 한 모금을 깊이 빨
아들이고 담배를 재떨이에 비벼 끄고 나서, 생각을 정리하기 시작했
다. '어쩌면 이것이 기회일지도 모른다. 도끼에와 나 사이의 관계를

272

바꾸는. 도끼에가 앤더슨과 만나는 것은 그녀의 사생활이니까 내가 간섭할 일이 아니지만, 회사 사람이 그것을 보고 와서 말을 꺼냈다면, 그것은 이미 내 일이 된 것이다. 과원들이 그들의 사생활로 해서 회사의 품위를 손상시키지 않도록 감독할 책임이 있는 과장으로서. 더구나 담당 부장이 요구한 사항이니. 내가 원하는 관계가 되진 않더라도, 그녀의 사생활에 내가 깊이 간여하게 되면 그녀와의 관계는 어쩔 수 없이 친밀하게 될 것이 아닌가? 하지만 나에 대한 그녀의 감정이 사랑보다는 미움으로 바뀔지도 모르지…… 그래도 낫지. 그녀가 온몸을 떨면서 날 미워한다고 해도, 그것이 지금과 같은 미적지근한 호감보다야 훨씬 낫지. 어차피 이대로 간다면, 절망적 아닌가? 그리고 회사를 업고서 하는 일이니, 떳떳이 나갈 수가 있고…… 위험도 적고……'

지난 두 주일 동안의 자신의 모습이 눈앞에 떠올랐다. 도끼에가 앤더슨과의 식사에 고소데(小袖)를 입고 나온 뒤로 그의 마음은 한시도 편치 못했었다. 그녀가 앤더슨과 같이 있을 때는 더욱 그랬다. 두 사람의 얼굴빛과 말씨에서 그들의 관계를 가늠해보려고 그는 무던히도 애썼다. 그렇게 하지 않으려고 아무리 애써도 헛일이었다. 피까지 탁하게 만드는 듯한 질투의 독한 감정에 남의 얘기를 엿듣고 남의 얼굴빛을 훔쳐본다는 모멸감이 겹쳐, 그는 자신의 가슴이 짐승의 발굽에 짓이겨진 꽃잎처럼 느껴졌었다.

그는 담배를 빼어 물고 천천히 불을 붙였다. 도끼에와 함께 지낸 세 해가 되어가는 세월이 오래 전에 본 영화처럼 눈앞을 스치고 지나갔다. 삶을 반 넘게 살고서 찾아온 사랑이었다. 자신의 평생에서 가장 순수하다고는 할 수 없어도 가장 깊은 사랑이었다. '그런데,' 그는 쓰디쓰게 입맛을 다시고 나서, 사이다 한 모금으로 목을 축였다. '그런데 내가 이제는 그녀의 행복을 부수려고 하는구나. 그것도 담당 과장이라는 명목을 앞세우는 비열한 방법으로. 도끼에를 그녀가 매력을 느끼는 앤더슨으로부터 갈라놓아서 그녀에게 좋을 일은 무엇인가? 따지고 보면, 내게 좋을 일은? 그녀에게 쏟는 나의 정에 침을 뱉는 일이 아닌가? "오! 각하, 질투를 경계하십시오".'

"뭐 크게 생각하실 것은 없습니다." 그의 침묵이 뜻밖에도 길어지자, 야마시다는 불안한 모양이었다.

그는 긴 한숨을 내쉬고, 야마시다를 바라보았다. 가슴속 질투의 불길이 수그러진 것은 아니었지만, 마냥 그것을 가지고 씨름할 자리는 아니었다. 우선 야마시다가 그의 과에 간섭하는 것을 막아야 했다. 어떻게 처리하든, 도끼에의 문제는 그가 알아서 처리할 일이었다. "야마시다 부장님하고 저하곤 같은 세대니까, 이런 문제를 바라보는 시각이 같을 겁니다. 소위 기성 세대죠." 그는 잠시 뜸을 들였다. "그러나 시마즈양은 우리하곤 한 세대의 차이가 있습니다. '직원의 사생활이니까, 그만둡시다' 하는 소리는 하지 않겠습니다. 다만 회사에서 뭐라고 하는 것을 본인이 이해할 수 있겠느냐 하는 점은 고려해야 될 것 같습니다. 요새 젊은이들은 우리하곤 많이 다릅니다. 그렇지 않습니까?"

"그런 점도 있습니다만……"

"제 생각엔 그냥 덮어두는 것이 좋을 것 같습니다. 누가 그런 소리를 회사에 와서 했는지 모르지만, 그런 얘길 회사에 와서 하는 사람이 오히려 문제라고 볼 수도 있죠." 도끼에를 헐뜯는 사람이 회사에 있다는 생각에 울컥 화가 치밀어올랐다. "솔직히 얘기하면, 난 그런 사람은 회사에서 쫓아내야 한다고 생각합니다." 자신도 모르게 어조가 거세어진 것을 깨닫고, 그는 목소리를 낮췄다. "도대체 큰 문제가 될 일이 아니잖습니까?" 그는 얼굴에 웃음을 띠었다. "젊은 남녀가 호텔에서 만나면," 자연스러운 웃음이 아니어서, 얼굴이 땅겼다. "아이밖에 더 생기겠습니까?"

그가 노골적으로 나가니까, 야마시다는 기가 질리는 모양이었다. 그를 따라서 히죽이 웃으면서, 사이다 잔을 들었다. "하기야……"

"제가 기회를 봐서, 슬쩍 지나가는 식으로 얘길 해보겠습니다. 본

274

인이야 불만이겠지만, 회사 입장을 아주 이해하지 못할 사람은 아니니까요. 괜히 섣불리 회사에서 뭐라고 하면, 역효과밖에 날 것이 없습니다."

"예. 그게 좋겠군요. 똑똑하니까요. 그런데 이번 아루미니우무하고 아루미나를 바꾸는 계약은 큰 성공작이라고 시까자와 상무님께서 칭찬이 대단하시던데요." 야마시다가 슬쩍 화제를 돌렸다.


## 47

이제 게이조우 데이고꾸 대학교(京城帝國大學校)가 설립되어 그 임무를 충실하게 수행하고 있어, 조선의 학생들은 내지로 유학할 필요가 없어졌습니다. 앞으로 총독부에서는 내지에의 유학은 내지에 연고가 있는 학생들에게만 허용할 방침입니다.
　　──다나까 요시야스(田中吉保) 학무국장, 쇼우와
　　원년 3월 12일 게이조우 데이고꾸 대학교 제1회
　　졸업식 축사에서*


"과장님, 계약서 결재가 났는데요." 야마시다 부장, 다까미야 과장과 함께 점심을 들고 늦게 들어온 히데요에게 도끼에가 말했다.

"그래? 그러면……" 그는 숨을 크게 쉬고서, 벼랑에서 뛰어내리는 심정으로 말을 이었다. "시마즈양이 그걸 앤더슨씨에게 전해주고 의견을 들어보지. 내 생각엔 양쪽에 공평하게 만든 계약서라 별 이의는 없을 것 같은데, 혹시 이의를 제기하면 시마즈양이 차근차근 설명해줘."

"네. 알겠습니다."

"앤더슨씨는 아마 존슨 사무실에 있을 거야. 전활 걸어봐."

"네."

사 월　275

그의 얘기에 반가운 표정을 짓는 그녀를 보고, 그는 눈길을 돌리고서 자기 자리로 갔다. '마침내 일을 저질렀구나……' 갑자기 다리에서 힘이 쭈욱 빠져나가는 듯한 느낌에 그는 의자에 털썩 앉았다. 속이 빈 듯 배에 힘이 없었다. 그는 숨을 깊이 들이마셨다. '저지른 것이 아니고 해낸 것이지.' 어차피 끊어야 될 것을 결단을 내려 끊어버렸다는 후련함에 깊은 절망과 슬픔이 섞인 묘한 기분으로 그는 책상을 치우기 시작했다. 그 동안 아픔을 달래보려고 일에 몰두한 덕분에 밀린 일은 없었다.

그는 봉투에 필기구를 챙겨넣고서, 이시다 겐지를 불렀다, "이시다씨."

"예." 이시다가 돌아보더니, 자리에서 일어나 그에게로 다가왔다.

"나 지금 나가는데, 내가 봐야 할 서류가 있나?"

"없는데요."

그는 고개를 끄덕이고, 도끼에에게로 갔다. "시마즈양, 나 지금 밖으로 나가는데, 아마 오늘 들어오기 힘들 거야." 그는 얼굴에 쓸쓸한 웃음을 띠고 그녀를 내려다보았다.

"네. 알겠습니다."

그녀의 얼굴에 머무는 시선을 억지로 거두고서, 그는 돌아섰다. 늦가을 바람에 넋의 잎새들이 날리는 것을 느끼면서, 천천히 사무실을 걸어나왔다.


게이조우 데이다이(京城帝大)에 들어서면서, 그는 가볍게 탄식했다. 봄이었다. 사무실에선 느끼기 어려웠지만, 잎새들과 꽃들이 어우러진 교정에 서니, 지금이 사월이라는 것이 아프도록 느껴졌다. '또 하나의 봄철이 가는구나. 속절없이 가는구나. 이젠 남은 봄철보다도 지나간 봄철이 많은 나이가 되었는데.'

군데군데 학생들이 모여앉아 담소하는 교정을 둘러다보며, 그는 스무 해 전에 이곳에서 보낸 봄철들을 기억해내려고 애썼다. 뚜렷하게 떠오르는 기억은 없었다.

좋은 날씨를 그냥 지나치기가 아까워서, 그는 곧장 도서관으로 가는 대신 한구석에 있는 조그만 꽃동산 아래에 앉았다. '내가 다닐 때도 이것이 있었나? 없었지, 아마?'

뒤에서 목소리가 들렸다. 돌아다보니, 위쪽 자정향 가지 그늘에 여학생 둘이 앉아서 도란도란 얘기하고 있었다.

그가 다닐 때만 해도 여학생은 그리 많지 않았었다. 상학부에는 한 사람도 없었었다. 지금은 가정학부까지 생겨서, 여학생이 꽤 많았다. '옷차림도 훨씬 세련되고……' 그는 위쪽 여학생들을 흘긋 올려다보았다. 짧은 치마 아래로 보오얀 다리들이 싱싱했다. '대담해졌고……'

앞쪽에 비슷한 동산이 있었는데, 따사한 햇살 아래 파랗게 돋아난 풀들이 무척 폭신하게 보였다. 그는 그리로 가서, 소나무 그늘 안으로 머리를 들이밀고 봉투를 베개삼아 누웠다. 어깨와 허리가 편해서, 그는 한숨을 길게 내쉬면서 눈을 감았다. 깊은 자정향 향기가 물결처럼 덮어왔다. 문득 이 세상의 모든 것과 화해한 듯한 평안한 기분이 보리밭 위로 불어오는 봄바람처럼 그의 가슴을 덮어왔다. 온몸으로 퍼져나가는 기분에 그는 자신을 맡겼다. 한참 지났다. 눈을 뜨자, 구름은 없어도 좀 흐릿한 봄하늘이 눈에 들어왔다. '무슨 까닭에 갑자기 이런 기분이 들었나?' 자신의 마음을 덮은 그 평안한 기분을 캐어보다가, 그는 자신의 가슴속에서 질투의 매운 불길이 꺼진 것을 깨달았다. 도끼에에 대한 사랑은 아직 거기 그대로 있었으나, 거친 감정들은 다 타버리고 재만 검게 남아 있었다. 묘한 행복감이 그를 감쌌다. '"마음이 가난한 자는 복이 있나니……" 이 상태가 복을 받은 것일까?'

구름 없는 하늘에서 햇살은 잔잔하게 쏟아지고 있었다. 처음 도끼에가 사무실에 나온 날이 생각났다. '화장이 좀 서툴렀었지. 입술에 바른 연지가 좀 짙었었는데, 그게 묘하게 순진한 느낌을 주었었지……

아득한 옛날이 되었구나, 이젠.' 이어서 가네우라(金浦) 공항에서
처음 앤더슨과 악수하던 때가 생각났다. '지금처럼 될 줄이야 그때
는…… 알았다면, 어떠했을까?' 절망적인 사랑을 안고 부대낀 나날
들이 눈앞을 스쳤다. 그래도 그의 가슴은 물결 잔잔한 호수였다. 아
련한 슬픔이 푸른 하늘 그림자로 어린. 앤더슨의 넓은 품에 안긴 도
끼에의 모습을 상상해보았다. 그래도 호수엔 물결이 일지 않았다.
침대 위에 벗고 누운 도끼에의 자그마한 몸을 앤더슨의 크고 억센
몸이 덮은 모습이 떠올랐다. 호수엔 역시 별다른 흔들림이 없었다.
'그저 도끼에가 행복하기나 했으면. 문화와 풍습이 다른 사람과 사
는 것이 쉽지는 않을 텐데……'

　그는 돌아누워, 팔을 한껏 뻗쳐 풀로 덮인 땅을 껴안았다. 싱그러
운 풀 냄새가 코에 닿으면서, 그의 남근이 부풀어올랐다. 대지의 여
신의 배 위에 올라타고 그 살 속에 뿌리를 내린 듯 아득히 깊은 곳에
서 힘이 뻗쳐 올라왔다. "이젠," 그는 중얼거렸다. "이젠 도끼에와
앤더슨의 사랑을 축복해줄 수 있을 것 같다. 축복해줄 수 있다. 억지
로가 아니고, 마음에서 우러나서."

　문득 눈가가 아려오면서, 시상(詩想) 한마디가 떠올랐다. 그는 벌
떡 일어나서, 봉투 위에 갈겨썼다.


　　　나는 기원하노니,
　　　팽팽히 부푼 팔월의 터지는 햇살로
　　　그녀의 컴컴하고 비옥한 배가 가득차도록,
　　　어느 봄날 저녁
　　　우아하게 벌어지는 그녀의 흰 허벅지 사이로
　　　잘 영글은 햇살이 다시 나오도록.


　그는 한참 동안 고친 다음, 종이를 꺼내어 정서하기 시작했다. 좀
큰 글씨로 제목을 썼다.


278

　　나를 버린 여자를 위한 기도


　　그는 잠시 생각한 다음, '나를 버린'을 지우고, 그 위에 '떠난'이
라고 썼다.


　　떠난 여인을 위한 기도


　　나는 기원하노니,
　　건초 냄새 향긋한 그녀의 침실에선
　　여름밤이 서서히 익어가기를,
　　팽팽히 부푼 팔월의 터지는 햇살로
　　그녀의 컴컴하고 비옥한 배가 가득차기를,
　　꽃잎 지는 어느 포근한 봄날
　　차분한 몸짓으로 저녁이 창가에 내리면
　　우아하게 벌어지는 그녀의 흰 허벅지 사이로
　　잘 영글은 그 햇살이
　　우람한 아기 울음으로 나오기를,
　　땀에 젖은 몸으로 바라보는
　　그녀의 눈 속에
　　모정의 등불이 은은히 밝아오기를.
　　나는 기원하노니,
　　이곳에 남아 이렇게 기원하노니.


　　그가 다 쓰고서 한번 읽어본 다음 주위를 둘러다보았을 때, 두 여
학생들은 떠나고 없었다. 그는 교정이 조용해진 것을 깨달았다. 오
후 마지막 교시가 시작된 것이었다. 그는 천천히 일어나, 도서관으
로 향했다. 문득 식욕이 솟았다.

**48**

인민 대중은 작은 거짓말보다는 커다란 거짓말에 훨씬 쉽
게 속는다.
　　　　　──아돌프 히틀러 독일 수상, 『나의 투쟁』에서

도서관에 있는 가장 오래 된 『브리태니카 백과사전』은 1923년판이었다. 조선이 일본에 합병된 것이 1910년경이므로 그전에 나온 판이 있기를 바랐던 터라, 실망이 적지 않았다. '할 수 없지. 이거라도 읽어보자.' 장서 목록함의 서랍을 닫고, 히데요는 도서관 사무실 앞에서 뜨개질을 하고 있는 여직원에게로 다가갔다. 저번에 왔을 때 있던 사람이 아니었다. "수고하십니다."

그 여직원이 고개를 들었다. 상냥하게 생긴 얼굴이 아니었다.

"이 학교 졸업생입니다. 천구백이십삼년판 『브리태니카 백과사전』을 보고 싶은데요. 어떻게 하면 볼 수 있겠습니까?"

"몇 년도 판이라고 하셨죠?"

"이십삼년판요."

"이십삼년요?" 그녀는 눈을 깜박거렸다. "이십삼년도 판이면, 여기 없고, 창고에 있을 텐데…… 지금 시간이……" 그녀가 시계를 보았다.

그도 시계를 보았다. 세시 오십사분이었다. "언제까지 열람할 수 있나요?"

"일반 열람은 네시 오십분까지예요." 창고에까지 가서 책을 가져오고 싶지 않은 마음이 그녀의 얼굴에 드러나 있었다.

"네시 오십분이라…… 그러면 아무래도 시간이 부족하겠네요. 여기 나와 있는 것은 제일 오래 된 것이 몇 년 판인가요?"

"여기 나와 있는 거요? 이리 와보세요." 그녀가 뜨개질하던 것을

내려놓고 선뜻 일어나, ‘참고열람석’이라는 합성수지 판이 붙은 곳으로 갔다.

“이것인데요. 천구백칠십일년도 판이네요. 그 다음엔 체제가 바뀌었어요.”

“예. 고맙습니다. 우선 이걸 보겠습니다.”

“네. 그렇게 하세요.”

그녀가 돌아간 다음, 그는 ‘조선’ 항목이 들어 있는 권을 빼어들고서 근처 탁자로 가서 앉았다.

조선: 동부 아세아의 중심부에 위치한 반도인 조선은 일본의 가장 중요한 해외 영토다. 만주와 노서아로부터 남쪽으로 뻗어내린 조선 반도는 길이가 525마일이고 폭이 125 내지 200마일에 이르는데, 북쪽은 압록강과 두만강, 남쪽은 조선 해협, 서쪽은 황해, 그리고 동쪽은 일본해로 경계를 삼는다. 5,400마일에 이르는 해안선을 따라 약 3,500개의 섬들이 있으며, 면적은 85,543평방 마일이다.

‘조용한 아침의 땅’으로 번역될 수 있는 조선은 이 왕조 (1392~1910)가 사용한 이름이다. 일본이 조선을 합병했을 때 그들은 일본식 발음으로 나마자(羅馬字)로 ‘CHOSEN’이라고 적었으나, 조선 사람들의 발음은 ‘CHOSON’에 가깝다. 서양 이름인 코리아는 코료(코라이) 왕조(935~1392)로부터 유래하였으며, ‘높은 산들과 빛나는 강들의 땅’이라고 번역될 수 있는데, 이것은 반도의 모습을 적절하게 묘사한 것이다.……

그는 고개를 들어 창밖을 내다보았다. 잎이 돋기 시작한 플라타너스 가지 사이로 좀 흐릿한 하늘이 보였다. 그 아래 거무스레한 게이난상(京南山)이 가지에 턱을 걸치고 있었다.

“코리아, 코료, 코라이…… 높은 산들과 빛나는 강들의 땅.” 그는 나직한 목소리로 뇌어보았다. 조선에 관한 기록을 대할 때마다 가슴을 채웠던 반가움과 슬픔에 이번에는 성취감이 섞여서 아지랑이 같은 감정이 그의 가슴속 하늘을 가득 덮었다. '여기에도 조선의 흔적이 남아 있었구나, 누구라도 손쉽게 찾아볼 수 있는 백과사전에. 조선이 당당한 나라로 오랫동안, 그리고 최근까지 존재했었다는 기록이 남아 있었구나. 감추고, 태우고, 부수고, 엄청난 거짓말로 맥질을 했어도, 조선의 흔적을 다 없애기엔……'

가슴속을 휘젓던 감정이 좀 잔잔해지자, 그는 봉투에서 공책을 꺼냈다.

　　* 조선 (CHOSEN) :　조용한　아침의　땅.　이 (YI) 왕조
(1392〜1910).
　　* 코리아 (KOREA) :　높은　산들과　빛나는　강들의　땅.　코료
(KORYO; KORAI) 왕조 (935〜1392).

그는 공책을 덮으면서, 누가 자기를 보지 않나 도서관 안을 한바퀴 둘러다보았다. 학생들이 많이 나가고 있었다. 이어서 '자연 지리' 항목이 나왔다. 시계를 보았다. '네시 이십분이라…… 시간이 없겠구나.' 그는 그 항목을 건너뛰어, '주민과 인구' 항목을 읽기 시작했다.

　　인종: 근본적으로 조선인은 중국인이나 일본인과 같이 몽고 인종에 속한다. 그들은 일반적으로 일본인보다는 키가 크고, 북부 중국인보다는 작다.

　　언어: 조선어는 터키어·몽고어, 그리고 일본어와 같이 알타이 어족에 속한다. 중국의 문화적 영향은 문자에서 뚜렷하니, 조선인

들은 오랫동안 중국 문자를 써 왔다. 조선인들은 중국 문자를 차용하여 자신들의 말을 적는 '이두'라는 표현 체계를 만들었는데, 15세기에 '언문'이라고 불리는 독자적 자모를 만들었다. 그러나 일본이 조선을 합병하여 일본어가 공용어가 된 뒤로 조선어는 점차 쓰이지 않게 되었다. 1920년대 후반에 추진된 강력한 일본의 동화 정책 아래 조선어는 급속히 쇠퇴하여, 1940년대 후반까지는 조선 반도에서 완전히 사라졌다.

'천구백사십년대 후반이면, 사십 년이구나. 사십 년. 조선어가 조선 땅에서 사라진 지 사십 년……' 말할 수 없는 쓸쓸함과 그리움이 그의 가슴을 오그라들게 했다.

그가 도서관에서 나왔을 때는 교정은 강의실에서 나온 학생들로 다시 떠들썩했다. 도서관 앞 계단 위에 서서 삼삼오오 떼를 지어 교문 쪽으로 가는 학생들을 바라보면서, 그는 커다란 외로움을 느꼈다. '이 많은 사람들 가운데 나만이 조선에 관한 진실을 알고 있다니…… 그 엄청난 거짓을 모르고, 저 학생들은 지금 자신들이 진실을 배우고 있다고 굳게 믿고 있겠지.'

중학교 오학년 때였었다. 여름 방학 때 가마야마(釜山)에 사는 친구를 따라 간가쓰마찌(玩月町)의 유곽에 간 적이 있었다. 한 주일 동안 번민하다가 찾아간 병원에서 '비임균성 요도염'이라는 진단을 받고 나와 사람들의 눈길을 피해 거리를 걸어가면서, 그는 자신이 밝은 얼굴로 걸어가는 건강한 다른 사람들과 전혀 다른 사람이라는 생각에 절망적 외로움을 맛보았었다. 지금 그가 느끼는 감정이 그때 느꼈던 감정과 비슷했다.

'진실이 병균은 아니지.' 그는 자신에게 일렀다. 그러나 외로움이 덜해지지는 않았다. '저 학생들 가운데 적어도 삼 할은 조선인일 텐데.' 그는 경멸과 연민이 섞인 감정으로 떠들고 웃는 학생들을 바라다보았다. '조선에 대해서 아무것도 모르고, 저렇게…… 내지인 학생들에 대해서야 내가 연민이나 우월감을 느낄 까닭은 없지. 그럴까? 비록 다른 민족의 역사지만 왜곡된 역사적 사실을 진실로 받아들이는 것은……' 생각은 거기서 멈춰 더 나아가지 않았다.

햇살은 여전히 내리고 있었으나, 교정은 이미 밝게도 따스하게도 느껴지지 않았다. 그는 천천히 계단을 내려왔다. 교문을 나서면서, 문득 모교의 교명(校銘)이 생각나서, 그는 뒤를 돌아다보았다. 교문 위에 걸린 청동판에 교명이 새겨져 있었다——'진실은 나의 빛.' 역사를 가르치지 않는 학교의 문장(紋章)에 나전어(羅甸語)로 씌어진 '진실은 나의 빛.' 길을 따라 시라까와주우(白川通) 쪽으로 가면서, 그는 그 독한 반어(反語)를 곰곰 씹었다.

옆골목에서 나온 차가 경적을 울리는 바람에, 그는 놀라서 상념에서 깨어났다. 우유빛 가루라꾸시 속에서 운전사가 눈을 부라렸다. 뒤에 노란 고소데(小袖)를 입은 중년 부인이 타고 있었다. 그는 얼떨떨해서, 그 차가 큰길로 나갈 때까지 그냥 바라보고만 있었다. 차가 사라졌다. 그는 정신을 차리고서 둘러다보았다. 세상은 여전히 돌아가고 있었다. 차도엔 갖가지 빛깔들의 차들이 쌩쌩 달리고 있었고, 그 차들을 피해 사람들은 바삐 횡단보도를 뛰어 건너고 있었고, 인도엔 밝은 봄옷을 입은 사람들이 바삐 제 갈 곳으로 가고 있었다. 한때의 학생들이 떠들면서 삼층 건물 입구로 들어갔다. 이층 유리창에 당구장 표지가 있었다.

'진실이란 무엇인가? 무엇 때문에 진실을 알아야 하는가? 진실이 무슨 소용이 있는가? 지금 당구장으로 들어간 학생들이 조선에 관한 진실을 모른다고 해서, 그들에게 무슨 문제가 생기는가? 그들의 길이 어두운가? 내가 그 진실을 안다고 해서, 내게 도움이 되는 것은 무엇인가? 내가 가는 길이 더 밝아지는가?' 생각은 다시 멈춰서 나아가지 않았다.

그는 다시 걸음을 옮겼다. 앞에 무겁게 보이는 가방을 든 학생 둘이 열심히 얘기하며 걸어가고 있었다.

'그래도 사람들은 진실을 찾는다. 왜? 왜 사람들은 진실을 찾는가? 진실도 미덕이나 죄악과 마찬가지로 그 자체가 보답인가? 그렇다고 하더라도, 진실을 알기 위한 노력에 비하면 그 보답은 너무 적지 않은가? 조선을 강제로 합병하고 조선인들을 수탈하는 것이 큰 죄악이지만, 내지인들 가운데 누가 그 보답으로 괴로워하는가? 조선의 진실을 모른다고 해서, 내지인 학생들 가운데 누가 그 보답으로 어리석어지는가? 조선인 학생이 조선에 관한 진실을 안다고 해서, 그가 받을 보답은 무엇인가? 그는 필경 괴로워할 것이다. 잘못하다간, 붙잡혀 들어가서 신세를 망칠지도 모른다. 이 세상이 완전하다면, 아니 완전하기까지 할 필요는 없지, 조금만 덜 불완전하다면, 진실은 그 자체가 그것의 보답일지도 모른다. 그러나 이처럼 정의가 시행되지 않는 불완전한 세상에서 진실이 무슨 소용이 있는가? 도대체 진실이란 무엇인가? 반년 전만 하더라도 미치광이의 잠꼬대라고 두번 다시 생각하지 않았을 얘기가 진실로 밝혀지는데? 사람은 궁극적으로 외부의 자극에 대한 감각에 의해서만 세상을 알 수 있기 때문에, 객관적 진실이란 말은 의미가 없다던데…… 사람을 떠나서 진실이 객관적으로 존재할 수 없다면, 아무도 믿지 않는 사실이 과연 진실일 수 있을까? 진실이란 무엇인가?'

그는 마지막 생각이 어디서 읽은 것임을 깨달았다. 한참 생각해도, 어디서 읽었는지, 누구의 말인지, 생각날 듯 날 듯하면서도 생각나지 않았다. "진실이란 무엇인가?" 그는 입 밖에 내어 중얼거렸다.

길가에 서서 지나가는 사람들을 날카로운 눈초리로 훑어보던 방범대원이 곤봉을 만지작거리면서 그를 위아래로 훑어보았다.

# 49

　　본인은 조선의 충량한 신민들에게 큰 불편을 주지 않는 범
위내에서 '국어 상용'을 추진할 계획입니다.
　　　　—— 시라까와 요시노리(白川義則) 조선 총독, 다이
　　　쇼우 13년 3월 7일 부임 기자 회견에서*

　　본인은 '국체 명징(國體明徵)'을 통치의 근본 방침으로 삼
을 것임을 천명합니다. 무엇보다도 '국어 상용'을 적극 추진
할 것이며 이 목표의 실현을 저해하는 어떤 것도 용납치 않
겠습니다.
　　　　—— 아라끼 사다오(荒不貞夫) 조선 총독, 쇼우와
　　　3년 8월 15일 부임 기자 회견에서*


나지막한 목소리로 히데요는 그 시조를 다시 읽어보았다.


　　설월(雪月)이 만창(滿窓)한듸 바람아 부지 마라
　　예리성(曳履聲) 아닌 줄을 판연히 알건마난
　　그립고 아쉬운 적이면 행여 긴가 하노라.


사랑을 해본 사람이면 누구나 가져본 애틋한 감정을 무리 없이 간
결하게 표현한 훌륭한 작품이었다. 지금의 그에겐 절실하게 느껴지
는 소재인 데다가 작가가 알려지지 않은 점도 마음에 들어, 읽을수
록 맛이 나는 작품이었다. 일본어 번역이 아니고 조선어로 읽으니,
어쩐지 제 맛이 나는 것도 같았다.
　　그는 다시 몇 번 소리내어 읽었다. 점차 수월하게 낭송할 수 있었
지만, 아무래도 받침이 익숙하지 않아서 소리가 자연스럽게 나오지
않았다.

문득 조선어를 자신의 말로 배운 사람이 그 시를 낭송하는 것을 듣고 싶어졌다. 자신이 낭송하는 것은 아무래도 마음에 흡족치가 않았다. 체계가 다른 외국어로 번역된 음가(音價)를 가지고 배운 말에는 어쩐지 부자연스러운 맛이 도는 듯했고, 무엇보다도 장단과 고저를 알 수 없는 것이 답답했다. '욕심은 한이 없나?' 그는 쓸쓸한 웃음을 지었다. '처음엔 번역으로 읽었어도 좋았고, 다음엔 조선어로 읽어서 좋았는데, 이젠 조선어로 낭송할 수 있게 되었어도 흡족치가 않으니…… 아무튼 조선어를 모국어로 배운 사람이 낭송하는 것을 들을 수 있다면, 더 바랄 것이 없겠는데. 문제는 그런 사람이 지금 조선 땅에 남아 있겠느냐 하는 것인데. 천구백사십년대말까지 조선어가 조선 땅에서 완전히 사라졌다고 하니, 근 사십 년이 흘렀는데…… 그렇게 되려면 상당한 기간 동안 사람들의 일상 생활에서 거의 쓰이지 않았다는 얘기가 되니, 다시 거기에 한 십 년은 보태야 되겠지. 아니지, 십 년은 적지. 적어도 이십 년은 걸렸겠지. 그러면 육십 년이라. 그리고 그때 적어도 열다섯 살은 됐어야, 지금까지 조선어를 제대로 기억할 수 있을 텐데. 열다섯 살 가지고도 안 될지 몰라. 그 동안에 잊어먹었기 십상이지. 아무튼 지금 일흔다섯 살 이상 된 사람만이 조선어를 제대로 기억할 가능성이 있다는 얘기가 되는데…… 만날 수 있을까? 조선어가 지금도 자연스럽게 혀끝에서 나오는 사람을?'

애틋한 그리움이 가슴을 시리게 적셨다. 어째서 조선에 관한 것만 생각하면 도끼에에게 품은 감정과 같은 애틋한 감정이 가슴에서 솟는지 모를 일이었다. 눈을 감았다. 가슴의 해변을 시리게 적셨던 물결이 물러나면서, 시조 한 수가 자연스럽게 입에서 나왔다. 그가 조선어로 외우는 몇 안 되는 작품들 가운데 하나로, 고려 말엽에 씌어진 시조였다.

　　백설이 잦아진 골에 구름이 머흘에라

반가운 매화는 어느 곳에 피었는고

석양에 홀로 서 있어 갈 곳 몰라 하노라.


"여보," 문을 열고, 세쯔꼬가 그를 불렀다. "지금 「난보꾸쪼우모노 가따리(南北朝物語)」가 나와요."


## 50


일본 남북조 시대(南北朝時代) : 1236년에서 1392년까지 일본의 천황가(天皇家)가 요시노(吉野)의 난쪼우(南朝)와 교우또우(京都)의 호꾸쪼우(北朝)로 분열되어 상쟁하였던 시기로, 가마꾸라 막부(鎌倉幕府) 시대에서 무로마찌 막부(室町幕府) 시대로 넘어가는 과도기였다.

12세기 말엽 미나모또노 요리또모(源賴朝)는 가마꾸라에 막부를 세워, 천황을 상징적 존재로 만들고, 무인 전단 정치(武人專斷政治)를 행하였다. 1318년에 즉위한 고다이고(後醍醐) 천황은 막부를 타도하고 '겜무 중흥(建武中興)'이라고 불리는 복고적 정치를 행하였다. 그러나 이와 같은 천황의 친정(親政)에는 여러 가지 문제점들이 있었다. 이를 틈타 아시까가 다까우지(足利高氏)는 1335년 반기를 들어 권력을 장악하고, 교우또우에 막부(무로마찌 막부, 또는 아시까가 막부)를 열었다.

이보다 앞서 13세기 중엽에 고사가(後嵯峨) 천황은 장자(長子) 고후까구사(後深草) 천황을 물리치고 차자(次子)를 천황으로 앉혀, 천황가는 분열되었었다. 아시까가는 이것을 이용하여 1336년 장자 계통의 고우묘우(光明) 천황을 옹립하였고, 고다이고 천황은 요시노로 가서 조정을 열었다.

그뒤 막부 정권이 기반을 굳히자, 대세는 호꾸쪼우로 기울어졌고, 난쪼우의 고가메야마(後龜山) 천황이 호꾸쪼우의 고꼬마쯔(後小松) 천황에게 양위하는 형식으로 남북조가 다시 합쳐졌다.

이 뒤로 19세기 중엽의 메이지 유신(明治維新)까지 천황은
다시 실권이 없는 상징적 존재로 남게 되었다.
　　　　　　—— 상해 자유시 동양사학회 편, 『동양사사전
　　　　　　(東洋史事典)』에서*


지금의 천황은 난쪼우(南朝)의 천황을 죽이고 제위(帝位)
를 빼앗은 적당(賊黨)의 후손이니, 존경할 필요가 없다.
　　　　　　—— 고우도꾸 슈우스이(幸德秋水), 메이지 43년
　　　　　　12월 13일 '대역 사건(大逆事件)' 재판정에서
　　　　　　의 최후 진술에서


금후로는 각급 학교의 역사 교과서에서 '난보꾸쪼우(南北
朝)'라는 용어를 삭제하고 소위 '난쪼우(南朝)'를 '요시노쪼
우(吉野朝)'로 고쳐 부를 것.
　　　　　　—— 메이지 44년 1월 9일자 문부성 지시 각서에서 *


히데요가 거실로 나와 세쯔꼬 곁에 앉았을 때는, 이미 광고가 끝
나고 연속극이 나오고 있었다. 내지·조선·대만을 가리지 않고, 모
든 일본 사람들이 「난보꾸쪼우모노가따리(南北朝物語)」에 열광하고
있었다. 만주에서도 이 연속극이 시작된 뒤로 텔레비전 매상이 근
오 할이나 증가했다는 얘기가 신문에 났었다.

화면에는 아시까가 다까우지로 나온 요시다 아끼라(吉田彰)가 규
우슈우(九州)의 유력한 슈고(守護)들 앞에서 열변을 토하고 있었다.
니따 요시사다(新田義貞), 기따바다께 아끼이에(北 顯家), 구스노기
마사시게(楠木正成) 등이 이끈 천황 지지파 군대에게 패해 규우슈우
로 도망간 아시까가는 그곳의 유력한 슈고들과 연합 전선을 이루어
보려고 애쓰는 참이었다. 소재도 흥미있는 역사적 사실이었고, 제작
에 정성을 들여 옛날 분위기가 제대로 나는 점도 있었지만, 이 연속
극이 인기를 모은 것은 역시 '쇼우와 50년대 최대의 스타'라고 일컬

어진 요시다 아끼라의 열연 덕분이었다. 화면 속의 요시다는 난세를 헤쳐나가는 무샤(武者)의 전형이었다. 입을 다물면 강인하게 느껴지는 턱과 초리가 길게 치켜진 날카로운 눈매엔 무샤의 냉정함이 어렸고, 고다이고 천황의 친정 체제 아래서 교우또우 조정의 공경(公卿)들에 비해 상대적으로 이득을 덜 보았다고 느끼는 무샤들을 선동하는 모습엔 막부를 창건한 지모가 드러났다.

아시까가 다까우지 말고도 그가 흥미를 갖고 지켜보는 인물이 있었다. 규우슈우 남부의 유력한 슈고인 시마즈 다다히사(島津忠久)였다. 아시까가가 득세한 뒤 큰 영지(領地)를 은상(恩賞)으로 받아, 웅번(雄藩) 사쯔마의 기틀을 세운 도끼에의 선조였다. 다나까 다까노부(田中隆信)라는 배우가 맡았는데, 역할이나 연기가 모두 시원치가 않았다. 아시까가를 돋보이게 하려고 해서 그런 것 같았다.

인기가 높은 만큼 말도 많았다. 며칠 전에도 와세다 대학교(早稻田大學校)의 역사학 교수 한 사람이 역사를 지나치게 왜곡시켰다고 이 연속극의 극본을 쓴 히라노 히데끼(平野秀樹)를 호되게 비판한 글을 신문에 썼다. 처음엔 가마꾸라 막부를 배반하여 천황군 대신 교우또우의 로꾸하라단다이(六波羅探題)를 공멸하였고, 나중엔 이름까지 하사한 고다이고 천황을 배반하여 권력을 잡은 인물을 너무 미화했다는 것이었다. 물론 히라노는 이내 반론을 폈다. 역사적 사실을 새로운 각도에서 재평가하는 것은 작가의 고유한 권한이요 사명이라는 얘기였다.

그로서는 같이 문학에 종사하는 처지에서 극작가의 주장에 동조해야 되었겠지만, 실제로는 그렇지 않았다. 아시까가를 구국의 영웅으로 미화한 것이 아무래도 비위에 맞지 않았다. 고다이고 천황의 '겜무 중흥'이 이상적 정치였다고 해서가 아니었다. 가마꾸라 막부 체제를 그대로 본받아 무인 계급 위주로 정권을 세운 인물을 지금처럼 군인이 득세한 세상에서 그렇게 미화할 까닭이 무엇이냐, 하는 생각이 들어서였다.

그렇긴 해도, 연속극은 재미있었고 인기가 높았다. 텔레비전의 연속극은 돈을 받으면서 보라고 해도 싫다는 그가 한 주일에 세 번씩 빼놓지 않고 보는 판이니, 다른 사람들은 말할 나위가 없을 터였다.

화면에서는 아시까가의 열변에 설득된 규우슈우의 슈고들이 한데 뭉쳐 일어나 무거운 세금으로 고생하는 민생을 구하겠다고 맹세하고 있었다. '언제나 세금이 문제구나. 고다이고 천황이 무리하게 궁전을 짓지만 않았더라도, 역사는 많이 달라졌을 텐데…… 만일 아시까가의 모반이 실패하고, 고다이고 천황이 계속 일본을 다스렸다면, 지금의 일본은 어떻게 되었을까? 조선도 많이 달라졌겠지? 어쩌면 조선이 일본에 합병되지 않았을지도 모르지……'

원래 사람들은 난쪼우에 동정적이었다. 난쪼우의 비극적 종말은 언제나 시인들이 즐겨 읊은 소재였다. 호꾸쪼우를 읊은 시는 없었다. 그 가운데서도 절창이라는 라이 꼬레야쯔(賴惟柔)의 「유방야(遊芳野)」, 후지이 히라끼(藤井啓)의 「방야(芳野)」, 그리고 가오노 히지마(河野羆)의 「방야(芳野)」는 '요시노 삼절(吉野三絶)'로 일컬어졌다. 다이쇼우 시대에 난쪼우를 읊은 시들 가운데 잘된 것들로 '후요시노 삼절(後吉野三絶)'이란 것이 만들어졌을 정도였다. 그만큼 사람들의 마음이 예전부터 난쪼우로 쏠렸었는데, 호꾸쪼우를 편파적으로 두둔한 연속극이 인기가 높으니, 알다가도 모를 일이었다.

하긴 이 연속극이 정부로부터 지원을 받고 있다는 얘기도 있었다. 그저께 점심 시간에 「난보꾸쪼우모노가따리」가 화제로 나왔을 때, 다나까 이사가 말했었다. "그 연속극 특무사에서 정책적으로 지원한다는 얘기가 있어."

"설마 그럴라구요?" 그는 문학에 종사하는 처지에서 좀 듣기 거북해서 의문을 나타냈었다.

"기노시다 과장, 요사이 특무사에서 관여하지 않는 분야가 있는 줄 아쇼?"

그 얘기엔 대꾸할 말이 없었었다. 육군 헌병사령부를 기반으로 권

력을 잡은 도우조우 히데끼 수상이 장기 집권을 위해 만든 황군특무
사령부는 일본 사회 전체를 완전히 장악하고 있었다.

"아시까가 다까우지의 행적이 도우조우 히데끼 수상과 비슷한 점이
있다는 얘기야." 다나까 이사가 슬쩍 주위를 둘러본 다음 목소리를
낮추어 말했었다. "도우조우 수상이 처음엔 우가끼 가즈시게(宇垣一
成) 수상을 배반했고 나중엔 고노에 후미마로(近衛文麿) 수상을 배반
한 것이 아시까가가 처음엔 호우조우 다까도끼(北條高時)를 배반했다
가 나중에 고다이고 천황을 배반한 것과 같다는 거야. 그래서 특무
사에서 적극적으로 지원한다는 얘기야. 특무사에선 제 애비 일인데
당연히 발벗고 나설 것 아냐?"

화면이 바뀌어, 고다이고 천황이 교우또우에 새로 지은 커다란 궁
전들이 나오고, 이어서 궁녀들이 후정(後庭)에서 거니는 모습이 나왔
다.

문득, 저 화면 속에 나오는 시대에 조선은 어떠했을까, 하는 생각
이 들었다. '그때 조선에도 저런 궁전들이 있었겠지. 왕조가 있었으
니까, 당연히 있었겠지. 무로마찌 막부가 성립되기 직전이니까……
14세기 초엽인데. 그때는 조선에 고려 왕조가 있었구나. 고려 왕조
가 1392년에 이 왕조로 바뀌었으니. 서양에까지 이름이 알려진 왕조
였으니, 국력이 왕성했다고 봐야 되는데…… 그런데 조선에는 어째
서 궁전이 하나도 남아 있지 않을까? 일본이 조선을 합병한 다음 모
두 없애버려서? 하기야 궁전이 남아 있으면, 조선의 역사를 말살하
는 데 방해가 되겠지. 궁전들은 그렇다 치고, 왕들이 묻힌 무덤들은
있을 것 아닌가? 왕릉은 크니까, 어느 무덤들처럼 그냥 잊혀질 수가
없는데. 설마…… 왕릉들까지 파헤치진 않았겠지. 알 수 없지. 몇천
년 동안 이어온 나라의 역사를 단숨에 없애고 거짓말로 채워놓은 사
람들인데…… 그러고저러고, 조선의 수도는 어디였었나? 게이조우?
역시 게이조우였을 확률이 제일 많지?'

화면에는 땀에 젖은 파발마(擺撥馬)가 달리고 있었다. 거품을 입에

문 말과 피로와 긴장으로 일그러진 사자(使者)의 얼굴이 대사(大寫)
되더니, 멀리 교우또우 성의 모습이 나타났다. 이어서 성문을 지나
급히 달려가는 파발마의 모습이 나왔다.

'그렇지. 성이 있지. 왕도에는 분명 성이 있었을 것이다. 게이조
우가 조선의 왕도였다면, 성이 있었을 것이다. 더구나 성을 쌓기도
힘들지만, 허물기도 쉽지가 않을 테니.'

문득 대학에 다닐 때, 지하철 역을 건설하기 위해 난다이몽(南大
門)이 헐린 일이 생각났다. 그전에는 도우다이몽(東大門)도 있었는데
어느 사이엔가 없어진 것도 생각났다. '혹시 난다이몽이 게이조우
성의 남문이고, 도우다이몽이 동문은 아니었을까? 그런 이름이 유래
가 없을 리가 없지. 틀림없을 것 같다. 가만있자. 언제였지? 중학교
때였지, 아마? 게이호꾸상(京北山)에서 성터를 본 적이. 그것이 이제
보니……'

그는 일어나서, 자기 방으로 들어갔다. 지도책을 꺼내어 게이조우
시가도를 펼친 다음, 지도 위에 연필로 난다이몽과 도우다이몽을 표
시했다. '성을 쌓았다면, 둘레의 높은 산줄기를 따라 쌓았을 것이
다.' 그는 게이조우 시가를 둘러싼 산줄기들을 살펴보았다. 게이난
상(京南山), 니오우상(仁王山), 게이호꾸상의 줄기들이 게이조우 시
가를 자연스럽게 감싸고 있었다.

그는 의자에서 일어나, 방안을 서성거리기 시작했다. '틀림없다.
난다이몽과 도우다이몽은 게이조우 성의 남문과 동문이었다. 이제
조선의 흔적을 또 하나 찾아냈다.' 아까 『브리태니카 백과사전』에
'조선' 항목이 남아 있는 것을 알았을 때 느꼈던 성취감이 그의 가슴
을 뿌듯하게 채웠다.

# 51




　사무실에 들어선 히데요의 눈에 먼저 뜨인 것은 도끼에의 자리가 빈 것이었다. 도끼에가 타는 통근 버스는 에이도우라(永登浦)에서 곧장 회사로 오기 때문에, 그가 타는 차보다 조금 일찍 닿았다. 오늘은 그녀가 나오지 않으리라는 확신이 그의 가슴에 무겁게 자리잡으면서, 쓸쓸한 바람이 그의 가슴을 훑었다.

　'이래서야 되겠나. 곧 헤어지게 될 텐데.' 그는 자신을 타이르며, 맥없는 손길을 억지로 들어 책상을 열고 서류를 꺼내놓았다. 간밤에 세쯔꼬와의 잠자리가 좋았었기 때문에 아침 내내 꽤나 밝았던 기분이 단숨에 어두워진 것을 생각하고, 그는 씁쓰레하게 웃었다. '이래 가지고서야……'

　혹시나 해서 기다렸지만, 아홉시 십분이 되도록 그녀는 나타나지 않았다. 당장 전화를 걸어서 무슨 일인가 알아보고 싶었지만, 남들이 보기에 뭣할 것 같아서 조금만 더 참기로 했다.

　아홉시 반이 되어 그가 후꾸다 스즈꼬(福田鈴子)에게 전화를 걸어보라고 말하려는데, 기획조정과 전화가 울렸다.

　"네. 기획조정괍니다." 스즈꼬가 전화를 받았다. "아, 안녕하세요? 네에. 언니 많이 아프세요? 독감요? 네에. 알겠습니다…… 안녕히 계세요." 스즈꼬가 수화기를 놓고 일어나서, 그에게로 다가왔다. "과장님, 도끼에 언니한테서 연락이 왔는데요, 언니가 독감에 걸려서 오늘 못 나온대요."

"독감? 시마즈양이 직접 전화한 거야?"

"아뇨. 언니랑 같이 있는 친구가 했어요. 도끼에 언니가 내일은 나와보겠다고 한대요."

"알았다." 그는 돌아서려는 스즈꼬를 불렀다, "스즈꼬."

"네?"

"이따 봐서, 시마즈양에게 전화를 해라. 내일 무리해서 나올 것 없다구 그래라."

"네. 알겠습니다."

무슨 일이 일어난 것은 아니어서 안심은 되었지만, 회사에 나오지 못할 정도로 아픈 것을 생각하면 안쓰러워서 그냥 앉아 있기가 어려웠다. 도끼에는 몸이 꽤나 아파도 기를 쓰고 회사에 나오는 성미였다. '처녀가 객지에서 혼자……'

그는 도끼에가 언제나 어리고 연약하게만 생각되었다. 자기가 감싸주지 않으면 모진 바람에 불려 세상의 벼랑 너머로 사라질 것만 같았다. 전에 토니아를 사랑했을 때도 그랬었다.

'앤더슨이 있는데.' 그는 앤더슨의 우람한 몸집을 생각하고 쓴웃음을 지었다. '세상의 바람을 막는 데야 무엇으로 보나 앤더슨이 나보다 훨씬 낫지…… 그러나저러나 어떻게 한다? 집에 한번 가볼까?'

그녀가 사는 곳은 대강 알고 있었다. 조우난(城南) 아파트의 오층이었다. 몇 동인지는 몰랐지만, 큰 아파트 단지가 아니니, 찾으려 들면 어려울 것 같지는 않았다.

문득 『조선 고시가선』에서 읽은 시조 한 수가 떠올랐다.


바람도 쉬여 넘난 고개 구름이라도 쉬여 넘난 고개
산진이 수진이 해동청 보라매라도 다 쉬여 넘난 고봉 장성령 고개

그 너머 임이 왔다 하면 나난 아니 한번도 쉬어 넘으리라.

물론 집을 찾는 일이 문제는 아니었다. '이럴 때 찾아갈 수 있다면야 오죽이나 좋으랴…… 수선화 몇 송이를 들고서. 열에 들뜬 그녀를 안고서 자장가를 불러주어 재울 수만 있다면. 잠든 그녀의 머리맡에 앉아서 그녀의 얼굴을 들여다볼 수 있다면. 이마 위에 흩어진 머리칼을 쓸어 올려주면서…… 그럴 수만 있다면, 더 바랄 것이 있으랴.'

그는 뻗어나가는 상념의 줄기를 끊고, 자리에서 일어났다. 더 사무실에 앉아 있을 마음이 아니었다. 어차피 오늘은 밖에 일이 있었다. 그는 책상을 정리한 다음 이시다 겐지에게로 갔다. "나 지금 대외협력국에 나가는데, 내가 볼 서류 있나?"

"없습니다."

"좀 늦을 거야."

"예. 알겠습니다."

"앤더슨씨에게서 전화가 오면, 대외협력국에 나갔다고 그래. 그리고 내가 오후에 전화하겠다고 그래."

"예. 알겠습니다. 다녀오십시오."

관리들을 만나러 가는 길이라 혹시 몰라서, 그는 나오는 길에 경리과에 들러 백 원을 빌렸다.


# 52


관료 계급은 자신을 집권 계급에 없어서는 안 될 존재로 만듦으로써 연명한다. 그래서 그들은 정치적으로 모호하며, 집권자가 누구인가 따지지 않는다. 심지어 그들은 적국에 정복되면, 새 주인을 옛 주인을 섬겼던 것과 같은 충성심으로 섬긴다. 그들은 통치 권력을 충성스럽게 섬김으로써 인민들

위에 군림하는 자신의 권력을 유지하고 확장한다.
　　　　　　　——사노 히사이찌, 『독사수필』에서 *

"모또다 선생님, 안녕하십니까?"

"아, 나오셨습니까?" 모또다 요시오(元田良夫)가 자리에서 일어나, 히데요가 내민 손을 잡았다. "좀 앉으시죠."

"예." 그는 자리에 앉기 전에 안면이 있는 경제협력과 직원들하고 인사를 나누었다. 그 동안 앤더슨과 함께 부지런히 드나든 데다가 과장이 조우다이(城大) 다섯 해 선배여서, 아는 사람들이 여럿 있었다.

"기노시다씨, 어저께 광공업국에서 회신이 왔습니다."

"아, 그렇습니까?"

"얼마 걸렸나? 한 이주일밖에 안 걸렸지, 아마. 기노시다씨가 그쪽에 잘 통하는 모양이죠?"

"저는 대외협력국만 빼놓고는 어디든지 잘 통합니다." 그들은 함께 웃었다.

"실은," 웃음이 그치자, 그는 말을 이었다, "중공업과에 가서 통사정했죠. 주무과니까, 어려울 때 좀 보살펴줘야죠. 그래 어떻게 왔습니까?" 그저께 중공업과장의 결재가 난 서류를 보았기 때문에, 그는 회신 내용을 이미 알고 있었다.

"서류를 결재 올렸는데……" 모또다가 계장 책상에서 서류를 찾아 가지고 돌아왔다. "뭐라고 했더라? 아, 이거지. '좌기의 조건으로 허가함이 타당하다고 사료됨. 경영 자문 계약에 관하여, 현계약 조건을 조정, 일단 삼 년간 실시한 후, 그 실적을 평가하여 계약 기간을 연장함.' 이 조건 괜찮습니까?"

그는 빙그레 웃으면서, 모또다에게 담배를 권했다. "실은 이 단서는 제가 부탁한 겁니다. 저희하고 유사라무하고는 지분이 오십 대 오십이지만, 아무래도 저희가 약자 아닙니까? 그러니 경영 자문 실적이 별로 없더라도, 수수료는 꼬박꼬박 나갈 것 아닙니까? 게다가 경영 자문이라는 용역이 무슨 형태가 있는 것도 아니니, 따지기도 어렵구요. 그래서 정부의 힘을 빌어서 우리의 이익을 보호해보려는 것입니다. 기간을 줄이거나 요율을 낮추면 판이 깨지니까 문제지만, 정부에서 중간에 실적을 평가하겠다는 데야 그쪽에서도 할 말이 없을 것 아닙니까?"

모또다가 고개를 끄덕였다.

"그리고 중공업과의 담당자 입장에서도 주무과 의견인데 그냥 '다 좋습니다'라고 회신을 보내는 것도 좀 뭣할 것 같아서, 제가 제안한 것입니다."

"하여튼 기노시다씨 대단해요. 그런 것 또 있으면, 내게도 하나 귀띔해주쇼."

"고맙습니다."

"동원관리국은 어떻게 됐습니까?"

"그쪽엔 아직 안 가봤는데요."

"뭐 보낸 지 얼마 안 되었으니까…… 그래도 그쪽에 신경을 좀 쓰는 게 좋을 겁니다. 그쪽 사람들…… 잘 알잖습니까? 그쪽에서 엉뚱한 문제를 들고 나오면, 골치가 아플 수도 있거든요."

"예에." 그는 고개를 끄덕였다. "말씀을 듣고 보니, 정말 그런데요."

"대개 이런 일을 추진할 때는 주무국에만 신경을 쓰게 되죠. 당연히 주무국 의견이 제일 중요하니까요. 하지만 행정이란 게 원래 그렇잖습니까? 일단 문서로 공식화되면, 아무리 관련이 적은 부서의 의견이라도 처리가 곤란해지거든요."

"잘 알겠습니다. 고맙습니다." 그는 잠시 생각한 다음, 계장 책상을 가리켰다. "계장님 어디 가셨나요?"

"회의에 들어가셨는데……" 모또다가 시계를 들여다보았다. "나오실 때가 됐는데요."

"모또다 선생님, 언제 시간이 있으시면, 계장님 모시구 교외에라도 한번 나가죠. 앤더슨, 그 친구가 관광을 좀 하겠다구 그러는데, 이왕이면 함께……"

"저번에도 신세를 졌는데…… 계장님께 한번 말씀드려보죠."

"그럼 부탁드립니다. 전 가보겠습니다."


시간이 어중간했다. 점심 시간을 앞두고 구행정 청사에 있는 동원 관리국에 가기도 그랬고, 열한시 반도 안 되었는데 음식점을 찾기도 그랬다. 정문 밖에서 잠시 망설이다가, 그는 시라까와주우(白川通) 오쪼우메(町目)에 있는 헌책 가게 골목에 가기로 마음을 먹었다. 큰 기대는 할 수 없었지만, 조선에 관한 책을 구하려면, 새책 가게보다는 헌책 가게를 뒤지는 편이 그래도 가능성이 있을 터였다.

그는 택시를 잡으려다가 그만두고, 운동삼아 걷기 시작했다. 따지고 보면, 그리 먼 거리도 아니었다. 그리고 화창한 날씨였다. 책방을 찾는 즐거움에 뜻밖의 책을 만날 수도 있다는 기대감이 겹쳐, 사무실에서 나올 때보다는 훨씬 가벼워진 마음이 더욱 가벼워졌다.

우동 한 그릇으로 점심을 때우고 근 두 시간 동안 헌책 가게들을 뒤졌으나, 수확은 없었다. 이상하게도, 따지고 보면 이상할 것도 없었지만, 다이쇼우 시대 이전의 책들은 구경하기도 힘들었다. 오래된 책들이라야 쇼우와 초엽의 것들이었다. 다이쇼우 8년판 『일본 제국 연감(日本帝國年鑑)』을 구한 덕분에 겨우 허탕을 면했다. 연감이야 도서관에서 볼 수 있었지만, 그는 그것을 집에 두고서 시간이 날 때마다 차분히 뒤적여볼 심산이었다. 물론 연감에 조선에 관한 것들이 한눈에 알아볼 수 있도록 나왔을 리는 없었다. 그러나 회사에서 숫자를 다루어본 경험으로 해서, 그는 통계를 조작하는 일이 결코 수월하지 않다는 것을 알고 있었다. 조선에 관한 사항들을 감추려고 애썼겠지만, 그래도 어디엔가엔 제대로 감춰지지 못한 것들이 남아 있을 터였다. 무엇을 찾는지 아는 사람에겐 별것 아닌 통계 수치들이 뜻밖의 얘기를 해주는 법이었다.

"아, 그러잖아도 한번 나오시라고 하려던 참이었습니다." 그가 한 도우 경금속에서 나왔다고 설명하자, 관리제이과의 담당자가 말했다.

"기노시다 히데요라고 합니다." 그는 지갑에서 명함을 꺼내어 건넸다.

"예에. 다까무라 순지(高村潤治)입니다. 앉으시죠."

"예. 고맙습니다."

"조금만 기다려주십시오. 요것을 먼저 끝내고……"

"예."

다까무라는 기안하는 일이 잘 안 되는지 붓방아를 찧고 있었다. 그는 무료하게 앉아서 사무실을 둘러다보았다. 다른 관공서 사무실보다 좀 한산한 대신 보고용 괘도들이 많은 것이 눈에 뜨였다. 『일본제국 연감』이라도 보고 싶었지만, 관공서에 와서, 그것도 안면이 없는 부서에 와서 책을 읽다가는 '건방진 녀석' 소리를 듣기 십상이었다. '그렇다고 남들이 일하는 것을 쳐다보는 것도 실례가 되고……면벽참선이라고 했으니……' 그는 고개를 바로 들고, 국기와 총독의 사진이 걸린 앞벽을 바라보았다.

"아, 미안합니다." 다까무라의 말에 그는 퍼뜩 정신이 들었다. 어느 사이에 정말로 참선을 하고 있었던 것이었다. 현역 해군 대장인 총독의 굳은 얼굴을 화두(話頭)로 삼은 덕분에, 마음속은 부처께서 아시면 실색하실 생각들로 가득했지만.

"아, 아닙니다." 그는 자세를 고친 다음 담뱃갑을 꺼내어 조심스럽게 내밀었다. "담배 하시나요?"

"예. 감사합니다." 그가 내민 라이터에 불을 붙이고서, 다까무라는 결재판을 펴더니 그를 쳐다보았다. "이것은 좀 문제가 있는데요."

"문제요?" 뜻밖의 말에 그는 이내 되물었다.

"우리 계장님께서 그러시는데…… 아루미니우무 생산은 국방에 중요한 산업이라, 외국 자본이 침투하는 것은 국방의 견지에서 볼 때 문제가 있다는 겁니다."

어이가 없어서, 그는 한동안 대꾸할 말을 찾지 못했다. 생각지도 않았던 곳에서 벽에, 그것도 말이 통하지 않는 절벽에, 부딪힌 것이었다. 그는 무거운 마음으로 담배 연기 한 모금을 깊이 들이켠 다음 담배를 껐다. 언젠가 술자리에서 시까자와 상무가 한 얘기가 떠올랐다──'지금 조선에서는 회사에서 부장급 이상이 되면, 관리들을 상대하는 능력이 가장 중요한 자질로 꼽힐 수밖에 없어요. 다른 걸 아무리 잘 해도 총독부 청사에 가서 문제를 해결할 능력이 없으면, 그 사람은 부장 자격이 없어요. 지금 내지·조선을 가릴 것 없이 우리나라 경제에 정부의 손길이 미치지 않는 구석이 있어요? 이렇게 얽고 저렇게 묶어서, 기업이 독자적으로 결정할 수 있는 일이 거의 없거든. 고객의 선호나 소비자의 편의를 생각하기 전에, 관리들에게 잘 먹혀 들어가도록 일을 꾸며야 하는 판이니까. 관리들의 낙원이지. 내가 충고 한마디 하겠는데, 여러분들도 출세할 생각이 있으면, 관리가 돼쇼. 아니면, 최소한도 관리들하고 잘 상대해서 일을 추진하는 기술을 지니든지. 아, 이와자끼 야따로우(岩崎彌太郎)가 달래 돈을 벌었소?'

그가 아무 말이 없자, 다까무라는 좀 안됐다는 생각이 들었는지 은근한 어조로 말했다. "마침 계장님께서 자리에 계시니, 한번 말씀 해보시면 어떻겠습니까?"

"그러죠. 고맙습니다." 그는 다까무라를 따라 뒷자리의 계장에게로 갔다.

"계장님, 이 분은 한도우 경금속에서 나오신 분인데요. 미국 회사와의 합작 투자 건 있잖습니까?"

"아, 그러세요?"

"처음 뵙겠습니다. 한도우 경금속의 기노시다 히데요입니다." 그는 허리 굽혀 인사하고, 명함을 꺼냈다. '이럴 땐 부장 직함이라도 적혀 있어야 얘기가 되는데. 일 년 내내 총독부 청사에 코빼기도 안 들이미는 야마시다에게나 부장 자리를 주고.'

"아, 예." 계장은 명함을 받아 흘긋 쳐다보더니 책상 위에 놓고, 서랍에서 명함을 꺼냈다. "오오야마 가이찌로우(大山嘉一郎)입니다. 앉으시죠." 오오야마는 일어서서 명함을 건넨 다음, 옆의 소파를 가리켰다.

"예. 고맙습니다." 그가 소파에 앉자, 다까무라가 서류를 계장 책상 위에 놓고 그의 옆자리에 조심스럽게 앉았다.

오오야마가 서류를 펴놓더니, 미간을 모으고서 한참 동안 내려다보았다. "도대체 왜 이런 계약을 체결했습니까?" 오오야마가 고개를 들어 그를 바라보며, 좀 언짢은 어조로 물었다.

"무슨 말씀이신지……"

"내 얘기는 아루미니우무 제련 회사와 같은 국방상 중요한 산업체에서 왜 국내 자본을 가지고 시설 확장을 시도하지 않고 구태여 외국 자본을 끌어들이려고 하느냐 하는 겁니다."

그는 잠시 생각을 가다듬었다. 할 말이 하도 많아서, 어디서부터 시작해야 할지 알기 어려웠다. "저희가 낸 '합작 투자 허가 신청서'에 설명된 대로, 국내 자본과 기술만으로 운영하기에는 좀 어려운 점들이 있습니다. 더욱이 지금처럼 경기가 좋지 않을 때, 저희 회사처럼 적자에 허덕이는 회사에 누가 선뜻 돈을 대주겠다고 나서겠습니까?"

"그런 것은 이유가 되지 않습니다. 이 세상에 국방보다 더 중요한 고려 사항이 있습니까? 없죠? 국방상 중요한 산업을 외국 자본의 영향 아래 놓는 것이 부당하다는 것은 삼척동자도 알 것 아닙니까?"

그의 가슴속에서 무력한 분노의 물결이 솟구쳤다가 누런 거품을 내고 사그라졌다. 그는 마음을 도사렸다. '여기서 흥분했다간…… 차분한 마음으로 대하자. 이제 사정해서 일이 풀릴 상황이 아님은

확실해졌다. 논리적으로 따져서 저 사람을 이기지 않고는 일이 진척될 수가 없다.'

"우리도 어려운 처지에 놓인 회사를 돕고 싶습니다. 그러나 국방이라는 관점에서 문제가 있으면, 도저히 정상을 참작할 수가 없습니다. 더구나 지금은 전시가 아닙니까?" 오오야마는 흘긋 그의 명함을 내려다보더니, 타이르는 어조로 말을 이었다, "기노시다 선생께서 이해해주셔야 되겠습니다. 회사에 돌아가셔서, 사정을 충분히 말씀드려주십시오." 오오야마는 얘기가 끝났다는 얼굴로 서류를 덮었다. 옆자리의 다까무라가 고개를 열심히 끄덕였다.

"알겠습니다. 저희도 국방의 중요성을 모르는 것이 아닙니다. 하지만," 그는 목소리를 낮추면서 힘을 주었다. "외국 회사와의 합작 투자가 국방에 이롭지 못하다는 말씀은 잘 납득이 가지 않는데요." 가벼운 전율이 그의 몸을 훑었다. 일단 상대방의 논리를 부수기로 작정했으면, 철저하게 부수어야 했다. 그래야 승자의 입장에서 상대에게 아량을 보일 여지가 생기는 법이었고, 아량을 보여 상대의 체면을 세워줘야, 일이 제대로 풀리는 법이었다.

"아니, 그걸 모르쇼?" 오오야마의 목소리가 좀 높아졌다. "외국 자본이 들어오면, 국가 비상시에 정부의 국가 자원 동원 계획대로 회사가 움직이는 데 차질이 생길 것은 뻔하지 않소?"

"계장님께서 우려하시는 바가 무엇인지 저도 압니다. 일리가 있는 말씀입니다. 그러나 국가 자원 동원이라는 것이 아무렇게나 집행되는 것이 아니고, '국가자원동원법'이란 법률에 따라 집행되는 것 아닙니까? 아무리 외국 자본이 들어온 합작 투자 회사라 하더라도, 국법을 어길 수야 있겠습니까?" 그는 담뱃갑을 꺼내어 내밀었다.

오오야마가 손을 저었다. "안 피웁니다."

"예에. 계장님, 제 생각엔 그 점이 큰 문제가 될 것 같지는 않습니다. 그 점보다도 훨씬 근본적인 고려 사항이 하나 있습니다." 그는 잠시 뜸을 들였다. "지금 저희 회사는 생산 시설의 소규모, 낙후된 기술, 원료 획득의 곤란, 국내 시장의 협소 등의 원인들로 해서 오랫동안 적자를 내왔습니다. 저희가 판단할 때는, 합작 투자를 하느냐, 도산하느냐, 두 길만이 남았습니다. 누구는 합작 투자가 좋아서 하겠습니까? 저희로서는 살아 남기 위해 눈물을 머금고 하는 짓입니다. 저희가 도산해서 공장이 문을 닫으면, 조선 땅에선 알루미늄이 단 일 톤도 생산되지 않습니다. 그것하고 외국의 기술과 자본을 받아들여 회사가 성장함으로써 몇 해 뒤에 근 십만 톤의 알루미늄이 생산되는 것하고, 어느 쪽이 국방에 유리하겠습니까?"

오오야마는 말이 막힌 모양이었다. 그를 한참 동안 노려보더니, 고개를 돌리며 잘라 말했다, "그건 당신의 일방적 얘기요. 자원 동원을 책임지고 있는 우리로선 인정할 수 없소."

고개를 돌려 창밖을 내다보면서, 그는 다시 생각을 가다듬었다. 일단 오오야마의 논리는 깨뜨린 셈이었다. 오오야마는 인정치 않고 있었지만, 다까무라의 태도에서 그는 자신의 논리가 설득력 있게 들린 것을 느꼈다. 하지만 그것으로 일이 풀린 것은 아니었다. 애초부터 그가 염려한 것은 동원관리국의 반대로 합작 투자 허가가 나지 않는 경우가 아니었다. 그가 걱정한 것은 동원관리국에서 마음만 먹으면 합작 투자를 오랫동안 지연시킬 수 있다는 점이었다. 대외협력국의 의견 조회에 대한 회신은 90일 이내에 하게 되어 있었다. 그때까지 이것저것 트집을 잡아가며 자료를 보완하라고 하면, 골탕을 먹는 것은 그와 한도우 경금속이었다. 정부를 상대할 때, 신민은 언제나 약자였다. 예외는 없었다.

"지금까지 계장님께서 하신 말씀의 뜻은 저도 잘 압니다. 감독 관청에 계신 분으로서는 당연히 짚고 넘어가야 할 점들이죠." 그는 부드러운 목소리로 말했다. "하지만 저희 회사는 이번 합작 투자 계약에 서명함으로써 이미 국방을 위해 큰 공헌 한 가지를 했습니다."

오오야마가 고개를 돌려 그를 쳐다보았다.

"이건 저희 회사에서도 최고 경영진하고 합작 투자 담당자들만 알

고 있는 사실인데요…… 작년에 유사라무의 부사장이 도우꾜우 지사
에 온 적이 있었습니다. 유사라무 도우꾜우 지사 말입니다. 그때 어
느 중요한 기관의 차장(次長)께서 손수 그 부사장을 방문하셔서, ‘이
번 합작 투자는 일본과 미국 사이의 친교에도 중요한 사업이니, 적
극 도와주겠다’ 하고 제의했답니다. 미국 사람들이야 그 기관이 무
엇을 하는 곳인지 잘 알지 못하니까, 심상하게 받아들인 모양입니
다. 하지만 요사이 국제 정세로 볼 때, 이번의 합작 투자가 외교적으
로 일본에 도움이 되었으면 되었지 해롭지는 않을 것 아닙니까? 유
사라무는 미국에서도 매출액으로 따져서 삼십 위 정도 가는 큰 기업
입니다.”

오오야마는 입맛이 쓴 얼굴빛으로 혼잣소리처럼 중얼거렸다, “뭐
조그만 회사 일 하나 가지고……” 그러나 오오야마는 그 기관이 어
디냐고 묻지 않았다.

“계장님, 유사라무에서 합작 투자 일로 나온 사람이 지금 게이조우
에 있습니다. 앞으로 합작 투자가 이루어지면, 그쪽의 책임자로 나
올 사람입니다. 한번 만나보시고, 앞으로 국가 시책에 어떻게 협조
하겠는가 하는 점을 직접 확인해보시는 것도…… 어떠실지 모르겠네
요.”

“그것도 좋은 얘긴데요.” 다까무라가 처음으로 나섰다.

“그럼 다까무라 선생님하고 상의해서, 제가 한번 자리를 마련해보
겠습니다. 계장님께서 바쁘시더라도 시간을 좀 내주셨으면 합니다.”

“한번 생각해봅시다.”

“고맙습니다. 바쁘실 텐데, 전 그만 일어서보겠습니다.”

“아, 예.” 오오야마가 자리에서 일어나 손을 내밀었다. “그럼 그렇
게 한번 해보쇼. 얘기를 들어보고, 국가 시책에 적극 협조하겠다면,
재고해볼 수도 있는 거니까.”

# 오　월

## 53

　　식민지들은 구주(歐洲) 정신의 뒷간들이니, 사람이 바지를
내리고 푸근하게 앉아서 자신의 똥 냄새를 맡을 수 있는 곳
이오. 그가 마음껏 크게 으르렁거리면서 그의 가냘픈 먹이
위에 덮쳐, 드러내놓은 기쁨으로 그녀의 피를 마셔댈 수 있
는 곳이오. 그렇지 않소? 그가 부드러움 속에, 사지들과 자
신의 금지된 생식기의 털처럼 곱슬거리는 머리칼의 받아들이
는 어둠 속에, 그저 뒹굴고 발정하고 자신을 내쏟을 수 있는
곳이오.
　　　　　　　　　──토머스 핀천, 『중력의 무지개』에서


　　체조를 하고 나니, 몸이 좀 풀렸다. 어저께는 회사 창립 기념일이
어서 사내 체육 대회가 있었다. 기획부와 총무부가 한편이 되고 경
리부와 영업부가 다른 편이 되어, 축구를 했었다. 히데요(英世)는 옥
상 난간을 잡고 서서 숨을 고르며, 멀리 강가와(漢川)를 바라다보았
다. 새벽 안개에 덮인 강은 아름다웠다. 그러나 그것은 살아 있는 물
이 아니었다. 강가와는 거품이 부글부글 끓고, 여름엔 건너려면 냄
새에 속이 뒤집히고, 물고기가 살지 않는 시꺼먼 물줄기였다.
　　몇 해 전 겐니우라(兼二浦) 공업 단지와 교우낭(興南) 공업 단지의
공해가 큰 문제가 되었을 때, 한도우닛뽀우(半島日報)를 중심으로 한

게이조우의 신문들이 강가와를 되살리자는 운동을 일으켰었다. 그러나 '산업 발전이 시급한 조선에서 공해 문제를 거론하는 것은 시기상조다' 라는 아베 하루노리(阿部治憲) 당시 총독의 말 한마디에 중단되어버렸고, 신문에는 공해에 관한 기사가 거의 나오지 않게 되었다. 그때 아베 총독은 공해 문제로 해서 내지에서는 가동이 어려운 공장들을 조선으로 유치해서 내지의 공해 문제 해소와 조선의 공업 발전을 연계시키는 정책을 추진하고 있었었다. 그러한 정책은 효과가 있어서, 조선의 급속한 경제 성장은 아베 총독의 치적으로 꼽히고 있었다. 도우고우 노부오(東鄕信夫) 총독이 부임한 뒤로는 총독부 관리들도 환경 파괴 문제에 관심을 갖기 시작한 듯도 했지만, 내지에서 공해가 심한 공장들을 끌어들이는 정책은 계속되고 있었다. 작년부터는 '조선 환경 보존 공사(朝鮮環境保存公社)' 라는 것을 만들어서, 내지의 산업 쓰레기들을 공공연하게 들여와서 처리하고 있었다. 말이 '처리' 지, 실제로는 헤이안호꾸도우(平安北道)의 산속이나 강꾜우난도우(咸鏡南道)의 가이바 고원(蓋馬高原) 같은 데에 묻고 있었다.

'하기야 식민지 좋은 게 뭐야. 그런 데 쓰라고 식민지가 있는 거지.' 그는 쓴웃음을 지으면서, 옥상 바닥에 엎드려 팔굽혀펴기를 했다. '그래도 이젠 게이조우에서 올림픽이 열리게 되었으니, 공해 문제를 지금처럼 그냥 내버려둘 순 없겠지. 다른 것은 몰라도, 강가와만은 깨끗하게 만들어야 될걸. 올림픽 덕분에 조선 사람들이 덕을 보는 것도 있긴 있구나.'


그가 옥상에서 내려왔을 때, 신문 돌리는 아이가 문틈으로 신문을 넣고 있었다. 틈이 좁아서, 잘 들어가지 않았다.

"잘 안 들어가지? 이리 다구."

아이가 돌아다보더니, 신문을 건네고 꾸뻑 인사했다.

그는 문밖에 선 채, 신문을 펼쳐 일면을 훑어보았다. '안도우(安

東) 다목적 제방 준공'이 머리 기사였다. '경제 발전의 원동력, 도우고우 총독 치하'라는 부제가 붙어 있었다.

흥미없는 기사라, 그는 다음 기사를 보았다. '귀족원 의장 마쯔다이라 나가미쯔(松平長光) 공작 서거'라고 나와 있었다. 마쯔다이라는 원래 야당인 민주당(民主黨) 소속 중견 의원이었었는데, 하다께나까 겐지(畑中健二) 정권 때 변신하여 여당인 일본정의당(日本正義黨)의 창당에 참여했었다. 살아 남는 재주가 뛰어나서, 하다께나까 정권이 무너진 뒤에도 계속 정치 무대의 전면에서 활약해왔었다. '예순아홉이면, 살 만큼 살았군. 그럼 귀족원 의장은 누가 되나? 별 볼일 없는 자리긴 하지만.'

그는 문을 열고 들어섰다. 부엌에선 세쯔꼬가 잠옷 바람으로 음식을 만들고 있었다. 소파로 가서 앉은 다음, 그는 다시 신문을 펼쳤다. '도우꾜우 대학가 시위'——왼쪽 아래 구석에 나온 기사에 그는 신문을 고쳐들었다.

지난 4일 도우꾜우 데이다이(東京帝大)와 게이오우 대학(慶應大學)에서 시작된 학생 시위는 점점 더 거세어져, 6일에는 도우꾜우에 있는 거의 모든 대학들로 파급되었다. 도우다이(東大)에서는 약 이천 명의 학생들이 교내에서 집회를 가진 다음, 가두로 진출하려다가 경찰의 제지를 받자, 정문을 사이에 두고 경찰과 싸움을 벌였다……

"이것 봐라." 그는 세쯔꼬가 갖다놓은 우유잔을 집어들면서 중얼거렸다. "별것이 다 신문에 나온다."

……학교 관계자들은, 이번 시위의 원인이 원인인 만큼, 다른 때와는 달리 대학가가 평온을 찾기까지는 상당한 시일이 걸리리라는 견해를 조심스럽게 표명했다……

기사를 끝까지 읽어봐도, 다른 때와는 다른 시위의 원인에 대해서는 언급이 없었다. 기사의 행간을 읽는 데 능숙해진 독자들을 상대로 검열에 걸리지 않을 정도로 슬쩍 진상의 한구석을 보여주고 넘어가는 데 능숙한 신문인지라, 구석에 난 기사들까지 훑어보았지만, 역시 원인이 무엇인지는 알 수 없었다. 하여튼 여러모로 흥미있는 기사였다. 학생 시위에 관한 기사가 게이조우에서 발행되는 신문에 나오는 일은 정말 드물었다. 어쩌다 나온다 해도, 사회면의 한구석에 지나가는 얘기처럼 조그맣게 나오는 것이 고작이었다. 그런데 이번 기사는 삼 단짜리 기사였고, 제목도 눈에 단번에 뜨이는 큰 글자였다.

'무슨 일이 있긴 있는 모양인데.' 그는 신문을 놓고 일어섰다. '내지 신문을 보면, 혹시……'


"어서 오세요, 과장님." 그가 중역실 문을 열고 들어서자, 가나자와 하나꼬(金澤花子)가 반갑게 맞았다. "괜찮으세요?"

"뭐가?"

"어저께 그렇게 운동하시고도 괜찮으세요?"

"아, 그거? 오래간만에 뛰었더니, 아침에 일어나니까 다리가 당기던데."

"과장님 잘하시던데요."

"잘해? 이젠 늙어서. 내년부턴 은퇴해야 되겠어. 분명 공을 찼는데, 공은 딴 데로 가고 사람 다리가 걸리니."

그녀의 웃음 소리가 맑고 밝았다. "그래도 나이 드신 분들 가운데선 과장님께서 제일 잘하시던데요. 내년에도 하세요. 제가 응원해드릴게요."

"그럼 한 해만 더 뛰어봐? 아, 참. 요미우리 신문(讀賣新聞)을 좀 보고 싶은데."

"요미우리 신문요? 잠깐 기다리세요." 그녀는 다나까 이사 방으로 들어가더니, 신문을 들고 나왔다.

"다나까 이사님 안 계셔?"

"출근하시고서 곧 외출하셨어요."

"그래?" 그는 신문을 받아, 그녀의 책상 위에 펼쳐놓았다.

학생들이 경찰을 향해 돌을 던지는 사진 한 장이 실린 것을 빼놓으면, 요미우리의 기사도 게이조우 마이니찌 신문(京城每日新聞)의 기사와 비슷했다. 여느 때는 게이조우 마이니찌는 내지에서 발행되는 신문들의 기사들을 아주 축약해서 실었다. 지면이 중앙지들의 삼분지 일도 채 못 되는 신문에서 조선 관계 기사를 많이 싣자면, 이쩔 수 없는 일이었다. 그리고 여느 때 같으면 요미우리도 총독부의 검열을 받아 기사들이 먹칠이 되거나 가위질을 당해서 너덜너덜했을 텐데, 오늘은 말끔했다.

"큐어리어서 앤드 큐어리어서." 그는 중얼거리면서, 하나꼬에게 신문을 넘겨주었다. "잘 봤습니다, 하나꼬씨."

"과장님, 무슨 일예요?"

"으응, 별것 아냐. 못 보던 기사가 하나 나왔길래……"

"과장님 네꾸다이가 삐뚤어졌네요." 그녀가 책상을 돌아나와서 그의 넥타이를 바로잡아주었다.

그녀는 중학교만 나왔지만 똑똑해서, 쉽지 않은 비서 일을 잘 해내고 있었다. 얼굴도 예뻤지만, 몸매가 특히 빼어나서 많은 남직원들이 그녀에게 관심을 갖고 있었다. 언젠가 이시까와 가호우(石川雅邦) 전무가 그녀의 책상 위에 서류를 놓고 그녀에게 무엇을 지시하면서, 그녀의 엉덩이를 슬쩍 쓰다듬는 것을 본 적이 있었다. 그녀가 놀라 비켜서자, 이시까와 전무는 아무 일도 없었다는 듯 표정을 바꾸지 않은 채 그녀에게 계속 얘기했었다. 그 일로 해서, 그는 그녀를 좋게 보고 있었다. 내지인 전무의 접근을 조선인 여비서가 그렇게 분명히 거절하는 것은 결코 흔한 일이 아니었다. 대부분의 회사에서

조선인 여비서들은 내지인 중역들 차지였고, 사람들은 으례 그러려
니 여기고 있었다. 전임 오오꾸보 다께오(大久保武郎) 사장도 데리고
있던 조선인 여비서에게 살림을 차려주었다.

"고마워." 그는 그녀에게 웃음을 지어보이고서 돌아섰다. 합작 투자
협상이 시작된 뒤로 중역실 출입이 잦아진 그는 그녀에게 신세를 많
이 지고 있었다. 저녁이나 같이하자면 그녀가 좋아할 줄 알고 있었지
만, 선뜻 말이 나오지 않았다. 중역실 문을 닫고서, 그는 어깨를 추
스렸다가 놓았다. '다아 팔자 소관인가? 오이를 거꾸로 먹어도……'


54

> 자연은 모든 권리들과 책임들을 개체에게 주었다. 개체와
> 종족의 보존을 위한 모든 활동들이 개체를 단위로 하여 결정
> 되고 이루어진다. 모든 생명체들은 혼자 태어나서, 혼자 죽
> 는다. 이 의미심장한 사실은 세균과 풀에서 공룡과 사람에
> 이르기까지 모두에게 해당되는 얘기다. 그런 뜻에서 그것을
> 구성하는 개체들에게 권리들과 책임들을 한껏 주지 않는 어
> 떤 인간 조직도——그것이 가족이든, 정당이든, 국가든——
> 자연스럽지 못하다. 민주주의가 다른 어떤 정치 형태보다
> 자연스럽다는 과학적 논거가 바로 이것이다.
> ——사노 히사이찌, 『독사수필』에서*


아침 체조를 마친 히데요가 옥상에서 내려와 문을 열자, 문틈에
끼여 있던 신문이 바닥에 툭 떨어졌다. 그는 신문을 집어 펴들었다.
일면에 큼직한 글자로 '대학가 시위 전국 확산'이라고 적혀 있었다.
'이젠 아주 시위 보도 기사가 머리 기사로 나오는구나. 오래 살고 볼
일이지…… 그런데 도대체 무슨 일인가?' 학무국의 철저한 검열을
받는 조선의 신문에 학생 시위를 보도한 기사가 갑자기 크게 실리게

된 까닭을 생각하면서, 그는 소파로 가서 앉았다.

일면은 거의 학생 시위에 관한 기사들로 채워져 있었다. 그는 가벼운 흥분을 느끼면서, 그 기사들을 읽기 시작했다.

학생 시위는 정말 내지 전역으로 확산된 모양이었다. 심지어 시위하고는 거리가 먼 홋까이도우(北海道)에서도 시위가 있었다니, 대단한 기세였다. 더구나 학생들의 구호도 격렬해지고 있었다. 전에는 주로 '민주주의 이룩하자' 라든가 '헌법 개정 쟁취하자' 같은 것들이었었는데, 이제는 '군부 독재 타파하자' 라든가 '폭력 정권 물러나라' 같은 대담한 구호들까지 나오고 있었다.

그러나 정작 그의 관심을 끈 것은 사회면의 해설 기사였다.

대학가에 요원의 불길처럼 번지고 있는 금번 시위는 도오꾜우데이다이(東京帝大) 인류학과 3학년 학생 우에다 시게루(上田茂)군의 죽음에서 발단된 것이다. 그러면 우에다군의 죽음의 진상은 무엇인가? 우에다군의 죽음이 일반에게 알려진 것은 지난 4월 30일이었다. 경찰이 우에다군의 가족에게 우에다군이 4월 25일 사망하여 4월 27일 화장되었음을 통보한 것이었다. 경찰의 발표에 따르면, 우에다군은 4월초의 시위를 주동한 혐의로 4월 22일 경찰에 의해 체포되어 찌요다(千代田) 경찰서에서 취조를 받던 중, 경찰의 감시가 소홀한 틈을 타서 삼층 화장실 창문을 열고 뛰어내려 자살하였다……

"망할 놈들." 그는 속이 끓어올라, 자신도 모르게 내뱉었다. 화장실에서 나와 부엌으로 가던 세쯔꼬가 그를 흘긋 돌아다보았다. 그는 모른 체하고 기사를 계속 읽어 내려갔다. 그 기사를 쓴 사람은 경찰의 해명에서 석연치 않은 점들을 여섯 가지나 열거해놓았다. 그리고는 진상이 하루속히 밝혀져야 사태 수습의 길이 열릴 것이라는 으레 하는 소리를 한 다음, 경찰 내부에서도 이번 사건에 대해 자성의 소리가 나오고 있다는 말로 해설을 끝냈다.

'흥. 내무대신이나 경시총감(警視總監)이 갈릴 리는 없고, 또 조무래기들만 몇 놈 당하겠지. 구속된 놈들도 얼마 지나면 불기소 처분 같은 것을 받아서 슬그머니 풀려날 테고…… 언제까지 이렇게……' 그는 답답한 마음으로 신문을 내려놓고 일어섰다. 속을 느글거리게 하는 냄새가 부엌에서 풍겨왔다. 세쯔꼬는 또 생선을 기름에 튀기는 모양이었다. 그는 조선 전래의 구수한 음식들을 좋아했다. 생선도 칼칼하게 양념을 해서 굽거나 찐 것을 좋아했고, 기름에 튀긴 것은 좋아하지 않았다. 아침 식탁에선 더욱 그랬다. 그러나 세쯔꼬는 조선 음식을 별로 좋아하지 않았다. 대신 화식(和食)이나 양식을 좋아했다. 그녀는 그의 입맛에 맞는 음식을 만들려고 무던히 애썼지만, 그녀가 만든 음식에선 어쩐지 그의 어머니가 만들었던 음식의 구수하고 칼칼한 맛이 나오지 않았다. 그는 기름 냄새를 피해 방으로 들어갔다.

출근하자마자, 그는 결재받을 서류들을 챙겨들고 다나까 이사 방으로 올라갔다. 서호주 알루미나에 나가는 전문도 있어서 아침에 결재를 받아놓는 것이 좋기도 했지만, 다나까 이사에게서 시국에 관한 얘기를 듣고 싶어서였다. 히데요는 다나까 이사가 소탈한 겉과는 달리 속으로는 무척 신중해서 정말 중요한 정보는 남에게 말하지 않는 것 같은 느낌을 받았지만, 그의 시국관은 언제나 경청할 가치가 있었다.

"굿 모닝, 미스 가나자와."

"안녕하세요, 과장님? 과장님, 이 옷 사이또우주우(齋藤通) 시장에 나가서 산 싸구련데요, 괜찮죠?"

"하아." 갑자기 기분이 좋아진 그는 충동적으로 말했다, "하나꼬, 오늘은 정말 멋진데. 오늘 저녁에 시간이 있으면, 나랑 같이 식사라도 할까?"

"아이고 어쩌면 좋죠?" 그녀가 두 손을 모아쥐었다. "오늘 저녁엔 시골서 큰댁 식구들이 올라오시는데. 과장님, 어떡하죠?"
"다행이다. 산 것이나 마찬가지야."
 그녀가 웃으면서, 그의 어깨에서 머리카락 한 올을 집었다. "과장님 흰머리가 나오시나봐요."
"들켰구나. 하나꼬, 다음주에 시간을 내봐. 저녁이나 한번 같이 해."
"네. 고맙습니다."
"다나까 이사님 계시지?"
"네. 들어가보세요. 커피 안 드셨죠?"
"응." 그는 다나까 이사 방으로 향했다.
"어젯밤엔 잘 들어가셨습니까?"
"어서 오쇼. 어제는 술이 좀 과했던 모양인데. 지금도 정신이 오락가락하니." 다나까 이사는 고개를 흔들더니, 손으로 목덜미를 가볍게 두드렸다. "앉으쇼."
"예."
"봅시다, 뭔가." 이사가 소파에 앉으면서 손을 내밀었다.
"이것은 어저께 것을 처리한 겁니다." 그는 전날밤에 앤더슨과 미야모또 도꾸조우(宮本德三)를 초청해서 저녁을 대접한 비용에 관한 서류를 앞으로 내밀었다. 그는 언제나 골치 아픈 서류를 맨 먼저 결재받았다. 그리고 뭐니뭐니해도 서류들 가운데서 술값 처리한 서류가 결재받기 가장 어려웠다. 비록 이사도 참석했던 자리였지만, 술값은 술값이었다.
 이사는 고개를 끄덕였다. "얼마나 나왔습디까?"
"이백 원쯤 됩니다."
 이사는 고개를 끄덕이고서 잠자코 서명했다. 그 다음에는 별문제가 없는 서류들이어서, 결재는 이내 끝났다. 하나꼬가 커피를 들고 들어왔다.
"가나자와양, 오늘은 아주 멋있는데." 이사가 그녀의 몸매를 훑어보면서 말했다. "그 옷이 썩 잘 어울려요. 가나자와양은 역시 심미안이 높아."

"칭찬해주셔서 고맙습니다."

"그 옷 얼마 주고 산 건가?" 그는 하나꼬의 몸 위에 머무는 이사의 눈길이 좀 끈끈하게 느껴져서, 분위기를 가볍게 하려고 얼굴에 웃음을 띠면서 물었다.

"아니, 기노시다 과장, 옷 가게를 낼 셈이오? 예쁜 아가씨가 입은 고운 옷을 보고 겨우 가격을 묻다니. 시인치고는 상당히…… 안 포우에띠꾸하구먼."

"돈이 세상에서 제일 중요하다는 것이 기노시다 과장님 신조예요." 그녀가 그에게 눈을 살짝 흘기고 나갔다.

"하하." 이사가 유쾌하게 웃었다. "재미있는 얘긴데."

"오늘 아침 신문에 보니, 학생 시위가 대단한 모양인데요." 그는 커피 한 모금을 마시고서 말했다.

이사는 빙그레 웃으면서, 고개를 끄덕였다.

"그런데 갑자기 학생 시위 기사가 신문에 크게 나오는 까닭은 뭔가요? 그런 기사는 나오지 못하게 된 것 아닙니까?"

"그렇게 될 까닭이 있는 모양입니다." 이사는 한 모금을 마시고서 커피잔을 내려놓더니, 정색하면서 목소리를 낮췄다. "아마 아베(阿部) 내각의 명이 길지 못할 징조인 것 같아요."

"아, 그렇습니까? 좀 뜻밖인데요."

이사는 잠시 뜸을 들인 다음, 말을 이었다, "신문에 그런 기사가 났다는 것은 총독부에서 시켰거나 적어도 묵인했다는 얘기가 아니겠습니까? 그리고 그런 기사는 도우꾜우의 신문에 먼저 나왔거든. 대문짝만하게. 사진도 크게 실리고. 중앙지에 그런 기사가 나오려면 특무사나 보안처에서 시켜야 되는데, 적어도 묵인해야 되는데, 그렇다면, 그것이 의미하는 것이 무엇이겠소?"

그는 잠자코 고개를 끄덕였다.

“지신다이(慈信臺)에서 흘러나온 얘기로는 이미 지난달에 미야께사까(三宅坂)에서 도각(倒閣)시키자는 요꼬스까(橫須賀) 측의 주장에 동의했다고 합디다. 이제 특무사와 보안처에서도 거기에 동조 내지 묵인한다는 얘기가 되는 셈이오. 내 생각엔 이제 아베 내각은 끝장난 것 같아요.”

그럴듯한 얘기였다. 미야께사까는 육군 참모본부를, 요꼬스까는 해군 군령부(軍令部)를 가리키는 말이었다. “그러면 후임 수상은 누가 될까요?”

“해군측에서 나오지 않겠소? 미야께사까에서 도각에 동의한 것은 지금처럼 어려운 상황을 헤쳐나가려면 새로운 사람이 나와야 된다는 인식에서요. 관동군이 시작한 싸움은 지금 의외로 고전이오. 노서아가 이제는 공개적으로 지공(支共)을 원조하고 있잖아요? 국제적 여론도 우리에게 아주 불리하게 돌아가고 있고. 반면에 미국은 거리가 멀어, 별 도움을 주지 못하거든요. 게다가 여론 때문에 공개적으로 지지를 표명하지도 못하고. 그리고 일반에게는 알려지지 않았지만…… 지난달에 우리 군대가 꽤 큰 피해를 입은 모양입디다.” 이사가 말을 멈추고, 커피를 마저 마셨다.

“그랬었군요. 찰합이성(察哈爾省)에서였나요?”

“찰합이성이 아니오.” 이사는 입맛이 쓴 모양이었다. “열하성(熱河省)이라고 합디다.”

“열하성요? 그럼 만주국 안인데요? 만주국 안에서 당했단 얘깁니까?”

이사가 고개를 끄덕였다. “지금 지공군(支共軍) 유격대는 만주국내에서 안 나오는 데가 없다는 얘기요. 이러다가는 만주까지 잃게 된다는 얘기가 나오는 판입니다.” 이사가 한숨을 내쉰 다음, 말을 이었다, “자, 보시오. 싸우자니 힘들고 명분도 없고, 물러나자니 국제적으로 체면이 안 서고 국내적으로는 책임 문제도 발생할 테고. 지금 아베 내각으로서는 진퇴양난입니다.” 이사는 담배통에서 담배를 꺼내어 탁자에 대고 두드렸다. "결국 새 사람이 나와서, 직접적 책임이 있는 관동군의 책임자들과 육군성의 수뇌들을 갈고, 지공군하고 협상을 벌여야 된다는 얘기가 되는 거요. 다른 사람은 몰라도, 수상과 육상(陸相)은 물러나야 얘기가 될 것 아닙니까?"

그는 천천히 고개를 끄덕이면서 담뱃갑을 꺼냈다. "역시 해군에서 나와야 되겠군요."

"그렇게 돼야, 일이 순조롭게 풀릴 것 아닙니까? 그리고 지금 해군 측에서 나온다면, 누가 유망하겠습니까? 경력으로 보나, 인품으로 보나, 신망으로 보나, 어느 모로 봐도 도우고우 총독이 자연스럽게 물망에 오르거든요. 그래서 게이조우의 신문과 방송에 학생 시위에 관한 보도가 계속 나오는 거요. 일반 국민에게 아베 내각에 문제가 있다는 것을 알려서 마음의 준비를 시키는 셈이죠. 지금 만주에서 일어나고 있는 일을 국민들에게 알릴 수야 없잖습니까? 그래서 마침 대학생 한 사람이 고문당해서 죽고 시위가 벌어지자, 잘됐구나 싶어 그걸 대신 내보내는 겁니다. 가또우(加藤) 정무 수석이 원래 치밀하다고 이름난 사람 아닙니까?"

"그럴듯한 얘긴데요." 그는 식은 커피를 마저 마시고, 서류를 챙겨 들었다.

"기노시다 과장, 두고 보시오. 곧 재미있는 일이 있을 테니." 일어서는 그를 보고 이사가 의미심장한 웃음을 지었다.

55

지키는 사람들 바로 그들을
누가 지킬 것인가?
　　——데시머스 주니어스 주버네일리스, 『풍자시집』에서

위에서 설명한 바와 같이, 일본 헌법의 치명적 결점은 군부가 내각의 통제를 받는 것이 아니라 일상적 정치 활동에서는 초연하여 거의 상징적 존재라고 할 수 있는 천황의 직접적 통제 아래에 놓여 있다는 것이다. 내각은 중의원을, 그리고 좀 덜한 정도로 귀족원을 통하여 국민에게 책임을 지지만, 군부는 천황 한 사람에게만 책임을 지는 것이다. 아무리 천황의 권위가 절대적이고 천황 개인의 자질이 영명하다고 하더라도, 천황이 어떻게 방대한 군부를 통제할 수 있겠는가? 따라서 군부는 실제로는 책임질 곳이 없는 존재인 셈이다. 그뿐이 아니다. 일본에는 '군부대신 현역 무관제(武官制)'라는 제도가 있어서, 육군대신·해군대신, 그리고 공군대신 자리에는 현역 중장 또는 대장을 임명하도록 되어 있다. 이 제도를 이용하여, 군부는 언제든지 군부대신들을 사직하게 하고 후임자들의 추천을 거부함으로써 내각을 무너뜨릴 수 있다. 따라서 실제에 있어서는 군부가 내각에 대해 상대적 우위를 가지고 있다. 이와 같은 권력 구조 아래에 군부가 득세하는 것은 필연적이다.

——『상해공론』, 1984년 1월호, 「일본의 해부: 정치편」에서*

히데요는 다시 시계를 보았다. 아홉시 삼분전이었다. 그는 『조선 고시가선』을 덮고, 지금 막 읽은 시를 암송했다.

어저 내 일이여 그럴 줄을 모르더냐
있으랴 하더면 가랴마는 제 구타여
보내고 그리는 정은 나도 몰라 하노라.

막히지 않고 암송을 마치자, 그는 흡족한 마음으로 거실로 나갔다. 거실에는 게이꼬가 게이조우 제이방송의 '불어 회화 강좌'를 듣고 있었다.

게이꼬는 제 어미를 따라서 불란서 문학을 공부하겠다고 했다. 그래서 불란서어를 제법 열심히 공부했고, 가만히 보면 책도 번역서일 망정 불란서 소설들을 즐겨 읽는 눈치였다. 아비가 시인이라는 점도 아주 무관하지는 않았을 터였다. 그는 그런 딸이 대견스럽기도 했지만, 한편으로는 좀 걱정도 되었다. 그는 너무 많은 여학생들이 문학을 전공한다고 생각하고 있었다. 남녀 차별이 아직 심한 나라에서 여자가 직장을 가질 궁리를 하지 않는 것은 어리석은 일이라고, 어리석은 정도가 아니라 위험한 일이라고, 특히 조선인 여자들에게는 더욱 그렇다고, 여기고 있었다. 지금 조선 사회에서 여자가 그래도 사람답게 살려면 혼자 살 수 있는 경제적 기반이 있어야 한다고 굳게 믿었다. 그러나 그런 얘기를 아직 어린 딸에게 하기는 좀 뭣했다. 그래도 결정해야 할 때가 되면, 경제학부나 상학부 같은 데로 진학하도록 권할 셈이었다. 공부를 열심히 해서 조선은행이나 조선식산은행 같은 곳에 들어가면, 남편 잘 고를 것 없이 평생의 생계가 보장되는 것이었다. 시중 은행도 좋았고, 대우가 좀 떨어지긴 했지만 금융조합도 괜찮았다. 더욱이 은행은 조선 땅에서는 가장 남녀 차별이 적은 직장이었다. 결혼해도 사표를 강요하지 않았고, 요사이 시중 은행에선 여자 대리들까지 나오는 판이었다.

"게이꼬야, 오늘은 아빠가 뉴스 좀 듣자."

"뉴스?" 녀석이 돌아다보며 물었다.

"응, 아홉시 뉴스."

"그래요. 다 끝났어요." 녀석이 텔레비전 앞으로 가더니, 제일방송을 틀었다.

잠시 선전이 나오더니, 9시 종합 뉴스가 나왔다. 여느 때처럼 도우고우 총독의 동정이 먼저 소개되었다. 그는 그 뉴스를 다른 때와는 달리 관심을 갖고 지켜보았다. 혹시 총독의 동정에서 시국과 관련시켜 생각할 만한 것이 있을까 해서였다. 별다른 것은 없었고, 지방 장관 회의에서의 유시에서 '순리에 의한 시정'을 강조했다는 애

기 정도였다. 말끝마다 '법과 질서'를 찾는 총독의 입에서 '순리'라
는 말이 나온 것은 이번이 처음이 아닌가 싶었다.

이어서 폭탄이 터졌다. "다음은 도우꾜우 정가(政街) 소식입니다.
오늘 오전 호소까와 히데오(細川秀夫) 해군대신과 하또야마 세이끼
(鳩山淸輝) 공군대신이 아베 하루노리(阿部治憲) 내각 총리대신에게
사표를 제출했습니다. 해군성과 공군성 대변인들의 공동 발표문에
따르면, 호소까와 해상(海相)과 하또야마 공상(空相)은 오늘 오전 열
시 아베 수상을 집무실로 방문하고 잠시 요담한 다음 사표를 제출하
였는데, 두 대신들은 국내외 정세의 변화에 대한 정부의 대응이 미
흡함을 절감하고 현재의 고식적 대책 대신 근본적 대책을 수립할 계
기를 마련하기 위해 사임한 것이라고 합니다. 두 대신이 사임하게
된 직접적 동기는 최근의 학원 사태와 관련이 있는 것으로 풀이되고
있습니다. 후임자의 추천에 대해서는 언급이 없으나, 대변인들의 공
동 기자 회견에서의 발언 내용으로 보아, 해군과 공군에서는 당분간
후임자를 추천하지 않을 가능성도 있습니다. 수상 관저와 관방성(官
房省)에서는 논평 없이 사표 접수 사실만을 확인하였는데, 두 대신들
의 사표는 곧 수리될 것으로 보입니다. 한편 육군성에서는 즉각적인
논평을 하지 않았으나, 곧 다나까 고오끼(田中弘毅) 육군대신의 거취
가 밝혀지리라는 것이 도우꾜우 관측통들의 견해입니다. 이번 해상
과 공상의 사임에 대하여는 오늘밤 열한시 본 방송의 '열한시의 초
대석' 시간에 자세한 해설이 있을 예정입니다. 많은 시청이 있으시
길 바랍니다. 다음에는 경제 소식입니다. 조선은행의 발표에 따르
면, 올해 일사분기의 경제 성장은 사점오 파센또가 될 것으로……"

그는 텔레비전 앞으로 가서 제이방송을 틀었다. '영어 회화 강좌'
가 나오고 있었다. "됐다. 이젠 게이꼬 네가 봐라."

"아빠 무슨 일예요?"

"으음, 나도 잘은 모른다. 도우꾜우에서 무슨 일이 벌어지고 있는
모양이다. 지금 아베 내각이 흔들리는 모양인데, 이따가 열한시에

해설이 있다고 하니, 그걸 들으면 좀 자세히 알 수 있을지도 모르지. 내가 나중에 얘기해줄게." 그는 게이꼬의 질문을 슬쩍 피하고서, 거실에서 물러났다. '드디어 일이 터졌구나. 다나까 이사의 말이 맞아 들어가는구나.' 그는 기다리던 사건이 마침내 일어났을 때 갖게 되는 가벼운 성취감을 느끼며, 방으로 들어갔다.

마음이 좀처럼 가라앉지 않아서, 그는 담배를 피워 물고서 방안을 서성거리기 시작했다. '만일 아베 내각이 무너지고, 다나까 이사 말대로 도우꼬우 총독이 수상이 되면…… 유사라무와의 합작 투자에는 어떤 영향이 미칠까?' 그것이 그의 머리에 먼저 떠오른 생각이었다. 누가 수상이 되든, 그에겐 별 상관이 없는 일이었다. 그는 다나까 이사처럼 배경도 야심도 없는 평범한 조선인 회사원이었다. 도우꾜우의 정가에서 일어나는 일들 가운데 조선인들에게 직접적인 영향을 미치는 것들은 드물었다.

그는 담배를 끄고서 창문을 조금 열었다. 시원한 밤공기가 밀려 들어왔다. 그는 맞은편 아파트 위의 밤하늘을 바라보면서 생각을 정리하기 시작했다. '정국이 불안하면, 좋을 것은 없지…… 우선 유사라무에서 손을 뗄 위험도 있고. 물론 그럴 가능성은 거의 없지만, 정국이 정말로 혼란스러워지면, 일본에 투자하는 것을 다시 생각할 수도 있으니까…… 한편으로는 지공(支共)과의 분쟁이 이번 일을 계기로 해결의 실마리를 찾게 된다면, 뜻밖에도 좋은 영향을 줄 수도 있지…… 어느 쪽이 될지는 알 수 없고. 한 가지 분명한 것은 정부의 허가를 얻어내는 데는 좋을 리가 없다는 사실인데. 총독이 갈리게 되면, 총독부에 연쇄적으로 인사 이동이 있게 마련이고. 그렇게 되면, 지금까지 사귀어온 관리들이 자리를 옮기게 되니, 정부의 허가를 얻어내는 데 어려워지지. 새로 부임한 관리들과 사귀어야 하고, 합작 투자에 대해서 설명을 다시 하고 설득해야 된다는 얘기니…… 정권이 바뀌는 것이야, 그놈들이 그놈들이긴 하지만, 나쁘지는 않은데. 문제는 하필 요때에……'

## 56

군사 독재 정권이 불안정하다는 얘기는 자유를 희구하는
사람들의 기원일 따름이다. 동서고금의 역사가 그렇지 않다
는 것을 보여준다. 애급(埃及)의 맘룩 왕조와 우리나라의 막
부(幕府) 정권들이 그 좋은 예들이다. 무엇보다도 나마(羅
馬) 제국과 몽고 제국이 근본적으로 군사 독재 국가였다는
점을 생각해야 한다. 〔……〕

군사 독재 정권이 국내의 모든 반대자들을 힘으로 쉽사리
누를 수 있기 때문에 영속하리라고 생각하는 것도 그 정권
아래서 이득을 보는 자들의 기원에 지나지 않는다. 독재 정
권을 안정시키는 경직된 사회 구조는 예기치 못한 상황에 유
연하게 대처할 수 없다는 결정적 약점을 안고 있다. 내부적
으로 강력하고 안정된 듯이 보이는 정권들이 외부의 압력에
허망하도록 쉽사리 굴복하는 것은 이 때문이다. 서양 열국의
개국 요구 앞에 허둥대다가 무너진 도꾸가와 막부(德川幕府)
정권이 그 좋은 예다.

—— 사노 히사이찌, 『독사수필』에서 *

다음날 아침 회사에서는 전날 게이조우 데이다이(京城帝大)에서 시
위가 있었던 일이 화제가 되었다. 도우꾜우 데이다이(東京帝大) 학생
이 경찰서에서 취조받다가 죽은 사건을 두고 삼백여 명의 학생들이
교내에서 시위를 한 것이었다. 이미 내지의 대학들에서 여러 날을
두고 크게 시위를 벌이고 있었고, 조우다이(城大) 학생들이 내건 구
호도 내지 대학에서처럼 과격하지는 않았지만, 조우다이에서 시위가
일어났다는 사실이 신기해서 직원들은 저마다 한마디씩 거들었다.

조선의 대학가에서도 시위가 전혀 없었던 것은 아니었다. 게이조
우 다꾸쇼꾸 대학교(京城拓殖大學校)나 게이조우 고우꾜우 대학교(京
城工業大學校) 같은 조선인들이 주로 다니는 대학들에선 가끔 재벌의

횡포에 대한 성토 같은 것들이 있었다. 특히 도우요우 다꾸쇼꾸(東洋拓殖)나 도우장 노우지(東山農事)가 성토 대상이 되었을 때면, 흥분한 학생들이 시위까지도 벌였다. 그러나 조우다이에서는 아직까지 시위는 고사하고 성토 대회 한번 없었다.

"조우다이 개교 이래 처음 있는 역사적 사건인데요." 다꾸다이(拓大) 출신인 다까미야 과장이 말했다.

"조우다이까지 나섰으니, 이젠 다 나선 셈인가?" 야마시다 부장이 말을 받았다.

히데요는 자신의 모교를 은근히 깎아내리는 얘기가 마음에 거슬렸으나, 사실이 그러했으므로, 잠자코 있었다. '이류, 삼류 대학들을 나온 주제에 남의 대학을 헐뜯기는…… 해상(海相)과 공상(空相)이 함께 사임한 배경은 대수로운 것이 아니고, 조우다이에서 총독부 관제 시위가 벌어진 것은 대단한 것으로 보이나? 일들은 하지 않고서……'

요사이 회사에서는 모두 괜히 들떠서 설렁거렸다. 합작 투자 계약이 체결된 뒤로는 완연히 파장 기운이 돌고 있었다. 그는 제자리에 앉아서 일을 하고 있는 이시다 겐지와 도끼에를 흐뭇한 마음으로 바라다보았다. '그래도 우리 과가……'

그는 도끼에가 올린 서류들을 검토하기 시작했다. 그녀의 꼭꼭 눌러쓴 만년필 글씨를 보노라니, 입가에 슬그머니 웃음이 우러나왔다. 그 글씨에 그녀의 꼼꼼하고 야무진 면이 나온 것 같았다.

"과장님," 도끼에가 그에게로 와서 말했다, "비서실에서 전화가 왔는데요, 앤더슨씨가 도착했답니다."

"그래? 그러면 서류를 챙겨가지구 올라와. 나 먼저 올라갈 테니까."

"네."

그는 비망록 하나만을 들고, 자리에서 일어섰다. '자아, 앤더슨에게 어떻게 설명한다? 이 미묘한 정국을?'

“오전 일과를 마감할까요?” 그가 웃으면서 말하자, 앤더슨이 따라 웃으면서 고개를 끄덕였다.

“앤더슨씨, 저번에 갔던 조선 음식점 어떻습니까? 라슈우오꾸(羅州屋)?”

“좋은 곳입니다. 그곳의 음식이 무척 마음에 들었습니다.”

“그럼 그곳으로 갑시다. 시마즈양, 같이 가지. 준비해.”

“네.”

그들이 소회의실에서 나오자, 가나자와 하나꼬가 그에게 말했다. “과장님, 뉴스 들으셨어요?”

“뉴스? 무슨 뉴스?”

“조금 전 라디오 뉴스에 내각이 총사퇴했다고 나왔어요.”

“그래? 확실해?”

“네. 이사님들도 모두 하세가와(長谷川) 감사님 방에서 라디오를 들으셨어요.”

“그래?” 그는 앤더슨을 돌아다보았다. 앤더슨은 도끼에를 위해 중역실 문을 열고 있었다. “앤더슨씨.”

앤더슨이 고개를 돌렸다.

“아베 내각이 사퇴했답니다. 조금 전 라디오 뉴스에 나왔다고 합니다.”

“아, 그렇습니까?” 앤더슨이 짐짓 흥미있다는 얼굴빛을 지었으나, 눈길은 이내 도끼에에게로 돌아갔다.

도끼에는 앤더슨이 연 문을 지나 앞장서서 나갔다. 문을 연 사람과 그 문을 통해서 나간 사람 사이의 호흡이 맞아 자연스럽게 느껴졌다.

‘이젠 저런 데까지 호흡이 맞는구나……’ 한 줄기 아릿한 슬픔이 늦가을 바람처럼 그의 가슴을 스쳤다. 그는 하나꼬에게 고갯짓을 하고, 천천히 두 사람의 뒤를 따랐다.

**57**

일본은 만세일계(萬世一系)의 천황이 이를 통치한다.
—— '대일본 제국 헌법' 제1조, 메이지 22년 2월 11일자

"그의 방문이 현재의 정국과 관련이 있는 것만은 확실하죠?" 한참 동안 생각에 잠겨 있던 앤더슨이 말했다.

"예. 그것까지는 확실하죠. 지금 같은 때 해군 군령부 총장(軍令部總長)이 조선에 있는 해군 기지들을 둘러다볼 만큼 한가롭겠습니까? 하지만 그의 조선 방문이 무엇을 뜻하는지는 짐작하기 어려운데요." 히데요는 다시 신문을 내려다보았다.

그것은 앤더슨이 갖고 온 도우꾜우 타임즈의 한구석에 난 기사였다. 사까구찌 하루미(坂口春海) 해군 군령부 총장이 조선의 해군 기지들을 시찰하기 위해 5월 16일에, 즉 지난 토요일에, 조선을 방문했다는 것이었다.

아베 내각이 무너진 지 벌써 열흘이 되어가는데도, 후임 수상이 지명되지 않고 있었다. 신문들은 연일 '정국 불투명' '정국 계속 혼미' 따위의 보도만 했을 뿐, 누구누구가 수상 후보로 거론되는가, 실권을 쥔 군부의 동향은 어떤가, 하는 따위의 중요한 문제에 대해선 전혀 쓰지 못하고 있었다. 기사의 행간을 읽어보면, 육군과 해군 사이에 타협이 잘 되지 않는 것 같았다. 게다가 학생들의 시위는 갈수록 격렬해지고 있었다. 구호는 이제 '개헌 결사 관철' '민주화는 순교자들을 부른다' '군부는 정치에서 손을 떼라' 등으로 대담해졌다. 경찰은 시위를 진압할 엄두를 내지 못하고, 다만 학생들이 교문 밖으로 나오지 못하도록 막고만 있었다. 하긴 시위의 발단이 경찰 고문으로 학생이 죽은 사건이었으므로, 경찰도 자제하는 것이 당연했다.

그는 매일 앤더슨에게 정세를 설명하느라, 진땀을 흘리고 있었다. 아무리 신문을 들여다보고 텔레비전을 틀어봐도, 얘기해줄 만한 것은 적은데, 앤더슨은 별의별 것에 대해서 그의 의견을 물었다. 앤더슨의 입장도 딱했다. 그는 피츠버그의 본사에 매일 전문으로 일본의 정세를 보고하고 있었다. 그래서 둘이 만나면, 합작 투자에 관한 협의는 제쳐두고, 먼저 앤더슨의 정세에 관한 일일 보고를 만들기에 바쁜 판이었다.

"기노시다씨, 이번 군령부 총장의 방문이 도우고우 총독에게 유력한 징조일까요? 아니면 불리한 징조일까요?"

"글쎄요……" 그는 씁쓸한 웃음을 띠면서, 창밖을 내다보았다. "추측할 자료가 없으니, 책임 있는 말을 할 수가 없군요." 그는 고개를 돌려 앤더슨을 바라다보았다. "만일 제 의견을 꼭 말해야 한다면, 저는 그의 이번 방문이 도우고우 총독에게 좋은 징조는 아니라고 생각합니다."

앤더슨이 그를 잠시 말끄러미 바라다보았다. "왜요?"

"도우고우 총독이 현역 해군 대장입니다만, 그는 이미 해군의 실권을 쥔 사람은 아닙니다. 군령부 총장 자리를 물러나면, 해군에 대한 실권도 내놓는 셈이죠. 물론 해군의 원로로서, 대우도 받고 영향력을 행사하긴 합니다만, 그래도 실권을 쥔 것과는 다르죠. 따라서 이번에 사까구찌 제독이 도우고우 총독을 만난 것은 지시를 받기 위한 것이라고 보기는 힘듭니다. 또 만일 일이 도우고우 총독을 위해서 잘 풀려나가고 있다면, 그가 무엇 때문에 사람들의 이목을 끌면서 총독을 만나러 왔겠습니까? 제 생각엔 그가 도우고우 총독에게서 무슨 양해를 구하러 오지 않았나 싶습니다. 아까 말한 것처럼 지금 제가 한 얘기는 무슨 책임이 있는 얘기는 아닙니다."

"물론이죠." 앤더슨이 고개를 끄덕이면서, 앞에 놓인 종이를 내려다보았다. 무엇을 써야 할지 막막한 모양이었다.

문을 두드리는 소리가 나더니, 이시다 겐지가 조심스럽게 문을 열고 들어왔다. "과장님, 신문 호외가 나왔길래 가져왔습니다." 이시다가 손에 든 것을 그에게 내보였다.

"그래?" 그는 손을 내밀었다.

"스즈꼬(鈴子)가 밖에 나갔다가 갖고 들어왔는데, 내용이……" 이시다가 그에게로 와서 신문을 내민 다음, 앤더슨에게 고개 숙여 인사했다, "안녕하십니까, 앤더슨씨?"

"안녕하십니까?" 앤더슨은 이시다의 이름을 기억하지 못하는 것 같았다.

그는 호외를 책상 위에 놓았다. '후임 수상에 사또우 게이스께(佐藤啓介) 의원'이라고 찍힌 제목이 눈에 들어왔다. '사또우 게이스께? 처음 듣는 이름인데…… 들어본 것 같기도 하고……' 그는 고개를 들어 앤더슨을 쳐다보았다. "앤더슨씨, 이시다씨가 게이조우 마이니찌 신문(京城每日新聞)의 호외를 가져왔습니다. 사또우 게이스께라는 사람이 새 수상이 되었습니다."

"아, 그렇습니까? 뭐라고 하셨죠? 사또우요?"

"예. 사또우 게이스께입니다."

"어떤 사람입니까? 처음 들어본 이름인데요."

"실은 저도 잘 모르겠습니다. 중의원 의원인 것 같습니다." 그는 기사를 읽기 시작했다.


5월 19일 오전 중의원 내각 총리대신 후보로 일본 공화당의 사또우 게이스께 의원을 선출하였다. 재적 485명 가운데 481명이 출석하여 9시 정각에 열린 오늘의 회의에서 사또우 의원은 찬성 372, 반대 2, 기권 107로 당선되었다. 사또우 의원은 다이쇼우 14년생(63세)으로 쇼우와 21년에 공군병학교를 졸업, 임관한 다음 공군의 요직들을 두루 거쳐, 공군 군령부 총장을 지냈다. 55년에 예편한 다음 주영 대사(駐英大使)를 지냈고, 57년 총선에서 시즈오까(靜岡)의 공화당 후보로 출마하여 당선되어 정계에 진출하였다. 61

년에 재선되었으며, 현재 공화당의 당무위원이며……

"앤더슨씨, 사또우 수상 후보는 예순세 살이고 재선 의원입니다."

"아, 그렇습니까?" 앤더슨이 비망록을 폈다.

"제가 이 호외를 번역해드리겠습니다. 그 다음에 당신이 요약해서 피츠버그에 보고하십시오."

"고맙습니다."

"수고했어." 그는 아직 서 있는 이시다를 보고 말했다.

"고맙습니다, 이시다씨." 앤더슨이 말하자, 이시다는 얼굴을 붉히더니 영어로 대답했다, "천만에요, 앤더슨씨."

기사는 길지 않았지만, 익숙지 못한 낱말들이 많아서 번역하는 데 시간이 꽤 걸렸다. "됐습니다. 영어 명칭들이 공식적 명칭인지는 자신이 없습니다." 그는 번역한 기사가 적힌 종이를 앤더슨 앞으로 밀어놓았다.

"고맙습니다." 앤더슨이 종이를 받아서 한번 훑어보더니, 고개를 끄덕였다. "매우 훌륭합니다. 그럼 전 호텔에 돌아가서 전문을 보내야 되겠습니다. 이번엔 에이. 피보다야 늦겠지만, 뉴욕 타임즈나 피츠버그 파이오니어보다는 빠를 것 같습니다." 앤더슨이 히쭉 웃었다.

"좀 뜻밖입니다. 사또우씨의 등장은 아무도 예견하지 못했던 것 같습니다. 제게도 낯이 익은 이름이 아니니까요."

"공군 출신인 것을 보면, 아무래도 육군과 해군에서 타협 후보를 세운 것 같죠?"

"예. 그런 것 같습니다."

"새 수상이 곧 조각에 착수하겠지요?"

"그렇겠죠. 절차상 천황 폐하께서 중의원에서 선출된 수상 후보에게 조각을 명하는 일이 남아 있긴 합니다만."

"아, 그렇습니까?" 앤더슨이 다시 비망록을 폈다. "어쨌든 반가운

소식입니다. 이젠 본사에의 일일 보고가 좀 쉬워질 것 같군요. 오늘
은 자축할 만한데요." 앤더슨이 웃으면서 자리에서 일어났다.

"하긴 그런데요." 그도 자리에서 일어났다.

"기노시다씨, 오늘은 제가 당신과 시마즈양을 저녁 식사에 초대하
고 싶습니다. 시간이 있으십니까?"

호의는 고마웠지만, 앤더슨과 도끼에가 함께하는 자리에 참석하는
것은 그로서는 그리 즐거운 일은 아니었다. "고맙습니다. 그러나 선
약이 있군요. 미안합니다. 다음 기회에……"

"예. 알겠습니다. 그럼 전 가보겠습니다."


58


정당하게 성립되지 않은 정권의 가장 큰 문제점은 그 정권
의 존재 자체가 사회의 도덕적 질서를 근본적으로 파괴한다
는 점이다. 정치, 즉 권력의 배분 행위는 어느 사회에서든지
가장 근본적인 일이다. 이러한 근본적 차원에서 정의가 실현
되지 않는데, 어떻게 다른 차원에서 도덕적 질서가 이루어지
길 바라겠는가?

——사노 히사이찌, 『독사수필』에서*


옆자리에 앉은 사람이 담배를 끄더니, 신문지 장을 넘겨 접어들었
다. 노구찌 건설(野口建設)에 근무하는 사람이었는데, 한도우닛뽀우
(半島日報)를 펴들고 있었다. 읽을 것을 손에 든 것을 본 적이 없는
사람이 투박한 손으로 신문을 잡은 모습이 좀 신기해서, 히데요는
입가에 가벼운 웃음을 띠었다. 넌지시 살펴보니, 역시 아베 하루노
리(阿部治憲) 전임 수상의 측근에서 저지른 부정을 보도한 기사를 읽
고 있었다.

그 기사 덕분에 오늘 출근 버스엔 신문을 든 사람들이 많았다. 아

베 수상에겐 가따야마 군뻬이(片山君平)라는 처남이 있었는데, 수상
의 인척임을 이용하여 돈을 많이 벌었다; 그는 여러 해에 걸쳐 하와
이와 라스베가스에서 유흥과 도박으로 근 삼백만 불이나 탕진했다;
그는 자신이 대주주인 미까와 건설(三河建設)이 하와이에 진출하여
사업을 벌이고 있는 것을 이용하여, 외화를 불법 유출하여 그 빚을
갚았다; 그는 또한 하와이에 상당한 재산을 갖고 있었는데, 모두 외
화를 불법으로 반출하여 구입한 혐의가 짙다; 미국 영주권도 얻어
놓은 것으로 보아, 하와이로 이주하려는 계획을 가졌던 것 같다——
대략 그런 얘기였다.

"찢어죽일 놈." 옆자리의 사람이 내뱉았다.

건설 회사에서 일하는 사람다운 표현에 그는 엷은 웃음을 얼굴에
띠면서, 속으로 동의했다. '삼백만 불이면…… 거진 칠백만 원이라
는 얘긴데. 월급 이백 원짜리 조선인 여공들이 하루 열두 시간씩 일
해서 벌어들인 외화를 라스베가스에 가서 도박으로 날려? 찢어죽일
만도 하지.'

"이 주일밖에 되지 않았는데, 벌써 전임자를 깎아내리는 작업이 시
작됐군요." 앞자리에 앉은 젊은 사내가 창가에 앉아 신문을 들추고
있는 좀 나이가 든 사내에게 말했다.

"시작될 만도 하지. 신임 수상 입장에서 보면, 그게 급선무 아닌
가? 계속 나올걸?" 말씨로 보아, 두 사람은 내지인들인 것 같았다.

"어저께 신문사에 있는 친구를 만났는데요, 그 친구 얘기로는 이번
에 나온 것은 빙산의 일각에 불과하다는데요. 미까와 건설은 처남
것이 아니고, 수상의 재산이랍니다. 처남은 그저 명목상의 주인이랍
니다. 그 친구가 라스베가스에 몇 번 가긴 갔었던 모양인데, 큰 돈을
쓴 것 같지는 않고, 아무래도 수상이 처남을 시켜서 돈을 좀 빼돌린
것 같답니다. 아베 수상의 자녀 셋이 모두 미국과 영국에 나가 있잖
습니까?"

"하긴 그럴지도 모르지. 흠. 삼백만 불이라면, 말이 쉽지, 쉽사리

녹아 없어질 돈은 아니지. 차마 수상 이름을 들먹일 수는 없으니까, 하수인 한 놈을 잡은 모양이구먼. 수상 자신은 아니면서 수상에 가까워서 아베 하루노리라는 이름에 먹칠을 할 만한 놈으로. 보안처나 특무사가 그런 데는 귀신 아닌가베.”

“자리에서 물러나면 비참한 거죠. 요새 높은 자리에 있으면서, 그 정도 외화 빼돌리지 않은 사람이 어디 있습니까? 수상이 은퇴하면 하와이에 가서 여생을 보내는 게 관례처럼 된 판에.”

“하여튼 말세는 말세야.”

“그런데 문제는 외화 밀반출 자체가 아니랍니다.” 젊은 사내가 목소리를 낮춰 말한 다음, 잠시 뜸을 들였다.

“그래? 뭐가 또 있나?” 나이가 든 사내가 신문을 접어 무릎에 내려 놓으면서 물었다.

“미국에서 아베 수상이 그런 짓을 하는 것을 알고 이용했을 가능성이 높다는 거죠. 작년에 무역 협상에서 일본이 일방적으로 밀리지 않았습니까? 그게 다 까닭이 있다는 얘기죠.”

“그래? 하긴 좀 너무 양보한다 싶었는데.”

작년에 미국이 일본에 대해 시장 개방을 강력하게 요구해왔었다. 두 나라 사이의 무역 수지가 미국에게 불리하게 되어 있었으므로, 무리한 얘기도 아니었고 작년에 처음 나온 얘기도 아니었지만, 금융과 보험 시장의 개방에 대해선 지나치다 싶을 정도로 요구해왔었다. 일본측에서는 처음에는 꽤 강경하게 대처했었다. 미국의 압력에 굴복해서 국내 경제 질서를 파괴하는 일은 절대로 없을 것이라고 대장대신(大藏大臣)이 여러 차례 의회에서 천명했었다. 그러더니 점차 기세가 누그러지다가, 결국엔 미국측의 주장을 거의 다 받아들이고 말았다.

'다 흑막이 있었구나. 도대체 이 나라가 어떻게 되려고 이러나? 내각 총리대신의 자리에 올랐으면, 더 바랄 것이 없을 텐데. 소위 “일인지하 만인지상(一人之下 萬人之上)”의 자린데. 그러고서도 돈에

눈이 어두워 국익을……'

버스가 게이조우역 앞에서 멈춰 꽤 오랫동안 움직이지 않았다. 교통 정리가 잘못됐는지, 차들이 세로 가로로 촘촘히 엉킨 사이로 교통 순사들이 호루라기를 불면서 이리 뛰고 저리 달리고 있었다.

'갑자기 차만 늘어나니, 이 모양이 되지. 지금 조선 땅에서 자가용 차들을 굴릴 땐가? 집권층에서 그 모양이니, 나라가 이 꼴이지. 한쪽에선 먹고 살기 어려운데, 다른 쪽에선 가루라꾸시나 푸레지덴또를 굴리니. 게다가 모두 한탕해서 손쉽게 큰돈을 벌려고 하지, 착실하게 저축해서 재산을 모으겠다는 사람은 없으니. 하기야 후딱하면 세상이 바뀌지, 어떻게 줄이 닿아서 이권 하나만 따놓으면, 삽시간에 졸부가 되지, 이권까지 갈 것 없지, 어떻게 관리들한테서 정보를 미리 빼내어 목 좋은 곳에 땅이라도 사놓으면 떼돈을 벌지——그런 판에 누가 착실하게 살려고 하겠나?'

'착실하게 살 수밖에 없는 놈들이 착실하게 살겠지.' 그는 자신의 수사적(修辭的) 질문에 냉큼 대꾸하고서, 쓴웃음을 지었다. 막힌 데가 뚫렸는지 차가 천천히 앞으로 나아가기 시작했다.

〔하권에 계속〕